Agnès Gabriel

Merci, Monsieur Dior

atb aufbau taschenbuch

Agnès Gabriel ist eine deutsche Autorin und Journalistin. Sie schreibt unter verschiedenen Pseudonymen historische Romane und Frauenromane. Ihre Bücher wurden in mehrere Sprachen übersetzt. Die Autorin lebt mit ihrer Familie in der Lüneburger Heide.

Vor den Zwängen des Lebens einer Ehefrau in der Provinz flieht die junge Célestine nach Paris und begegnet dem Designer Christian Dior, der kurz vor der Präsentation seiner ersten Kollektion in einer tiefen Krise steckt. Célestines natürliche feminine Ausstrahlung inspiriert den Couturier, sie wird seine Privatsekretärin und Muse. Und Diors opulenter New Look trifft bald darauf den Nerv der Zeit – nach den Entbehrungen der Nachkriegsjahre sehnen sich die Frauen nach neuer Schönheit und eben jener Eleganz, mit der Dior die weibliche Silhouette inszeniert. Während Diors Mode international bejubelt wird, geht Célestine ganz in ihrer Arbeit für ihn auf. Der Liebe indes entsagt sie nach einer schweren Enttäuschung – nicht ahnend, dass Dior einen anderen Plan für sie verfolgt …

Agnès Gabriel

Merci, Monsieur Dior

Roman

aufbau taschenbuch

MIX
Papier aus verantwortungsvollen Quellen
FSC® C083411

ISBN 978-3-7466-3497-5

Aufbau Taschenbuch ist eine Marke
der Aufbau Verlag GmbH & Co. KG

1. Auflage 2020

Umschlaggestaltung www.buerosued.de, München
unter Verwendung eines Motivs von

Gesetzt aus der Whitman durch Greiner & Reichel, Köln
Druck und Binden CPI books GmbH, Leck, Germany
Printed in Germany

www.aufbau-verlag.de

Für meine
Mutmacherinnen

Eine Dame trägt keine Kleider.
Sie erlaubt den Kleidern, von ihr getragen zu werden.

Yves Saint Laurent
(1936–2008)

Prolog

Über der Stadt spannte sich ein tiefblauer Sommerhimmel. Sie bat den Taxifahrer, einen Umweg zu nehmen. Von der Gare Saint-Lazare fuhren sie nach Süden, Richtung Seine-Ufer. Als sie vor einer Kreuzung stehen bleiben mussten, kurbelte sie das Fenster herunter. Hörte das Klappern eines defekten Auspuffs, das Aufheulen von Automotoren, die Trillerpfeife des Verkehrspolizisten auf seinem Podest, das durchdringende Hupen eines Busfahrers, die Rufe des Zeitungsjungen an der Straßenecke. Geräusche, die für sie wie Musik klangen und die sie vermisst hatte. Erst jetzt verstand sie, wie sehr.

Bei der Weiterfahrt sah sie, wie eine junge Frau in eleganter Kleidung auf dem Trottoir auf eine Leiter stieg und sich mit einer graziösen Handbewegung an die Hutkrempe griff. Nahezu ein Dutzend Männer mit Kameras und Reflektoren umkreisten sie in geschäftiger Hektik – sie war zurück in der Stadt der Mode, keine Frage. Vor den Bistros saßen unter tief herabgezogenen Markisen Menschen an runden Marmortischchen und unterhielten sich, tranken dabei einen

Kaffee oder ein Glas Wein. Hier wurden Beziehungen angebahnt, Vertraulichkeiten ausgeplaudert oder Geschäfte abgeschlossen.

Das Taxi überquerte den Boulevard Haussmann, eine der vornehmsten Einkaufsstraßen von Paris, wo ein Tageskleid den Jahresverdienst eines Lehrers und ein besticktes Taschentuch den Monatslohn einer Modistin kostete. Passanten flanierten an kunstvoll dekorierten Schaufenstern vorüber oder kamen mit voll gepackten Einkaufstüten aus den Weihestätten der Mode und Schönheit. Die Menschen bewegten sich leichtfüßig und in einem Rhythmus, als würden sie einer beschwingten Melodie in ihrem Innern folgen.

Der Wagen passierte die Place de la Madeleine mit der Kirche, deren Fassade an einen antiken Tempel erinnerte, und sie gelangten in die Rue Royale. Ihr Blick fiel auf ein sandsteinfarbenes Gebäude, und sie lächelte bei der Erinnerung an ihre erste Zeit in dieser Stadt, als sie noch längst nicht ahnte, was das Schicksal für sie bereithielte.

An der Place de la Concorde bog der Fahrer rechter Hand in die Cours-la-Reine ab. Unter hohen Lindenbäumen schlenderten Liebespaare Hand in Hand über die Uferpromenade. Ältere Damen führten ihre Hunde aus, in der einen Hand die Leine, in der anderen einen aufgespannten Schirm gegen die gleißende Sonne. Männer mit zerknautschten Stoffhüten hielten ihre Angelruten in die behäbig dahinfließende Seine. In der Ferne ragte das stählerne Skelett des Eiffelturms auf, dessen Anblick ihr wie immer Herzklopfen verursachte.

Hinter den Jardins du Trocadéro verließ der Fahrer das Seine-Ufer und näherte sich der Avenue Henri Martin. Einem plötzlichen Einfall folgend, ließ sie den Mann anhalten, drückte ihm einen Geldschein in die Hand und nahm ihren Koffer. Sie wollte das letzte Stück zu Fuß gehen. Allein. In ihrem Tempo.

Langsam schritt sie unter mächtigen Kastanienbäumen dahin, vorbei an mehrstöckigen Wohnhäusern mit sanft geschwungenen Erkern und filigranen Balkongittern, an denen Kletterrosen emporrankten. Auf einem Fenstersims lag eine Katze und blinzelte träge in die Sonne.

Als sie den Boulevard Jules Sandeau erreichte, beschleunigte sie ihren Schritt. So schnell sie konnte, lief sie nun die Straße entlang, spürte weder das Gewicht des Koffers in ihrer Hand noch das unebene Trottoir unter ihren Sohlen. Außer Atem blieb sie vor dem Haus Nummer sieben stehen und suchte nach ihrem Schlüssel.

Schon beim Öffnen der Haustür umfing sie der vertraute Duft von Bergamotte, Jasmin und Sandelholz. Sie schloss die Augen, atmete tief ein und wusste – sie war zu Hause angekommen.

Teil Eins

Aufbruch

Kapitel 1

Célestine biss in das saftige Stückchen Mandelkuchen, das die Tante ihr als Wegzehrung für die Zugfahrt mitgegeben hatte. Madeleine Dufour war es schwergefallen, ihre einzige Nichte fortgehen zu lassen. Dennoch konnte sie Célestines Entschluss verstehen – nach allem, was geschehen war. Ihr Ehemann Gustave dagegen hatte die Nichte bis zuletzt von ihrem Plan abbringen wollen.

»Du bist eine Normannin, Célestine, du gehörst hierher, an die Küste. Kein anständiges Mädchen zieht auf eigene Faust in dieses Sündenbabel namens Paris! In der Gosse wirst du enden!«, hatte er prophezeit.

Doch nun fuhr Célestine dem ersten großen Abenteuer ihres Lebens entgegen. Gedankenverloren blickte sie aus dem Abteilfenster und sah eine spätherbstliche Landschaft mit weiten Feldern und Obstbaumplantagen vorüberziehen. In der Ferne erstreckten sich vereinzelte Gehöfte. Mehr als die Hälfte der Strecke hatte sie bereits zurückgelegt, und in zwei Stunden würde sie am Ziel sein.

Sie zog einen Brief aus der Manteltasche und strich das

gräuliche Papier glatt. Wie oft hatte sie die Zeilen ihrer einstigen Schulfreundin Marie gelesen. Zweieinhalb Jahre zuvor hatten sie sich das letzte Mal gesehen, bevor die Freundin mit ihrer Familie mehr als hundert Kilometer weiter in den Südosten der Normandie gezogen war.

Paris, 27. Oktober 1946

Meine liebe Célestine!
Wie gern wäre ich zu Deiner Hochzeit gekommen! Leider habe ich Deine Einladung zu spät erhalten, als dass sich eine Reise noch hätte organisieren lassen.

Du warst immer die auffallendste Erscheinung in unserer Klasse mit Deinen roten Haaren, kein Wunder, dass Du als Erste geheiratet hast – noch dazu an Deinem einundzwanzigsten Geburtstag. Du schreibst, Dein Ehemann Albert wird einmal eine Apfelplantage erben. Du musst sehr glücklich sein.

Es gibt große Neuigkeiten: Ich habe meinem neuen Heimatdorf Aubigny Adieu gesagt und bin nach Paris gegangen. Das ist auch der Grund, warum mich Deine Post nicht rechtzeitig erreicht hat. Mit meinen Eltern hatte ich viel Streit, wie Du Dir denken kannst. Aber dennoch bin ich gegangen. Nun wache ich jeden Morgen voller Ungeduld in meiner kleinen Mansarde unter dem Dach auf und frage mich, welche Überraschungen der Tag mir bringen wird.

Die Pariser lassen keine Gelegenheit aus, das Leben zu genießen. Bei schönem Wetter sitzen sie tagsüber vor den Bistros auf den Champs-Élysées und trinken ein Glas Wein. Am Abend strömen sie in die Restaurants, besuchen Kunstausstellungen und Theater oder tanzen auf Bällen. Als wollten sie all das nachholen, woran dieser gottverdammte Krieg sie jahrelang gehindert hat.

Du musst mich unbedingt besuchen, Célestine! Sicher hat Dein Albert nichts dagegen einzuwenden. Dann erkunden wir die Stadt, in der es so viel zu entdecken gibt. Zuerst fahren wir mit dem Aufzug die tour Eiffel hinauf und sehen uns die Stadt von oben an. Danach machen wir eine Bootstour auf der Seine. Wir trinken Kakao in einem der Cafés, und ich bin mir sicher, Du wirst Paris lieben.

Nun muss ich aufbrechen. Ich arbeite als Kellnerin in einer Brasserie, nur ein paar Minuten von hier entfernt, und bald fängt meine Schicht an. Gestern hat mich ein Gast, ein gut aussehender junger Mann, auf ein Glas Bier eingeladen. Vielleicht ist er heute wieder da …

Ich umarme Dich und hoffe, dass wir uns ganz, ganz bald sehen!

Je t'embrasse.
Deine Marie

Mit einem tiefen Seufzer faltete Célestine den Brief zusammen und steckte ihn zurück in die Manteltasche. Marie, die Ahnungslose … Wie aber hätte die Freundin, während sie diese Zeilen schrieb, von den jüngsten Ereignissen wissen können?

Schmerzhaft stiegen in Célestine die Bilder auf, die sie seit Tagen bis in den Schlaf verfolgten. Sie sah eine junge Frau, wie sie an einem trüben Septembermorgen vor dem Standesamt von Genêts in einem selbst genähten Brautkleid aus altem Gardinenstoff auf die Mutter wartete. Diese war mit dem Rocksaum an einem Holzsplitter in der Haustür hängen geblieben und hatte nur noch rasch den Stoff flicken wollen, bevor sie zum Standesamt kommen sollte. Als die junge Frau nach Hause rannte, um die Mutter zur Eile zu mahnen, lag diese mit starren Augen rücklings auf dem Boden im Schlafzimmer. Die Tote war Laurianne Dufour, ihre über alles geliebte Mutter, und die junge Frau im Brautkleid war – sie selbst.

Schluchzend zog Célestine ein Taschentuch aus dem Ärmel, wischte sich die Tränen aus den Augenwinkeln und zwang ihre Gedanken in die Gegenwart zurück. Schließlich war sie auf dem Weg nach Paris, um die Vergangenheit hinter sich zu lassen. Ihre Kindheit und Jugend, den unerwarteten Tod der Mutter – und auch Albert, den Mann, in dem sie sich so sehr getäuscht hatte … Ein Schaffner ging von Waggon zu Waggon und verkündete das Ende der Reise. »Nächste Station Gare Montparnasse. Alle Reisenden aussteigen!«

Leichter Schwindel befiel Célestine, als sie die ersten Schritte auf Pariser Boden tat. Das durchdringende Pfeifen der ankommenden und abfahrenden Züge an den Nachbargleisen hallte ihr in den Ohren. Aus den Schornsteinen der mächtigen schwarzen Lokomotiven stiegen Dampfwolken in den grau verhangenen Herbsthimmel auf. Eine schier unüberschaubare Menschenmenge hastete in alle möglichen Richtungen über den Bahnsteig. Mal bekam Célestine einen Koffer in die Kniekehlen gestoßen, dann wieder spürte sie einen Ellbogen zwischen den Rippen.

Die vielen Menschen machten ihr Angst und ließen sie Schutz an einem der hohen gusseisernen Strebepfeiler auf dem Bahnsteig suchen. Sie stellte sich auf die Zehenspitzen und reckte den Hals. Wie sollte sie in diesem Gewirr ihre Freundin Marie entdecken? Marie hatte telegraphiert, sie werde sie am Bahnhof abholen. Eine Viertelstunde wartete Célestine voller Ungeduld und fühlte, wie ihr der Schweiß ausbrach. Dann aber zwang sie ihre Unruhe nieder. Womöglich war Marie für eine erkrankte Kollegin eingesprungen und hatte nicht rechtzeitig Feierabend machen können.

Ich finde den Weg auch allein, sprach Célestine sich Mut zu und durchquerte die Bahnhofshalle, deren Giebel höher war als jede Kirche, die sie zuvor betreten hatte. Auch hier herrschte dichtes Gedränge. Von allen Seiten vernahm sie fremde Sprachen, sah Menschen mit schwarzer, brauner und gelber Hautfarbe, als hätte sich die ganze Welt an diesem Ort zusammengefunden. Zeitungsjungen in altmodischen Knickerbockerhosen und derben Lederstiefeln trugen Stapel von Gazetten unter dem Arm und riefen lautstark die Schlagzeilen aus. Ein Bauchladenverkäufer bot goldgelb glänzende Brioches an. Aus einem Bistro drangen Akkordeonmusik und der verlockende Duft von Kaffee, wie er nur von echten Kaffeebohnen herrühren konnte. Denn diese waren in Zeiten rationierter Lebensmittel Mangelware.

Überwältigt von den vielen Eindrücken blieb Célestine stehen und holte tief Luft. Rings um den Bahnhofsplatz mit seinen mehrstöckigen sandsteinfarbenen Häusern fuhren dicht an dicht Autos, Motor- und Fahrräder. Jeder Fahrer versuchte, durch Hupen oder Klingeln die Vorfahrt für sich zu behaupten. So laut und hektisch hatte sie sich die Hauptstadt nicht vorgestellt. Vorsichtig trat Célestine an die Bordsteinkante und blieb zögernd stehen. Wie sollte sie bei diesem Verkehr unbeschadet die Straße überqueren?

Zwei junge Burschen traten furchtlos auf die Fahrbahn, ein Auto bremste mit quietschenden Reifen, und dann schlängelten sich die beiden zwischen diversen zwei- und vierrädrigen Vehikeln hindurch und erreichten die gegenüberliegende Straßenseite. Lachend winkten sie Célestine zu und forderten sie mit Handzeichen auf, es ihnen gleichzutun.

Wie angewurzelt blieb sie stehen und wagte nicht, auch nur einen Fuß auf die Fahrbahn zu setzen. Sie sah sich schon von einem Auto überrollt auf dem Asphalt liegen und war den Tränen nahe. Warum nur hatte sie so überstürzt ihre Heimat verlassen, und das mit einem Koffer, in den sie kaum mehr gepackt hatte als einige Kleider und Leibwäsche, ihr Arbeitszeugnis und drei Bücher ihrer Lieblingsschriftstellerin Germaine Mercier? Plötzlich meinte sie, die Worte des

Onkels zu hören, der sie eindringlich vor den Gefahren der Großstadt warnte.

Unmittelbar vor ihr hielt ein Auto an. Der Fahrer kurbelte die Scheibe hinunter, und sie blickte in das freundliche Gesicht eines Mannes mittleren Alters mit Nickelbrille und karierter Schiebermütze.

»Taxi, Mademoiselle?«

Erleichtert nickte sie ihrem Retter in der Not zu. Doch sogleich kamen Zweifel in ihr auf. Konnte sie diesem wildfremden Mann überhaupt vertrauen? Dann aber nahm sie all ihren Mut zusammen, stieg in das Taxi und nannte Maries Adresse im Arrondissement Montmartre.

Während der Fahrer den Wagen durch den dichten Verkehr lenkte, blickte Célestine mit klopfendem Herzen aus dem Fond. Sie sah baumbepflanzte Boulevards, auf denen die Menschen flanierten, imposante Hotelbauten mit herabgelassenen Markisen, vor denen ein Portier in Livree die an- und abreisenden Gäste grüßte. Weite Plätze mit Denkmälern auf hohen Steinsockeln und wasserspeiende Springbrunnen. Zwar trugen die Frauen noch immer die zweckmäßigen, häufig aus Militärmänteln gefertigten Kleider der Kriegsjahre mit der schmalen Silhouette. Doch sonst ließ nur wenig im äußeren Erscheinungsbild der glanzvollen Stadt erkennen, dass Paris noch zwei Jahre zuvor Schauplatz des Krieges gewesen war.

Schaudernd erinnerte sich Célestine daran, wie sie mit ihrer Familie im August vierundvierzig mit angehaltenem

Atem vor dem Radio gesessen und verbotenerweise das französische Programm der *BBC* gehört hatte. Auf Befehl Hitlers sollte Paris dem Erdboden gleichgemacht werden. Dazu waren an allen wichtigen Brücken und großen Verwaltungsgebäuden im Stadtzentrum Sprengsätze angebracht worden – was jedoch erst im Nachhinein publik wurde. Dass die Hauptstadt nach der Kapitulation der Deutschen nahezu unzerstört geblieben war, erschien vielen Franzosen noch immer als ein Wunder.

Der Geruch gebratener Zwiebeln schlug Célestine entgegen, als sie das Haus Nummer vier in der Rue Capron, nahe der Place de Clichy, betrat. Das Treppenhaus mit seinen fleckigen grauen Wänden war nur spärlich beleuchtet. Marie hatte von einer kleinen Wohnung unter dem Dach geschrieben, und so schritt Célestine die ausgetretenen, knarzenden Holzstufen hinauf bis ins vierte Stockwerk. *M. Tourenne* las sie auf dem messingfarbenen Türschild. Ihr fiel ein Stein vom Herzen. Sie setzte den Koffer ab und drückte auf den Klingelknopf, doch von innen drang kein Laut nach draußen. Sie klingelte ein zweites und ein drittes Mal und presste das Ohr gegen die Wohnungstür. Totenstille.

Wo um alles in der Welt mochte Marie sein? Sie war nicht wie verabredet zum Bahnhof gekommen. Zu Hause war sie auch nicht … Célestine holte tief Luft. Würde sie ihre erste Nacht in der fremden Stadt allein in einer Pension verbringen müssen? Bei dem Gedanken daran, was sie das kosten würde, wurde ihr regelrecht übel. Doch dann hörte sie

Schritte auf der Treppe. Sie beugte sich über das Geländer und sah eine pummelige weibliche Gestalt in einem dunkelgrauen Mantel mit einem roten Wollschal um den Kopf gewickelt die Stufen heraufkommen.

»Célestine, bist du es?« Die Stimme kannte sie! Mit einem Seufzer der Erleichterung warf Célestine sich in Maries Arme und atmete den Duft eines schweren, süßlichen Parfums ein. Ganz fest drückte sie die Freundin an sich und fühlte neuen Mut in sich aufsteigen.

»Willkommen in Paris, Célestine! Oje, du bist ja noch dünner geworden, seit wir uns das letzte Mal gesehen haben. Wie kommt es, dass du schon hier bist? Ich habe dich erst morgen erwartet.«

Célestine löste die Umarmung und schüttelte verwundert den Kopf. »Ankunft Mittwoch, dreizehnter November, vier Uhr nachmittags, das hatte ich dir telegraphiert.«

»Tatsächlich? Da habe ich wohl etwas verwechselt...« Marie schloss die Tür auf und schaltete das Licht ein. »Du musst entschuldigen, ich habe noch nicht aufgeräumt.«

Die winzig kleine Wohnung bestand aus einem einzigen Raum. Zur Linken bemerkte Célestine ein noch ungemachtes Bett und einen hohen dunklen Kleiderschrank mit einer ovalen Spiegeltür. Unter dem kleinen Mansardenfenster umstanden zwei schwarz lackierte Stühle einen marmornen Bistrotisch. An der Wand rechts gab es einen Herd, ähnlich dem bei ihr zu Hause in Genêts, daneben eine Spüle und eine Anrichte mit schief hängenden Türen. Marie bückte sich und hob eilig Strümpfe, Mieder und Hemdchen vom Fußboden auf.

»Toilette und Waschbecken findest du auf halber Treppe abwärts. In der Zwischenzeit feuere ich den Ofen an und mache uns etwas zu essen. Du musst hungrig sein von der langen Reise.«

Kurz darauf saßen die Freundinnen bei einem Kanten Brot und einem Stück Käse beisammen und tranken frisch gebrühten Kräutertee. Mit gerunzelter Stirn blickte Marie zu der Freundin hinüber, zögerte ein wenig und wagte dann einen Vorstoß.

»Ich sehe, du trägst Schwarz, Célestine ... Ist etwa jemand aus deiner Familie gestorben?«

Unvermittelt schossen Célestine die Tränen in die Augen. Sie konnte gar nicht mehr aufhören zu weinen, und all die Tränen, die sie mit Rücksicht auf ihren Onkel und die Tante so lange zurückgedrängt hatte, brachen nun mit Macht aus ihr hervor. »Maman ... an meinem Geburtstag, der ja auch mein Hochzeitstag hätte sein sollen ...«, brachte sie schluchzend hervor.

Marie setzte sich neben sie, schloss sie in die Arme und strich ihr über das Haar. »Du Ärmste, das habe ich nicht geahnt ... Lass deinen Tränen freien Lauf. Ich kann deinen Schmerz gut verstehen.«

Den Kopf an Maries Schulter gelehnt, wimmerte und schluchzte Célestine so lange, bis ihre Augen gänzlich ausgetrocknet zu sein schienen.

»Sicher unterstützt dein Mann dich in dieser schweren Zeit, nicht wahr?«, erkundigte Marie sich mitfühlend.

Célestine stieß einen gequälten Seufzer aus. »Von Albert erzähle ich dir morgen. Ich bin entsetzlich müde.« Sie gähnte mehrmals und hielt sich an der Tischkante fest, um nicht vom Stuhl zu kippen.

Marie sprang auf, zog eine Decke und ein Kissen aus dem Kleiderschrank und schüttelte die Federn auf. Als Célestine kurz darauf neben der Freundin in dem schmalen Bett lag, fühlte sie eine bleierne Schwere im ganzen Körper. Sie war in Paris, und sie war nicht allein. Maries Herzlichkeit und Verständnis spendeten ihr Trost und Zuversicht. Morgen würde ihr neues Leben beginnen.

Kapitel 2

Der verlockende Geruch von frisch gebrühtem Pfefferminztee stieg Célestine in die Nase. Müde blinzelte sie unter der Bettdecke hervor und sah Marie, die fertig angezogen am Herd stand, die Blätter abseihte und zwei Tassen auffüllte.

»Guten Morgen. Du bist schon auf den Beinen? Wie spät ist es?« Schlaftrunken richtete Célestine sich auf und rieb sich die Augen.

»Kurz vor zehn.«

»So spät? Du hättest mich wecken sollen.«

»Ich bin selbst erst vor wenigen Minuten aufgestanden, ich habe heute Spätschicht. Nichts ist schöner, als nach dem Aufwachen noch ein Weilchen im Bett zu dösen. Du magst doch Pfefferminztee? Kaffee kann ich dir leider nicht anbieten. Letzte Woche habe ich meine Lebensmittelkarte für Kaffee gegen ein Fläschchen Parfum eingetauscht. Der Verdienst einer Kellnerin taugt eben nicht für ein Leben in Luxus.«

»Tee ist mir sehr recht.« Eilig kroch Célestine aus dem Bett, suchte nach ihren Pantoffeln und schlüpfte in Maries blauen Morgenmantel mit den leuchtend roten Mohnblumen. So leise wie möglich schlich sie durchs Treppenhaus die Stufen zum Abort hinunter und hoffte, dass keiner der anderen Mieter sie in diesem Aufzug und mit ungekämmten Haaren zu Gesicht bekäme. Durch ein schmales Fenster drang kalte Luft in den schäbigen Verschlag. Der Geruch nach Ausscheidungen und faulen Eiern verursachte ihr Übelkeit. Für den heutigen Morgen musste eine Katzenwäsche genügen, zumal aus dem rostigen Hahn über dem gelblich verfleckten Waschbecken nur ein dünner Wasserstrahl rann.

In der Zwischenzeit hatte Marie einige Mandelkekse in ein Schälchen gefüllt und den Ofen angefeuert, so dass sich in der kleinen Dachwohnung behagliche Wärme ausbreitete.

Nach einigen Schlucken fühlte Célestine sich schon lebendiger. Marie stopfte sich einen ganzen Keks in den Mund. »Ich liebe alles, was süß ist. Manchmal geben mir Gäste Zigaretten anstelle von Trinkgeld. Die tausche ich dann gegen Schokolade oder Kekse ein. Ich mache mir nichts aus Tabak. Weißt du, was man zurzeit auf dem Schwarzmarkt für eine Schachtel Zigaretten bekommen kann?« Doch eine Antwort wartete sie gar nicht ab. »Ich platze vor Neugierde. Was ist mit Albert?«

Ungerührt zuckte Célestine mit den Schultern. »Ich habe ihm den Laufpass gegeben.«

Mit offenem Mund starrte Marie sie an. »Du hast was? Aber … ihr seid doch frisch verheiratet.«

»Nein, dazu kam es glücklicherweise nicht. Eine Stunde vor der Trauung ist Maman gestorben. Völlig überraschend für uns alle, denn sie war kerngesund.«

»Schrecklich! Aber was heißt glücklicherweise? Du hattest mir in deinem Brief doch so von deinem Verlobten vorgeschwärmt. Ist er nicht gut aussehend, mit dunklem Haar, stahlblauen Augen …«

»Was zählt schon das Äußere? Nur wenige Tage nach Mamans Tod wollte Albert die Heirat nachholen. Als ich ihm sagte, dass ich Zeit zum Trauern brauche und nicht an ein fröhliches Fest denken könne, hat er mich ein ›sentimentales Dummchen‹ genannt. Auf sein Drängen hin hatte ich meine Anstellung im Bürgermeisteramt aufgegeben. Ich sollte nur noch für ihn da sein.« Verächtlich zog Célestine die Mundwinkel nach unten und zerkrümelte missmutig einen Mandelkeks. »Albert wollte mir diktieren, wie ich mich kleiden, wie ich reden und mit wem ich Umgang haben solle. Fortwährend hat er davon gesprochen, wie ich ihm zukünftig den Haushalt führen und seine Kinder zur Welt bringen solle, ohne mich auch nur ein einziges Mal zu fragen, wie ich mir unser gemeinsames Leben vorstellen würde. Und statt mir bei Mamans Beerdigung beizustehen, hat er den Geburtstag seines Freundes gefeiert. Eigentlich war ich gar nicht so erpicht darauf zu heiraten, aber ich wollte Maman nicht enttäuschen. Sie hatte sich so sehr gewünscht, dass ich wieder einen Beschützer an meiner Seite habe, nachdem … du weißt schon, Papa und Pierre …« Sie biss sich auf die Unterlippe und verstummte. In einem Zug leerte sie die Tasse, als wolle sie zugleich alle traurigen Erinnerungen hinunterspülen.

»Albert wird ein großes Vermögen erben«, gab Marie zu bedenken und tunkte gedankenverloren einen Keks in den Tee.

»Sein Geld ist mir gleichgültig«, brach es aus Célestine heraus. »Was spielt das für eine Rolle, wenn er mich nicht liebt? Er hat in mir doch nur eine Trophäe gesehen, etwas zum Vorzeigen wie seinen neuen Peugeot zweihundertzwei.«

Marie kaute auf dem weichen Keks und schüttelte tadelnd den Kopf. »Célestine, das Wichtigste für uns Frauen ist doch, dass wir einen Ernährer haben. Ich jedenfalls würde einem Mann mit Geld einiges nachsehen. Allerdings hätte ich ein solches Exemplar in meinem Kuhdorf niemals gefunden. Nicht zuletzt deswegen bin ich nach Paris gegangen. Der Krieg hat viele Männer dahingerafft, die Auswahl für uns Frauen ist begrenzt.«

»Ich lasse mir von niemandem mein Leben vorschreiben. Lieber bleibe ich allein«, widersprach Célestine entschieden.

»Warte nur ab, bis du den Richtigen triffst, dann änderst du deine Meinung.« Marie räumte das Geschirr ab, trug es zum Spülbecken und gab einen Esslöffel Soda und heißes Wasser dazu. Célestine mochte die Diskussion nicht fortsetzen. An ihrem ersten Tag in Paris wollte sie keine Zwistigkeiten ausfechten. Ganz offensichtlich hatten sie und die Freundin unterschiedliche Vorstellungen, welche Qualitäten ein Mann mitbringen sollte. Sie griff nach einem karierten Küchentuch und trocknete Teller und Tassen.

»Lass uns etwas unternehmen«, schlug Marie vor. »Ich muss erst um vier zur Arbeit. Wonach ist dir zumute?«

»Zuerst einmal möchte ich meinem Onkel und meiner Tante telegraphieren, dass ich gut angekommen bin. Und dann? Ich weiß nicht recht …«

»Was hältst du davon, wenn wir im Kaufhaus *Lafayette* auf Entdeckungstour gehen und uns die neueste Strumpfmode zeigen lassen? Sofern wir auf dem Weg dorthin nicht vor jedem Schaufenster stehen bleiben, sind wir in einer Viertelstunde am Boulevard Haussmann.«

Nachdem Célestine beim Postamt ein Telegramm aufgegeben hatte, folgte sie Marie zur Place de Clichy, in deren Mitte eine bronzene Figurengruppe auf einem steinernen Sockel stand. Hier trafen fünf Straßen aufeinander, so dass unentwegt Autos, Motorroller und Fahrräder an ihnen vorüberrauschten. Zwischendrin zockelte ein Pferdefuhrwerk vorbei, dessen Kutscher in der einen Hand die Zügel, in der anderen eine Zigarette hielt. Zögernd blieb Célestine an der Bordsteinkante stehen und griff Hilfe suchend nach Maries Hand. Gemeinsam warteten sie, bis ein Polizist auf seinem Podest mit gebieterischen Handzeichen den Verkehr anhielt und die Fußgänger passieren ließ. Als sie den Boulevard des Batignolles überquerten, pfiff ein Schutzmann trillernd hinter ihnen her, was Marie mit einem fröhlichen Winken beantwortete.

»Du musst nicht so ängstlich sein, *ma chère*. In den ersten Tagen in der Stadt habe ich mich auch kaum über die Straße getraut. Glaub mir, du wirst dich schnell an den Verkehr gewöhnen«, versprach Marie, und Célestine hoffte, dass die Freundin recht behielte.

Ein kalter Herbstwind blies ihnen ins Gesicht und ließ sie frösteln. Mit eiligen Schritten hasteten sie die Rue de Clichy entlang. Vor einem Ladengeschäft an der Ecke Rue de Milan standen Menschen an, um Lebensmittelkarten gegen Butter, Milch, Öl, Nudeln, Kaffee, Zucker und Mehl einzutauschen. Grundnahrungsmittel, die auch zwei Jahre nach dem Abzug der Deutschen noch immer rationiert waren. Was für ein Segen es gewesen war, dass ihr Onkel und ihre Tante den großelterlichen Gemischtwarenladen in Genêts weitergeführt hatten, dachte Célestine mit Dankbarkeit und Wehmut. So hatte die Familie während der Kriegsjahre genug zu essen gehabt, anders als so viele andere Menschen, denen die Entbehrungen dieser Tage bis heute von Weitem anzusehen waren.

Verwundert stellte sie fest, wie gut etliche der Menschen um sie herum gekleidet waren. Sie hatte damit gerechnet, dass die Pariser eine andere Garderobe trugen als die Bewohner der normannischen Küstendörfer, dennoch überraschte sie das Ausmaß an Eleganz, das sie nun sah. Denn nicht nur Nahrungsmittel waren seit Kriegsbeginn im September 1939 knapp geworden, in ganz Frankreich waren auch Stoffe rationiert worden. Raffinesse und Chic in Mode spielten auf dem Land ohnehin eine geringere Rolle als in der Stadt, und so wurde fortan aus einem alten Militärmantel oftmals ein Kostüm, aus einem Anzug ein Rock und aus einer Weste eine Mütze geschneidert. Auch ihre Mutter nähte ihre schlicht geschnittenen Kleider selbst, doch sie verwendete ausschließlich Stoffe bester Qualität, und sie achtete stets auf einen guten Schnitt. Der Vater ihrer ältesten Freundin war Tuchhändler, und so kam Laurianne Dufour immer wieder zu hochwertigen Stoffresten, aus denen sie etwas zaubern konnte.

Einige der Pariser Flaneure, die Célestine entgegenkamen, hatten jedoch sicher ein Vermögen für ihr Äußeres ausgegeben. Sorgfältig geschminkte und frisierte Frauen stolzierten in Schuhen mit hohen Absätzen über das Trottoir, trugen pelzverbrämte Mäntel und farblich abgestimmte Handtaschen. Die Männer, die sie begleiteten, zeigten sich in knielangen Mänteln aus feinstem Wollstoff und komplettierten ihre Garderobe mit breitkrempigen Hüten und Lederhandschuhen. So etwas hatte Célestine bisher nur aus der Ferne erlebt, wenn die reichen Städter im Sommer an die normannische Küste kamen.

Doch neben der Schönheit fesselte auch das Elend ihre Aufmerksamkeit. Immer wieder sah sie Männer und Frauen in zerschlissenen Jacken, durchlöcherten Schuhen und mit fahler Haut. In ihren Gesichtern las Célestine Hunger und Leid, was seit dem Ende des Krieges noch nicht überwunden worden war. Diese Menschen gingen gebeugt und blickten kaum auf.

Eine junge Frau mit müden Augen und strähnigen Stirnfransen unter einem geflickten Kopftuch zog einen kleinen Jungen an der Hand hinter sich her. Der Kleine hustete fortwährend und wischte sich die Nase am Ärmel ab. Ob diese Mutter wohl eine jener Frauen war, die man nach dem Abzug der Besatzer mit geschorenem Kopf durch die Straßen von Paris getrieben hatte? Deren Verbrechen darin bestanden hatte, sich in einen deutschen Soldaten verliebt und mit ihm eingelassen zu haben? Célestine erinnerte sich noch gut an die Fotos in den Zeitungen, die sie mit Wut im Herzen und Tränen in den Augen betrachtet hatte, es war kaum zwei Jahre her.

Eine Gruppe von Kriegsveteranen stand an einem Kiosk beisammen. Dem einen fehlte ein Bein, dem anderen der Unterarm. Ein Soldat mit Augenklappe nahm einen tiefen Zug aus einer Bierflasche und reichte sie an die Kameraden weiter. Und plötzlich erschienen vor Célestines innerem Auge zwei Männer in Uniform, der eine gerade einmal zwanzig Jahre, der andere doppelt so alt. Sie winkten ihr fröhlich zu, dann zogen sie mit ihrem Tornister auf dem Rücken davon. Ein Nebelschleier legte sich über die Marschierenden, und sie verschwanden im Nichts …

»Da sind wir.« Maries Worte zwangen Célestine in die Gegenwart zurück. Nur mit Mühe kämpfte sie die aufsteigenden Tränen nieder. Nein, sie wollte jetzt nicht an die Vergangenheit denken. Sie war in Paris, und mit dem heutigen Tag hatte ein neuer Lebensabschnitt für sie begonnen.

Mit klopfendem Herzen schritt Célestine durch die hohe gläserne Eingangstür, hinter der Hausdiener in dunkelgrauer Livree die Kunden willkommen hießen und ihnen den Weg zu den einzelnen Abteilungen wiesen. Ihr stockte der Atem. Mit einem Mal befand sie sich in einer Welt, die nichts mit jener draußen auf der Straße zu tun hatte. Nie zuvor hatte sie ein Gebäude von solch gigantischen Ausmaßen betreten, noch nie eine derartige Pracht gesehen.

Das ganz in Sand und Gold gehaltene Innere mit hohen Säulen und sich darüberspannenden Rundbögen erinnerte an das Auditorium eines Theaters. Doch die Menschen hinter den Balustraden der Logen lauschten keinem Geschehen auf der Bühne, sondern eilten geschäftig hin und her, um ihre Einkäufe zu tätigen. Über drei Stockwerke wanderte Célestines Blick hinauf zu einer hohen Glaskuppel, durch die blassblaues Tageslicht hereinfiel. Im Glanz Hunderter, wenn nicht gar Tausender Leuchten erstrahlte dieser Tempel des Luxus und des Überflusses in einem hellen, warmen Licht.

»Ist das nicht phantastisch? Lass uns mit dem Aufzug bis ganz nach oben fahren! Für den Weg nach unten nehmen wir die Treppe«, schlug Marie vor und zog die Freundin entschlossen hinter sich her.

Und so erkundeten sie Etage um Etage. Die verschiedenen Verkaufsbereiche waren in mehrere einzelne Läden unterteilt, wovon jeder ganz individuell mit Regalen, Schubladenschränken, goldgerahmten Spiegeln und Blumenschmuck gestaltet war. Célestine schien sich auf eine Reise um die ganze Welt zu begeben. Sie konnte sich nicht sattsehen an filigranem chinesischem Porzellan mit blauen Drachen und Vögeln, an farbenprächtigen Teppichen aus dem Orient, golddurchwirkten Batiststoffen aus Indien, handgeflochtenen Hüten aus Südamerika und feinsten Hirschlederhandschuhen aus Italien. In gläsernen Vitrinen funkelten diamantene Colliers mit silbernen Teekannen und Bilderrahmen um die Wette.

Über eine breite Freitreppe gelangten sie hinunter in die zweite Etage. Zielsicher steuerte Marie die Strumpfabteilung an. Célestine staunte über die Gelassenheit, mit der die zierliche sommersprossige Verkäuferin, die kaum älter sein mochte als sie selbst, Schublade um Schublade öffnete und ihnen ein Paar nach dem anderen präsentierte. Schließlich sahen sie in ihren derben Wintermänteln keinesfalls wie betuchte Kundinnen aus, sondern verrieten schon auf den ersten Blick, was sie tatsächlich waren – zwei mittellose Mädchen aus der Provinz. Ehrfurchtsvoll ließ Célestine das hauchzarte Nylongewebe über das Handgelenk gleiten und bewunderte die Strumpfnaht, die so fein war wie ein Federstrich.

»Selbstverständlich bieten wir auch einen Laufmaschendienst an, sollte Ihnen ein Missgeschick widerfahren«, erläuterte die Verkäuferin mit bezauberndem Lächeln und huldvollem Augenaufschlag.

»Vielen Dank, Mademoiselle. Meine Freundin und ich müssen uns zunächst beratschlagen, ob wir die Strümpfe im

Farbton *Perle* oder *Champagner* nehmen«, behauptete Marie mit todernster Miene und zwickte Célestine unauffällig in den Arm.

»Aber die können wir uns doch niemals leisten«, wandte Célestine erschrocken ein, sobald sie außer Hörweite waren.

»Natürlich nicht. Aber das ist doch letztlich nur ein Spiel. Da gilt es, so zu tun, als stünde uns für unsere Einkaufstouren ein Vermögen zur Verfügung. Und wer weiß – haben wir erst einmal den Mann unserer Träume gefunden, können wir uns Dutzende solcher Strümpfe leisten.«

Mit einer gewissen Genugtuung dachte Célestine daran, dass sie erst eine Woche zuvor ihren Verlobungsring einem Mann vor die Füße geworfen hatte, den andere Frauen sicherlich als Mann ihrer Träume bezeichnet hätten. Der sie eines Nachmittags auf den Küchenboden gezerrt hatte, um sich zu nehmen, was einem Ehemann seiner Ansicht nach zustand. Weil sie doch längst verheiratet wären – hätte nicht Célestines Mutter die Hochzeit durch ihren Tod »verpfuscht«, wie er es nannte. Célestine vereitelte seine Absicht jedoch, indem sie ihm mit aller Kraft in den Handrücken biss. Zum Glück war Albert weit weg, und an ihrem ersten Tag in Paris wollte sie nicht trübsinnig werden. Nur zu gern überließ sie sich Maries Vorschlägen, welche unerschwinglichen, aber umso schöneren Artikel sie unbedingt noch in Augenschein nehmen sollten.

Bald schwirrte ihr der Kopf von den zahllosen Pelzstolen, ledernen Reisenecessaires und Kristalllüstern, den Champagnerkühlern und Trüffelknollen. In der Parfumabteilung erstrahlten kunstvoll geformte Glasflakons in Regalen mit ausgeklügelter Beleuchtung, die jede Flasche zu einem erlesenen Kunstwerk machte. Diensteifrige Verkäuferinnen tupften ihnen die neuesten Düfte der Saison auf die Innenseite der Handgelenke. Fasziniert erschnupperte Célestine Essenzen, die mit blumigen, pudrigen oder würzigen Noten ihren Geruchssinn betörten.

Nach über vier Stunden des Schauens und Staunens fühlte sie sich wie benommen und ertrug die schmerzenden Füße mit Mühe. Sie war froh, als sie den Heimweg antraten. Die vielen Eindrücke hatten sie müde gemacht. Marie indes wirkte überaus fröhlich und hakte sich bei der Freundin unter.

»Mit dir an meiner Seite macht das Bummeln viel mehr Spaß, Célestine. Und das nächste Mal gehen wir ins *Printemps*, was nur wenige Schritte von den *Galeries Lafayette* entfernt ist. Und danach ins *Bon Marché* am linken Seine-Ufer, das ist das älteste Warenhaus in Paris. Bei den Schuhen arbeitet ein unglaublich charmanter Verkäufer. Dann müssen wir unbedingt auch ins *Samaritaine* …«

»Halt – Marie, mir ist jetzt schon ganz schwindlig! Ich habe vor, länger in Paris zu bleiben. Die Warenhäuser laufen uns nicht davon.«

Kapitel 3

Als Marie zur Arbeit aufgebrochen war, machte Célestine es sich auf dem Bett bequem. Auf dem Heimweg hatte sie einen Stadtplan von Paris und eine Tageszeitung gekauft, in der sie als Erstes die Seite mit den Stellenanzeigen aufschlug. Doch bei der Lektüre der Annoncen beschlich sie schon bald eine böse Ahnung. War es tatsächlich möglich, dass in einer Stadt wie Paris ausschließlich Krankenschwestern, Verkäuferinnen, Näherinnen, Kellnerinnen und Wäscherinnen gesucht wurden? Würde sie doch noch als Putzfrau enden, wie der Onkel es ihr prophezeit hatte? Wahrscheinlich war nur zufällig für diese Ausgabe keine Offerte für Schreibkräfte aufgegeben worden, versuchte sie, sich zu beruhigen. Morgen wäre sicher etwas Geeignetes für sie dabei.

Und dann tat Célestine etwas, was sie schon als junges Mädchen in manch dunklen Stunden als tröstend empfunden hatte. Sie nahm eines der Bücher mit schon abgegriffenem Einband ihrer Lieblingsautorin Germaine Mercier zur Hand: *Die Herrin von Château Marmontelle*. Sie verstand es einfach meisterhaft, ihre Leser in die glanzvolle Zeit der

Belle Époque zu entführen. Mit adligen jungen Frauen in raschelnden Seidenkleidern, feinen Herren mit Monokeln und ehernen Prinzipien, mit samtbezogenen Sesseln in geschmackvoll eingerichteten Salons, funkelnden Kristalllüstern und goldgerändertem Porzellan, mit nächtlichen Spaziergängen in Parks und leisen Seufzern hinter mannshohen Ligusterhecken.

Besonders an Tagen, an denen die Berichte über die hungernde Bevölkerung in den Städten, über Hinrichtungen von Widerständlern und Tausenden Kriegstoten auf französischer und deutscher Seite ihr fast den Lebensmut nahmen, waren die Romane von Germaine Mercier ihre geheime Zuflucht gewesen. Diese romantischen Erzählungen ließen sie hoffen, dass die Welt eines Tages eine bessere sein würde.

Damals war ihr der kühne Gedanke gekommen, Germaine Mercier nachzueifern und ebenfalls eine Erzählung zu schreiben, die die Leserinnen von ihren Nöten ablenkte und ihnen neuen Mut schenkte. Bisher hatte sie mit niemandem über diesen Plan gesprochen, ihre Familie hätte sie zweifellos für verrückt erklärt. Doch das war in ihrem alten Leben gewesen. Jetzt war sie in Paris, und gewiss hielt das Schicksal so manche Überraschung für sie bereit.

~

In der darauffolgenden Woche begann Maries Arbeitstag bereits um sechs Uhr morgens. Die Freundin verließ das Haus ohne Frühstück, weil Madame Renard den Angestellten gestattete, die vom Vortag übrig gebliebenen Brot- und Käsereste zu verzehren. Da gerade diese Lebensmittel schon so lange rationiert und an vielen Tagen vorzeitig ausverkauft waren, wussten die Mitarbeiter die Großzügigkeit der Patronne zu schätzen.

Célestine nutzte die Gelegenheit, um auf eigene Faust Erkundungstouren durch das Viertel zu unternehmen. Von Mal zu Mal wagte sie sich weiter von der Rue Capron weg, entdeckte hier einen Schusterladen und dort eine Bäckerei, lernte Umwege und Abkürzungen kennen. Bald schon hatte sie keine Mühe mehr, mit anderen Fußgängern eine Straße zu überqueren. Wie von selbst reihte sie sich in die Gruppe der Passanten ein, passte sich ihrem Tempo an und fühlte sich als Teil einer namenlosen Schar mit demselben Ziel.

Dann entdeckte Célestine eine Anzeige, bei der ihr Herz augenblicklich höherschlug. Eine Schreibkraft, nicht älter als fünfundzwanzig Jahre, wurde für ein Hotel garni gesucht. Sie faltete ihren Stadtplan auseinander und stellte zu ihrer Freude fest, dass das Hotel in Montmartre lag, in der Rue Pouchet, nur wenige Minuten Fußweg von Maries Wohnung entfernt. Am nächsten Morgen wollte sie sich dort vorstellen.

Die Freundin, die erst irgendwann in der Nacht zurückgekommen war, schlief noch tief und fest, als Célestine aufstand und sich so leise wie möglich fertig machte. Nach einigem Zögern beschloss sie, anstelle der Trauerkleidung ein dunkelblaues Kleid mit Perlmuttknöpfen anzuziehen. Dass sie wenige Wochen zuvor ihre Mutter verloren hatte, war ihr ganz persönliches Schicksal, über das sie nicht mit Fremden reden wollte. Außerdem hatte das Kleid Maman gehört. Célestine hatte die gleiche Figur, und sicher hätte es Laurianne Dufour gefallen, dass die Tochter ihre Kleider auftrug.

Die Fensterläden in der Rue Pouchet waren geschlossen. Das Haus machte einen heruntergekommenen Eindruck, an den Wänden bröckelte der Putz ab, an der Tür die Farbe. Mehrmals drückte Célestine auf den Klingelknopf. Als sie sich enttäuscht zum Gehen umwenden wollte, wurde die Tür geöffnet. Eine etwa fünfzigjährige Frau in einem hellblauen Morgenmantel, der nur unzureichend ihre Büste bedeckte, blickte sie prüfend vom Scheitel bis zur Schuhspitze an.

»Bist du wegen der Anzeige gekommen?«

»Ja, Madame.« Célestine wunderte sich über die vertrauliche Anrede. Hatte sie sich womöglich in der Adresse geirrt? Diese Frau wirkte keinesfalls wie die Angestellte eines Hotels.

»Komm rein, ich bin Madame Denise.«

Célestine folgte ihr in einen spärlich beleuchteten Salon mit geblümten Sesseln und einem grünlichen Samtsofa, auf dem sich eine rot getigerte Katze zusammengerollt hatte. Auf einem Tresen standen mehrere leere Gläser und ein Champagnerkübel mit verwelkenden Rosen. An jeder der vier Wände hingen breite goldgerahmte Spiegel. Célestine fühlte eine Hand auf ihrer Wange.

»Du bist hübsch, hast eine natürliche Ausstrahlung. Außerdem fehlt in unserer Runde noch eine Rothaarige. Ich glaube, wir könnten miteinander ins Geschäft kommen.«

Irgendetwas an der Frau und dem Haus kam Célestine sonderbar vor, am liebsten wäre sie umgehend wieder gegangen. Doch sie wollte sich bei ihrer ersten Bewerbung nicht gleich entmutigen lassen. »Sollen die Schreibarbeiten in diesem Hotel von Hand oder auf einer Maschine erledigt werden?«

Madame Denise kräuselte die Lippen, aus ihren Augen sprach Mitleid. »Du bist gerade erst in Paris angekommen, stimmt's?«

»Ja, aber was spielt das für eine Rolle? Dies hier ist doch ein Hotel, oder nicht?«

»Selbstverständlich. Allerdings ein sehr spezielles. Wärest du von hier, wüsstest du, was es heißt, wenn eine Schreibkraft unter fünfundzwanzig für ein Hotel garni gesucht wird.«

Célestines Verwirrung wuchs. »Ich verstehe nicht …«

»Nun, dann übersetze ich dir die Annonce: *Hure für ein Bordell gesucht. Sie soll jung sein, die Kunden verlangen Frischfleisch.* Aber diesen Wortlaut hätte die Zeitung niemals abgedruckt.«

»Ich glaube, hier liegt ein Irrtum vor …«, stammelte Célestine entsetzt und stolperte zur Tür hinaus. Draußen auf der Straße holte sie tief Luft. Hatte der Onkel etwa recht, dass die Stadt ein Sündenpfuhl war? Hoffentlich bedeutete diese Begegnung kein böses Omen.

Marie lachte laut auf, als Célestine ihr wenige Minuten später von dem Missverständnis berichtete. »Mach dir nichts draus, *ma chère*. Am Anfang müssen wir alle Lehrgeld zahlen. Dann versuchst du es eben morgen oder übermorgen mit einer anderen Annonce.«

Kapitel 4

Um sich bei Marie für die Gastfreundschaft zu revanchieren, schlug Célestine vor, dass sie die Wohnung putzen, Einkäufe erledigen und für sie beide kochen würde. Als sie sich dann zum Einkaufen aufmachte, fand der Gemüsehändler in der Rue Ganneron, ein schwergewichtiger Bretone mit schütterem Haar, Gefallen daran, seiner neuen Kundin die frischsten und aromatischsten Produkte zu empfehlen.

»Nehmen Sie heute den Weißkohl, Mademoiselle. Mit ein wenig Schmalz, zwei bis drei Pimentkörnern und einer Prise Muskat gedünstet, wird er zum Hochgenuss. Die Eier stammen von unseren eigenen Hühnern. Meine Frau hat sie heute Morgen aus dem Nest geholt.«

Wenn Marie nach einer Frühschicht am späten Nachmittag nach Hause kam, hatte Célestine schon den Ofen angefeuert, und das Essen stand dampfend auf dem Tisch. Die Freundinnen plauderten endlos miteinander und ließen es sich schmecken. Allmählich hatte Célestine das Gefühl, dass ihre Trauer, die ihr in mancher Stunde noch immer das Herz schwermachte, ein wenig schwächer wurde.

»An eine warme Mahlzeit nach der Arbeit könnte ich mich gewöhnen. Meinetwegen musst du dich mit der Stellensuche nicht beeilen. Ich lasse mich gern noch ein wenig länger von dir verwöhnen«, erklärte Marie mit einem Augenzwinkern.

Als Célestine tags darauf die Kartoffeln, die sie für ein Gratin gekauft hatte, aus dem Zeitungspapier wickelte, fiel ihr Blick auf ein Inserat.

Seriöse und zuverlässige Sekretärin für Privathaushalt gesucht. Gewünscht sind perfekte Schreibmaschinen- und Stenographiekenntnisse. Interessierte Damen stellen sich bitte vor am Mittwoch, 27. November, um 3 Uhr in der Rue Royale No. 10, 3. Stock.

War diese Anzeige nicht geradezu ein Wink des Schicksals? Heute war der siebenundzwanzigste November, und der Zeiger der Uhr stand auf eins. Aufgeregt suchte Célestine den Stadtplan heraus und stellte fest, dass der Weg sie über bereits bekannte Straßen führte. Von der Rue d'Amsterdam ging es an der Gare Saint-Lazare vorbei und von dort fast geradlinig über die Rue du Havre in die Rue Royale. Mehr als eine halbe Stunde würde sie für diese Strecke nicht benötigen.

Um einen möglichst seriösen Eindruck zu machen, steckte sie das schulterlange Haar zu einer Nackenrolle zusammen.

Auf die Rückseite ihres Einkaufszettels schrieb sie eine Nachricht an Marie, dass sie sich auf den Weg zu einem Vorstellungsgespräch begebe und im Verlauf des Nachmittags zurück sei. Zum Glück regnete es nicht, und sie konnte mit trockenen und sauberen Schuhen vorsprechen. Kurz vor dem Ziel passierte Célestine die Église de la Madeleine, deren Fassade eher an einen griechischen Tempel als an eine Kirche gemahnte. Sie musste an ihre Tante denken, die sich vergeblich Kinder gewünscht hatte und die Launen ihres kriegsversehrten Ehemannes Gustav mit Gleichmut ertrug. Wie es Madeleine in diesem Moment wohl erging? Vermutlich saß sie an dem blank gescheuerten Küchentisch über dem Rechnungsbuch und zählte die Wocheneinnahmen des kleinen Gemischtwarenladens zusammen.

Weil sie mehr als eine Viertelstunde zu früh ankam, schlenderte Célestine noch eine Weile um den ungewöhnlichen Kirchenbau herum. In der Ferne, am Ende der Rue Royale, erkannte sie einen Obelisken mit vergoldeter Spitze. Wenn sie sich richtig erinnerte, musste sich dort die Place de la Concorde befinden. Die Stelle, an der Louis XVI. und seine Gemahlin Marie Antoinette unter der Guillotine exekutiert worden waren wie so viele andere bekannte und namenlose Persönlichkeiten während der Französischen Revolution.

Célestine spürte, wie ihr ein Schauer über den Rücken lief. Dann aber wurde ihre Aufmerksamkeit von einer Auslage gefesselt, bei der ihr das Wasser im Mund zusammenlief. Im

Schaufenster einer Pâtisserie mit dem Namen *Ladurée* wurden auf silbernen Etageren Pralinen, Bonbons sowie Macarons in wunderschönen Pastellfarben präsentiert. Jene luftig zarten Mandelbaisertaler, die sie zwar noch nie gekostet hatte, aber sehr wohl aus den Romanen von Germaine Mercier kannte, wenn die vornehmen Herrschaften zum Nachmittagskaffee luden.

Das Haus Nummer zehn in der Rue Royale war eines der typischen vierstöckigen Pariser Stadthäuser mit schlichter sandsteinfarbener Fassade und einem hohen blaugrünen Eingangstor, durch das vermutlich einst Kutschen gefahren waren. Célestines Herz pochte laut, als sie über ausgetretene Marmorstufen ins dritte Stockwerk hinaufstieg. Wie mochte es hinter der Wohnungstür aussehen? Über den Bewohner verriet das messingfarbene Türschild nicht mehr als die Initialen *C. D.* Nach einigen Sekunden des Zögerns fasste Célestine sich ein Herz und drückte auf den Klingelknopf.

Ein hagerer Mann mittleren Alters öffnete die knarrende Tür, an der schwarz-weiß gestreiften Hose und dem schwarzen Jackett unschwer als Butler zu erkennen. Mit seinen schmalen Lippen und dem stechenden Blick erinnerte er Célestine an ihren früheren Mathematiklehrer, vor dem sich die ganze Klasse gefürchtet hatte.

»Guten Tag, Monsieur, mein Name ist Célestine Dufour. Ich komme wegen der Stellenanzeige«, erklärte sie mit klopfendem Herzen und verschränkte vor Aufregung die Hände hinter dem Rücken.

»Bitte einzutreten, Mademoiselle«, nuschelte der Bedienstete. Célestine folgte ihm in den Salon – und hielt den Atem an. Zart bedruckte Seidentapeten schmückten die Wände, dazu harmonierten makellos geschwungene Nussbaummöbel, die mit Intarsien verziert waren. Champagnerfarbene Vorhangstoffe an den Fenstern verliehen dem Raum Leichtigkeit und Eleganz. Mehr als ein halbes Dutzend goldgerahmter Gemälde und die Skulptur eines Fauns ließen auf kunstbeflissene Bewohner schließen. Ein üppiges Blumenbouquet aus Lilien, Tulpen und Rosenranken auf dem Kaminsims musste von einem Meister der Floristik gebunden worden sein. In diesem Augenblick stand für Célestine fest: Dies war der Ort, an dem sie arbeiten wollte.

»Wenn Mademoiselle dort drüben Platz nehmen wollen. Monsieur Dior wird in wenigen Minuten bei Ihnen sein.« Der Butler deutete auf einen grauseidenen Sessel. In diesem Moment sah sie drei Frauen, die hinter einer fast deckenhohen Topfpalme auf einem breiten Sofa nebeneinandersaßen und sie feindselig anstarrten, und Célestine begriff, dass sie nicht die Einzige war, die sich auf diese Stelle bewarb.

So ungezwungen wie möglich ließ sie sich in dem ihr zugewiesenen Sitzmöbel nieder und beobachtete aus den Augenwinkeln ihre Konkurrentinnen, von denen jede ihr etliche Lebens- und Berufsjahre voraushaben musste. Die linke Frau war mindestens doppelt so alt wie sie. Am Seitenscheitel ihres pechschwarzen Haars war ein weißer Ansatz zu erkennen, die kräftigen Finger umklammerten eine Tasche, wie sie die Hebammen auf dem Land mit sich führten. Mit ihren kreisrunden Brillengläsern, den bernsteinfarbenen Augen und der hakenförmigen Nase erinnerte die mittlere Rivalin an eine Eule. Rechts neben ihr saß eine etwa dreißigjährige, stark geschminkte Frau mit langen, spitzen Fingernägeln. Insgeheim fragte sich Célestine, wie sie mit derartigen Krallen wohl eine Schreibmaschine bedienen wollte.

Nach wenigen Minuten betrat ein mittelgroßer Mann mit einem rundlichen Gesicht und hohen Geheimratsecken den Salon. Sein anthrazitfarbener Anzug war sicher maßgeschneidert und schmeichelte seiner vollschlanken Statur. Krawatte und Einstecktuch waren aus demselben silbern bestickten Stoff gefertigt. Er strahlte etwas Gutmütiges, Väterliches aus, ein Eindruck, der durch seine warme, melodische Stimme noch verstärkt wurde. Mit einer Geste des Bedauerns hob er die Hände.

»Mein Name ist Dior, Mesdemoiselles. Ich kann gar nicht sagen, wie leid es mir tut. Hier liegt ein bedauerliches Missverständnis vor. Ich weiß, Sie alle sind wegen der Annonce gekommen. Doch offensichtlich sind in der Anzeigenredaktion einige Zeilen innerhalb zweier verschiedener Offerten vertauscht worden. Ich suche keine Sekretärin, sondern eine Haushaltshilfe.«

Ohne dass Célestine es bemerkte, umklammerten ihre Finger die Armlehne. Aus ihrem Traum von einem selbstbestimmten Leben in Paris drohte ein weiteres Mal eine Niederlage zu werden.

Die Schwarzhaarige auf dem Sofa rang hörbar nach Luft. »Was verstehen Sie darunter, Monsieur?«

»Ich stehe kurz davor, ein eigenes Unternehmen zu gründen, und werde künftig viele Stunden außer Haus verbringen. Daher suche ich für mein privates Refugium jemanden, der mich unterstützt. Neben dem Reinemachen gehört zu den Aufgaben, Einkäufe zu erledigen und gelegentlich ein Diner zuzubereiten. Außerdem soll sie die Post entgegennehmen sowie jede Woche für frischen Blumenschmuck sorgen. Tätigkeiten, für die das Fingerspitzengefühl einer Frau vonnöten ist und die …« – bei diesen Worten blickte Monsieur Dior zur Tür, vermutlich um sich zu vergewissern, dass sein Diener außer Hörweite war – »… ein noch so versierter Butler nicht auszuführen vermag.«

Wie auf Kommando erhoben sich die drei Frauen gleichzeitig vom Sofa.

»Zehn Jahre lang war ich die Privatsekretärin des Marquis de Montessin, ich werde mir die Hände doch nicht am Herd schmutzig machen!«, schnaubte die Geschminkte und spreizte ihre Hand mit den spitz gefeilten Fingernägeln.

Die Schwarzhaarige zog verächtlich die Mundwinkel nach unten. »Einkaufen! Als ob ich mich mit Marktweibern herumärgern möchte …«

Auch die Eulenfrau machte ihrem Unmut Luft und reagierte mit einer sarkastischen Bemerkung. »Um Blumenstängel zusammenzubinden, fehlt mir das Talent.«

»Ich bedaure unendlich, dass Sie sich vergebens auf den

Weg gemacht haben, Mesdemoiselles.« Mit einem entschuldigenden Lächeln schritt Monsieur Dior zur Tür und verabschiedete sich per Handschlag von jeder Bewerberin.

»Haben Sie noch einen angenehmen Tag. Ich wünsche Ihnen viel Glück.«

Als Letzte kam Célestine an die Reihe. So vieles ging ihr gleichzeitig durch den Kopf, dass sie Mühe hatte, ihre Gedanken zu ordnen. Sie wusste nur eines: Von dieser einmalig stilvollen Umgebung fühlte sie sich auf seltsame Weise angezogen, und sie wollte bei diesem höflichen und kultivierten Mann um jeden Preis eine Anstellung bekommen.

Sie hob das Kinn an, straffte die Schultern und sprach mit fester, entschiedener Stimme. »Monsieur Dior, ich bin genau die, die Sie suchen.«

Überrascht zog der Hausherr die zum Abschied entgegengestreckte Hand zurück. »Wie kommen Sie darauf, Mademoiselle …?«

»Dufour, Célestine Dufour.«

»Darf ich fragen, was Sie als Sekretärin an der Tätigkeit einer Haushaltshilfe reizt, Mademoiselle Dufour?«

»Seit vier Jahrzehnten führt meine Familie einen Gemischtwarenladen. Ich kenne mich daher mit Obst, Gemüse, Käse und Öl aus. Außerdem liebe ich Blumen. Mein Onkel und meine Tante besaßen vor dem Krieg eine Gärtnerei. Als Kind verbrachte ich oft die Sommerferien bei ihnen und habe viel über Pflanzen gelernt. Und ich koche gern.«

»Die Aufgaben einer Sekretärin sind weitaus umfassender als die einer Haushaltshilfe. Ich möchte vermeiden, dass Sie sich … langweilen und womöglich unzufrieden sind.«

Auf keinen Fall wollte Célestine sich durch dieses Argument entmutigen lassen, auch wenn es noch so plausibel klang. Sie wollte diese Anstellung, also musste sie diesen Mann überzeugen.

»Die Aufgaben, die Sie vorhin genannt haben, erscheinen mir ehrlich gesagt vielseitiger als die, die ich bisher als Schreibkraft verrichtet habe.«

Nachdenklich strich sich Monsieur Dior über das Kinn, und Célestine hoffte, dass dies ein Zeichen dafür war, dass er einlenken würde.

»Wo waren Sie bisher tätig, Mademoiselle Dufour?«

»Nachdem ich die Sekretärinnenschule in Avranches absolviert habe, habe ich zwei Jahre lang im Gemeindeamt von Genêts gearbeitet. In einer Dreihundert-Seelen-Gemeinde ist eine solche Tätigkeit nicht sonderlich abwechslungsreich.«

Monsieur Dior trat einen Schritt zur Seite, seine Stimme wurde lebhaft. »Sie sind Normannin. Was für ein Zufall! Wir sollten uns näher unterhalten. Darf ich Ihnen den Mantel abnehmen? Meine Kindheit und Jugend habe ich gewissermaßen in Ihrer Nachbarschaft verbracht, in Granville.«

Wie aus dem Nichts war der Butler neben ihnen aufgetaucht und nahm den Mantel entgegen. Auf ein Handzeichen hin folgte Célestine dem Hausherrn zurück in den

Salon, wo sie sich auf dem Sofa niederließen. Sie spürte einen prüfenden Blick auf ihrem Kleiderärmel und wurde unruhig. Hatte sie womöglich einen Fleck oder einen Faden auf dem rauchblauen Stoff übersehen? Doch sie konnte keinen Makel entdecken. Im Plauderton fuhr Monsieur Dior fort: »Sechs Jahre war ich als Modezeichner bei Monsieur Lucien Lelong in der Avenue Malignon tätig. Nun aber habe ich die Bequemlichkeit und Sicherheit einer festen Anstellung aufgegeben, um mich mit einem eigenen Couture-Haus selbstständig zu machen. Manchmal frage ich mich, welcher Teufel mich geritten hat, dieses Wagnis einzugehen. Was gibt es nicht alles gleichzeitig zu bewerkstelligen? Räume müssen ausgestattet, Stoffe ausgesucht, Zuschneiderinnen und Näherinnen eingestellt, Mannequins ausgewählt werden … Doch die größte Herausforderung besteht für mich darin, zum ersten Mal eine vollständige Kollektion mit etwa hundert Stücken zu entwerfen.«

Monsieur Dior legte den Kopf gegen die Rückenlehne und schloss für einen Moment die Augen. Mit einem Mal wirkte er müde und erschöpft, als hätte er schon seit vielen Nächten zu wenig Schlaf gefunden. »In diesen Tagen voller Anspannung muss ich oft an meine Heimatstadt in der Normandie denken, an den Strand, das Meer, den Geruch frisch gebackener Apfeltarte und an unseren Garten, in dem wir Geschwister gespielt haben … Und plötzlich stelle ich fest, dass ich kein kleiner Junge mehr bin, sondern Verantwortung für Dutzende von Angestellten trage.«

»Ich glaube, Sie brauchen einen Ort, an dem Sie ungestört sind – und einen guten Geist, der dafür sorgt, dass Sie an diesem Ort Kraft schöpfen und sich ganz auf Ihre Arbeit konzentrieren können.« Célestine wunderte sich, wie selbstverständlich ihr diese Worte über die Lippen gekommen waren.

Erstaunt hob Monsieur Dior eine Braue, dann nickte er. »Genau so verhält es sich. Darf ich Ihnen eine Zigarette anbieten?«, fragte er und zog eine Packung Gauloises aus der Jacketttasche.

»Lieber nicht. Ich habe einmal in meinem Leben eine Zigarette probiert. Danach ist mir so übel geworden, dass ich mir geschworen habe, nie wieder eine anzurühren.«

Monsieur Dior steckte sich eine Zigarette an und lächelte. »Reden wir über Sie, Mademoiselle Dufour. Sie sind noch jung. Hatten Ihre Eltern keine Bedenken, Sie allein nach Paris ziehen zu lassen? Oder haben Sie hier Verwandte?«

Célestine merkte, wie ihr die Kehle eng wurde. Ihr Herz raste, und sie begann zu frösteln. Wie gerne wäre sie auch jetzt wieder vor ihren Erinnerungen davongelaufen, die so sehr schmerzten. Aber eine innere Stimme riet ihr, diesem Mann zu vertrauen und sich ihm gegenüber zu öffnen. Sie schluckte.

»Meine Mutter starb ganz unerwartet vor wenigen Wochen. Mein Vater und mein älterer Bruder Pierre sind kurz vor Kriegsende im Elsass gefallen.« Bis in die Schläfen spürte Célestine ihren Herzschlag, ihre Hände zitterten. Doch nun hatte sie ausgesprochen, was bleischwer auf ihrer Seele lastete. Ganz tief atmete sie ein und wieder aus, und mit einem Mal fiel ihr das Weitersprechen leicht. »Ich bin aus Genêts fortgegangen, weil ich die schrecklichen Erinnerungen hinter mir lassen und etwas Neues beginnen wollte. Zurzeit wohne ich bei einer alten Schulfreundin.«

»Bitte verzeihen Sie, Mademoiselle. Mein Beileid.« Verlegen senkte Monsieur Dior den Blick. Dann griff er nach ihrer Hand und drückte sie behutsam. »Also haben Sie innerhalb von zwei Jahren Ihre ganze Familie verloren. Ich kann Ihren Schmerz gut verstehen. Meine Mutter starb, als ich sechsundzwanzig war, und doch ist mir, als sei es erst gestern gewesen.«

Eine Weile saßen sie schweigend nebeneinander. Im Salon war es still, nur das Ticken der goldverzierten Kaminuhr war zu hören. Monsieur Dior zog an der Zigarette, blies den Rauch zur Decke und räusperte sich.

»Wir sollten nicht länger von der traurigen Vergangenheit reden, sondern uns der Gegenwart zuwenden. Wenn Sie einem wunderlichen Modezeichner eine persönliche Bemerkung gestatten, Mademoiselle Dufour … Sie tragen ein bezauberndes Kleid. Die gerundeten Schultern und der bis über das Knie reichende Rocksaum verweisen auf die Zeit vor dem Krieg. Der Wollstoff ist exquisit und auch großzügiger verarbeitet als zu dieser Zeit üblich. Ein ganz und gar harmonischer Entwurf, möchte ich sagen.«

Célestine stutzte. Sollte sie eine weitere ehrliche Antwort wagen? »Ich verstehe nicht viel von Mode, Monsieur Dior.

Das Kleid gehörte meiner Mutter, sie hat es selbst genäht. Sie liebte edle Stoffe, im Gegensatz zu meiner Tante, die der Ansicht war, dass ein Kleid vor allem warm und praktisch sein muss.« Sie bereute ihre Worte, kaum dass sie sie ausgesprochen hatte. Womöglich hatte sie mit dieser Äußerung ihre letzte Chance auf die Anstellung verspielt. Sie hielt den Atem an.

»Ihre Mutter muss eine Frau mit Geschmack gewesen sein, Mademoiselle Dufour. Und Sie selbst geben diesem Kleidungsstück durch Ihre natürliche Ausstrahlung eine einzigartige Note. Ich würde mich freuen, wenn Sie für mich arbeiten würden. Können Sie am nächsten Montag um neun Uhr anfangen?«

Kapitel 5

»Wie schade! Ich hatte mich schon daran gewöhnt, nach der Arbeit an einem gedeckten Tisch Platz zu nehmen.« Marie zog einen Flunsch, zwinkerte der Freundin jedoch zu. »Nur ein Scherz, Célestine. Natürlich freue ich mich mit dir, dass du eine Anstellung gefunden hast. Noch dazu in einem Modehaus. Fein gewebte Kleider trägst du ja bereits. Weißt du noch, wie wir uns in der Schule gekratzt haben, weil die rauen Stoffe auf unserer Haut scheuerten?«

»Die Kleider sind von Maman. Sie hat mir ihre Figur vererbt, und so kann ich heute ihre Sachen weitertragen. Im Nähen war sie viel geschickter als ich. Das blaue Kleid ist sogar Monsieur Dior aufgefallen.«

»Kein Wunder, bei seinem Beruf. Für einen Modezeichner scheint dein künftiger Dienstherr allerdings ein recht feudales Leben zu führen. Er hat einen Butler und ist umgeben von schönen Möbeln und Gemälden. Du sagst, er ist Junggeselle? Aber das muss er ja nicht für alle Zeiten bleiben. Sofern du geschickt vorgehst …« Marie hob die Braue, und Célestine erriet sogleich den Hintergedanken der Freundin.

»Marie, wo denkst du hin? Monsieur Dior könnte mein Vater sein. Außerdem will ich keinen Ehemann. Jedenfalls vorläufig nicht. Das Debakel mit dem selbstsüchtigen Albert war mir eine Lehre.«

»Schon gut, was Männer betrifft, sind wir eben unterschiedlicher Meinung. Aber du stimmst mir hoffentlich zu, dass du unbedingt das Lokal kennenlernen musst, in dem ich arbeite.«

In knappen Worten erzählte Marie, wie sie eine Woche nach ihrer Ankunft durch Zufall beim Gemüsehändler gehört hatte, dass in der Brasserie *Choupette* eine Kellnerin gesucht werde. »Ich ging hin, und noch am selben Tag hat Madame Renard mich eingestellt.«

»Offenbar sind wir beide Glückspilze. Was hältst du davon, wenn ich uns zur Feier des Tages eine Fischsuppe koche? Und zum Nachtisch gibt es gebackene Äpfel.«

Marie juchzte auf und umarmte die Freundin überschwänglich. »Ich glaube, du kannst Gedanken lesen.«

Camille Renard war eine Frau mit aufgestecktem eisengrauem Haar und kantigen Gesichtszügen, die Wangen von Falten zerfurcht. Die gestärkte dunkelblaue Schürze, die ihr bis zu den Knöcheln reichte, verstärkte den Eindruck der Strenge. Doch die graugrünen Augen strahlten viel Wärme aus, weswegen Célestine vermutete, dass Madame Renard eine verständnisvolle Frau sein musste. Sie spürte einen festen Händedruck, den sie dem schmächtigen Persönchen nicht zugetraut hätte.

»Sie sind also die Schulfreundin aus der Normandie. Willkommen in Paris! Marie hat mir schon viel von Ihnen erzählt. Darf ich Sie beide zu einer Tasse Kaffee einladen?«

Die beiden Freundinnen nahmen an einem Tischchen unter einer welkenden Topfpalme Platz, und sogleich erzählte Marie von einem Gast, den sie einige Wochen zuvor an genau diesem Tisch bedient hatte. Der algerische Geschäftsmann war ohne Begleitung erschienen, hatte eine Flasche Rotwein bestellt und ihr als Trinkgeld einen Hundert-Francs-Schein in die Hand gedrückt.

»Leider ist er nur ein einziges Mal gekommen. Diesen großzügigen Mann hätte ich gern näher kennengelernt.« Mit einem Seufzer des Bedauerns tunkte Marie einen Keks in den Kaffee, den die Patronne ihnen persönlich an den Tisch gebracht hatte. Einen herrlich duftenden Kaffee aus echten Kaffeebohnen und keinen Mocca faux, wie Célestine zu ihrer Freude feststellte. Dieser Ersatzkaffee aus Chicorée war seit der Rationierung von Nahrungsmitteln zum Hauptgetränk vieler Franzosen geworden.

Während Célestine vorsichtig an dem heißen Getränk nippte, blickte sie sich um. Die Brasserie *Choupette* war nach der Katze der ersten Wirtsleute aus den späten 1860er Jahren benannt worden, wie Marie erzählte. Das Lokal hatte offenbar schon einmal bessere Tage erlebt. Die rosa geblümte Tapete zeigte einen gräulichen Schleier, der Lack an den schwarzen Bugholzstühlen war an vielen Stellen abgeplatzt, und die einstige grüne Farbe der Samtbezüge auf den Sesseln und den zweisitzigen Sofas ließ sich nur noch erahnen. Und doch erinnerte das verblasste Interieur an die Noblesse früherer Zeiten.

»Du hast es gut getroffen. Madame Renard scheint eine umgängliche Person zu sein.«

»Das ist sie.« Marie nickte und spülte das letzte Stückchen Keks mit einem kräftigen Schluck Kaffee hinunter.

Mittlerweile hatte sich die Brasserie gefüllt, wie jeden Tag um die Mittagszeit. Die meisten Gäste bestellten ein Bier oder ein Glas Wein, vermischt mit Wasser, dazu ein Käse- oder Pilzomelett. Hochprozentiges wie Cognac oder Absinth wurde auf Geheiß Madame Renards erst ab sechs Uhr abends serviert. In ihrem Lokal sollte nicht schon am helllichten Tag getrunken werden. Dichter Zigarettenqualm waberte über den Köpfen der Gäste, man unterhielt sich laut und lebhaft.

»Célestine, willst du wirklich zum Sacré-Cœur? Kirchen sind so langweilig, und außerdem müssen wir am Montmartre ganz viele Stufen den Hügel hinaufsteigen.« In Maries Frage schwang unüberhörbar die Hoffnung auf eine ablehnende Antwort. Ein mondänes Warenhaus wäre für sie ein weitaus reizvolleres Ziel gewesen, vermutete Célestine.

»Nur kurz, Marie. Damit ich ein Vaterunser für Maman beten kann.«

»Nun gut, ich begleite dich.«

Arm in Arm stolzierten die Freundinnen durch schmale gewundene Gässchen und über unzählige steinerne Treppenstufen bis hinauf zum Gipfel des Montmartre, wo die weiße Fassade der berühmten Basilika mit ihren sechs Kuppeln in den blassblauen Winterhimmel aufragte. Neben dem Eiffelturm und der Kirche Notre-Dame war sie das viel gerühmte dritte Wahrzeichen von Paris, wie Célestine gelesen hatte.

In einer der hinteren Kirchenbänke kniete sie nieder und faltete die Hände. Während sie das Vaterunser sprach und den Allmächtigen um ewigen Frieden für die Seele ihrer verstorbenen Mutter anflehte, richtete sie den Blick nach vorn auf das monumentale Mosaik über dem Altar. Das Kunstwerk zeigte Jesus mit weit ausgebreiteten Armen so, als wolle er die gesamte Menschheit beschützen. Eine Geste, die Célestine zutiefst berührte und hoffnungsvoll stimmte.

Beim Verlassen des Gotteshauses hielten die beiden jungen Frauen hinter dem Säulenportal inne. Von hier oben hatten sie einen grandiosen Blick auf die Stadt, erkannten sogar in der Ferne das sich schlängelnde silbrige Band der Seine.

»Siehst du dort vorn den Friedhof von Montmartre? Genau daneben ist meine Wohnung!«, rief Marie aufgeregt und deutete mit der Hand nach rechts.

»Einfach phantastisch der Blick von hier oben. So groß habe ich mir Paris nicht vorgestellt«, staunte Célestine. Ihr Herz schlug schneller. Bereits in wenigen Tagen würde in der Stadt, die zu ihren Füßen lag, ihr Traum von einem eigenständigen Leben Wirklichkeit werden.

Kapitel 6

Eine Minute vor neun drückte Célestine in der Rue Royale auf den Klingelknopf. Der Butler begrüßte sie mit einem leichten Kopfnicken. »Mademoiselle werden im Salon erwartet.«

Mit einem herzlichen Lächeln eilte Monsieur Dior auf Célestine zu und streckte ihr die Hand entgegen. »*Bienvenue*, Mademoiselle Dufour! Setzen wir uns für einen Moment. Dank Ihnen werde ich fortan wieder ein Zuhause haben ... und auch etwas zu essen. Meine frühere Hausangestellte hat sich vor einem Monat zur Ruhe gesetzt und ist zu ihren Kindern und Enkeln in die Bretagne gezogen. Seither speise ich außer Haus.«

Das Lächeln täuschte Célestine jedoch nicht darüber hinweg, dass ihr Dienstherr tiefe Ringe unter den Augen hatte und erschöpft aussah. Wie alt mochte er sein? Fünfzig oder doch eher sechzig Jahre?

»Seit Wochen verbringe ich die meisten Stunden des Tages in meinem Atelier in der Avenue Montaigne. Zwischen Schnittmustern, Stoffballen, Knopfschatullen und Hüten.

Immerzu klopft jemand an meine Tür, hat eine Frage oder fordert eine Entscheidung von mir. In der einen Hand halte ich den Telefonhörer, in der anderen ein Maßband oder eine Schere. Sehen Sie, so…« Monsieur Dior sprang vom Sofa auf mit einer Behändigkeit, die Célestine ihm gar nicht zugetraut hätte, und ahmte das soeben Gesagte pantomimisch nach. Plötzlich hielt er inne, als sei er sich soeben seines Tuns bewusst geworden, und dann mussten er und Célestine lachen.

Monsieur Dior ließ sich in das weiche Polster zurücksinken und schloss die Augen. Als er sie wieder öffnete, schien von einer Sekunde auf die nächste alle Müdigkeit aus seinem Gesicht verschwunden zu sein. »Diese Wohnung hier soll zu einer Oase werden, in der ich ohne den Lärm und die Hektik eines Atelierbetriebs meine Ideen zu Papier bringen kann. Die Kriegsjahre, in denen die Frauen schmale, kniekurze Uniformkleider mit kantigen Schultern getragen haben, sind gottlob vorbei. Meine Mode soll den Geist des Neuanfangs widerspiegeln.«

Ein leiser Schauer lief Célestine über den Rücken, als sie den Eifer und die Leidenschaft aus seinen Worten hörte. Auch wenn ihr Dienstherr gewissermaßen ein Fremder für sie war, spürte sie doch eine Vertrautheit, als würden sie sich schon lange kennen.

»Was sind meine Aufgaben, Monsieur Dior?«

»In der Putzkammer finden Sie alle notwendigen Utensilien und auch eine Kittelschürze. Kümmern müssen Sie sich nur um den vorderen Teil der Wohnung, der zur Rue

Royale liegt. Für meine Privaträume ist der Butler zuständig. Die Post wird, wie in Paris üblich, dreimal am Tag ausgetragen. Legen Sie die Briefe bitte auf den Schreibtisch in meinem Arbeitszimmer.«

»Wie steht es mit den Einkäufen und dem Blumenschmuck?«

»Mein Butler Charles nennt Ihnen die Adressen der Geschäfte. Man kennt mich dort, Sie können überall anschreiben lassen.«

Célestine nickte, nun musste nur noch eine wichtige Frage geklärt werden: »Was möchten Sie heute zu Abend essen, Monsieur Dior?«

»Offen gestanden liebe ich die normannische Hausmannskost. Sie erinnert mich an meine unbeschwerte Kindheit, nach der ich mich gerade in diesen Tagen voller Ungewissheiten zurücksehne ...«

Ein dreifacher Türgong beendete ihre Unterhaltung.

»Das ist mein Chauffeur. Er wartet unten auf der Straße. Charles zeigt Ihnen jetzt die Räumlichkeiten.«

~

»Haben Mademoiselle die Adressen notiert?«

Obwohl Charles keine Miene verzog, spürte Célestine an den knappen Erklärungen, dass der Butler die Unterredung mit ihr für vergeudete Zeit hielt und möglichst schnell in sein angestammtes Reich zurückkehren wollte. Sie folgte ihm, während er eine Tür nach der nächsten öffnete.

»Hier ist die Bibliothek... dort das Speisezimmer, daneben die Toilette und die Putzkammer ... Und hier sehen Sie das Arbeitszimmer des Patrons. Dahinter befindet sich der Privatbereich mit Schlaf-, Ankleide- und Badezimmer sowie einem Gästezimmer. Für diesen Teil der Wohnung bin allein ich zuständig.« Charles richtete sich kerzengerade auf und streckte das Kinn vor. Sein Stolz war sicht- und unüberhörbar.

Célestine konnte nur staunen. Von Putzkammer und Toilette abgesehen war jeder Raum ein Kleinod. Mit einer Eleganz und Ausgewogenheit eingerichtet, die Auge und Sinne eines jeden Betrachters erfreuen mussten. Helle Polster- und Vorhangstoffe erzeugten ein Gefühl von Weite und Großzügigkeit, funkelnde Leuchter und Möbel aus hochpoliertem Nussbaumholz erinnerten an den Stil einer vergangenen Epoche. Gemälde, Skulpturen und mannshohe Kentiapalmen setzten weitere stilvolle Akzente. Offenbar war an Monsieur Dior ein Inneneinrichter verloren gegangen – oder aber er hatte einen solchen zurate gezogen.

»Küche und Vorratskammer sollten Mademoiselle sich allein anschauen. Dort kenne ich mich nicht aus. Wenn Sie noch eine Frage haben, läuten Sie nach mir.« Eilig entfernte sich der Butler in den hinteren Bereich der Wohnung, in die Privaträume des Hausherrn.

Mit diesem verschlossenen Kollegen würde Célestine sicher keine überflüssigen Worte wechseln. Aber vielleicht gehörte ein gewisses Maß an Zurückhaltung zu den unerlässlichen Eigenschaften eines jeden Butlers.

Beim Anblick der blitzblanken modernen Küche klatschte Célestine vor Begeisterung in die Hände. Ein gasbetriebener Herd, eine breite Spüle, großzügige Arbeitsflächen, ein breites Fenster, das genügend Tageslicht hereinließ – sie fand alles vor, was das Herz begehrte. Schnell hatte sie sich einen Überblick verschafft über die Anzahl der kupfernen Töpfe und Pfannen, der Schüsseln, Servierplatten und Terrinen aus goldgerändertem weißem Porzellan. Hier zu werken wäre ihr das allergrößte Vergnügen, denn schon immer hatte sie Freude daran gehabt, die verschiedenen Geschmacksnuancen guter Lebensmittel beim Kochen lebendig werden zu lassen.

Innerhalb von zweieinhalb Stunden hatte sie das Parkett gewischt, die Möbel poliert, Bilderrahmen und jede waagerechte Fläche von Staub befreit und die Teppiche gesaugt. Eines dieser elektrischen Reinigungsgeräte, die einen Höllenlärm machten und für die meisten Menschen unerschwinglich waren, hatte ihr dabei gute Dienste geleistet. Welche Menschen mochten früher in dieser Wohnung gewohnt haben? Welche Tragödien oder Glücksmomente mochten sich innerhalb dieser Wände abgespielt haben? Fragen, die ihr plötzlich in den Sinn kamen. Ganz sicher eignete sich diese Suite hervorragend als Schauplatz für einen Roman.

Der Türgong ertönte, und Célestine wartete kurz, ob der Butler zurückkommen würde. Dann öffnete sie zögernd die Wohnungstür. Ein Postbote drückte ihr wortlos einen Packen Briefe in die Hand. Plötzlich stutzte der junge Mann mit dem rotblonden Schnauzbart und stieß einen anerkennenden Pfiff aus.

»Sieh an, ein unbekanntes Gesicht! Sind Sie eine Verwandte oder eine Angestellte?«

»Ich bin die neue Haushaltshilfe.«

»*Très bien!* Wir sehen uns wieder.« Grinsend tippte er sich an die Mütze und hastete die Treppenstufen hinunter.

Die Geschäfte, in denen Célestine die Einkäufe für Monsieur Dior erledigte, waren in nur wenigen Minuten zu Fuß erreichbar. Der Gemischtwarenladen lag in der Rue de Rivoli, gleich gegenüber befand sich der Obst- und Gemüseladen, der Bäcker hatte sein Geschäft in der Rue Gabriel. War es Zufall, oder wirkte der Name Dior wie ein Zauberwort? Kein einziges Nahrungsmittel war an diesem Morgen ausverkauft. Man bediente sie mit ausgesuchter Höflichkeit, und Célestine konnte mit einem vollen Einkaufskorb an ihre Arbeitsstätte zurückkehren.

Der Blumenladen *Lachaume* lag in der Rue du Faubourg Saint-Honoré. Von der Floristin erfuhr sie, dass der Patron Maiglöckchen, Rosen und Lilien zu seinen Lieblingsblumen zählte. Schon seit einer Weile belieferte sie Monsieur Dior jede Woche mit verschiedenen Bouquets für Salon, Speisezimmer, Bibliothek sowie Arbeits- und Schlafzimmer. Célestine hatte die Aufgabe, mit der Händlerin Blüten, Farbe und Gestaltung der jeweiligen Gebinde abzustimmen.

Das erste Abendessen für ihren Dienstherrn bereitete Célestine jedoch Kopfzerbrechen. Schließlich entschied sie sich für ein Gericht, das bei ihnen zu Hause meist an Sonntagen auf den Tisch gekommen war und von dem ihr Vater und ihr Bruder Pierre immer einen Nachschlag eingefordert hatten: mit Hack gefüllte Crêpes und als Nachtisch süßen Reis mit Zimt.

Monsieur Dior kam am frühen Abend zurück und warf gleich einen neugierigen Blick in die Küche, wo Célestine gerade die Hackfleischfarce zubereitete. Seine Augen leuchteten auf, und er ließ ein anerkennendes Schnalzen vernehmen. »Das riecht köstlich. Charles wird mir das Essen im kleinen Salon servieren. Sie haben dann Feierabend, Mademoiselle Dufour. *Au revoir* und bis morgen.«

Als Célestine vor die Haustür trat, fühlte sie sich müde und glücklich zugleich. Sie konnte es kaum erwarten, Marie von ihrem ersten Tag in der Rue Royale zu berichten.

Kapitel 7

Am nächsten Morgen wurde Célestine von einem bestens gestimmten Hausherrn begrüßt.

»Sie haben mich zu einem glücklichen Menschen gemacht, Mademoiselle Dufour. Ihre Crêpes waren vorzüglich. Ich wage zu behaupten, dass nicht einmal unsere frühere Köchin Berthe in Granville sie schmackhafter hätte zubereiten können.«

Célestine fühlte, wie ihr vor Freude über das Lob das Blut zu Kopf stieg.

»Nach dem Essen habe ich noch bis Mitternacht gearbeitet und dabei ein ganzes Skizzenbuch mit Cocktailkleidern gefüllt. Erstaunlich, welche Energie ein Mensch durch ein wohlzubereitetes Mahl zu entwickeln vermag.«

Plötzlich bemerkte Célestine, wie sich der Blick Monsieur Diors veränderte. Er schaute sie an und blickte gleichzeitig durch sie hindurch. Gedankenverloren griff er in die Innentasche seines Jacketts und zog ein Notizheft und einen Stift hervor.

»Sie tragen heute ein anderes Kleid als gestern. Der Schnitt ist ähnlich, aber die körnige Oberfläche des Crêpe de Chine verleiht dem schlichten Schnitt eine neue, spannungsvolle Aussage. Würde es Ihnen etwas ausmachen, wenn ich Sie skizziere, wie Sie darin auf und ab gehen?«

Überrascht schüttelte Célestine den Kopf. »Aber nein. Maman wäre es eine Ehre, dass jemand ihrem Kleid so viel Aufmerksamkeit schenkt.« Mit langsamen Schritten durchquerte sie den Salon, machte vor dem Kamin kehrt, änderte die Richtung und ging zur Tür und von dort nach einer halben Drehung zurück zum Ausgangspunkt. Mehrmals kniff Monsieur Dior die Augen zu, während Célestine ihn »schwerelos«, »bezaubernd«, »ganz natürlich« murmeln hörte.

Der dreifache Türgong erinnerte den Hausherrn daran, dass der Chauffeur vorgefahren war. Im selben Moment erschien der Butler und reichte seinem Dienstherrn Mantel und Hut. Monsieur Dior verabschiedete sich mit einer flüchtigen Geste.

»Heute muss ich auf Ihre Kochkunst verzichten, Mademoiselle Dufour, ich diniere mit einem Freund im Ritz. Gehen Sie nach Hause, sobald der Bote die Vier-Uhr-Post gebracht hat. Wir sehen uns morgen.«

Nach nur wenigen Tagen hatte Célestine das Gefühl, schon seit Monaten in der Rue Royale ein und aus zu gehen. Das Saubermachen ging ihr immer schneller von der Hand. Besonderes Vergnügen bereiteten ihr die täglichen Einkäufe.

Als junges Mädchen hatte sie während der Schulferien im großelterlichen Laden ausgeholfen, nun stand sie als Kundin auf der anderen Seite des Verkaufstresens. Von der sommersprossigen Floristin, die immer eine frische Blüte im Haar trug, erfuhr sie, wie Schnittblumen durch eine Kupfermünze im Blumenwasser länger frisch blieben. Und der Postbote hatte immer ein Augenzwinkern oder ein lustiges Wort für sie übrig.

Stets lobte Monsieur Dior Célestines Kochkünste. Und manchmal, wenn er sie mit einem Ausdruck höchster Konzentration ansah und sein Skizzenheft hervorholte, verspürte sie Stolz auf ihre Mutter. Denn es waren der erlesene Geschmack und die Schneiderkunst Laurianne Dufours, die das Interesse des Patrons weckten.

Eines Morgens öffnete ihr der Butler mit ernster Miene. »Der Patron erhielt gestern die Nachricht vom Tod seines Vaters. Monsieur Dior hat den Nachtzug genommen und ist auf dem Weg in die Provence«, erklärte Charles in ungewohnter Offenheit.

Célestine spürte, wie sich etwas in ihrem Innern zusammenzog. Der Schmerz über all die, die sie verloren hatte, flammte wieder in ihr auf. Der Verlust ihrer Familie, die Abwesenheit von Vater, Mutter und Bruder würde zeit ihres Lebens eine offene Wunde bleiben, dessen war sie sich gewiss.

Um sich von ihren trüben Gedanken abzulenken, beschloss sie, die Vorratskammer mit einigen Grundzutaten aufzufüllen: Mehl, Zucker, Essig, Öl, neben Salz und Pfeffer auch Gewürze wie Thymian, Muskatnuss, Vanille, Nelken und Zimt, Eier, Zwiebeln, getrocknete Apfelringe und Pilze sowie geräucherter Speck. Offenbar besaß Monsieur Dior beste Kontakte, denn für ihre Lebensmittelkarten erhielt sie keinesfalls begrenzte Rationen, sondern sämtliche Waren in der gewünschten Menge.

Die folgenden Tage nutzte Célestine, die zur Rue Royale liegenden Fenster zu putzen, Teppichfransen zu kämmen und die silbernen Kerzenleuchter auf Hochglanz zu polieren. Bei seiner Rückkehr sollte Monsieur Dior ein blitzsauberes und behagliches Zuhause vorfinden. Keine noch so kleine Misslichkeit sollte das Auge des Ästheten irritieren und ihn von seiner Arbeit ablenken.

~

Vier Tage später war der Patron von seiner Reise zurückgekehrt. Er sah bleich und übernächtigt aus, die Tränensäcke unter den Augen geschwollen.

Célestine schritt auf ihn zu und streckte ihm die Hand entgegen, die er kraftlos ergriff. »Mein herzliches Beileid, Monsieur Dior.«

»Ich danke Ihnen … Der Tod meines Vaters kam nicht überraschend, wie Sie sich angesichts meines Alters sicher denken können. Seit Jahren klagte er über gesundheitliche

Probleme. Dennoch bedrückt mich, dass er nicht mehr die Eröffnung meines Modehauses erleben durfte. Ich hätte mir so sehr gewünscht, dass mein Vater stolz auf mich ist. Und sei es auch nur ein einziges Mal …«

Abrupt brach er den Satz ab. Doch Célestine erkannte an seinem wehmütigen Blick, dass das Verhältnis von Vater und Sohn wohl nicht frei von Spannung gewesen war. Mit einem leisen Seufzen zog der Patron ein Taschentuch aus der Jacke und tupfte sich damit über die Augen. »Wenn ich nur wüsste, wie ich meine bisherigen Entwürfe zu einer vollständigen Kollektion zusammenfügen kann. In acht Wochen findet die Premierenschau statt, und noch immer sind die Skizzen für die Tageskleider und Kostüme nicht fertig. Ich kann nur inständig hoffen, dass mich meine Phantasie nicht im Stich lässt, denn sonst …« Die folgenden Worte waren nur ein undeutliches Murmeln.

Gegen Mittag rief Monsieur Dior in der Rue Royale an und ließ durch den Butler ausrichten, Célestine möge keine Mahlzeit vorbereiten, er werde bis zum späten Abend im Atelier verbringen und dort eine Kleinigkeit zu sich nehmen. Dasselbe wiederholte sich am darauffolgenden Tag.

Mit Sorge beobachtete Célestine, wie der Patron des Morgens wort- und grußlos die Wohnung verließ. Er wirkte wie in Trance und schien seine Umgebung kaum wahrzunehmen. Ganz offensichtlich befand er sich in einer heiklen Gemütslage. Die Trauer über den Tod des Vaters hatte die Zweifel, ob er der großen Aufgabe gewachsen sei, noch verstärkt.

Und dabei benötigte er gerade zum jetzigen Zeitpunkt all seine Kraft und Energie. Am dritten Tag fasste Célestine sich ein Herz und sprach den Patron direkt an.

»Haben Sie gestern noch neue Entwürfe gezeichnet?«

Müde schüttelte er den Kopf und zuckte gleichgültig mit den Schultern. »Alles was ich zu Papier gebracht habe, habe ich gleich wieder zerrissen.« Seine Stimme bekam einen bitteren Unterton, und er sprach weiter, als wolle er sich selbst anklagen. »Ich habe mich überschätzt, ich tauge nicht zum Couturier. Die Welt hat keinesfalls auf die Mode eines Christian Dior gewartet. Das Schlimmste ist, dass ich meine Angestellten enttäusche, die doch Tag für Tag ihr Bestes geben.«

Eine ähnliche Antwort hatte Célestine befürchtet. Doch sie hatte sich einen Plan zurechtgelegt und hoffte, dass er aufginge. »Erlauben Sie mir eine Frage, Monsieur Dior. Was war das Lieblingsgericht Ihres Vaters?«

»Normannische Schweinekoteletts mit gratinierten Kartoffeln«, kam ohne ein Zögern die Antwort. Plötzlich stutzte der Patron. Schließlich lächelte er, erst zaghaft, dann immer zuversichtlicher.

»Wenn ich Sie recht verstehe, Mademoiselle Dufour, dann würden Sie dieses Gericht heute Abend für mich kochen?«

Célestine jubelte innerlich und nickte eifrig. Ihr Plan war aufgegangen. Sie wollte sich die größte Mühe geben, Monsieur Dior mit ihrer Küche zufriedenzustellen, damit er seine Arbeit mit Elan fortsetzen konnte.

Als Célestine am nächsten Morgen den Salon in der Rue Royale betrat, entdeckte sie auf dem Kaminsims einen aufgeschlagenen Skizzenblock. Sie erkannte die Silhouette einer gesichtslosen Frau in einem Kleid mit runden Schultern, schmaler Taille und weit schwingendem Rock. Und obwohl dieser Umriss aus nur wenigen Bleistiftstrichen bestand, wirkte diese Gestalt auf wundersame Weise bewegt und lebendig. Als würde sie zu einem Sprung über eine Pfütze ansetzen.

Célestine trat näher an den Kamin heran, erkannte feine Schattierungen unterhalb der Hüfte, die einen Faltenwurf andeuteten und eine Schleife über der linken Schulter. Oder entsprangen diese Details ihrer Phantasie, und es handelte sich in Wirklichkeit nur um ein knappes Dutzend mit leichter Hand gezeichneter Linien?

Sie trat einige Schritte zurück und blinzelte. Nein, sie hatte sich nicht getäuscht. Die Skizze zeigte ein Kleid, das entfernt an jenes rauchblaue Kleid ihrer Mutter erinnerte, das sie an ihrem ersten Arbeitstag getragen hatte. Nur dass auf der Zeichnung die Taille schmaler und der Rock bauschiger und länger wirkte.

Ihr Blick fiel auf ein zierliches Blumengesteck auf dem Beistelltischchen. Sie zupfte einen Stängel mit dunkelvioletten Glockenblumen aus der Vase und machte einen weiteren Schritt zurück. Dann streckte sie den Arm weit vor und bewegte ihn leicht von oben nach unten, von links nach rechts. So lange, bis eine der Blüten das Kleid auf der Zeichnung verdeckte. Erst kniff sie das linke, dann das rechte Auge zu und war verblüfft. Die herabhängenden Blütenblätter stimmten exakt mit den Konturen des Kleides überein.

Sie hatte den Patron gar nicht kommen hören, doch plötzlich vernahm sie hinter sich seine Stimme.

»Nach einer köstlichen Abendmahlzeit habe ich gestern bis weit nach Mitternacht gearbeitet. Immerzu fiel mir etwas Neues ein. Gefällt Ihnen die Skizze, Mademoiselle Dufour?«

»Sie ist großartig. Ich habe soeben etwas entdeckt, sehen Sie selbst.« Aufgeregt reichte sie ihm den Blütenstängel und beobachtete gespannt jede seiner Bewegungen. Auch Monsieur Dior trat einige Schritte vor und zurück, runzelte die Stirn und kniff die Augen zusammen. Und dann huschte ein Lächeln über sein Gesicht, das immer breiter und strahlender wurde.

»Seit Wochen fülle ich Skizzenbuch um Skizzenbuch, schwanke zwischen Hoffnung und Selbstzweifel. Nun halten Sie mir eine Blütenrispe entgegen, und plötzlich wird mir bewusst, was mich tatsächlich antreibt, all diese Kleider, Mäntel und Kostüme zu ersinnen. Während der Kriegsjahre haben die Frauen gedarbt und jeden noch so bescheidenen Luxus entbehren müssen. Mit meiner Mode will ich ihnen ihre Schönheit zurückgeben. Eine natürliche und doch in ihrer Perfektion betörende Schönheit, die der einer Blume gleicht.« Mit verzücktem Blick betrachtete er die Blüten in seiner Hand, als handle es sich um eine seltene Kostbarkeit.

Célestines Herz pochte. Sie wusste, dass sie soeben Zeugin eines besonderen Augenblicks geworden war. Innerhalb von Sekunden schien Monsieur Dior sich in einen anderen Menschen verwandelt zu haben. Mit einem Mal wirkte er jung, unbeschwert und voller Energie. Lächelnd drückte er den Blütenstängel gegen die Brust und verneigte sich leicht in ihre Richtung.

»Sie können sich nicht vorstellen, was Ihre Beobachtung für mich bedeutet, Mademoiselle Dufour. Ich werde meine erste Kollektion *Ligne Corolle* nennen, nach der Glockenblume. Nur Sie und ich wissen, wie es zu dem Namen gekommen ist. Wollen wir dies als unser Geheimnis wahren?«

Kapitel 8

Célestine kam es vor, als sei der Patron in einen wahren Schaffensrausch geraten. Nie traf sie ihn ohne Skizzenblock und Stift an. Fortwährend kamen ihm neue Einfälle, die er umgehend zu Papier bringen musste.

Eine Woche vor Heiligabend begann es zu schneien. Die Stadt versank unter einer dicken weißen Decke. Passanten stapften in dicken Mänteln und mit hochgeschlagenem Kragen über die Trottoirs. Kinder legten den Kopf in den Nacken und fingen mit offenem Mund Schneeflocken auf. Célestine musste an die Schnellballschlachten mit ihrem Bruder Pierre denken, damals, als sie klein waren. Sie fühlte Traurigkeit in sich aufsteigen.

Eine Weile grübelte und zögerte sie. Sie wusste nicht, ob es Sentimentalität oder ein Anflug von schlechtem Gewissen war. Doch sie wollte das Weihnachtsfest in ihrem Elternhaus verbringen, gemeinsam mit ihrem Onkel und ihrer Tante. Auch wenn der Onkel ihren Weggang mit harschen Worten verurteilt hatte, sollte sie doch nicht nachtragend sein. Mit ihrem Kommen wollte sie den Verwandten Dankbarkeit zollen für das, was sie in den zurückliegenden Jahren für sie und ihre Mutter getan hatten.

Nachdem ihr Vater und kurz darauf auch ihr Bruder im Sommer 1942 eingezogen worden waren, um gegen die Deutschen zu kämpfen, hatte die Mutter jeden Lebensmut verloren. Laurianne Dufour fühlte sich außerstande, den Laden ihrer verstorbenen Eltern allein weiterzuführen. Wäre Gustave nicht gewesen, der Bruder ihres Mannes, hätte Laurianne das Geschäft wohl verkaufen müssen. Gustave packte an, wo Manneskraft vonnöten war, während seine Ehefrau Madeleine die Kunden bediente und sich nach Feierabend um die Buchführung kümmerte.

Weil Célestine nicht ohne Vorankündigung bei den Verwandten in Genêts auftauchen wollte, rief sie beim Bäcker an, dem einzigen in der Straße, der im Ort einen Telefonanschluss besaß. Als sie einige Minuten später ein zweites Mal die Nummer wählte und die Tante noch ein wenig atemlos vom Laufen den Hörer zur Hand nahm, hörte Célestine aus Madeleines Stimme Freude, aber auch so etwas wie Resignation heraus.

»Wie geht es dir, Célestine? Du hast also eine Anstellung gefunden? Und dein Dienstherr behandelt dich anständig? … Da bin ich erleichtert … Tja also, dein Onkel ist immer noch verärgert, weil du fortgegangen bist. Niemand darf in seiner Gegenwart deinen Namen aussprechen. Ach, wie gern würde ich dich wiedersehen. Du fehlst mir … Aber womöglich ist es besser, wenn du in Paris bei deiner Freundin bleibst. Weihnachtsstimmung würde bei uns keine aufkommen. Du weißt ja, wie aufbrausend Gustave sein kann …«

Trotz ihrer Enttäuschung fühlte Célestine sich seltsam erleichtert. So gewänne sie mehr Abstand, bevor sie irgendwann in die Heimat zurückkehrte. Und sicherlich würde die Zeit Wunden heilen, bei ihr und bei ihrem Onkel. Sie versprach Madeleine, ihr regelmäßig zu schreiben und von ihrem Leben in Paris zu berichten.

»Wir machen es uns zu Weihnachten bei mir richtig gemütlich«, versprach Marie, als Célestine ihr von dem Telefonat erzählte. »Ich werde ebenfalls in Paris bleiben. Du weißt ja, für meine Eltern bin ich so gut wie gestorben. Wie gefällt dir folgender Vorschlag, *ma chère?* Du kochst, und ich decke den Tisch und mache den Abwasch. Danach bummeln wir über die Champs-Élysées und kaufen bei einem Straßenhändler heiße Maronen. Und am Silvesterabend feiern wir in der Brasserie *Choupette*. Madame Renard hat ihre Angestellten eingeladen und gesagt, dass jeder einen Gast mitbringen darf.«

»Wir sind nicht nur Freundinnen, wir sind auch Kinder des Glücks!« Célestine packte Marie an den runden, weichen Hüften und drehte sich lachend mit ihr im Kreis.

Morgen wollte sie als Weihnachtsüberraschung ihren Verwandten ein Päckchen mit edlem Tabak und eine Packung Madeleines schicken, jenes muschelförmigen Sandgebäcks, das den Namen ihrer Tante trug und für das schon der große Schriftsteller Marcel Proust eine besondere Vorliebe gezeigt hatte. Für Marie würde sie in dem kleinen Hutladen an der Place Vendôme eine rote Baskenmütze kaufen, die wunderbar zu ihrem schwarzen Haar und ihren dunklen Augen passte. Und die liebenswerte Madame Renard sollte sich über einen Haarkamm freuen dürfen.

Ein Jahr voller Trauer und Überraschungen neigte sich dem Ende zu. Grund genug, Vergangenes zurückzulassen und erwartungsvoll in die Zukunft zu blicken. Gespannt fragte Célestine sich, welche Überraschungen das neue Jahr wohl für sie bereithalten würde.

Kapitel 9

Anfang Januar erschien Célestine zum ersten Mal in der Buchhaltung des künftigen Modehauses in der Avenue Montaigne, um ihr erstes Gehalt in Empfang zu nehmen. Die bodentiefen Fenster des zurückgenommenen Stadtpalais waren mit dunklem Filzstoff zugehängt. Sie versuchte, sich vorzustellen, was sich wohl im Innern abspielte. Den Schilderungen des Patrons hatte sie entnommen, dass sämtliche Mitarbeiter bis zur Erschöpfung arbeiteten, um die Kollektion rechtzeitig fertigzustellen. Unter den Näherinnen und Stickerinnen gab es zuweilen Schreikrämpfe und Nervenkrisen. Alle fieberten dem zwölften Februar entgegen, dem Tag der ersten Präsentation.

Ob Monsieur Dior sie wohl zu seiner Premiere mitnehmen würde? Sie wollte zu gern die Entwürfe, die sie bisher nur als flüchtig dahingeworfene Bleistiftskizzen kannte, als vollendete Kreationen in Samt, Seide und Satin sehen. Ganz sicher bewies der Patron bei seinen Kleidern und Mänteln einen ebenso erlesenen Geschmack wie bei der Einrichtung seiner Wohnung.

Als Célestine ein Bündel Geldscheine in der Hand hielt, glaubte sie zunächst an einen Irrtum. Monsieur Dior zahlte ihr doppelt so viel, wie sie im Gemeindeamt von Genêts erhalten hatte. Doch der Buchhalter versicherte ihr, dass es sich zweifelsfrei um das Salär für Mademoiselle Célestine Dufour handle. Sie selbst hatte den Patron nicht nach der Höhe ihres Verdienstes fragen wollen, das wäre ihr unangemessen vorgekommen.

Bevor sie sich auf den Heimweg machte, erstand sie für sich und Marie in der Pâtisserie *Ladurée* ein halbes Dutzend Macarons, denn schließlich hatte sie allen Anlass zu feiern. Außerdem wusste sie, dass die Freundin bei Süßem nicht widerstehen konnte.

In den darauffolgenden Wochen tauchte Monsieur Dior in seinem eigenen Zuhause nur als ein flüchtiger Besucher auf. Die meiste Zeit verbrachte er in den Atelierräumen, und Célestine hätte sich nicht gewundert, wenn er ihr erzählt hätte, dass er dort auch nächtigte. Und dann endlich kam der große Tag, den alle mit Spannung erwartet hatten.

Kapitel 10

Ferdinand, der baumlange Portier in dunkelgrauem Redingotemantel und gleichfarbiger Schirmmütze, öffnete die Wagentüren und ließ die Insassen aussteigen. »*Bonjour*, Monsieur Dior, *bonjour*, Mademoiselle.« Nachdem er sich leicht verneigt hatte, deutete er mit erkennbarem Stolz auf das sandsteinfarbene Gebäude mit der Hausnummer dreißig, dessen Eingang von einer cremefarbenen Markise überspannt wurde. Dabei ähnelte er einem Touristenführer, der auf eine einzigartige Sehenswürdigkeit aufmerksam macht. »*Voilà*, dies ist heute das Zentrum der Welt.«

In der schneidenden Kälte rang Célestine nach Luft. Sie schob die Hände in die Manteltaschen und folgte ihrem Dienstherrn. Links neben dem Eingang harrten etliche Dutzend Menschen hinter einem Absperrband aus. Monsieur Dior zog den Hut tiefer in die Stirn und schlug den Mantelkragen hoch, als wolle er sich darunter verstecken. Unvermittelt blieb er auf dem Trottoir stehen und blickte sich Hilfe suchend um. Célestine schien es, als würde der Patron sich am liebsten ins Auto zurückflüchten und Paul, seinen

Chauffeur, anweisen, ihn umgehend an einen sicheren, fernen Ort zu bringen.

Dann aber reckte Monsieur Dior energisch das Kinn vor und nahm Haltung an. Von einer Sekunde auf die andere wandelte sich seine Miene, als hätte er eine Maske aufgesetzt. Mit einem jovialen Lächeln reichte er Célestine den Arm. »Kommen Sie, Mademoiselle Dufour, lassen wir uns überraschen, wie ein unbedeutender Modezeichner namens Dior sich eine elegant gekleidete Frau vorstellt.«

Der Portier öffnete einen Flügel der in Holz und Glas gefassten Eingangstür und ließ die beiden eintreten. Eine hochgewachsene Frau mit kurzen dunklen Locken eilte mit ausgestreckten Händen auf sie zu. Sie trug ein eng anliegendes schwarzes Seidenkleid und eine lange dreireihige Perlenkette, dazu Velourslederschuhe mit hohen Absätzen.

»Tian, wir brauchen viel mehr Stühle im Großen Salon … Ah, ist das bezaubernde Mädchen an deiner Seite ein neues Mannequin?«

»Darf ich vorstellen, Mademoiselle Dufour, meine neue Haushaltshilfe. Madame Suzanne Luling, die beste Verkaufsleiterin der Welt.«

Célestine fühlte einen kräftigen Händedruck. »Herzlich willkommen in der Familie! Aber jetzt muss ich Ihnen den Patron entführen. Gehen Sie einfach durch die Boutique, dann gelangen Sie direkt ins Treppenhaus. Die Ateliers befinden sich im Dachgeschoss. Von dort können Sie die Schau verfolgen, wenn auch nur von oben.«

Die Frau sprach laut, schnell und bestimmt. Die elegante Kleidung passte nicht recht zu ihrem burschikosen Auftreten, stellte Célestine fest. Viel eher hätte sie sich die Verkaufsleiterin in Männerhose und einem dieser winddichten roten Hemden vorstellen können, wie sie die Fischer in der Normandie bei der Arbeit auf See trugen.

Als Célestine die gläserne Tür mit den ziselierten Blütenornamenten öffnete, glaubte sie sich in einen Galanteriewarenladen einer längst vergangenen Epoche versetzt. Kostbare Stoffe wie Seide, Satin und Chiffon, wohin sie auch blickte. Schneiderpuppen trugen bestickte Négligés und spitzenverzierte Unterröcke zur Schau. Stimmungsvoll beleuchtete Vitrinen quollen über von Strumpfbändern, Gürteln, Handschuhen und Schals in den lebhaftesten Farben. In deckenhohen Regalen stapelten sich in scheinbarer Unordnung Kisten und Hutkartons mit der Signatur des Hausherrn. Verkäuferinnen huschten lautlos hin und her, begrüßten die staunende Besucherin mit stummem Kopfnicken und stellten dicht gefüllte Blumenvasen auf nahezu jede freie Fläche. Wo mochten nur mitten im Winter derart prachtvolle Rosen wachsen?, wunderte sich Célestine. Sicherlich waren sie in einem Treibhaus gezüchtet worden und hatten den Patron ein Vermögen gekostet.

Auf den Treppenstufen musste Célestine wiederholt Handwerkern ausweichen, die ihr mit Farbeimern und Werkzeugkisten entgegenkamen. Mit gleichgültiger Miene überhörte sie die Pfiffe, die die Arbeiter ihr hinterherschickten. Als sie das erste Stockwerk erreicht hatte, tat sich eine andere, nicht minder faszinierende Welt vor ihr auf. Sie erblickte einen Salon, dessen Wände und Möbel in klarem Weiß erstrahlten. Dazu harmonierten auf ebenso unaufdringliche wie elegante Weise Teppiche und matt glänzende Vorhangstoffe in einem hellen Grauton. Spiegel, deren Form an Kirchenfenster erinnerte, verliehen dem Raum zusätzliche Großzügigkeit und Weite. Für ein mediterranes Flair sorgten elegante Topfpalmen.

Handwerker auf hohen Leitern montierten vergoldete Lüster an die Decke und riefen sich lautstark Anweisungen zu. Ihre Kommandos wurden übertönt von den Hammerschlägen mehrerer Arbeiter, die an Stuhlbeinen und -lehnen schraubten. Wieder andere ließen Stromkabel hinter Sockelleisten und Vorhängen verschwinden. Ganz in Schwarz gekleidete Mitarbeiterinnen trugen Blumenvasen mit blauem Rittersporn und rosafarbenen Wicken herein, stellten diese auf Kaminsimsen und marmornen Beistellsäulen ab.

Zwischen den Reihen dicht platzierter Stühle schritt eine junge Frau entlang und sprühte ein Parfum in die Luft, das den Duft von Bergamotte, Jasmin und Sandelholz verströmte. Célestine konnte sich kaum vorstellen, dass hier in weniger als zwei Stunden eine Modenschau stattfinden sollte. Alles wirkte improvisiert und völlig unfertig.

Als die junge Frau ihr Tun beendet hatte, schob sie einen weißen Vorhang zur Seite und verschwand. Célestines Blick fiel durch eine offene Tür in einen schmalen, lang gestreckten Raum. Mehrere junge Frauen saßen vor Schminkspiegeln, einige puderten sich das Gesicht, andere trugen Lippenfarbe auf. Das also musste der Umkleideraum der Mannequins sein. Mädchen in weißen Kitteln schoben mit Tüchern verhüllte Kleiderständer in die Garderobe. Ihnen folgten weitere Helfer, die Türme von Hutschachteln und Schuhkartons vor sich hertrugen. Dann schloss sich die Tür.

Erwartungsvoll stieg Célestine Etage für Etage nach oben. Sie wusste nicht, was sie an diesem Ort des Luxus und der Schönheit noch erwartete, ahnte jedoch, dass dieser Tag weitaus mehr Überraschungen bereithielte als alle anderen Tage seit ihrer Ankunft in Paris. Als sie das oberste Stockwerk erreicht hatte, sah sie sich einer Gruppe gleichaltriger junger Frauen und Männer gegenüber. Alle trugen weiße Arbeitskittel, weiße Baumwollhandschuhe und am Handgelenk einen Reif mit einem Stecknadelkissen. Vor der Brust hingen kleine Taschen mit Scheren und Maßbändern. Einige waren damit beschäftigt, einen mit Rosenblüten bestickten meterlangen Brautschleier vorsichtig auseinanderzufalten.

»Jeannette und Michel, ihr bringt den Schleier zu Madame Albertine. Sie muss ihn noch einmal aufdämpfen. Und dass ihr mir nicht stolpert!«, vernahm Célestine von irgendwoher eine leise, aber eindringliche Stimme. Dann schien es, als würde der duftige Tüllstoff die Stufen abwärtsschweben.

Jemand zupfte Célestine am Ärmel. »Du bist sicher die Neue für das Atelier Monique. Hier, zieh einen Kittel an! Die Première mag es gar nicht, wenn jemand in Straßenkleidung die Werkstatt betritt. Ich heiße Amélie. Wir Lehrlinge duzen alle einander.« Eine pausbäckige junge Frau mit blau glänzenden Augen und einer Stupsnase streckte ihr die Hand entgegen.

»Célestine. Aber ich bin keine …« Doch ehe sie sich versah, trug sie bereits anstelle ihres Wintermantels einen Kittel. Insgeheim musste Célestine schmunzeln. Madame Luling hatte sie für ein Mannequin gehalten, und nun wurde sie mit einer angehenden Näherin verwechselt. Sie folgte Amélie in einen weiten, hohen Raum. Breite Tische quollen über von Stoffen, auf den Fensterbänken stapelten sich Schnittmuster, daneben lagerten Kästen mit Garnrollen und Scheren verschiedenster Größe.

Nur eine einzige Nähmaschine konnte Célestine entdecken, eine Singer-Nähmaschine mit Fußantrieb, wie sie sie aus ihrem Zuhause in Genêts kannte. Sollten in diesem Atelier Kleider und Mäntel nach alter Tradition ganz und gar von Hand genäht werden? Dann steckten in jedem Kleidungsstück Tage, wenn nicht gar Wochen an Arbeit. Welche Kundinnen konnten sich solche Extravaganzen überhaupt leisten? Ganz sicher würde Célestine schon bald mehr über die Besonderheiten des Modehandwerks erfahren.

Vier Lehrmädchen nahmen behutsam und mit behandschuhten Händen Nachmittagskleider von Schneiderpuppen und hängten diese auf dick gepolsterte Bügel. Beim Anblick der Kleider stockte Célestine der Atem. Nie zuvor hatte sie eine derart verschwenderische Fülle von Stoff gesehen.

Sie konnte nur staunen über eng anliegende Oberteile, Wespentaillen und weit schwingende Röcke, die bis zur Wade reichten.

Ein Kleid muss robust und praktisch sein, und es soll warmhalten, lautete die Devise ihrer Tante Madeleine. Seit der Stoffrationierung war sie stets so sehr bedacht darauf gewesen, sparsam mit dem Material umzugehen, Altes abzuändern und immer wieder zu reparieren. Aus den vielen Metern Georgette oder Jersey für ein einziges Modell von Monsieur Dior hätte Madeleine sicher mindestens ein halbes Dutzend Kleider genäht.

Im Atelier herrschten Anspannung und Konzentration. Alle sprachen mit ernster Miene und im Flüsterton. Célestine fühlte sich an die Stimmung vor den Abschlussprüfungen in der Schule erinnert. Plötzlich griff Amélie unter ein Stück Seidenpapier und zog etwas Samtenes hervor.

»Du meine Güte, der Gürtel für das nachtblaue Seidenensemble … Lauf, Célestine! Und nimm das Treppenhaus am Ende des Flurs, das ist der kürzeste Weg zur Kabine. Du musst nur sagen: *Für Lucile, siebenundzwanzig.*«

Mit klopfendem Herzen folgte Célestine der seltsamen Anweisung Amélies und hastete die Stufen zum Umkleideraum der Mannequins hinunter. Kaum hatte sie an die weiß lackierte Tür gepocht, wurde diese geöffnet. Was auch immer *Für Lucile, siebenundzwanzig* bedeuten mochte, man hatte offenbar auf diese Parole gewartet. Eine Hand streckte sich aus und nahm eilig den Gürtel entgegen. Das kantige Gesicht einer Frau mittleren Alters mit ovaler Goldbrille erschien im Türrahmen, und Célestine traf ein vorwurfsvoller Blick.

»Was ist, wo bleibt die schwarze Cloche?«

Schon wollte Célestine zurückeilen, als neben ihr ein pickelgesichtiger Lehrling mit braunem Bürstenhaarschnitt auftauchte und eine Hutschachtel in die Kabine reichte. »Für Tania, achtzehn«, flüsterte er. Dann schloss sich die Tür.

»Es gibt nicht genug Stühle. Einige Gäste müssen auf der Treppe sitzen«, raunte der Lehrling Célestine zu und deutete auf den Vorhang zum Großen Salon, hinter dem das Stimmengewirr der geladenen Besucher zu hören war.

Gemeinsam kehrten sie ins Atelier zurück. Und mit einem Mal verspürte Célestine dieselbe nervöse Ungeduld, die sich in den Mienen der Lehrlinge widerspiegelte. Wie auf ein geheimes Zeichen hin traten alle gleichzeitig an das Treppenpodest und beugten sich über das Geländer. Erwartungsvoll spähten sie in die Tiefe, blickten auf die Köpfe der Gäste, die auf den Stufen im Großen Salon Platz genommen hatten.

Von unten erklang zuerst die Stimme von Madame Luling, die die Gäste im Namen des Hausherrn willkommen hieß, danach die einer Ansagerin: »Nummer eins. Number one. *Longchamps.*«

»Es geht los«, hauchte Amélie und zwickte Célestine vor Aufregung in den Arm. Doch es dauerte eine ganze Weile, bis das erste Mannequin in das Sichtfeld der Lehrlinge geriet. Zu erkennen waren allerdings kaum mehr als ein Hut und ein ausgestreckter behandschuhter Arm.

»Nummer zwei. Number two. *Doris*«, kündigte die Ansagerin an. Und so ging es Modell für Modell weiter. Von oben auf der Galerie war mal ein weit schwingender Rock, dann wieder nur ein Schemen zu erkennen. Jeder Auftritt wurde im Flüsterton kommentiert.

»Das ist mein Kostüm. Ich habe die Knöpfe an die Jacke genäht.«

»Neunzehn Meter Stoff haben wir für das Tailleur *Bar* verbraucht. Harmonieren der schwarze Rock und die cremefarbene Jacke nicht ganz wundervoll miteinander?«

»Wieso trägt Tania mein Kleid? Das sollte doch Marie-Thérèse vorführen.«

»Yolande läuft am elegantesten.«

»Die Stickerinnen sind erst vor zwei Stunden mit den letzten Blüten an diesem Nachmittagskleid fertig geworden.«

Von den Stufen des Großen Salons stieg Zigarettenqualm zur Galerie empor, und plötzlich ging ein Raunen durch die Reihen des Publikums.

»Habt ihr das gehört? Was mag das bedeuten?«, fragte einer der Lehrjungen argwöhnisch und beugte sich gefährlich weit über das Geländer. Aufgeregt wies er mit dem Zeigefinger nach unten. »Da, ich sehe Noëlle ... *Mon Dieu*, es ist das roséfarbene Cocktailkleid – es ist beim Publikum durchgefallen.«

»Aber das Kleid ist ein Traum! Bestimmt sind die Besucher nur ergriffen«, versuchte Amélie zu beschwichtigen. Doch allen Lehrlingen waren die Unruhe und Beklommenheit deutlich anzusehen. Mit jedem Modell, das aufgerufen wurde, schwankte ihre Stimmung zwischen Hoffen und Bangen.

Célestine hätte nicht sagen können, wie lange sie schon auf der Galerie ausharrte, so sehr fesselte sie das geheimnisvolle Geschehen unten im Salon. Plötzlich bemerkte sie, wie die Umstehenden den Atem anhielten. »Nummer dreiundneunzig, das Brautkleid«, wisperte jemand. Doch noch ehe ein Stückchen weißer Tüll an der Treppe sichtbar wurde, brauste von unten nicht enden wollender Beifall auf. Bravo-Rufe erklangen, die Gäste auf den Stufen sprangen auf und applaudierten im Stehen.

Ungläubig blickten sich die Lehrlinge an. Dann fiel alle Anspannung von ihnen ab. Sie lachten, jubelten und vergossen Freudentränen. Nur zu gern ließ Célestine sich von der Woge der Begeisterung mitreißen, umarmte Unbekannte und wurde ihrerseits umarmt.

Mit strahlender Miene stand plötzlich Madame Luling auf der Galerie, in den Händen zwei große Flaschen. »Wir haben es geschafft! Das Publikum ist hellauf begeistert! Der Patron ist stolz auf euch. Hier ist Champagner für alle.«

Und schon wurden Gläser gefüllt und herumgereicht, man prostete einander zu, und alle redeten durcheinander. Célestine genoss die elektrisierende Atmosphäre und das ungewohnte Prickeln auf der Zunge. Hoffentlich vertrug sie den Champagner, schließlich wollte sie sich an jede einzelne Sekunde dieses eindrucksvollen Vormittags erinnern. Erst drei Monate zuvor hatte sie ihr Heimatdorf in der Normandie verlassen, und jetzt war sie Teil einer Welt geworden, die sie sich nicht einmal im Traum hätte ausmalen können. Das Schicksal hatte es gut mit ihr gemeint.

Amélie musste sich irgendwann unbemerkt davongeschlichen haben, denn plötzlich kam sie mit rot glühenden Wangen die Treppe heraufgerannt. Ihre Stimme überschlug sich fast vor Aufregung. »*Mes amis*, ich habe unten ein wenig spioniert. Überall nur Jubel und Begeisterung! Die Begum ist unter den Ehrengästen und auch die amerikanische Schauspielerin Rita Hayworth. Und stellt euch vor, was Carmel Snow, die gefürchtete Redakteurin von *Harper's Bazaar,* zum Patron gesagt hat: *My dear Christian, your dresses have such a new look.*«

Der Lehrling mit dem Bürstenschnitt verzog den Mund zu einem schiefen Lächeln und zuckte gelangweilt mit den Schultern. »Sehr beeindruckend… Weißt du überhaupt, was das heißt?«

»Allerdings, meine Mutter ist Engländerin. Carmel Snow hat gesagt: *Ihre Kleider haben so ein neues Aussehen* … Nein, das trifft es nicht. Sie meint, dass die Kleider etwas haben, das … nein, das passt auch nicht. Jetzt weiß ich es. Unser Patron hat etwas Revolutionäres kreiert, und das kann man nicht anders bezeichnen als – *New Look*!«

Kapitel 11

Kaum hatte Célestine in Maries Dachstube Mantel und Schal abgelegt, musste sie der Freundin in aller Ausführlichkeit von dem Ereignis in der Avenue Montaigne erzählen. Von den Kleidern, der Atmosphäre und den Gästen.

»Und du hast tatsächlich Rita Hayworth gesehen? Ich kenne sie aus dem Kino. Man nennt sie ja die Liebesgöttin des Films. Sie ist wirklich wunderschön, ich wünschte, ich hätte ihre Lockenpracht«, gestand Marie und zupfte sich über der Stirn eine Strähne aus dem glatten dunklen Haar, das sie zu einem weichen Knoten im Nacken geschlungen hatte.

»Nun ja, ich selbst habe sie nicht direkt gesehen«, gab Célestine zu. »Aber die Mannequins haben erzählt, sie habe die Präsentation sehr aufmerksam verfolgt und sich mehrere Nachmittags- und Cocktailkleider ins Hotel Ritz schicken lassen, damit sie alle ungestört anprobieren kann.«

»Wie aufregend! Das hätte ich gern miterlebt. Obwohl – in einem Couture-Haus zu arbeiten wäre nichts für mich. Ich kann nicht einmal einen Knopf annähen, geschweige denn sticken. Für ein Mannequin bin ich deutlich zu klein und zu kurvig…«

»Aber nein! Du bist genau richtig, wie du bist.« Célestine umfasste die Freundin an der Taille und gab ihr einen Kuss auf die Wange.

»… und als Verkäuferin blasierte Frauen bedienen möchte ich auch nicht.« Mit Daumen und Zeigefinger hielt Marie sich die Nase zu und ahmte die nuschelnde Stimme einer imaginären Kundin nach. »Nicht doch, Mademoiselle, die Farbe macht mich zu blass. Und die Raffung an der Hüfte lenkt viel zu sehr von meiner schmalen Taille ab … *Mon Dieu*, was soll das Plissee unter dem Kinn? Ein Kleiderkragen sollte stets glatt sein und die Makellosigkeit des Teints einer Dame unterstreichen.«

Célestine stellte sich seitlich vor den ovalen Schrankspiegel und führte mit einer gezierten Geste die Hand zur Schulter. »Genau dieses Cocktailkleid will ich haben. Allerdings in Atlasseide und nicht in Taft. Außerdem in Gelb statt in Grün. Den Saum zweieinhalb Zentimeter länger … und zusätzlich mit einer perlenbestickten Schärpe«, spann Célestine das Verkaufsgespräch weiter und drehte sich lachend mit der Freundin im Kreis.

Marie tippte ihr mit dem Zeigefinger auf die Nase und setzte ein verschmitztes Lächeln auf. »Nun sag mir, *ma chère,* welcher Mann verirrt sich in ein Modehaus? Entweder ein Ehemann oder aber ein Liebhaber, der seiner Gefährtin die kostspielige Kleidung finanziert. Mit anderen Worten – ein solcher Mann ist bedauerlicherweise kein Heiratskandidat. In meiner Brasserie habe ich bessere Chancen, dort kehren echte Kerle ein.«

Monsieur Dior tupfte sich an der bestickten Damastserviette den Mund ab und wirkte überaus zufrieden. »Ihre Poularde mit Champignons ist ein Gedicht, Mademoiselle Dufour.«

Célestines Wangen glühten vor Stolz über dieses Lob. Butler Charles war zur Hochzeit seiner Nichte in die Bretagne gereist, und so hatte sie die Aufgabe übernommen, dem Patron sowohl das Frühstück als auch das Abendessen im Kleinen Salon in dessen Privatbereich zu servieren.

Dann aber meinte sie, einen melancholischen Zug um die Mundwinkel des Dienstherrn zu erkennen. »Seit Tagen spricht man in ganz Paris über nichts anderes als über Ihre wundervolle Kollektion, Monsieur Dior. Ihr Name steht auf den Titelseiten aller großen Zeitungen.« Ihr kleines Ablenkungsmanöver hatte Erfolg, denn sofort hellte sich seine Miene auf.

»Noch immer glaube ich zu träumen. Niemals hätte ich mir so viel Zuspruch vorstellen können. Aber gerade das macht es für mich nicht leicht. Die Erwartungen sind hoch. Sehr hoch sogar. Die Frauen hoffen demnächst auf eine neue Kollektion, ebenso die Presse. Ich trage die Verantwortung für meine Mitarbeiter … So muss ich wohl oder übel die Rolle des Couturiers Dior weiterspielen«, schloss er mit einem tiefen Seufzer und wandte sich dem Nachtisch zu, einem Schälchen Apfelkompott, das Célestine nach einem Rezept ihrer Tante Madeleine mit Rosinen und Zimt zubereitet hatte.

Der Arbeitsalltag in der Rue Royale hatte sich seit der Premierenschau verändert. Noch bevor Célestine in der Früh das Haus mit der Nummer zehn betrat, besorgte sie im Kiosk auf der gegenüberliegenden Straßenseite jeweils ein Exemplar der drei größten Tageszeitungen des Landes. Neben Zeitungen gab es in dem kleinen Laden auch Postkarten, Briefmarken, Zigaretten und einige alkoholische Getränke zu kaufen. Der Inhaber des winzigen Ladens, ein schmächtiger Mann mit einem fehlenden Schneidezahn und runzligem Gesicht, begrüßte Célestine bereits am zweiten Tag mit ihrem Namen. Nie vergaß Monsieur Martin, ihr ein Kompliment zu machen über ihre leuchtend grünen Augen, ihr kupfernes Haar oder über ihre jugendliche Ausstrahlung.

Célestine nahm die Schmeicheleien mit einem strahlenden Lächeln entgegen, wusste sie doch, dass der alte Mann keine unlauteren Absichten hegte, sondern ihr lediglich etwas Freundliches sagen wollte.

Während des Frühstücks studierte Monsieur Dior die Zeitungen und kreuzte die Artikel an, in denen sein Name genannt wurde. Später dann schnitt Célestine die Berichte aus und heftete sie in einem Ordner ab. So wollte der Patron den Grundstock für ein künftiges Pressearchiv legen.

Nach drei Tagen kehrte Charles von seiner Reise zurück und machte sich mit noch größerem Eifer an die Arbeit. Womöglich befürchtete er, der Patron habe während seiner Abwesenheit Entbehrungen hinnehmen müssen. Zu den Aufgaben des Butlers gehörte es auch, Hemdenknöpfe anzunähen, die Kleidung zu bürsten und zu lüften, Anzüge, Krawatten und Hemden in die Reinigung zu bringen, Schuhe zu putzen sowie die Wein- und Zigarrenvorräte zu überwachen.

Von dieser Vereinbarung hatte Célestine durch den Hausherrn selbst erfahren. Ihr gegenüber beschränkte Charles sich meist auf ein »Guten Morgen, Mademoiselle Dufour« oder »Auf Wiedersehen, Mademoiselle Dufour«. Wenn er seinen redseligen Tag hatte, fügte er vielleicht noch hinzu: »Bei dieser Kälte gefriert selbst den Spatzen von Paris das Blut in den Adern, meinen Sie nicht, Mademoiselle?«

Eine Antwort wartete der Butler nie ab, sondern entschwand gleich darauf wieder in sein Reich.

Der junge Postbote mit dem Schnauzer hingegen versuchte immer wieder, Célestine in Gespräche zu verwickeln. Doch sie wahrte Zurückhaltung, nahm mit verbindlichem Lächeln die Post entgegen und täuschte unaufschiebbare Arbeit vor. Insgeheim amüsierte sie sich, mit welchen Argumenten Dominique, so hatte er sich bei ihr vorgestellt, sie zu umgarnen versuchte. Mal lud er sie auf ein Glas Wein nach Dienstschluss ein, mal auf eine Spritztour mit seinem Motorroller, dann wieder überreichte er ihr ein selbst verfasstes Gedicht – so behauptete er zumindest. Allerdings kamen Célestine die Verse seltsam vertraut vor. Doch sie hätte nicht sagen können, ob sie die Zeilen tatsächlich schon einmal irgendwo gelesen hatte.

Ob nun die Verse aus der Feder des Briefboten oder aber eines bedeutenden Dichters stammten – Célestine wollte keinesfalls mit diesem jungen Mann anbandeln. Und auch mit keinem anderen. Sie wollte sich zu nichts verpflichten und womöglich falsche Hoffnungen wecken, hatte sie doch eben erst begonnen, allein über ihr Leben zu bestimmen. Und das gefiel ihr so, wie es war, außerordentlich gut.

»Wenn Sie heute zu *Lachaume* gehen, fragen Sie Madame Petit, ob sie für die nächste Woche bordeauxrote Tulpen besorgen kann«, bat der Patron eines Morgens.

Ein Besuch im berühmtesten Blumengeschäft der Stadt war für Célestine immer ein besonderes Ereignis. Das Ladeninnere quoll geradezu über von farbenprächtigen, duftenden Blumen, die meist in Gewächshäusern im Süden des Landes gezüchtet wurden. Rankende, bizarr geformte Blattgewächse und ein beleuchteter Springbrunnen, der von bronzenen Flamingos umrahmt wurde, machten diesen Ort zu einer Augenweide.

Nur zu gern fachsimpelte sie mit der Floristin darüber, mit welchen Blüten, Gräsern und Blättern die Vasen in der Rue Royale dekoriert werden sollten. Ob die Sträuße rund, flach oder pyramidenförmig geformt sein sollten und welche Farbkombinationen sich für welchen Raum am besten eigneten. Jeden Donnerstag lieferte einer der Mitarbeiter frische Gestecke, und Célestine war stets aufs Neue fasziniert, welchen Zauber ein von Meisterhand gestaltetes Blumengebinde ausstrahlen konnte.

Kapitel 12

Den Weg zwischen Maries Wohnung und ihrem Arbeitsplatz in der Rue Royale legte Célestine am liebsten zu Fuß zurück. Auch wenn sie nun genug verdiente, um sich eine Fahrt mit dem Bus leisten zu können, hielt sie eine solche Ausgabe für Verschwendung. Das Geld, das sie einsparte, wollte sie für wichtigere Dinge wie eine neue Haarbürste oder wollene Handschuhe ausgeben. Und so reihte sie sich zweimal am Tag in den Strom der Passanten ein, die auf der Rue d'Amsterdam unterwegs waren. Jeder in seinem ganz eigenen Tempo.

Da waren zum einen die Pariser, die zu den großen Kaufhäusern am Boulevard Haussmann strebten, wie auch die ausländischen Touristen. Sie promenierten gemächlich, blieben vor jedem Schaufenster stehen, hatten alle Zeit der Welt. Zu den anderen zählten die Männer und Frauen auf dem Weg zur Arbeit oder auf dem Nachhauseweg. Sie preschten und spurteten und blickten beharrlich auf den Boden, als ginge sie das Geschehen rundum nicht das Geringste an.

In das beständige Geräusch quietschender Autoreifen und knatternder Motorräder mischte sich das Tuten der Lokomotiven, das vom nahe gelegenen Bahnhof Saint-Lazare herüberschallte. Laute, die in Célestines Ohren wie Musik klangen. Noch hatte der Winter die Stadt fest im Griff, doch die Tage wurden spürbar länger, und bald würde es wärmer werden. Voller Ungeduld und Neugierde erwartete sie ihren ersten Frühling in Paris.

Schon wollte sie im Treppenhaus den Lichtschalter drehen und zu Maries Wohnung hinaufeilen, als sie Stimmen hinter sich hörte. Sie wandte sich um und erkannte im Dämmerlicht Marie, wie sie im Hinterhof unter einem Torbogen stand und einen jungen Mann in Lederjacke und mit Schiebermütze umarmte. Die beiden lachten und küssten sich übermütig.

»Warum lässt du mich nicht mit nach oben kommen?«, drängte der Mann.

»Das habe ich dir doch erklärt, Jérôme. Meine Freundin wohnt bei mir, und sie kann jeden Moment von der Arbeit kommen.«

»Als ob es in Paris keine möblierten Zimmer für alleinstehende junge Frauen gäbe. *Chérie*, ich will endlich einmal ungestört mit dir allein sein und …« Der Rest ging in unverständlichem Gemurmel unter.

Maries Antwort klang streng und entschieden. »Célestine ist neu in der Stadt, und sie wohnt bei mir, solange sie es für erforderlich hält. Du und ich, wir haben uns erst vor einer Woche kennengelernt. Wie wäre es, wenn du mich erst einmal in ein gutes Restaurant ausführst, *mon ami*? Bei einem exquisiten Menü können wir uns ganz ungestört über die wichtigen Dinge des Lebens unterhalten.«

Célestine ging leise die Treppe hinauf und erwähnte die Szene im Hinterhof nicht, als Marie ihr folgte, dennoch trübte sie Célestines Stimmung. Marie suchte und pflegte Männerbekanntschaften, und sie war der Freundin dabei im Weg. Sie brauchte schnellstmöglich ein eigenes Zuhause.

Beim Abendessen trug Célestine ihren Plan vor. »Deine Gastfreundschaft habe ich lange genug in Anspruch genommen, Marie. Ab morgen will ich die Inserate studieren. Am liebsten hätte ich eine Bleibe im achten Arrondissement, wo sich bestimmt eine solide Wohnung mit eigenem Bad finden lässt. Es gibt eine Menge kleiner Geschäfte, in denen man alles bekommt, was man zum Leben benötigt. Von dort ist es nicht weit zum Seine-Ufer und zum Jardin des Tuileries, und ich hätte einen kurzen Weg zur Arbeit.«

»Lass dir gern noch etwas Zeit«, nuschelte Marie, während sie mit einem verzückten Gesichtsausdruck ein Vanille-Macaron auf der Zunge zergehen ließ, das Célestine mitgebracht hatte. »Seitdem du bei mir wohnst und wir uns die Miete teilen, bleibt mir mehr Geld für Strümpfe und hübsche Unterwäsche. Und wenn ich dann noch mit solchen Köstlichkeiten verwöhnt werde …« Mit leuchtenden Augen griff Marie nach einem Pistazien-Macaron und knabberte andächtig an dem luftigen Gebäck.

Eine Woche lang studierte Célestine die Wohnungsanzeigen, doch entweder waren die Unterkünfte zu teuer, zu groß, oder es wurden ausdrücklich Herren als Mieter gesucht. Anfang März setzte dann Tauwetter ein, und eines Morgens geriet Célestine auf dem Weg zur Arbeit unversehens in einen kräftigen Regenguss. Sie ärgerte sich, dass sie keinen Schirm mitgenommen hatte. Als Monsieur Dior sie mit nassem Haar und triefender Kleidung im Salon stehen sah, wies er den Butler an, Célestine ein Handtuch zum Abtrocknen zu bringen.

»Sie sehen aus, als hätten Sie einen längeren Fußweg hinter sich. Wohnen Sie noch bei Ihrer Freundin am Montmartre?«, erkundigte er sich, und Célestine staunte, dass sich der Patron eine Bemerkung, die sie einmal beiläufig gemacht hatte, über Wochen gemerkt hatte.

»Ja, Monsieur Dior, aber ich bin dabei, mir eine eigene Wohnung zu suchen. Am liebsten wäre mir eine hier in der Umgebung.«

Mit einer Hand prüfte der Patron den Sitz seiner rauchblauen Krawatte, die perfekt mit seinem marinefarbenen Anzug kontrastierte, und räusperte sich dann. »Vielleicht müssen Sie gar nicht länger suchen, Mademoiselle Dufour. Hier im Haus befindet sich zwischen Erdgeschoss und erstem Stockwerk eine kleine Wohnung, die über mehrere Jahrzehnte von einer Schuhmacherwitwe bewohnt wurde. Als die Dame im Oktober starb, habe ich die Räumlichkeiten angemietet. Ich suchte damals ein Stofflager. Doch letztlich hat sich die Wohnung als zu klein erwiesen, und so habe ich das Lager in die Avenue Montaigne verlegt.«

Célestines Herz schlug höher. Dann müsste sie ja keine weiten Wege durch die Stadt mehr machen, sondern wäre bereits nach wenigen Schritten an ihrem Arbeitsplatz. »Das wäre … einfach wunderbar. Sofern die Miete nicht zu hoch ist«, fügte sie zögernd hinzu.

»Wir finden eine einvernehmliche Lösung«, beruhigte sie der Patron. »Charles zeigt Ihnen die Unterkunft. Sollte sie Ihnen gefallen, können Sie schon morgen einziehen.«

Die verlassene Wohnung im Hochparterre bestand aus einem rechteckigen Raum mit drei halbhohen Fenstern, die zur Rue Royale zeigten. Als Célestine das Fenster öffnete und sich ein wenig hinauslehnte, konnte sie rechter Hand die Kirche La Madeleine sehen und linker Hand den Obelisken auf der Place de la Concorde. Die Einrichtung bestand aus einfachen, dunkel gebeizten Möbeln, ähnlich denen, die Célestine aus ihrem Elternhaus in Genêts kannte. In diesen vier Wänden befand sich alles, was man zum Wohnen benötigte: ein Bett, ein Sofa, ein Kleiderschrank, eine Anrichte, ein Tisch mit zwei Stühlen sowie ein Herd und eine Spüle. Beim Betreten des winzig kleinen Bades mit ockerfarbenen Wänden brach Célestine innerlich in Jubel aus. Künftig würde sie nicht nur eine Toilette, sondern auch eine Badewanne ihr Eigen nennen.

Ein Blick in die Anrichte zeigte ihr, dass sogar Geschirr, Besteck, Gläser sowie Töpfe und Pfannen zum Hausstand gehörten. Auch wenn an manchen Tassen der Henkel fehlte, einige Teller beschädigt und die Töpfe verbeult waren, so konnte sie doch die vorhandenen Teile nutzen und brauchte sich nicht in zusätzliche Unkosten zu stürzen. Sie musste das Zimmer nur kräftig lüften, Wanne, Böden und Fenster putzen und die Schränke auswischen. Von ihren Ersparnissen wollte sie sich als Erstes eine Matratze und Bettwäsche kaufen. Und irgendwann später würden neue Vorhänge und Sofakissen aus einem hübsch gemusterten Stoff für Behaglichkeit sorgen.

~

»Du bist wirklich ein Glückspilz«, stellte Marie ohne den geringsten Anflug von Neid in der Stimme fest. Célestine nickte. Seitdem sie in Paris angekommen war, hatte sie das Glück auf ihrer Seite. Noch am Abend schrieb sie einige Zeilen an ihre Tante. Zwar erhielt sie selbst nie Post aus Genêts, denn Madeleine war keine Briefeschreiberin. Doch sie wusste, dass die Tante sich über jede Nachricht von ihr freute und am Leben der Nichte im fernen Paris Anteil nahm.

Zwei Nachmittage schrubbte Célestine alle Oberflächen in ihrem neuen Zuhause, dann war es so weit. Sie packte ihren Koffer und verabschiedete sich mit einer herzlichen Umarmung von Marie. Dieser standen plötzlich Tränen in den Augen.

»Es ist schade, dass du ausziehst«, murmelte Marie, zog

schniefend ein Taschentuch aus dem Ärmel und schnäuzte sich kräftig.

»Aber ich bleibe doch in Paris. Ich komme dich besuchen, du besuchst mich, und wenn wir beide einen freien Tag haben, unternehmen wir gemeinsam etwas Schönes«, versuchte Célestine die Freundin zu trösten und gab ihr einen Kuss auf die rosige, weiche Wangenhaut.

Marie bemühte sich zu lächeln. »Du hast ja recht. Übrigens bin ich heute zum Abendessen eingeladen. Er heißt Jérôme, sieht blendend aus, und er mag kurvige Frauen wie mich.«

»Ich wünsche dir ganz viel Glück. Auf bald!«

Plötzlich hatte Célestine es eilig, in die Rue Royale zu gelangen. Als sie die Wohnungstür im Hochparterre aufschloss und den Koffer neben dem frisch bezogenen Bett abstellte, breitete sie die Arme aus, als wolle sie die Wände und jedes einzelne Möbelstück umarmen. Sie war in Paris, sie hatte Arbeit, die ihr Freude machte, und nun auch eine eigene Wohnung. Folglich konnte sie mit Fug und Recht behaupten, auf eigenen Füßen zu stehen.

Was hätte sie sich in diesem Moment mehr erträumen können?

Kapitel 13

Mit besonderem Vergnügen kochte Célestine für Monsieur Dior Gerichte, die ihn an seine glückliche Kindheit in der Normandie erinnerten. Dann stand sie in einer frisch gestärkten weißen Schürze in der Küche, schmeckte hier einen Eintopf mit frisch gemahlenem Muskat oder Nelke ab, goss dort einen Schuss Weißwein in die Sauce, dekorierte das fertige Gericht mit einigen Petersilienblättchen oder hauchdünnen Zitronenscheiben. Dennoch kam es an manchen Tagen vor, dass der Patron nach dem Essen noch aus dem Haus ging, um sich mit Freunden oder Geschäftspartnern zu einem Restaurantbesuch zu treffen. Für Célestine war es ein Rätsel, wie ihr Dienstherr nach den Riesenportionen, die sie ihm zubereitete, auch nur einen einzigen weiteren Bissen hinunterbringen konnte. Doch offenbar besaß er einen gesegneten Appetit.

Eines Morgens, als Célestine ihm wie gewöhnlich die Tageszeitungen reichte, griff der Patron nach ihrer Hand und hielt sie einen Moment lang fest. »Ich kann mir überhaupt nicht mehr vorstellen, wie das Leben in der Rue Royale ohne

Sie war. Endlich weiß ich wieder, was es heißt, ein Zuhause zu haben.«

Célestine fühlte ihre Wangen glühen, wie immer, wenn der Patron ihr ein Lob aussprach. Plötzlich kniff dieser die Augen zusammen und betrachtete sie mit einem Interesse, das sie nicht recht einzuordnen wusste. Er sprach langsam und bedächtig und suchte offenbar nach den rechten Worten.

»Seit einem Vierteljahr arbeiten Sie nun für den Privatmann Christian Dior. Sie sind zweifelsohne eine bezaubernde Erscheinung, was würden Sie aber antworten, wenn der Couturier Dior Sie fragt, ob Sie ein Kleid tragen möchten, das in seinem Atelier gefertigt wurde?«

Hatte sie richtig verstanden? Célestines Herz schlug schneller. »Es wäre mir eine Ehre«, antwortete sie überrascht und atemlos.

»Nicht alle meine Entwürfe haben es in die Kollektion geschafft. Einige Kleider blieben unvollendet, bei anderen missfiel mir die Ausführung oder aber der Stoff. Wenn Sie demnächst in der Avenue Montaigne sind, fragen Sie doch im Atelier von Madame Monique nach, welches der Lehrmädchen geeignet wäre, Ihnen aus dem Fundus der *Zurückgewiesenen* ein Tageskleid anzupassen. Das hätte außerdem den Vorteil, dass eine begabte angehende Schneiderin sich früh erproben und ihre Erfahrungen machen kann.«

»Aber Monsieur Dior, ich kann doch nicht … ich meine, wie soll ich …«, stotterte Célestine, und nun war sie es, die nach den richtigen Worten suchte.

»Selbstverständlich wird dieses Kleid Sie nichts kosten. Sehen Sie es als eine Art Dienstkleidung, und für die bin ich zuständig.«

Konnte der Patron etwa Gedanken lesen? Erleichtert atmete Célestine auf. Sein nun folgender Vorschlag ließ sie jeden Rest von Verlegenheit vergessen.

»Ihr Mandelkuchen gestern schmeckte hervorragend. Würden Sie ihn zum Wochenende ein weiteres Mal backen? Ich bin bei einem alten Schulfreund eingeladen und könnte mir kein passenderes Gastgeschenk vorstellen.«

Beim Betreten des Geschäftshauses in der Avenue Montaigne erlag Célestine erneut dem eigenartigen Zauber, der von den seidenen Stoffen, den schillernden Farben und dem zarten, unaufdringlichen Duft von Bergamotte, Jasmin und Sandelholz ausging. Wenn sie früher in der Normandie die urlaubenden Pariser aus der Ferne bestaunt hatte, hatte sie sich im Gegensatz zu ihrer Mutter kaum für deren modische Kleidung interessiert und nicht im Traum daran gedacht, dass sich das einmal ändern könnte.

Erwartungsvoll eilte sie hinauf in das obere Stockwerk, wo sich die Ateliers befanden. Ruhig und konzentriert saßen die Näherinnen und auch einige junge Männer in weißen Kitteln an ihren Tischen, schnitten Futterstoffe zurecht, nähten Knöpfe an Kostümjacken oder hefteten Spitze an einen Halsausschnitt. Ganz anders als am Tag der Premierenschau, als hier hektische Betriebsamkeit herrschte. Einige der Lehrlinge blickten nur kurz auf und grüßten stumm mit einem Kopfnicken. Die anderen waren so in ihre Arbeit vertieft, dass sie die Besucherin gar nicht bemerkten. Eine sommersprossige Frau von etwa dreißig Jahren mit rotbraunen Ponyfransen bis zu den Augenbrauen trat auf Célestine zu.

»Sie müssen Mademoiselle Dufour sein. Der Patron hat mir Ihr Kommen angekündigt. Ich bin Madame Monique. Amélie wird sich um Sie kümmern.«

Und schon wurde Célestine sanft, aber entschieden vor die Tür geschoben. Es war tatsächlich die ihr bekannte Amélie, die sich fröhlich bei ihr unterhakte und mit ihr bis zum Ende des Flurs schritt.

»Schön, dich wiederzusehen, Célestine. Was sagst du dazu, dass ich bei dir mein erstes Kleid anpassen darf? Hier vorn geht es zur *Kleiderkammer der Zurückgewiesenen und Unvollendeten*, wie wir sie nennen.« Amélie knipste den Lichtschalter an und trat in einen fensterlosen Raum, in dem in Augenhöhe an drei Wänden Metallstangen angebracht waren. Kleider und Mäntel in verschiedensten Farben und Stoffen hingen dort auf gepolsterten Bügeln. Am liebsten hätte Célestine jedes Kleid berührt, um unter den Fingerkuppen die Weichheit der edlen Stoffe zu spüren.

»Du bekommst ein Tageskleid, hat der Patron gesagt. Ich habe etwas ausgesucht, das meiner Meinung nach perfekt zu deinem kupferfarbenen Haar und den grünen Augen passt. Gefällt es dir?« Zielsicher zauberte Amélie ein noch unfertiges jadefarbenes Kleid mit dreiviertellangen Ärmeln hervor.

»Es ist … phantastisch«, hauchte Célestine. Rasch zog sie ihr Kleid aus und schlüpfte in den Traum aus feinstem Georgette.

Amélie trat einige Schritte zurück, umrundete Célestine mit prüfendem Blick. »Die Größe stimmt. Allerdings muss der Rock eine Handbreit gekürzt werden. Und der breite Schalkragen wirkt zu wuchtig. Ich schlage einen schmalen Reverskragen vor. Und damit du dich auch ohne fremde Hilfe an- und ausziehen kannst, schließen wir die Rückennaht und nehmen für die Vorderseite samtbezogene Knöpfe. Das versteifte Unterkleid lassen wir weg, dann fällt der Stoff weicher und du kannst bequemer sitzen.«

Célestine ließ Amélies Redeschwall über sich ergehen, während diese den Rocksaum absteckte und mit einem Reihfaden Länge und Breite des Kragens sowie die Knopflöcher markierte.

Eine Woche später erhielt Célestine einen Telefonanruf aus dem Atelier, sie möge zur Anprobe in die Avenue Montaigne kommen. Als sie sich im Spiegel betrachtete, stieß sie einen Jubelschrei aus. Mehrmals drehte sie sich im Kreis, hob und senkte die Arme. Nichts drückte oder zwickte, der Stoff fühlte sich wunderbar leicht auf der Haut an und umschmeichelte ihre Figur. Übermütig umarmte sie Amélie.

»Es sitzt perfekt! Ich fühle mich wie ein anderer Mensch.«

Mit seligem Lächeln nahm Amélie das Lob an. »Mit den

runden Schultern, der schmalen Taille und dem weiten Rock entspricht das Kleid ganz der *Glockenblumenlinie* des Patrons. Weil wir aber das starre Unterkleid weggelassen haben, sehen wir hier eine sportliche Version des *New Look*.«

»Du bist eine wahre Künstlerin, Amélie. Ich kann gut verstehen, warum Monsieur Dior immer voller Stolz von seinen Mitarbeitern spricht.« Schmunzelnd erinnerte Célestine sich daran, wie sie die Glockenblume aus dem Blumengebinde gezupft hatte und der Couturier den Namen für seine erste Kollektion fand. Aber das würde für immer ein Geheimnis zwischen ihr und dem Patron bleiben.

»Ich muss noch vieles lernen«, wehrte Amélie bescheiden ab. »Monsieur Dior ist ein sehr großzügiger Mensch. Aber er kann auch streng sein. Ihm entgeht nicht der kleinste Fehler. Und wenn er anordnet, dass ein Zuschnitt geändert oder Nähte aufgetrennt werden müssen, fließen im Atelier auch schon mal Tränen.«

Verwundert schüttelte Célestine den Kopf. Bisher hatte sie den Patron nur als sanftmütigen und liebenswerten Menschen kennengelernt. Doch womöglich musste der Privatmann Christian Dior als Couturier und Chef Dutzender Mitarbeiter ein anderer sein.

Auf dem Weg ins Erdgeschoss begegnete ihr im Treppenhaus Madame Luling. Zu ihrem schwarzen Seidenkleid trug die Verkaufsleiterin eine schwere goldene Halskette mit Ankeranhänger. Sicher eine Anspielung auf ihre Heimatstadt an der normannischen Küste, vermutete Célestine. Von

Amélie hatte sie erfahren, dass der Patron und Madame Luling in derselben Stadt aufgewachsen und seit Kindertagen miteinander befreundet waren. Weswegen die Verkaufsleiterin ihn vertraulich mit seinem Spitznamen *Tian* anreden durfte.

»Ah, Mademoiselle Dufour. Kommen Sie doch mit in mein Büro, Sie müssen unbedingt das Kreativtrio des Hauses Dior kennenlernen … *Mes amies*, hier ist Mademoiselle Célestine Dufour, der gute Geist aus der Rue Royale«, stellte Madame Luling sie vor.

In dem winzig kleinen Raum im Hochparterre, unmittelbar über dem Eingang, saßen drei Frauen mittleren Alters dicht gedrängt nebeneinander auf einem Sofa. Madame Mitzah Bricard, eine langjährige Freundin des Patrons, hatte für ihn die Rolle einer Muse übernommen. Ihr Urteil war stets unfehlbar, wie Célestine den Äußerungen ihres Dienstherrn über diese ganz besondere Mitarbeiterin entnommen hatte. Madame Bricard trug eine dreireihige Perlenkette sowie einen Hut aus Leopardenfell mit einem schwarzen Schleier, der ihr bis über die Augen reichte. Ihr Lächeln hatte etwas Geheimnisvolles, ihre ganze Erscheinung strahlte Stil und Eleganz aus. Sie war, so erläuterte Madame Luling, die künstlerische Beraterin des Patrons.

Neben ihr saß Madame Raymonde Zehnacker. Monsieur Dior hatte die Frau mit den leuchtend blauen Augen und dem gewinnenden Lächeln während seiner Jahre als Modezeichner bei Lucien Lelong kennen und schätzen gelernt. Als persönliche Vertraute weilte sie stets an der Seite des Hausherrn und kannte dessen Wünsche, noch bevor er sie ausgesprochen hatte.

Die dritte war Madame Marguerite Carré. Mit dem Patron teilte sie die Leidenschaft für den Beruf und ein unabdingliches Streben nach Perfektion. Ihre Aufgabe war es, die Skizzen des Modeschöpfers in vollendete Kleider umzusetzen. Der Couturier hatte die einstige Modellzeichnerin beim Modehaus Patou abgeworben und für sie den Posten einer technischen Directrice erfunden, zuständig für sämtliche Ateliers.

Schnell waren die fünf Frauen in ein angeregtes Gespräch vertieft. Sie diskutierten über Aktionen und Pläne, die Célestine dank der morgendlichen Zeitungslektüre bekannt waren. Themen, die der Couturier Dior gewissermaßen an der Türschwelle der Rue Royale abstreifte, bevor er sein privates Reich betrat.

So waren sich die Frauen einig, dass die Mannequins aus dem Hause Dior die bekanntesten im Land sein mussten. In der ganzen Stadt waren sie unterwegs, wo die großen in- und ausländischen Fotografen den *New Look* inszenierten. Am Seine-Ufer, vor dem Louvre, am Arc de Triomphe oder am Fuße des Eiffelturms. Ein viertes Atelier mit weiteren Näherinnen sollte in den nächsten Tagen die Arbeit aufnehmen, dann würde das Haus Dior über mehr als hundert Mitarbeiter verfügen, wusste Madame Carré mit unüberhörbarem Stolz zu berichten.

»Sie scheinen einen günstigen Einfluss auf unseren Chef auszuüben, Mademoiselle Dufour. Seitdem Sie dafür sorgen, dass er auch ein Privatleben hat, wirkt er viel ausgeglichener«, stellte Madame Zehnacker mit anerkennendem Lächeln fest.

»Offenbar sind Sie eine großartige Köchin. Unser Freund musste bei seinem Schneider neue Anzüge bestellen, die alten sind ihm zu eng geworden«, ergänzte Madame Bricard mit vielsagendem Augenzwinkern.

Kapitel 14

Marie hatte Célestine in der Rue Royale abgeholt, und so schlenderten die Freundinnen Arm in Arm über den Pont de la Concorde und von dort weiter am Seine-Ufer entlang Richtung Eiffelturm. An diesem Sonntag schien ganz Paris auf den Beinen, um zu flanieren, zu sehen und gesehen zu werden. Je mehr sie sich ihrem Ziel näherten, desto imposanter erschien Célestine das weltberühmte Wahrzeichen, das anlässlich der Weltausstellung im Jahr 1889 errichtet worden war. Bislang hatte sie es nur aus der Ferne bewundern können. Dass seinerzeit zahlreiche Schriftsteller und Künstler gegen dieses Bauwerk protestiert hatten, weil sie darin ein Attentat gegen die Schönheit der Stadt sahen, erschien ihr gänzlich unverständlich. Elegant erhob sich der Turm über den zinkfarbenen Dächern der Stadt, denen die strahlende Frühsommersonne einen goldenen Schimmer verlieh.

Auf dem Champ de Mars drängten sich die Menschen. Einheimische und Touristen, vornehmlich Amerikaner, wie an der Sprache und an den karierten Hochwasserhosen der Männer zu erkennen war. Die meisten hielten Kameras in den Händen und fotografierten den Turm von allen Seiten, entweder von Weitem von der Avenue de la Motte aus oder indem sie sich direkt ins Zentrum des quadratischen Grundrisses stellten.

Mehrere Männer waren damit beschäftigt, ihre Kamerastative aufzustellen, andere hantierten mit Reflektoren. Ein Taxi hielt an, und eine elegant gekleidete junge Frau stieg aus. Die Männer drückten hektisch auf den Auslöser, riefen ihr dabei die unterschiedlichsten Kommandos zu.

»Den Kopf senken – und heben! Und senken – und heben!«

»Lächeln, mehr lächeln!«

»Direkt in die Kamera schauen! So ist es gut!«

»Und jetzt eine Pirouette! Noch einmal! Schneller, schneller!«

Célestine erkannte Nadine, eins der Mannequins von Monsieur Dior, in einem rotseidenen Kostüm der aktuellen Saison. Sicher würden die Aufnahmen schon bald in einem der großen Modemagazine zu finden sein.

Marie legte den Kopf in den Nacken und sah hinauf zur Spitze des stählernen Turms. »Sooo hoch … müssen wir da etwa zu Fuß hinauf?«

»Wir nehmen den Aufzug, und du bist zur Fahrt eingeladen.« Célestine verdiente deutlich mehr als Marie, weshalb es ihr viel Vergnügen bereitete, die Freundin mit solchen Kleinigkeiten zu überraschen.

Hoch oben auf der Besucherplattform war es deutlich kühler als am Boden. Ein kräftiger Wind wirbelte einem älteren

Mann den Hut mitsamt Toupet vom Kopf, sehr zur Belustigung zweier etwa zehnjähriger Mädchen, die sich kichernd die Hand vor den Mund hielten.

Vorsichtig trat Célestine an die Brüstung und spähte in die Tiefe. Ein mulmiges Gefühl beschlich sie. Offenbar war sie nicht schwindelfrei. Und so richtete sie den Blick in die Ferne bis weit über die Grenzen der Stadt hinaus. »Atemberaubend«, murmelte sie.

Auch Marie zeigte sich beeindruckt. »Bei Dunkelheit, wenn alle Lichter leuchten, stelle ich es mir hier oben besonders romantisch vor. Ich werde André überreden, einmal abends mit mir auf den Turm zu kommen.«

»Ich denke, er heißt Jérôme?«, wunderte sich Célestine.

Marie machte eine wegwerfende Handbewegung. »Ach, mit Jérôme ist es längst vorbei. Er war zu geizig, mich ordentlich auszuführen, und hat es nur darauf angelegt, einen Abend mit mir in meiner Wohnung zu verbringen. Da habe ich ihm den Laufpass gegeben.« Sie zögerte ein wenig, schien nicht recht mit der Sprache herausrücken zu wollen. Doch Célestine spürte, dass ihr etwas auf dem Herzen lag.

»Marie, ich merke doch, dass dich etwas bewegt. Leider bin ich keine Hellseherin.«

»Ja, weißt du ... André hat mich ins Kino eingeladen. Wir sehen uns den neuen Film mit Rita Hayworth an. Und danach wollen wir noch in einer Bar auf den Champs-Élysées etwas trinken. Macht es dir etwas aus, den Nachmittag allein zu verbringen?«

Ohne sich ihre Enttäuschung anmerken zu lassen, schüttelte Célestine kräftig den Kopf. Ursprünglich hatten sie ausgemacht, sich nach dem Ausflug gemeinsam in die Rue Royale zu begeben. Célestine hatte eigens einen Apfelkuchen gebacken. Doch sie mochte der Freundin keinen Vorwurf machen, dass diese ihrem neuen Schwarm den Vorzug gab.

Bei ihren Streifzügen durch die Stadt hatte Célestine sich angewöhnt, vertraute Wege zu verlassen und unbekannte Wege und Seitensträßchen zu erkunden. Und so bummelte sie nun über die Rue de Sèvres hinüber ins Quartier Latin. In diesem Viertel gab es kleine Geschäfte mit liebevoll gestalteten Auslagen zu entdecken. Wie etwa einen Geigenbauer, der seine Instrumente in Reisekoffern zur Schau stellte. Einen Laden, der ausschließlich Spitzenbordüren aus Brüsseler Manufakturen führte, oder einen Schuhmacher, der neben winzig kleinen Kinderstiefeln auch einen rotledernen Schuh für einen ausgewachsenen Zirkuselefanten präsentierte.

Célestine wunderte sich, warum so viele junge Männer mit Studentenmützen in dieser Gegend unterwegs waren, bis ihr einfiel, dass diese wahrscheinlich an der nahe gelegenen Sorbonne eingeschrieben waren. Oftmals vernahm sie ein Schnalzen oder einen anerkennenden Pfiff hinter ihrem Rücken. Dann wieder sprangen einige Männer vor ihr auf dem Trottoir zur Seite und machten mit übertrieben ehrerbietiger Geste den Weg frei.

In einer schmalen Seitengasse stieß sie vor einem Kiosk auf

eine Gruppe von Kriegsveteranen an Krücken. Mitleid erregende Gestalten, wie sie sie manchmal auch in den Straßen am Montmartre in der Nähe von Maries Dachkammer angetroffen hatte, wo die ärmeren Bewohner lebten. Einem der ausgemergelten Männer fehlte fast die Hälfte des Gesichts. Sein Anblick schockierte Célestine nicht nur, er ließ auch die Erinnerungen an Vater und Bruder in ihr aufsteigen. Und sie musste an ihren Onkel Gustave denken, dem im Krieg sein Bein zerschossen worden war und der seither ein Holzbein trug. Nie hatte der Onkel darüber gesprochen, was ihm an jenem Tag im Mai 1940 bei Dünkirchen widerfahren war, als die deutsche Wehrmacht näher rückte. Mit seinem Unterschenkel hatte er damals auch den Glauben an einen Sieg der französischen Armee verloren.

Vielleicht hatte diese bittere Erfahrung ihn so harsch und unnachgiebig werden lassen, überlegte Célestine und beschloss, ihrer duldsamen Tante eine Schachtel Nougattrüffel zu schicken, wie es sie in Genêts nicht zu kaufen gab und wie Madeleine sie sich wegen des hohen Preises niemals selbst gegönnt hätte.

Fast wäre Célestine über die Füße eines Bettlers gestolpert, der in eine graue Decke gehüllt in einem Hauseingang kauerte. Seit sie in Paris lebte, ging sie nie ohne ein wenig Geld in der Manteltasche aus dem Haus. Célestine beugte sich zu dem Mann hinunter und drückte ihm eine Münze in die Hand. Ungläubig starrte der Bettler sie an, dann hielt er blitzartig ihre Hand fest und bedeckte sie mit Küssen.

Ruppiger als beabsichtigt löste sie den Griff und beschleunigte ihre Schritte in Richtung Pont Neuf. Doch diesmal nahm sie die grandiose Kulisse des Louvre in der tief stehenden Nachmittagssonne kaum wahr. Achtete auch nicht auf die Blumenrabatten im Jardin des Tuileries, die von Gärtnern zu kunstvollen Mustern angelegt worden waren.

Als sie ihre bescheidene Wohnung in der Rue Royale betrat, atmete sie erleichtert auf. Für den Rest des Tages wollte sie das menschliche Leid im Quartier Latin vergessen und in eine schönere, bessere Welt eintauchen. In eine Welt, die sie selbst erschaffen wollte. Schon als junges Mädchen war ihr der Gedanke gekommen, zu schreiben und die Bilder ihrer Phantasie in einen Text zu fassen. Ihre Geschichte sollte in der Vergangenheit spielen, in einer friedvollen, unbeschwerten Zeit. Die Charaktere sollten sich in eleganten Räumen bewegen, ähnlich denen, wie Monsieur Dior sie für die Rue Royale geschaffen hatte.

Sobald sie eine Schreibmaschine besäße, wollte sie sich dieser neuen Aufgabe widmen.

Kapitel 15

Die Redakteure und Fotografen sandten jeweils ein Zeitschriftenexemplar mit ihren Reportagen als Beleg an die Avenue Montaigne. Seither brachte Monsieur Dior nahezu jeden Abend einen Stapel Modemagazine mit nach Hause: englische, amerikanische, italienische, spanische … Tags darauf schnitt Célestine Artikel für Artikel aus und heftete die Seiten ab.

Fünf Ordner hatte sie bereits gefüllt, und sie war sich sicher, dass noch viele dazukommen würden. Sollte der Erfolg des Patrons anhalten, würde irgendwann das Bibliothekszimmer in der Rue Royale zu klein werden. Dann müsste ein größerer Raum für das Privatarchiv des Couture-Hauses Dior gefunden werden.

Le Monde, die größte Tageszeitung im Land, berichtete auf anderthalb Seiten, dass die erste Dior-Modenschau außerhalb Frankreichs bevorstand, in Sydney, der größten Metropole Australiens. Als Célestine den Artikel einheftete, musste sie schmunzeln. Zwar wusste sie einiges über den Privatmann Christian Dior, kannte seine Vorliebe für deftige

Kost, wusste, mit wem er sich wann zum Essen verabredete, zu welchem Empfang er eingeladen wurde, auch dass er nie ohne Hut aus dem Haus ging, welche Opernmusik er gern abends zum Entspannen auflegte ... Doch über den Couturier Dior erfuhr sie nahezu alles aus den Zeitungen.

Eines Morgens, als der Butler dem Patron Hut und Mantel reichte, seufzte dieser laut auf. Célestine musste ein Kichern unterdrücken, denn die traurige Miene ihres Dienstherrn ließ sie an den Cockerspaniel ihres verstorbenen Großvaters denken, wenn dieser nach einem ausgedehnten Strandspaziergang seinen Fressnapf leer vorfand.

»Ich bin müde, ich habe schlecht geschlafen, am liebsten würde ich mich gleich wieder ins Bett legen«, grummelte der Patron und starrte die Wohnungstür an, als befürchte er, dass jeden Augenblick das Klingelzeichen seines Chauffeurs das Signal zum Aufbruch gab.

»Soll ich Ihnen noch eine Tasse Kaffee machen, Monsieur Dior? Meine Großmutter pflegte zu sagen, dass man mit der richtigen Dosierung sogar Tote zum Leben erwecken kann.«

»Lieber nicht. Madame Zehnacker schimpft schon mit mir, dass ich während der Arbeit zu viel Kaffee trinke. Das sei nicht gut für das Herz, meint sie. Meine Schlaflosigkeit hat einen ganz anderen Grund – ich habe eine Einladung nach Texas erhalten. Man will einem französischen Modezeichner einen amerikanischen Mode-Oscar verleihen.«

»Das ist ja großartig!«, freute sich Célestine. Aber Monsieur Dior teilte ihre Begeisterung keinesfalls.

»Ich verabscheue Reisen. Wenn Sie wüssten, um wie viel lieber ich zu Hause bliebe und in Ruhe an der nächsten Kollektion arbeiten würde …«

Der Türgong riss den Patron aus seinen Gedanken. Augenblicklich straffte er die Schultern und setzte eine entschlossene Miene auf. »Übermorgen geht die Überfahrt los. Ich darf Monsieur Boussac, meinen kaufmännischen Direktor, und auch die Mitarbeiter nicht enttäuschen.« Schicksalsergeben wandte er sich an den Butler: »Charles, ich habe die Absicht, für zwei Wochen in Amerika zu bleiben. Bereiten Sie alles für die Reise vor.«

In den folgenden Tagen überschlugen sich die französischen Tageszeitungen mit Berichten über die Amerikareise Diors. In vielen Ländern schien der Name des Couturiers bekannter zu sein als der Vincent Auriols, des amtierenden französischen Präsidenten. Niemand hatte den phänomenalen Aufstieg seines Modehauses vorhersehen können, das er erst ein halbes Jahr zuvor gegründet hatte.

Dann aber las sie, wie die Amerikanerinnen auf die Mode des europäischen Couturiers reagierten, und war fassungslos.

Nieder mit dem New Look!

Verbrennt Monsieur Dior!

Christian Dior, go home!

So lauteten die Parolen der Frauen, die sich dagegen verwahrten, eng geschnürte Mieder unter Kleidern zu tragen, die ihrer Ansicht nach viel zu lang, zu üppig und bei Weitem zu teuer waren. Ganz offensichtlich habe der Couturier nicht begriffen, wie tiefgreifend der gesellschaftliche Wandel sei, der nach zwei Weltkriegen stattgefunden hatte. Dior richte den Blick zurück in eine Zeit, in der Frauen weder berufstätig waren noch sich im öffentlichen Straßenverkehr bewegten. Seine Mode sei für Frauen, deren vornehmste Aufgabe darin bestand, schmückendes Beiwerk eines Ehemannes zu sein.

Ein Foto zeigte eine junge Frau, die energisch von zwei Passantinnen auf der Straße festgehalten wurde, während eine dritte ihr den Rocksaum abschnitt. Célestines anfängliches Entsetzen wandelte sich in Wut. Wie konnten diese ignoranten Weibsbilder es wagen, derart hämisch über das Werk eines Mannes herzuziehen, dessen oberstes Bestreben es war, die weibliche Schönheit zu betonen?

Am liebsten hätte sie die Zeitungen zerrissen, damit Monsieur Dior sie gar nicht erst zu Gesicht bekam. Doch sicher hatte er bereits von den Protesten erfahren. Sie wusste, welch empfindsames Gemüt er besaß. Hoffentlich ließ er sich von derartigen Äußerungen nicht bedrücken! Schließlich gab es eine Menge anderer Menschen, sowohl Frauen als auch Männer, die seine Kunst zu schätzen wussten.

Ursprünglich hatte Célestine vorgehabt, sich von dem Geld, das sie bei ihren ersten Gehältern hatte zurücklegen können, eine gebrauchte Schreibmaschine zu kaufen. Doch dann stellte sie überrascht und voller Freude fest, dass sie genug verdiente, um sich ein neues Exemplar zu leisten. Monsieur Martin, der Kioskbesitzer von gegenüber, empfahl ihr einen Laden in der Rue de Madrid, nahe der Gare Saint-Lazare. Das Geschäft gehörte seinem Neffen, dort würde sie die allerbeste Beratung erhalten.

Zwei Tage später war Célestine stolze Besitzerin einer Olivetti-Reiseschreibmaschine, die klein und handlich war und einen leichten und präzisen Anschlag hatte – ganz im Gegensatz zu der schwergängigen großen Olympia im Gemeindeamt von Genêts, bei der ihr nach nur einer Seite Text bereits die Handgelenke geschmerzt hatten.

Nun war sie vollends entschlossen, ihren bisher äußerst vagen Plan aus Jungmädchenzeiten in die Tat umzusetzen. Sie wollte sich eine Geschichte ausdenken und ihr zukünftiges Publikum auf eine Phantasiereise in eine vergangene Zeit, an einen anderen Ort mitnehmen. Allerdings nicht so wie die Schriftstellerin Colette, deren Romane ihr an manchen Stellen zu ungezügelt und frivol vorkamen. Viel lieber wollte sie von erhabenen Gefühlen erzählen in der Art der bereits verstorbenen Germaine Mercier. Wie oft hatten deren Bücher sie die Düsterkeit während der Kriegsjahre vergessen lassen.

In jeder freien Minute setzte sich Célestine an ihre Olivia, wie sie ihre Schreibmaschine liebevoll nannte, und tippte manchmal eine halbe Seite, manchmal aber auch nur einen einzigen Satz, den sie am Tag darauf verwarf. Nie hätte sie sich ausgemalt, dass Schreiben so schwierig sein könne. Aber sie wollte sich nicht entmutigen lassen. Sie hatte Zeit, niemand drängte sie.

»Du willst … einen Roman schreiben?«, fragte Marie und riss vor Überraschung die großen dunklen Augen weit auf. »Davon hast du mir noch gar nichts erzählt. Das stelle ich mir kompliziert vor. Wenn ich an die Aufsätze denke, die wir in der Schule schreiben mussten … puh! Sicher hätte ich manches Mal eine noch schlechtere Note eingeheimst, hätte ich nicht bei dir abschreiben dürfen.«

Augenzwinkernd kniff Marie die Freundin in den Arm. Sie hatten sich im Bistro des Kaufhauses *Printemps* verabredet und ließen sich einen herrlich aromatischen Kaffee schmecken. Ihr Erstaunen war groß, als der Ober ihnen unaufgefordert zwei Éclairs servierte. Dieses Gebäck aus Brandteig, das auch als *Liebesknochen* bezeichnet wurde, war mit einem dunklen Schokoladenguss überzogen und mit Vanillecreme gefüllt.

»Bedauerlicherweise ist der Guss nicht gleichmäßig geraten, deswegen können wir die Éclairs nicht verkaufen. Nehmen Sie die süße Sünde als kleine Aufmerksamkeit des Hauses für zwei hübsche junge Damen«, erklärte er freundlich und mit einer leichten Verbeugung.

»Wie läuft es denn mit André?«, erkundigte sich Célestine und betrachtete erwartungsvoll das Gebäck auf ihrem Teller, dessen Schokoladenüberzug ihr im Gegensatz zu den Äußerungen des Obers makellos erschien. Womöglich legte der

Pâtissier des *Printemps* ähnlich strenge Maßstäbe an seine Arbeit wie Monsieur Dior bei seinen Kleidern. Verkauft werden durfte nur, was perfekt war.

Ein verzücktes Lächeln glitt über Maries Gesicht. »André ist so charmant … Er arbeitet beim Finanzamt. Demnächst will er mich seinen Eltern vorstellen. Sie besitzen ein Ferienhaus in der Bretagne. Was bedeutet – sie sind reich.« Mit der Gabel hob sie die Oberseite des Éclairs an und zerteilte das Gebäck in mundgerechte Stücke. Währenddessen redete sie munter weiter. »Wichtig für eine Frau ist doch, dass sie einen Mann findet, der Geld genug verdient, um eine Familie zu ernähren. Wie läuft es denn bei dir? Du sagtest, der Patron schätzt deine Kochkünste? Wie heißt es so schön? Liebe geht durch den Magen …« Sie schob sich ein Stück der Schokoladenoberseite in den Mund und kaute genussvoll darauf.

Célestine warf der Freundin einen strafenden Blick zu. »Lass diese Anspielungen, Marie. Monsieur Dior ist ein liebenswürdiger älterer Herr, wie du weißt – ganz davon abgesehen, dass ich zurzeit sowieso keinen Mann in mein Leben lassen möchte. Womöglich würde er erwarten, dass ich meine Anstellung und auch meine Schreibversuche aufgebe. Besten Dank! Ich genieße meine Freiheit und will sie so lange wie möglich auskosten.«

Marie wandte sich der unteren Hälfte des Éclairs mit der Vanillecreme zu. »Wenn ich den Richtigen träfe, würde ich noch heute meine Stelle bei Madame Renard kündigen«, seufzte sie und ließ einen weiteren Bissen im Mund verschwinden.

Kapitel 16

In einer Nebenstraße der Rue Royale hatte ein Dekorationsladen eröffnet, und Célestine beschloss, sich daranzumachen, ihrer Wohnung eine persönlichere Note zu verleihen. Neue Möbel würde sie kaum kaufen können, aber an der Gestaltung des Interieurs konnte sie etwas ändern. Aus einem changierenden resedagrünen Taftstoff ließ sie sich Vorhänge und Sofakissen nähen, für den Tisch wählte sie eine Decke mit zarten Streublumen. Sie war erstaunt, wie hell und freundlich der Raum plötzlich wirkte, und nahm sich vor, bald auch das abgenutzte Bad mit einem neuen Vorhang und Handtüchern mit einer farbigen Bordüre zu verschönern.

Sonntags, an ihrem arbeitsfreien Tag, genoss sie es, länger zu schlafen und im Bett zu frühstücken. Manchmal stieg eine Kindheitserinnerung in ihr auf: der Duft und Geschmack eines frischen, buttrigen Croissants. Irgendwann in naher Zukunft, da war sie sicher, würde die Regierung die Kontingentierung aufheben, und die Bevölkerung könnte wieder uneingeschränkt alle Nahrungsmittel erwerben, so wie vor dem Krieg. Bis dahin würde sie mit einem Stück Zwieback und einer großen Tasse Kaffee vorliebnehmen. Einem Mocca faux mit viel Milch. Oftmals nämlich waren echte Kaffeebohnen vorzeitig ausverkauft, auch wenn jedem Franzosen offiziell monatlich 125 Gramm zustanden. Die Schwarzmarktpreise wollte Célestine nicht zahlen, lieber gab sie ihr Geld für süße Knabbereien aus oder lud Marie ins Kino oder Café ein. Und während sie sich wohlig unter der Bettdecke räkelte, spann sie in Gedanken ihren Roman weiter.

Wenn Marie sonntags in ihrer Brasserie arbeiten musste, was selten vorkam, oder wenn sie sich mit ihrem André verabredet hatte, was häufiger vorkam, unternahm Célestine gern einen Ausflug an das gegenüberliegende linke Seine-Ufer. Ihr Ziel war der Quai de Conti, wo die Bouquinisten unter freiem Himmel von Sonnenaufgang bis Sonnenuntergang antiquarische Bücher, historische Zeitungen, Kunstdrucke, Postkarten, Werbeplakate und Briefmarken feilboten. Bei schlechtem Wetter oder im Winter blieben die Stände geschlossen.

Beim Überqueren des Pont Neuf, der ältesten Brücke von Paris, vernahm sie unter sich die Rufe von Zuschauern, die vom Ufer aus die Teilnehmer einer Ruderregatta anfeuerten. Ihr Blick schweifte seitwärts zur Île de la Cité mit der mittelalterlichen Kathedrale Notre-Dame, der Victor Hugo mit der Geschichte des buckligen Glöckners Quasimodo und seiner

Liebe zu der jungen Zigeunerin Esmeralda ein berührendes Denkmal gesetzt hatte.

Plötzlich musste Célestine daran denken, wie sie mit ihren Verwandten in Genêts – wie damals vermutlich alle Bürger im Land – in den letzten Tagen des August 1944 stundenlang neben dem Radio gesessen und gebetet hatte, dass der Krieg bald zu Ende ginge. Zu einem Zeitpunkt, da ihr Vater und ihr Bruder noch am Leben waren und in irgendeinem Schützengraben gegen die Deutschen kämpften.

Viele Franzosen empfanden es geradezu als Ironie des Schicksals, dass ausgerechnet ein Nazigeneral verhindert hatte, die Prachtbauten und Brücken im Zentrum von Paris dem Erdboden gleichzumachen – wie es der deutsche Diktator Adolf Hitler befohlen hatte. Und wie so oft wurde Célestine die Kehle eng, als sie an die aufgeregten Stimmen der Radiokommentatoren dachte. An die Mischung aus ungläubigem Staunen und tiefer Dankbarkeit, nachdem der deutsche Stadtkommandant General Dietrich von Choltitz den Befehl seines Führers verweigert und sich den Franzosen ergeben hatte.

Mit einem energischen Kopfschütteln wehrte sie die schmerzlichen Erinnerungen ab und eilte hinüber zu den Bouquinisten in ihren grün gestrichenen Holzverschlägen. Wie gewöhnlich nahm sie auf den Büchertischen der Händler Raritäten in Augenschein und wurde ganz ehrfürchtig, wenn sie ein Buch aufschlug, das aus einem anderen Jahrhundert stammte. Das von jemandem gelesen worden war, der die Zeit der Französischen Revolution von 1789 oder sogar die Regierungszeit König Louis XIV. miterlebt hatte.

Einer der Bouquinisten, ein stets fröhlicher Mann von etwa fünfzig Jahren mit einem gezwirbelten Schnurrbart, hatte ihre Vorliebe für die alten Bücher schnell bemerkt. Seither wurde er nicht müde, ihr seine Raritäten aus dem achtzehnten und neunzehnten Jahrhundert zu empfehlen.

»Für eine hübsche junge Dame wie Sie mache ich natürlich einen besonders guten Preis«, hatte er mit einem gewinnenden Lächeln versprochen.

»Sehr liebenswürdig, ich nehme das Angebot an. Gilt diese Abmachung auch noch, wenn ich in zwanzig oder dreißig Jahren zu Ihnen komme?«, hatte Célestine augenzwinkernd gefragt.

Der Bouquinist hatte ihre Hand ergriffen und einen Luftkusss darauf gehaucht. »Mademoiselle, sie gilt lebenslänglich.«

Diesmal präsentierte der Händler ihr eine handsignierte Erstausgabe: die Autobiographie Sarah Bernhardts, der berühmtesten Theaterschauspielerin ihrer Zeit, die zahlreiche Gastspiele in Europa und Amerika unternommen und der das Publikum diesseits und jenseits des Atlantiks zu Füßen gelegen hatte. Germaine Mercier hatte in einem ihrer Romane ihre Protagonistin die Premiere von *Hamlet* miterleben lassen, in der Sarah Bernhardt in einer Hosenrolle den Dänenprinzen verkörperte.

Auch eine Fotografie mit der Ansicht eines Kolonialwarenladens aus der Zeit der Jahrhundertwende hatte es Célestine angetan. Sie kaufte die Autobiographie und das Bild, das sie ihrer Tante Madeleine schicken würde.

Schon wollte sie den Heimweg antreten, als ihr Blick auf ein Buch mit dem Titel *Die Gräfin aus dem Val de Loire* fiel. Erst wagte sie ihren Augen nicht zu trauen und zwinkerte mehrere Male. Aber nein, sie hatte sich nicht getäuscht, denn die Verfasserin dieses Romans war tatsächlich – Germaine Mercier. Dabei hatte Célestine doch geglaubt, sämtliche Romane der Schriftstellerin zu kennen.

Sie schlug das Buch auf und überflog aufgeregt die ersten Seiten. Es war ganz unzweifelhaft der Stil Germaine Merciers, und sie wusste: Dieses Buch musste sie besitzen. Versonnen strich sie mit den Fingerkuppen über den Einband. Vielleicht würde ihr Buch auch einmal so aussehen. Mit einem dunkelblauen Leineneinband, ihr Name und der Titel des Romans in goldenen Prägebuchstaben, in der Mitte ein mit Rosen umranktes Medaillon mit dem Seitenprofil einer jungen Frau, wie sie von dem Maler Toulouse-Lautrec hätte dargestellt sein können.

Im Laufschritt eilte sie über den Pont des Arts und nahm eine Abkürzung durch den Jardin des Tuileries. In ihrer Wohnung ließ sie sich auf das Sofa sinken und tauchte ab in die Zeit der Belle Époque. Ihre Blicke hasteten von Zeile zu Zeile, und innerhalb einer Stunde hatte sie den Roman von der ersten bis zur letzten Seite durchgelesen.

Nach einem kurzen Innehalten holte sie ihre Olivia hervor. Wie von selbst flogen ihre Finger über die Tastatur. Immer weiter schrieb sie, verspürte weder Hunger noch Durst, bis sie schließlich kurz vor Mitternacht müde und glücklich ins Bett sank.

Kapitel 17

Auf Maries Drängen hin hatten sich die Freundinnen auf dem Montmartre verabredet. Das Tanzlokal *Le Chat Sauvage* war unmittelbar nach dem Krieg in den Räumen einer ehemaligen Druckerei errichtet worden und ein beliebter Treffpunkt, an dem ausgelassen gefeiert wurde.

Célestine war einige Minuten zu früh gekommen und wartete vor dem Eingang. Da sah sie, wie Marie die steinernen Stufen zur Rue Gabrielle heraufkam. Ihr roter Strohhut saß schief auf dem Kopf, und ihre Miene zeigte wilde Entschlossenheit. Es musste etwas geschehen sein.

»Wo bleibt André? Du wolltest ihn mir doch heute vorstellen«, wunderte sich Célestine.

Marie schnaubte ungehalten. »Kein Wort mehr über diesen Hochstapler! Weißt du, was ich herausgefunden habe? André arbeitet zwar im Finanzministerium, aber als Pförtner! Und das Haus von seinen Eltern ist in Wirklichkeit ein alter Ziegenstall, den er mit seinem Vater umgebaut hat. Als würde ich mich an so jemanden verschwenden! Der hat mich als Ehefrau überhaupt nicht verdient. Aber jetzt lass uns hineingehen und sehen, ob sich hier nicht eine bessere Partie findet.«

Im Innern erinnerte das *Chat Sauvage* an die Tanzlokale des letzten Jahrhunderts, wie sie von Malern wie Edouard Manet oder Toulouse-Lautrec vielfach dargestellt worden waren. Mit marmornen Bistrotischen, Kaffeehausstühlen aus hellem Bugholz, türkisfarbenen Tapeten, goldgerahmten Spiegeln an den Wänden und Deckenleuchten, die den Saal in ein warmes Licht tauchten. Fortwährend wurden die beiden Freundinnen zum Tanz aufgefordert. Von dicken und dünnen, begabten und weniger begabten Tänzern. Sobald die Musik erklang, setzten ihre Füße sich wie von selbst in Bewegung. Bereitwillig drehten sie sich im Takt der Musik, wiegten sich in den Hüften, schwebten beim Walzer anmutig über die Tanzfläche und tanzten beim Jive die Promenade mal langsam, mal schnell.

»Mademoiselle, darf ich es wagen, Sie zu fragen, ob Sie mir den nächsten Tanz schenken mögen?«, vernahm sie plötzlich eine Stimme hinter sich. Sie gehörte zu einem schlaksigen jungen Mann, der seinen Hut keck in den Nacken geschoben hatte und mit siegessicherer Miene auf sie herabblickte. Die Musiker setzten zu einem Boogie an, und Célestine sprang sogleich auf die Tanzfläche, wurde von ihrem Partner in die Luft gehoben, wieder abgesetzt und wie ein Kreisel herumgewirbelt. Als ihr Tänzer sie an ihren Tisch zurückführte, verbeugte er sich galant.

»Es war mir ein Vergnügen, Mademoiselle. Sie würden mir

ein weiteres bereiten, wenn ich Sie heute nach Hause begleiten darf.«

Insgeheim amüsierte Célestine sich über die Ausdrucksweise ihres Tanzpartners. Eine so gestelzte Wortwahl passte gar nicht recht zu einem jungen Mann seines Alters. Noch außer Atem schenkte sie ihm ein entschuldigendes Lächeln und flunkerte: »Besten Dank, Monsieur. Ich habe bereits einen Weggefährten.«

Entgegen Célestines anfänglicher Skepsis wurde es ein kurzweiliger und amüsanter Nachmittag. In Genêts hatte es außer dem jährlichen Dorffest nur wenige Vergnügungen gegeben. Auch waren die Menschen in der Provinz ernster und schwerfälliger als die Bewohner von Paris. Was womöglich mit dem Mangel an Abwechslung auf dem Land zu tun hatte. Hier aber genoss sie das ungezwungene Beisammensein und fühlte sich als Teil einer ausgelassenen Gesellschaft.

Die Komplimente einiger Männer erreichten zwar ihr Ohr, nicht jedoch ihr Herz. Denn sie wollte sich kein zweites Mal blenden lassen wie bei diesem Aufschneider Albert, dessen Schmeicheleien sie anfangs Glauben geschenkt hatte. Auch wenn sie nach wie vor den Tod der Mutter betrauerte, so war sie doch durch dieses tragische Schicksal einem vorhersehbaren, eintönigen Leben entronnen. Einem Leben, in dem die Frau sich von ihrem Ehemann nach seinen Vorstellungen formen ließ und ganz in ihrer Rolle als willfährige Hausfrau und Mutter aufging.

Doch nun war sie in Paris und konnte selbst entscheiden, was sie tun oder lassen wollte. Und das wollte sie noch eine Weile auskosten.

Als die beiden Freundinnen das Lokal am Abend verließen, blinzelte Marie ihr vergnügt zu.

»Stell dir vor, der dunkelhaarige große Tänzer mit der karierten Jacke hat mich nach meinem Namen gefragt. Er will mich wiedersehen!«

Kapitel 18

Mit gerunzelter Stirn stand Célestine vor den deckenhohen Regalen aus hochglänzend poliertem Nussbaum. Noch herrschte kein Platzmangel im Bibliothekszimmer. Wenn die Presse aber auch über die künftigen Kollektionen des Patrons so ausgiebig berichtete, wovon auszugehen war, wo sollte sie dann all die unzähligen Modemagazine unterbringen?

Die Berichte über andere Modeschöpfer ignorierte sie. Was interessierten sie Namen wie Cristóbal Balenciaga, Jacques Fath, Elsa Schiaparelli oder Pierre Balmain? Für sie selbst gab es nur Christian Dior ebenso wie für Tausende anderer Frauen in der ganzen Welt, für die der Name Dior binnen so kurzer Zeit zum Inbegriff französischer Mode und Eleganz geworden war. Sie musste mit dem Patron über ein neues Ordnungssystem reden, zumal dieser jetzt längst nicht mehr die Zeit fand, die zugesandten Magazine zu sichten.

»Was schlagen Sie vor, Mademoiselle Dufour?«, fragte er, nachdem Célestine ihm ihr Anliegen vorgetragen hatte.

»Die Tageszeitungen geben die Stimmen der Franzosen wieder, und die ausländischen Magazine dokumentieren die

Sichtweise im Rest der Welt. Sofern Sie nicht die Absicht haben, Ihre gesamte Wohnung in ein Archiv zu verwandeln, sollten wir nicht länger jede einzelne Wochen- und Monatsschrift sammeln, sondern einzig die Reportagen katalogisieren, die das Haus Dior betreffen. So wie wir bei den Tageszeitungen auch nur die für uns wichtigen Artikel aufbewahren. Dadurch sparen wir eine Menge Platz.«

Zu ihrer Erleichterung stellte Célestine fest, dass der Patron aufmerksam zuhörte und ihr den Vorstoß offenbar keinesfalls verübelte. Schließlich war sie als Haushaltshilfe eingestellt worden und nicht als Archivarin. Ermutigt fuhr sie mit ihren Überlegungen fort.

»Ich denke, wir sollten die Reportagen nach Jahrgang und den jeweiligen Ländern ordnen. Auf diese Weise lässt sich später schnell herausfinden, was beispielsweise im August siebenundvierzig in Italien über die Rocklänge geschrieben wurde und wie die englische oder spanische Presse über dieses Thema berichtete. Oder welches Kleid aus einer bestimmten Kollektion das meistkopierteste Kleid in Australien war.«

Nachdenklich strich sich Monsieur Dior mit der Hand über das Kinn und runzelte die Stirn. Ich war zu vorwitzig, befürchtete Célestine und bereute fast ihre Worte. Dann aber nickte der Patron.

»Sie haben recht, Mademoiselle Dufour. Wir sollten das Archiv in genau dieser Weise fortführen. Da sehen Sie, welche Folgen es haben kann, wenn ein kleiner Modezeichner sich vornimmt, die Schönheit der Frauen hervorzuheben … Ich kenne einen Buchbinder in der Rue d'Athènes. Er soll uns Ordner mit einem ansprechend gestalteten Rücken anfertigen. Schließlich möchte ich mich in meinem privaten Bibliothekszimmer nicht wie in der Registratur einer Behörde fühlen.«

Célestine freute sich, dass ihr Plan so gut aufgenommen wurde. Dennoch würde irgendwann vermutlich das Bibliothekszimmer nicht mehr ausreichen, und das Archiv müsste verlegt werden, womöglich in die Avenue Montaigne. Dann würde sie häufiger in diesem Stadtpalais einkehren, in dem man Seide rascheln hören, farbenprächtige Stoffe betrachten und den Duft wohlriechender Ingredienzen einatmen konnte. Ein Haus, in dem Dutzende von Menschen Tag für Tag Hingabe, Konzentration und handwerkliches Können bewiesen, in dem Tränen und höchstes Glücksgefühl dicht beieinander lagen. Und sie wäre ein Teil dieser großen, schillernden Couture-Familie.

~

»Dieser Mistkerl! Er hat mich versetzt«, presste Marie zwischen den Zähnen hervor, als Célestine an ihren Tisch kam, um sich eine kleine Verschnaufpause zu gönnen. Mehr als ein halbes Dutzend Tänze hatte sie im *Chat Sauvage* bereits absolviert, während Marie mit versteinerter Miene dasaß und jeden Mann mit einem Kopfschütteln abwies, der sie auffordern wollte.

»Vielleicht ist ihm etwas dazwischengekommen, oder er ist krank geworden«, versuchte Célestine die Freundin zu trösten, ohne recht an ihre eigenen Worte zu glauben.

Traurig schüttelte Marie den Kopf. »Er hat mir erzählt, dass er bei der Post arbeitet, und Beamte nehmen es immer ganz genau. Warum hat er mir keine Nachricht geschickt? Ich habe ihm doch erzählt, wo ich arbeite.«

Stirnrunzelnd betrachtete Célestine die Freundin, wie sie in sich zusammengesunken dasaß und ein Taschentuch in den Händen knetete. Wie schade, dass Marie keine Freude an der mitreißenden Musik und dem ausgelassenen Tanzen finden konnte. Ihr Denken und Fühlen war einfach allzu sehr darauf ausgerichtet, einen Mann zu finden, der ihr ein unbeschwertes Leben bot, dachte Célestine. Und ganz offensichtlich besaß ihre Freundin ein ausgeprägtes Talent, sich die falschen Männer auszusuchen.

»Komm, Marie, gehen wir ins Kino. Wir lassen uns den schönen Nachmittag doch nicht verderben!«

Widerspruchslos ließ Marie sich ins Freie geleiten und blinzelte in die strahlende Nachmittagssonne. Mit aufeinandergepressten Lippen folgte sie Célestine die vielen steinernen Stufen vom Montmartre hinunter bis zur Place de Clichy, wo sich das größte Kino der Stadt befand. Célestine kaufte zwei Karten für die Loge. Der Hauptdarsteller war Fernandel, ein hochgewachsener Schauspieler mit einer markanten Nase, der als Spezialist für komische Rollen galt. Célestine hoffte, dass die Freundin durch eine lustige Geschichte aus ihrer trüben Stimmung herausfände. Ihr Plan schlug fehl, denn nach dem Ende des Films wirkte Marie noch niedergeschlagener als zuvor.

Mit dem Taschentuch tupfte sie sich über die Augen und klammerte sich an Célestines Arm. »Ich fand es todtraurig, wie die Nichte ihrem Verlobten hinterherwinkt und nicht ahnt, dass dieser bereits auf dem Weg zu einer anderen ist. Dieser Schuft!« Ihre Augen füllten sich mit Tränen.

Die Freundin so traurig zu sehen bedrückte auch Célestine. Hastig zog sie Marie in ein neu eröffnetes Café in der Rue Nollet.

Beim Blick auf die Speisekarte hellte Maries Gesicht sich unvermittelt auf. »Sieh nur, es gibt *Flan pâtissier*!«

»Such dir deine Lieblingssorte aus. Die Rechnung geht heute auf mich.« Célestine machte der jungen Serviererin ein Zeichen und bestellte zwei Stück Puddingkuchen mit Karamellsauce. Nach dem Genuss der süßen Köstlichkeit gelang Marie ein schiefes Lächeln.

»Danke für die Einladung, Célestine! Mir geht es schon wieder besser. Auf Männer ist eben kein Verlass. Aber bevor ich eine alte Jungfer werde, gehe ich ins Kloster.«

Beschwichtigend legte Célestine der Freundin eine Hand auf den Arm. »Nicht doch, Marie! Du bist jung, du bist hübsch, und du hast die schönsten Augen, die ich je bei einer Frau gesehen habe. Eines Tages wirst du den Richtigen treffen«, beteuerte sie mit fester Stimme.

Kapitel 19

Wenn Célestine die Berichte aus den Zeitungen und Modemagazinen heraustrennte und in grünlederne Ordner heftete, kam ihr der kometenhafte Aufstieg ihres Dienstherrn geradezu wie ein Märchen vor. Und sie selbst war ebenso unerwartet Teil dieses Mysteriums geworden. Mit der Präsentation der ersten Kollektion war der Name Christian Dior innerhalb weniger Monate auf allen Kontinenten bekannt geworden. In seiner zweiten Kollektion griff er erneut die *Glockenblumenlinie* auf mit runden Schultern, einer schmalen Taille und einem weit schwingenden Rock. Die Reporter überschlugen sich in Lobeshymnen und feierten Dior als den einflussreichsten Modeschöpfer des Jahrhunderts, zu dessen Kundinnen inzwischen die Berühmten und Schönen Hollywoods sowie die Vertreterinnen des europäischen Hochadels zählten.

Monsieur Dior hatte verfügt, dass Célestine zusätzlich zu ihrem Lohn aus jeder neuen Kollektion ein Tageskleid erhielt. Dank Amélies Fingerfertigkeit konnte sie nun ein weiteres maßgeschneidertes Kleid ihr Eigen nennen. Es bestand aus weich fließendem rauchblauem Jersey, hatte einen kelchförmigen Kragen und eine schmale, roséfarbene Blütenstickerei an Halsausschnitt und Ärmelsaum. Diese wohlplatzierten und zugleich zurückhaltenden Akzente verliehen dem Kleid etwas Leichtes und Unbeschwertes. Es saß wie angegossen und betonte Célestines grazile, mädchenhafte Silhouette.

»Du glaubst nicht, wie stolz ich bin, dieses Kunstwerk tragen zu dürfen!«, jubelte Célestine bei der Anprobe und tänzelte aufgeregt vor dem Spiegel hin und her.

»Stell dir vor, Madame Monique hat gesagt, dass ich das Zeug habe, eines Tages auch einmal ein Atelier zu leiten, wenn ich so weiterlerne wie bisher«, schwärmte Amélie. »Aber bis dahin dauert es noch. Und dieses Kleid war eine größere Herausforderung als das vorige. Ich habe es nach einem schon fertigen Modell aus Nesselstoff komplett neu angefertigt.« Amélies Augen glänzten, ihr waren der Stolz und die Freude deutlich anzumerken.

»Aus Nessel?«, wunderte sich Célestine und glitt mit den Fingern sacht über das feine Gewebe, das ihr viel edler schien als der schlichte Nesselstoff.

Amélie stellte sich breitbeinig hin, verschränkte die Arme vor der Brust und setzte augenzwinkernd eine strenge Miene auf. »Ich gebe dir jetzt eine kleine Einführung in die Haute Couture. Also: Für jede Saison entwirft der Patron etwa achthundert Skizzen. Kostüme, Mäntel, Tageskleider, Nachmittags- und Cocktailkleider, kurze und lange Abendkleider. Er zeigt sie seinem Kreativtrio, den Damen Carré, Bricard und Zehnacker. Gemeinsam wählen sie ungefähr hundertfünfzig Entwürfe aus. Das dauert mehrere Tage. Währenddessen wird heftig gestritten und diskutiert, wie du dir vorstellen kannst. Von den übrig gebliebenen Entwürfen wird zuerst ein Schnittmuster aus Papier hergestellt, und dann wird das Kleid oder der Mantel aus einem einfachen Nesselstoff genäht…«

»Ich glaube, ich verstehe«, unterbrach Célestine Amélies Erklärungen. »An einem Nesselmodell kann man die Wirkung eines Entwurfs prüfen, ohne einen teuren Samt oder Brokat zuschneiden zu müssen. Der dann vielleicht doch keine Verwendung findet.«

»So ist es. Der Patron korrigiert, danach folgt die Version in Stoff, und der Patron korrigiert ein weiteres Mal. Oder auch mehrere Male. Und er ist streng! Ihm entgeht kein noch so kleiner Fehler. Dann wird er wütend und schimpft so laut, dass man es draußen auf der Straße hört. Wie oft müssen Nähte aufgetrennt, Knöpfe versetzt oder das gesamte Unterkleid ausgetauscht werden. Aber wenn er sagt: *Dieses Kleid hat Potenzial*, haben wir Näherinnen das Gefühl, uns würden Flügel wachsen.«

Wieder einmal hatte Célestine ganz unerwartet Einzelheiten über die Arbeitsweise und das Wesen des weltberühmten Couturiers erfahren. Der sich so deutlich von dem höflichen, zurückgenommenen Privatmann Christian Dior aus der Rue Royale unterschied. Einmal mehr musste sie die Kreativität und Ausdauer des Patrons bewundern – aber auch die Leistung seiner Mitarbeiter.

»Du kannst nicht nur wunderbar nähen, Amélie, du kannst ebenso gut erklären. Ich bin sicher, du wirst einmal eine vorbildliche Atelierleiterin.«

»Würden Sie heute ein Abendessen für zwei Personen zubereiten, Mademoiselle Dufour? Mein Besucher liebt die normannische Küche ebenso wie ich«, kündigte Monsieur Dior am nächsten Morgen beim Verlassen des Hauses an. Seine Hand griff schon zur Türklinke, da hielt er für einen kurzen Augenblick inne. »Der rauchblaue Farbton des neuen Kleides passt wunderbar zu Ihrem Teint. Und der sanft fallende Rock, der jeder Ihrer Bewegungen folgt, macht aus dem *New Look* einen … nennen wir es *Pure Look. Au revoir*, bis heute Abend.«

Célestine sah dem Patron mit einem Lächeln hinterher. Er verstand die Frauen, und er hatte seine ganz eigene Art, ihnen zu schmeicheln. Was hätte sie sich Schöneres vorstellen können, als den Tag mit einem Kompliment von Monsieur Dior zu beginnen?

Für das kleine Abendmenü entschied sie sich für eine Kraftbrühe sowie normannische Kalbskoteletts und ein Möhren-Kartoffel-Gratin. Zum Nachtisch wollte sie eine Birnentarte servieren.

Nachdem Butler Charles dem etwa dreißigjährigen Gast mit dem welligen Blondhaar die Garderobe abgenommen hatte, machte Monsieur Dior sie miteinander bekannt.

»Mein lieber Jacques, das ist Mademoiselle Dufour, meine Hausdame. Ich nenne sie den guten Geist in meinem privaten Refugium. Außerdem ist sie eine Spezialistin für normannische Gerichte. Ihre Kochkunst macht mich glücklich – und meinen Schneider reich.« Lachend schlug er sich mit der flachen Hand auf den Bauch und bat seinen Besuch ins Speisezimmer.

Célestine merkte, wie ihr das Blut in den Kopf schoss. Hatte sie richtig verstanden? Sie, die kleine Schreibkraft aus der Provinz, die vor knapp einem Jahr als Mädchen für alles eingestellt worden war, wurde von Monsieur Dior in den Stand einer Hausdame erhoben.

Teil Zwei

Wagnis

Kapitel 20

Am Morgen ihres zweiundzwanzigsten Geburtstages wachte Célestine schweißgebadet auf. In der Nacht hatte sie schlecht geschlafen. Sie sah sich selbst, wie sie genau ein Jahr zuvor in ihrem dünnen, selbst genähten Brautkleid, eingehüllt in eine dicke Wolldecke, vor dem Rathaus von Genêts stand und nach der Mutter Ausschau hielt. Ungeduldig war sie nach Hause gelaufen, um Laurianne Dufour zur Eile zu mahnen, doch dann … Hastig zog Célestine die Bettdecke bis zur Nase hoch, denn bei der quälenden Erinnerung an die leblos auf dem Boden liegende Mutter lief ihr ein Schauer über den Rücken.

Nach einer Tasse Mocca faux mit viel Milch fühlte sie sich schon besser. Heute war Sonntag. Marie hatte sich eigens freigenommen, weil sie zusammen ins Kino gehen und den neuen Film mit Jean Gabin sehen wollten.

»Und danach gehen wir in die neue Chocolaterie am Boulevard Haussmann und bestellen für jede von uns zwei Petits Fours«, hatte Célestine vorgeschlagen. Fast wäre sie über das Päckchen auf der Fußmatte gestolpert, so sehr waren ihre

Gedanken schon in den Kinopalast an der Place de Clichy vorausgeeilt.

Sollte dieses Päckchen etwas mit ihrem Geburtstag zu tun haben? Doch wer wusste von dem Datum, außer Marie und dem Patron? Sie kehrte in die Wohnung zurück, stellte die Box auf den Küchentisch und entfernte vorsichtig das Geschenkpapier, das sie später bügeln und noch einmal verwenden wollte. Das Paisleymuster in dem Farbdreiklang Blau-Rot-Grün deutete darauf hin, dass der Absender Geschmack hatte. Als sie den Deckel anhob, sah sie auf cremefarbenem Seidenpapier eine Grußkarte mit einem Schwanenmotiv, das ihr nur zu vertraut war. Also hatte der Patron ihr das Geschenk vor die Tür legen lassen, weil er ihr an ihrem Ehrentag gratulieren, sie jedoch nicht stören wollte.

Sie wendete das Kärtchen und las laut die an sie gerichteten Worte:

Für Mademoiselle Célestine Dufour mit einem herzlichen Dankeschön.

Ihr Christian Dior

Erwartungsvoll zupfte sie das Seidenpapier auseinander und zog eine weinrote Handtasche mit einer perlmuttverzierten Schließe und den Initialen CD hervor. Und plötzlich musste sie lachen. Sie lachte so laut und so anhaltend, dass sie sich den Bauch haltend auf den Küchenstuhl setzen musste. CD – das bedeutete Christian Dior.

CD bedeutete aber auch – Célestine Dufour!

Wie weggeblasen war die melancholische Stimmung, mit der sie in den Tag gestartet war. Ihre Erinnerungen an Genêts gehörten der Vergangenheit an. Heute würde sie die Gegenwart feiern und mit Marie einen wunderbaren Tag verbringen. Ohne zu zögern, packte sie Portemonnaie, Taschentuch und Schlüsselbund in die neue Tasche und eilte vor sich hin summend aus dem Haus.

Kapitel 21

Es schien, als hätte Monsieur Dior den Erfolg für sich gepachtet. Die *Glockenblumenlinie* hatte die Modewelt zum Jubeln gebracht. Sein erstes Parfum *Miss Dior* wurde mit Lobeshymnen bedacht. Es war derselbe Duft, der am Tag der Premierenschau die Räume der Avenue Montaigne erfüllt hatte. Eine Mischung aus Bergamotte, Jasmin, Maiglöckchen, Rose, Sandelholz und Eichenmoos. Gewidmet hatte es der Patron seiner jüngeren Schwester. Für das kommende Jahr sollten in der Avenue Montaigne weitere Ateliers entstehen und neue Mitarbeiter eingestellt werden, um die Wünsche der Kunden schnellstmöglich zu erfüllen.

In den Wochen vor der neuerlichen Premierenschau fand der Patron kaum Schlaf. Schnitte und Stoffe mussten gewählt, die Wirkung eines Kleides an einem Mannequin ausprobiert und Accessoires wie Hut, Handtasche oder Schirm dazu kombiniert werden. Für die Näherinnen und Stickerinnen ging die arbeitsreiche Zeit nach der Schau weiter, wenn nämlich die Kundinnen unverzüglich ihre Bestellungen erhalten wollten.

»Die Assistentin von Madame Luling ist erkrankt, und die Sekretärin meines Pressesprechers hat sich das Handgelenk verstaucht. Ich möchte einem alten Freund ein Dankeschön senden, er war mir in einer komplizierten Rechtsfrage sehr behilflich. Könnten Sie für mich einen Brief auf der Schreibmaschine tippen?«, fragte der Patron eines Abends, bevor er sich noch für eine Weile in sein Arbeitszimmer zurückziehen wollte.

»Sehr gern, Monsieur Dior. Bei der Gemeindeverwaltung in Genêts habe ich den ganzen Tag nichts anderes getan.«

»Wunderbar. Könnten Sie auch künftig meine private Korrespondenz übernehmen? Das würde die Mitarbeiterinnen in der Avenue Montaigne sehr entlasten. Der Umfang der Geschäftspost wird immer größer und bringt sie an manchen Tagen an den Rand der Verzweiflung.«

»Wenn Sie mir den Text diktieren wollen, Monsieur Dior … In meiner Wohnung befindet sich eine funkelnagelneue Schreibmaschine.« Kaum zehn Minuten später händigte sie dem Patron den fertigen Brief aus, den er mit anerkennendem Kopfnicken unterschrieb.

»Sie haben so viele Talente, Mademoiselle Dufour. Ich werde nicht umhinkönnen, Ihr Gehalt zu erhöhen.«

Célestines Wangen röteten sich vor Freude und Aufregung. Was wohl ihre Mutter zu diesem unerwarteten Erfolg gesagt hätte? Wahrscheinlich hätte Laurianne Dufour die Lebensweise der Tochter nicht gutgeheißen und sie gedrängt, so schnell wie möglich einen wohlhabenden Mann zu heiraten und sich ihr Leben als Ehefrau und Mutter einzurichten. So wie es Maries Traum war. Seit ihrem ersten Tag bei Monsieur Dior war ihr das Glück hold geblieben, stellte Célestine fest. Ob es wohl möglich wäre, dass es so bliebe?

~

Der Alltag in der Rue Royale folgte dem Rhythmus der Kollektionen. In den Monaten Mai und November wurde es ruhig in der Maison Dior, denn der Patron verbrachte die Zeit nicht im Couture-Haus, sondern auf dem Land und entwarf die neue Kollektion. Wenn die Fenster blitzblank, Besteck und Silberleuchter geputzt und sämtliche Vorhänge gereinigt waren, setzte Célestine sich ins Bibliothekszimmer und studierte die bebilderten Einrichtungsbücher, die Monsieur Dior seit vielen Jahren sammelte. Oftmals fügte sie eine Beschreibung dieser eleganten Interieurs später in ihr Romanmanuskript ein.

Auch wenn sie noch nicht recht wusste, wie die Geschichte ausgehen sollte, so hatte Célestine doch bereits das fertig gebundene Buch vor Augen. Unschlüssig war sie sich, ob sie vielleicht ein männliches Pseudonym wählen sollte. Dann aber entschied sie sich für die weibliche Variante. War die Zeit, in der man nur bereit war, den Männern zuzuhören, nicht vorbei? Und sicher trauten die Leserinnen einer Autorin eher zu, sich in ihre weiblichen Bedürfnisse und ihr Seelenleben einfühlen zu können.

~

Wieder einmal hatte Marie sich unsterblich verliebt. Diesmal in den Chefeinkäufer der Herrenabteilung aus dem *Printemps.* Mit ihm wollte sie jede freie Minute verbringen.

»Du bist mir doch nicht böse, Célestine, wenn wir uns zurzeit nur selten sehen können? Diesmal ist es der Richtige, da bin ich mir hundertprozentig sicher. Olivier betet mich an. Bald werde ich nicht mehr wildfremde Menschen in der Brasserie bedienen müssen. Dann will ich nur noch für meinen Ehemann da sein.«

»Bedeutet dir deine Arbeit denn so wenig?«, fragte Célestine verwundert. Sie selbst hätte mit niemandem tauschen wollen.

»Uns Frauen ist es doch von Natur bestimmt, Familie zu haben. Olivier mag Kinder. Er hat ganz reizend von der kleinen Tochter seiner ältesten Schwester gesprochen. Er hat sogar die Patenschaft für seine Nichte übernommen.« Maries schwärmerischer Ton und ihre glänzenden Augen ließen weder Fragen noch den geringsten Zweifel zu. Und so hatte Célestine sich daran gewöhnt, dass die langjährige Freundin während ihrer frühen Verliebtheitsphasen eine unzuverlässige Begleitung war.

Hin und wieder verabredete sie sich mit Amélie und einigen anderen angehenden Schneiderinnen, um zusammen ins Kino zu gehen oder in einem der Bistros auf den Champs-Élysées bei einem Glas Limonade zu sitzen und die Passanten zu beobachten. Dann kommentierten die jungen Frauen mal ernsthaft, mal spöttelnd die Kleidung der vorübergehenden Flaneure.

»Hast du die Blonde mit der Aufsteckfrisur gesehen? Das Beige ihres Kleides macht sie viel zu blass.«

»Oh, wollte da jemand etwa den *New Look* kopieren? Das ist leider misslungen. Das Kleid müsste in der Taille viel schmaler und am Rocksaum mindestens zwei Handbreit länger sein.«

»Eine dunkelviolette Bluse zu einem braun karierten Rock? Wie kann man sich nur so geschmacklos kleiden?«

»Seht euch lieber den Begleiter der Farbenblinden an. Der zumindest ist ohne Fehl und Tadel«, wandte Amélie ein. Die Freundinnen stimmten ihr kichernd zu und warfen dem Unbekannten Luftküsse hinterher.

Damit waren die Näherinnen wieder beim Thema, das sie, neben ihrer Arbeit im Atelier, am meisten interessierte – Männer.

Aufgeregt diskutierten sie die bevorstehende Hochzeit einer der Zuschneiderinnen aus dem Atelier Paul und wie sehr sie von allen Kolleginnen beneidet wurde.

Aber auch von manch tragischem Schicksal erfuhr Célestine, das ihr die Tränen in die Augen trieb. Julie, eine junge Stickerin mit Stupsnase und schwarzem Pagenkopf, erzählte voller Stolz von ihrem Sohn, der mit seinen knapp fünf Jahren bereits lesen und schreiben konnte. Ihre Mutter hütete tagsüber den Kleinen, damit Julie zur Arbeit gehen und Geld verdienen konnte. Der Vater des Jungen, ein deutscher

Soldat, war nach der Kapitulation in seine Heimat zurückgekehrt, ohne eine Adresse zu hinterlassen.

Beinahe teilnahmslos schilderte Julie, wie bei Kriegsende aufgebrachte Nachbarn sie an einen Stuhl gefesselt und ihr das Haar abgeschnitten hatten. Dann hatte man sie mit kahl geschorenem Kopf durch die Straßen von Bordeaux getrieben, sie als Kollaborateurin beschimpft und bespuckt. In ihrer Not flüchtete Julie sich mit dem Kind nach Paris, wo sie niemand kannte. Eine Weile hatte sie in einem Bordell geputzt und dann durch Fürsprache von Madame Monique eine Anstellung im Atelier gefunden.

In Célestines Innern brodelte eine Mischung aus Wut, Entsetzen und Traurigkeit. So wie der jungen Stickerin war es vielen jungen Französinnen ergangen, deren Vergehen darin bestanden hatte, sich von der Liebe zu einer falschen Entscheidung hinreißen zu lassen. Ihr selbst hatte der Krieg den Vater und den Bruder genommen. Diesen Frauen aber, die als *Deutschenliebchen* und *Huren* beschimpft wurden, hatte er ihre Würde genommen.

»Ich habe ein Geheimnis herausgefunden. Ich weiß, wann Monsieur Dior Geburtstag hat«, verkündete Amélie nun mit gewichtiger Miene und freute sich über das Erstaunen ihrer Kolleginnen.

Sosehr der Patron darauf achtete, alle Mitarbeiter an ihrem Geburtstag mit einem kleinen Geschenk zu überraschen, so wenig bedeutete ihm sein eigener Ehrentag. Er hatte Madame Luling sogar angewiesen, diesen Tag als einen normalen Arbeitstag zu behandeln, wobei er weder Glückwünsche noch Präsente wünschte. Durch Zufall war Amélie Ohrenzeugin eines Gesprächs zwischen dem Couturier und seiner Jugendfreundin geworden und hatte dabei das Alter des Patrons erfahren. Im Januar war Monsieur Dior dreiundvierzig Jahre alt geworden.«

»Ist das wahr? Ich hätte ihn für zehn, wenn nicht sogar fünfzehn Jahre älter gehalten«, platzte Célestine heraus. Dann biss sie sich auf die Unterlippe, weil sie nichts Despektierliches über den Patron hatte sagen wollen. »Ich meine, weil er doch eine so gütige und väterliche Ausstrahlung hat«, fügte sie hinzu und hoffte, dass ihre Begleiterinnen sie nicht missverstanden hatten.

Kapitel 22

In Milly-la-Forêt, mehr als eine Autostunde vom Pariser Stadtzentrum entfernt, hatte Monsieur Dior die alte Mühle *Le Moulin du Coudret* entdeckt und sie nach eigenen Entwürfen umbauen und einrichten lassen. Einmal zeigte er Célestine Fotografien, die ein Freund vom Salon und vom Speisezimmer aufgenommen hatte. Sofort erkannte sie die Handschrift des Patrons, denn die stilvolle Einrichtung bewies die für ihn typische Mischung aus Opulenz und Eleganz.

So oft es seine Zeit erlaubte, verbrachte er nun dort die Wochenenden. Der Erfolg seines Parfums *Miss Dior* hatte den Patron dazu angespornt, einen weiteren Duft zu kreieren. *Diorama* – wieder war sein Name in der Bezeichnung des Parfums enthalten – erinnerte an eine Mischung aus Pfirsich, Melone, Zimt, Veilchen, Pfeffer und Moschus.

Bei einem ihrer Besuche in der Avenue Montaigne lief Célestine geradewegs Madame Luling in die Arme, die zu ihrem typischen schwarzen Seidenkleid hochhackige Schuhe aus rotem Wildleder trug. Eine modische Kühnheit, die Célestine der burschikosen Direktrice gar nicht zugetraut hätte.

»Haben Sie schon den Entwurf für den neuen Parfumflakon gesehen, Mademoiselle Dufour?« Begeistert schlug sie die Mappe in ihrer Hand auf und zog eine Zeichnung hervor. »Tian ist ein Genie! Es steht für mich endgültig außer Frage.«

Célestine sah einen tiefblauen Flakon mit einem Stöpsel in der Form eines Pinienzapfens. Die Flasche erinnerte an eine griechische Amphore, ähnlich der Vase auf dem Kaminsims im Salon in der Rue Royale, für die sie jede Woche bei *Lachaume* ein Blumenbouquet auswählte.

Madame Luling zog ein weiteres Blatt aus der Mappe. »Für die Verpackung hat sich unser Patron etwas noch Außergewöhnlicheres einfallen lassen: ein seidenbezogenes Kästchen. Man kann es als Schmuckkästchen weiterverwenden, wenn das Parfum aufgebraucht ist.«

»Verzeihung, Mesdames, ich suche Madame Luling, die Verkaufsleiterin«, hörte Célestine hinter sich eine forsche Männerstimme. Sie wandte sich um und erblickte einen etwa dreißig Jahre alten Mann mit Anzug und Krawatte und einem blütenweißen Hemd. Darüber trug er einen leicht zerknitterten beigefarbenen Staubmantel. Im Gegensatz zu seiner Kleidung, die schlicht, aber seriös wirkte, stand ihm sein kastanienbraunes Haar in dichten Locken vom Kopf ab, als sei er ungekämmt aus dem Haus gegangen. Der junge Mann hob seine kräftigen Brauen, die über der Nasenwurzel fast zusammengewachsen waren, und warf Célestine einen Blick zu, den sie nicht recht zu deuten wusste. Drückte sich darin Wohlwollen aus – oder Belustigung?

Madame Luling nickte ihm zu. »Das bin ich.«

»Gestatten – Jean-Luc Pellier vom *Figaro*. Ich soll einen Artikel über ein neues Parfum schreiben. Es heißt *Drama*.«

»Der Name des Parfums lautet *Diorama*, junger Mann. Übrigens wird Ihre Reportage einmal in den Händen dieser bezaubernden Dame an meiner Seite landen. Mademoiselle Dufour ist die Hüterin des Pressearchivs. Sie kennt alles, was über das Haus Dior je geschrieben wurde. Wenn Sie mir in mein Büro folgen wollen, Monsieur Pellier.«

Mit einer leichten Verbeugung reichte der Journalist erst Madame Luling, dann Célestine die Hand. *»Enchanté.«* War da ein Augenzwinkern zu erkennen?

Madame Luling wies dem Reporter den Weg in ihr Büro und erklärte dabei wortreich die Bedeutung von Kopf-, Herz- und Basisnote eines Parfums. Célestine ertappte sich bei dem Gedanken, dass sie dieser Unterredung gern beigewohnt hätte.

Drei Tage später überreichte der Postbote Célestine einen an sie gerichteten dicken Briefumschlag. Darin befanden sich die aktuelle Ausgabe des *Figaro* sowie ein Kärtchen mit einer handschriftlichen Notiz.

Verehrte Mademoiselle Dufour!
Madame Luling war so freundlich, mir Ihre Adresse zu nennen. Ich hoffe, mein Artikel findet Ihren Zuspruch.

Was halten Sie von einem gemeinsamen Spaziergang an der Seine, heute um sechs Uhr? Ich werde pünktlich in der Rue Royale sein und bei Ihnen läuten. Sofern Sie nichts Besseres vorhaben.

Bis dahin verbleibe ich hochachtungsvoll

Jean-Luc Pellier

Welche Unverfrorenheit! Célestine rang nach Luft. Was bildete dieser Kerl sich ein? Selbstverständlich hatte sie etwas Besseres vor! Sie hatte nur noch nicht darüber nachgedacht, was das sein sollte. Auf der Stelle würde sie diesem Zeitungsschreiber eine wohlformulierte Absage per Eilpost zukommen lassen.

Jean-Luc Pellier reichte ihr den Arm, und Célestine stellte fest, dass ihr Begleiter bei Tageslicht noch interessanter aussah als im künstlichen Licht in der Avenue Montaigne. Er war nur wenig größer als sie, wirkte jedoch mit seinen breiten Schultern athletisch. Er sprach schnell und wusste manche Anekdote amüsant zu erzählen. Seit drei Jahren arbeitete er beim *Figaro*, meist in der Hauptstadtredaktion, manchmal aber auch für das Feuilleton. So wie vor einigen Tagen, als er für einen erkrankten Kollegen eingesprungen war und den Bericht über die Einführung des neuen Parfums im Haus Dior übernommen hatte.

»Ich muss dem Kollegen dankbar sein. Hätte er keine Mandelentzündung bekommen, wären wir beide uns nicht begegnet. Doch nun möchte ich mehr über Sie erfahren, Mademoiselle Dufour. Sind Sie eine waschechte Pariserin?«

In knappen Worten erzählte Célestine von ihrer Kindheit und Jugend in Gênets, wobei sie Albert aussparte. Dieses Kapitel ihres Lebens war zu persönlich, um es gegenüber jemandem zu erwähnen, den sie erst zum zweiten Mal sah.

»Und jetzt arbeiten Sie für einen Mann, der auf der ganzen Welt als Revolutionär gefeiert wird. Ein Revolutionär mit Nadel, Faden und Schere.«

»Das ist er zweifellos und ein wunderbarer Mensch obendrein.« Sie schenkte ihrem Begleiter ein anerkennendes Kopfnicken. Denn meist waren es die Frauen, die den Einfallsreichtum und besonderen Sinn für Ästhetik des Patrons bewunderten. Doch ganz unzweifelhaft gab es auch Männer, die diese Qualitäten zu schätzen wussten.

Célestine hatte gar nicht bemerkt, wie schnell die Zeit vergangen war. Ohne dass sie hätte sagen können, welchen Weg sie genommen hatten, passierten sie bereits den Pont de la Concorde, eine der zahlreichen Brücken, die die beiden Seine-Ufer miteinander verbanden.

»Darf ich Sie noch auf ein Glas Pastis einladen, Mademoiselle Dufour? Ein Freund von mir betreibt ein kleines Lokal in der Rue Cambon, das *Chevilly*. Seine Familie besitzt eine Destillerie an der Loire. Einen vollmundigeren Anisschnaps finden Sie in ganz Paris nicht.«

Als Jean-Luc sich eine Stunde später vor dem großen blaugrünen Eingangstor in der Rue Royale von ihr verabschiedete, musste Célestine versprechen, die viel zu kurze Unterhaltung bald fortzusetzen. Ohne nachzudenken sagte sie zu und spürte plötzlich ihr Herz pochen.

»Auf ein Glas Pastis hat er dich eingeladen? Das finde ich ein bisschen spärlich. Warum ist er nicht mit dir essen gegangen?« Missbilligend schüttelte Marie den Kopf.

Die beiden Freundinnen saßen nach einem Kinobesuch in Célestines Wohnung zusammen und schlürften eine heiße Schokolade. Zubereitet mit einer extra Portion Zucker und viel Sahne. Lebensmittelkarten waren seit Kurzem abgeschafft worden, und auch wenn die Preise hoch waren, leistete Célestine sich hin und wieder den Luxus einer süßen Sünde für sich und ihre Freundin.

»Erstens habe ich nur einen Fingerhut Pastis genommen und den Rest des Glases mit Wasser aufgefüllt. Du weißt, ich bin Alkohol nicht gewöhnt. Und zweitens verdient ein Journalist, der erst drei Jahre in einer Redaktion tätig ist, nicht viel Geld«, nahm Célestine ihren Begleiter in Schutz. »Außerdem ist mir ein Mann, der bescheiden daherkommt, allemal lieber als einer, der mit seinem Reichtum protzt wie Albert.«

Marie schmunzelte und knuffte die Freundin leicht in die Seite. »Dann gefällt er dir also, dieser Jean-Luc? Oh, ich wusste, dass du eines Tages deinen Widerstand aufgeben und dich verlieben wirst.«

»Verlieben – was du gleich denkst. Wir sind spazieren gegangen und haben uns gut unterhalten. Das ist alles.« Kaum hatte sie die Worte ausgesprochen, begann ihr Herz zu rasen, und sie fragte sich insgeheim, ob das womöglich doch nicht alles war.

Meine liebe Célestine!
Machen Sie mir die Freude und begleiten mich am kommenden Samstag zu einem Konzert von Édith Piaf. Ich hole Sie um sechs Uhr an Ihrer Haustür ab.

Herzlich
Ihr Jean-Luc

Da war er doch einfach von *Mademoiselle Dufour* zum vertraulichen Vornamen übergegangen und hatte nicht einmal gefragt, ob sie am Samstag womöglich schon etwas vorhatte.

Aber gerade das gefiel Célestine, diese forsche, direkte Art. Sie sah ihn vor sich, wie er den Kopf mit den zerzausten Locken in den Nacken legte, lachte und ihr dabei einen spöttischen Blick aus braun blitzenden Augen zuwarf. Was bei ihr ein leises Kribbeln in der Magengegend auslöste.

Er wartete schon unten auf der Straße, als sie fünf Minuten vor der verabredeten Zeit aus der Tür trat. Sie hatte sich vor Kurzem einen neuen Wollmantel in einem warmen Grünton gegönnt und trug dazu eine blassgelbe Mütze.

»Sie sehen umwerfend aus, Célestine. Hat Ihnen das schon mal jemand gesagt?«

Bevor Célestine etwas entgegnen konnte, bot er ihr den Arm und marschierte schnurstracks in Richtung Place de la Concorde. Sie beschleunigte ihren Schritt, um mithalten zu können.

»Natürlich könnten wir auch den Bus nehmen, wenn Sie möchten. Allerdings würde ich es vorziehen, Ihr Begleiter beim Promenieren zu sein.«

»Mir sind Spaziergänge ohnehin lieber als Fahrten mit dem Bus oder gar mit der Métro.« Und dann erzählte Célestine ihm, wie sie einmal an der Place de Clichy die Untergrundbahn hatte nehmen wollen und beim Anblick der Rolltreppen, die unendlich weit in die Tiefe zu führen schienen, Luftnot verspürt hatte. Von Panik getrieben, war sie ins Freie zurückgerannt und hatte sich vorgenommen, nie mehr einen dieser unterirdischen Schächte zu betreten.

»Das Konzert ist in einer Bar in einem Keller in Saint-Germain-des-Prés. Dort treten im Moment die vielversprechendsten jungen Künstler auf: Juliette Gréco, Charles Aznavour, Yves Montand … Ich bin sicher, in einigen Jahren werden ihre Namen nicht nur in Frankreich, sondern in ganz Europa ein Begriff sein. Und Édith Piaf kennt natürlich jeder.«

»Ich habe sie schon oft im Radio gehört. Ich mag ihre Stimme, sie ist so …«

»So verletzlich«, ergänzte Jean-Luc.

Unwillkürlich musste Célestine lachen, als ihr Begleiter das Lied *Un Monsieur me suit dans la rue, Ein Herr folgt mir auf der Straße* anstimmte und die Stimme der Sängerin mit dem rollenden R zu imitieren versuchte. Singend zog er sie über die Straße bis zur Mitte des Platzes und tanzte mit ihr im Walzerschritt um den mehr als zweitausend Jahre alten ägyptischen Obelisken herum.

Kurz darauf betraten sie das *Fleurs-de-Lys*, wo die Gäste dicht gedrängt beieinandersaßen, einige auf einfachen Holzkisten, weil nicht genügend Stühle vorhanden waren. Dichter Zigarettenqualm waberte durch das Lokal, man kannte sich und prostete einander über die Köpfe der anderen Gäste hinweg zu. Irgendwie gelang es Jean-Luc, ein leeres Weinfass herbeizuschaffen, damit zumindest Célestine einen Sitzplatz hatte. Einem der vorbeikommenden Kellner machte er ein Zeichen, und schon stand ein Glas mit einer leicht milchigen Flüssigkeit vor Célestine. Sie nahm einen tiefen Schluck und spürte dem leichten Geschmack von Anis, Süßholz, Fenchel und Thymian auf der Zunge nach. Jean-Luc schien überaus aufmerksam zu sein, zumindest hatte er sich gemerkt, welche Mischung sie am Abend ihres ersten Zusammenseins bestellt hatte: viel Wasser mit einem Spritzer Pastis.

Nun lief ein Raunen durch das Publikum, dann brauste Beifall auf. Célestine reckte den Hals. Da stand sie auf einer behelfsmäßigen Bühne, ganz in Schwarz gekleidet, die legendäre Édith Piaf, kaum größer als ein zwölfjähriges Schulmädchen. Ein Akkordeonspieler intonierte die ersten Takte, und schon nach der ersten Liedzeile hatte die Sängerin das Publikum in ihren Bann gezogen.

Célestine lauschte und war fasziniert davon, wie ausdrucksstark die Piaf ihren Gesang vortrug, mit großen Gesten und Einsatz ihres ganzen Körpers. Sie sang nicht nur eine Ballade, sie verkörperte sie voll und ganz. Meist ging es in ihren Chansons um Liebe und Sehnsucht, um das Verlassenwerden und die Hoffnung auf einen Neuanfang. Aus den Augenwinkeln sah Célestine, wie Jean-Luc sich Notizen machte, und sie fragte sich, warum er nicht einfach nur zuhören und diesen besonderen Moment genießen konnte.

Als Zugabe sang Édith Piaf ein Lied, das Célestine traurig, doch zugleich auch fröhlich stimmte. Zuletzt hatte sie es im Radio gehört, in Genêts, kurz nach dem Tod der Mutter: *Bonheur perdu, bonheur enfui.* Ja, das Glück, Teil einer Familie zu sein, hatte sie verloren, ihr jugendliches Glück hatte sich als ebenso flüchtig erwiesen wie jenes, von dem Édith Piaf in »Mon Légionnaire« sang. Lautlos summte Célestine die Melodie mit und dachte daran, wie ihr Vater und ihre Mutter so oft eng umschlungen um den Küchentisch getanzt waren. Nun galt es für sie, das Glück solcher Momente von Neuem zu suchen, und sie war sich sicher, dass es ihr in dieser Stadt gelänge.

»Danke für die Einladung und diesen ungewöhnlichen Abend, Jean-Luc«, sagte Célestine später beim Abschied vor ihrer Haustür.

»Das Vergnügen war ganz meinerseits. Den Bericht über das Konzert können Sie übermorgen in der Zeitung lesen. Ich hoffe, er wird Ihnen gefallen.« Dann blickte er sie so eindringlich an, als wolle er ihre innersten Gedanken ergründen. Célestine meinte, in seinen Augen eine unausgesprochene Frage zu lesen, und sie selbst fragte sich, warum sie plötzlich eine unerklärliche Hitze durchfuhr.

~

»Was? Er hat über das Konzert geschrieben? Dann war das ja gar keine richtige Einladung, bei der es darum geht, dich auszuführen. Wenn er eine Kritik schreibt, hat er die Karten umsonst bekommen. Und das Glas Pastis setzt er todsicher auf die Spesenabrechnung. Wollen wir wetten?« Tadelnd schüttelte Marie den Kopf und verzog abschätzig die Lippen.

»Und wenn schon«, wehrte Célestine gereizt ab. »So etwas spielt keine Rolle für mich. Er ist eben kein Angeber, und gerade das gefällt mir.«

»Journalisten bekommen schnell heraus, was ihrem Gegenüber gefällt. Das bringt ihr Beruf mit sich. Also, wenn du mich fragst, setzt er diese Masche nur ein, um dich um den Finger zu wickeln.«

»Ich frage dich aber nicht«, entgegnete Célestine ungeduldig. Marie war ihr als Freundin lieb und wert, aber wenn es um Männer ging, hätten sie nicht unterschiedlicher sein können.

Kapitel 23

Von nun an schenkte Célestine dem *Figaro* besondere Aufmerksamkeit. Jeden Artikel, über dem der Name *Jean-Luc Pellier* stand oder der mit dem Kürzel *JLP* endete, schnitt sie aus. Sie legte die Berichte in einen Schuhkarton und schmunzelte bei dem Gedanken, dass sie dabei war, sich ein eigenes Pressearchiv zuzulegen. Doch im Gegensatz zu dem des Hauses Dior würde ihre Sammlung ausschließlich aus den Schriften eben jenes Reporters bestehen, dessen Blick aus dunkelbraunen Augen unter kräftigen Brauen in ihr eine seltsame Unruhe auslöste, die sie nie zuvor verspürt hatte.

Nahezu jede Woche erhielt Célestine Post von Jean-Luc mit der galant formulierten Bitte, sie möge ihm die Freude machen, ihn zu einer Veranstaltung zu begleiten. Einmal war es ein Konzert unter freiem Himmel in den Tuilerien. Ein anderes Mal der Vortrag einer Restauratorin des Musée du Louvre. Die Wissenschaftlerin hatte herausgefunden, dass eines der Gemälde in der Sammlung nicht von Jacques-Louis David, dem großen Künstler aus der Zeit der Französischen Revolution, gemalt worden war, sondern von einer seiner Schülerinnen – was dazu führte, dass der Kustos der Gemäldesammlung in einer eilends einberufenen Pressekonferenz erklärte, er habe dieses Bild ohnehin nie besonders geschätzt.

Immer hatte Jean-Luc seinen Notizblock dabei, und Célestine konnte es kaum erwarten, tags darauf seinen Artikel in der Zeitung zu lesen. Ihre gemeinsamen Exkursionen endeten stets im Lokal seines Freundes Emmanuel bei einem mit viel Wasser aufgefüllten Glas Pastis für Célestine und einem Bier für ihn selbst. Zwar war Jean-Luc ein aufmerksamer Zuhörer und stellte ihr stets viele Fragen, doch von sich selbst mochte er nur wenig berichten.

»Wissen Sie, Célestine, ich bin ein ziemlich langweiliger Mensch. Ich bin in Bordeaux aufgewachsen. Mein Vater ist Friedhofsgärtner und meine Mutter Aushilfsköchin in einem Waisenheim. Eine Weile habe ich für die dortige Tageszeitung gearbeitet, dann bekam ich vor drei Jahren die Chance, für den *Figaro* zu schreiben.«

Ganz dicht rückte er mit seinem Stuhl an Célestine heran, umfasste mit beiden Händen ihre Rechte. »Ich möchte alles über Sie erfahren. Wie aufregend muss es sein, für einen Mann zu arbeiten, der so viel Einfluss darauf hat, wie die Frauen unserer Zeit gekleidet sind. Als seine Hausdame und Archivarin wissen Sie vermutlich mehr über ihn als er selbst.«

»Ganz so ist es nicht«, widersprach Célestine lachend.

Auf dem Nachhauseweg verdunkelte sich binnen weniger Minuten der Himmel. Wind kam auf, und ein heftiger Regenschauer prasselte auf sie hernieder. Célestine war ohne Schirm aus dem Haus gegangen, doch Jean-Luc zauberte einen zusammenklappbaren Schirm aus seiner Manteltasche, den er über ihren Köpfen aufspannte. Im Laufschritt erreichten sie die Rue Royale, und bevor Célestine ihren Hausschlüssel aus der Handtasche ziehen konnte, fühlte sie plötzlich seinen heißen Atem im Nacken. Sie wandte sich um, und er presste seine Lippen auf ihren Mund. Schon wollte sie Protest erheben, als ihr die Stimme versagte und sie nicht anders konnte, als den Kuss zu erwidern.

»Du bist die wundervollste Frau, die mir je begegnet ist«, flüsterte Jean-Luc. Da der aufgespannte Schirm sie vor den Blicken der vorübereilenden Passanten schützte, schlang Célestine die Arme um seinen Nacken und zog ihn an sich heran, erst sanft, dann immer ungestümer. Als sie meinte, der Boden unter ihren Füßen müsse nachgeben, riss sie sich aus der Umarmung und schloss mit unsicheren Fingern die Haustür auf.

»Wann sehe ich dich wieder?«, keuchte Jean-Luc an ihrem Ohr.

»Wann du willst«, stieß sie heiser hervor.

Gleichzeitig erschrak sie vor der Macht des Gefühls, das sie ergriffen hatte. Schließlich kannte sie den Mann, dessen Küsse sie so aufwühlten, erst seit wenigen Monaten. Irgendwie gelang es ihr, die Tür zu öffnen und blitzschnell vor Jean-

Lucs Nase zuzuschlagen. Benommen stolperte sie die Stufen ins Hochparterre hinauf zu ihrer Wohnung.

Ohne den Mantel abzulegen, setzte sie sich an die Schreibmaschine. Wie von selbst flogen ihre Finger über die Tastatur. In ihrer Geschichte setzte Célestines Protagonistin fort, was sie selbst soeben beendet hatte. Und ihre Heldin geriet in einen Taumel aus Verlangen und Leidenschaft.

Kapitel 24

Bei ihrem allmonatlichen Besuch in der Buchhaltung begegnete Célestine ihrer Freundin Amélie, ihrer Hofschneiderin, wie sie die junge Näherin halb scherzhaft, halb respektvoll nannte. Doch diesmal war Amélie ungewöhnlich kurz angebunden und machte einen übel gelaunten Eindruck.

»Du wirkst so aufgebracht heute. Gab es Ärger im Atelier?«, fragte Célestine vorsichtig nach.

Amélie schob die Unterlippe vor, pustete sich eine Haarsträhne aus der Stirn, und dann sprudelten die Worte nur so aus ihr heraus. »Ärger ist untertrieben. Madame Monique fragte am Morgen nach einem Schnittmuster für ein Nachmittagsensemble. Eine italienische Comtessa hat es in bordeauxrotem Taftmoiré bestellt, und es muss innerhalb von drei Tagen fertig sein, weil die Kundin eine Schiffsreise gebucht hat. Aber das Schnittmuster war nirgends auffindbar. Und auch der dazugehörige Nesselschnitt wurde erst nach einer halben Stunde entdeckt – mitten zwischen den Cocktailkleidern, wo er weiß Gott nichts verloren hat. Es gab ordentlich Ärger von der Directrice, und sie hat gesagt, wenn wir nicht gewissenhafter arbeiten, würde sie uns beim nächsten Versäumnis alle vor die Tür setzen.«

»Ich kann mir vorstellen, dass bei euch dicke Luft herrscht. Bestimmt war Madame Monique nur verärgert und meint nicht ernst, was sie gesagt hat«, versuchte Célestine ihre Freundin zu beschwichtigen.

Amélie atmete tief durch. »Das haben wir nur Baptist zu verdanken«, erklärte sie. »Er ist für die Aufbewahrung der Schnittmuster verantwortlich. Zwar näht er die besten Plissées, doch er ist ein Träumer und hält keine Ordnung. Aber ich werde nicht zulassen, dass er meine Anstellung und die der Kollegen gefährdet. Er soll sich bei Madame Monique und bei uns allen entschuldigen.« Mit entschlossener Miene marschierte Amélie im Sturmschritt Richtung Atelier.

Célestine malte sich das Donnerwetter aus, das den ihr unbekannten Baptist erwarten würde. Sie erinnerte sich an ihre Zeit im Bürgermeisteramt von Genêts. Ein Kollege, der das Gemeindearchiv betreute, hatte einen Herzanfall erlitten, und Célestine musste ihn für einige Wochen vertreten. So manches Mal hatte sie tagelang nach einer Urkunde oder einem wichtigen Schriftsatz suchen müssen, weil die Systematik der Ablage fehlerhaft war. Daher hatte sie bei der Erstellung des Pressearchivs für das Haus Dior von Anfang an auf eine klare Ordnung geachtet. Niemals wollte sie in die Verlegenheit kommen, dem Patron einen benötigten Artikel nicht aushändigen zu können.

Sie lächelte versonnen, als sie daran dachte, welche Zeitungsberichte sie mit besonderer Aufmerksamkeit las. Weil sie ihr besonders gut gefielen. Und weil ihr der Urheber dieser Zeilen noch besser gefiel.

~

Wenn sie Jean-Luc zu einer Vernissage in einer Galerie im Quartier Latin oder zu einer Ruderregatta von Studenten der Sorbonne auf der Seine begleitete, dann empfand sie Stolz, dass dieser amüsante, umtriebige Journalist sie an seiner Arbeit teilhaben ließ. Auch wenn er immer denselben beigebraunen, aus der Mode gekommenen Anzug und den zerknitterten Staubmantel trug, so war doch sein weißes Hemd stets sauber und frisch geplättet.

Sobald Jean-Luc Notizblock und Stift in seiner Tasche verstaut hatte, machten sie sich auf ins *Chevilly*, ihr Stammlokal, wo für sie immer derselbe Tisch reserviert war und wo der Wirt Emmanuel sie überaus herzlich begrüßte.

Kaum hatten sie sich niedergelassen, servierte man ihnen das obligatorische Bier und das Glas verdünnten Pastis, dessen feinherben Geschmack Célestine sich noch Tage später in Erinnerung rief, wenn sie das Parkett polierte, die wöchentlichen Blumenbouquets für den Patron auswählte oder ihm eine Mahlzeit zubereitete. Die gemeinsamen Ausflüge mit dem Freund endeten immer vor der Haustür in der Rue Royale mit ungestümen Umarmungen und immer leidenschaftlicheren Küssen.

Célestine genoss die Aufmerksamkeit, die Jean-Luc ihr

schenkte, wenn sie ihm davon erzählte, mit wie viel Umsicht der Patron sein Modehaus leitete. Wie er den Frauen in aller Welt mit seinen Entwürfen Anmut und Grazie schenkte und sich gleichzeitig um das Wohlergehen seiner Mitarbeiter sorgte.

»Von einer Freundin aus dem Atelier Monique weiß ich, dass Monsieur Dior in seiner Branche die höchsten Löhne zahlt. In der Kantine bezahlt jeder nach der Höhe seines Verdienstes. Der Patron hat sogar eine Ambulanz in der Avenue Montaigne eingerichtet, in der sich alle Angestellten kostenlos von einem Arzt behandeln lassen können. Die Näherinnen und Stickerinnen gehen regelmäßig zur Augenuntersuchung, und Monsieur Dior plant, außerhalb der Stadt ein Erholungsheim für Mitarbeiter einzurichten, die über längere Zeit erkrankt waren.«

»Aus jedem deiner Sätze höre ich die Bewunderung für deinen Dienstherrn. Muss ich etwa Grund zur Eifersucht haben?« Jean-Luc setzte ein leicht spöttisches Lächeln auf, das ihr eine Gänsehaut verursachte. Und plötzlich fühlte sie, wie eine Hand unter dem Tisch ihr den Rocksaum anhob und nach ihrem Knie tastete. Für einen Moment hielt Célestine den Atem an, als sie zärtliche Fingerkuppen unter dem Stoff ihres Kleides spürte, die zielstrebig den Oberschenkel hinaufwanderten. Rasch schob sie die Hand beiseite und setzte eine strenge Miene auf.

»Was soll denn der Kellner denken?«, raunte sie und bemühte sich um einen tadelnden Unterton.

»Oh, ich könnte mir vorstellen, dass er liebend gern mit mir tauschen würde! Hast du gerade seinen neiderfüllten Blick gesehen? Ich bin sicher, er hat etwas mitbekommen.«

Verlegen blickte Célestine sich um, doch sie sah nur, wie der Kellner in der hinteren Ecke des Lokals einen Tisch neu eindeckte.

»Gar nichts hat er gesehen!«, schimpfte sie mit gespielter Empörung und versetzte ihm einen leichten Tritt gegen das Schienbein.

»Sag das noch einmal, *chérie*! Ich mag es, wenn du zornig schauen willst, obwohl du mir in Wirklichkeit nie böse sein kannst.«

Lachend gab Célestine sich geschlagen. »Sag ehrlich, warum nimmst du mich mit, wenn du für deine Artikel unterwegs bist?«

»Du bist unvoreingenommen, eine gute Beobachterin … und du bist eine ganz und gar charmante Begleiterin.«

»Da will ich nicht widersprechen. Und welchen Grund sollte ich haben, dich zu begleiten?«

»Nun, Mademoiselle *Archiviste*, ich will es einmal bescheiden formulieren. Erstens sehe ich blendend aus, zweitens bin ich interessant, drittens aufmerksam, viertens vielseitig … und fünftens habe ich eine Beförderung zum Chefredakteur der Hauptstadtredaktion nebst einer üppigen Gehaltserhöhung in Aussicht. Tja, und sechstens … aber davon würde ich dir gern erzählen, wenn wir einmal ganz allein sind. Nur wir beide.«

Célestine fühlte leichten Schwindel. So also fühlte es sich an, verliebt zu sein. Und es war ein gutes Gefühl! Dennoch musste sie einen kühlen Kopf bewahren. Auf keinen Fall wollte sie gewisse Grenzen überschreiten, bevor sie sich nicht sicher war, dass Jean-Luc wirklich der Richtige war.

Bei der Verabschiedung in der Rue Royale hatte Célestine es plötzlich eilig. Anstelle der sonst üblichen leidenschaftlichen Küsse strich sie ihm nur zart über die Wange. »Adieu, Monsieur *Gute Partie*. Auf bald.«

Überstürzt entwand sie sich seiner Umarmung und eilte die Treppe hinauf, flüchtete vor den eigenen verwirrenden Gefühlen, die sie so unvermittelt überfallen hatten. Dabei überhörte sie den Protest, den er ihr hinterherrief, weil sie ihn so brüsk hatte stehen lassen.

In ihrer Wohnung angekommen, war sie erleichtert, dass sie ihre Standhaftigkeit nicht auf die Probe hatte stellen müssen. Sie trat vor den Schrankspiegel und musterte sich mit zusammengekniffenen Augen. Sie sah eine zierliche junge Frau mit aufgestecktem kupferrotem Haar und ebenmäßigen Gesichtszügen. In ihrem hellblauen Kleid mit schmaler Taille und weit schwingendem Rock wirkte sie noch zarter und jünger, als sie ohnehin war.

Ganz langsam öffnete sie die Knöpfe und legte zuerst das Kleid und danach den bauschig weiten Tüllunterrock ab, zog Schuhe und Strümpfe aus und verfolgte im Spiegel aufmerksam jede ihrer Bewegungen. Nie hätte sie ihren knabenhaften Körper in ein Mieder oder einen Hüfthalter eingezwängt, wie es die Frauen gleich welcher Figur fast überall in der westlichen Welt taten. Sie brauchte das Gefühl, sich frei bewegen und atmen zu können, ohne von Haken, Ösen oder Schnüren beengt zu werden.

Eine Weile blieb sie so stehen, schließlich zog sie das Unterhemd und zuletzt die Unterhose aus. Sie reckte die Arme in die Höhe, verschränkte die Hände im Nacken und wiegte sich sacht in den Hüften. Dann lächelte sie ihrem Spiegelbild zu.

Kapitel 25

»Man sieht es dir an der Nasenspitze an. Es hat dich erwischt. Ganz klar.« Marie machte es sich auf dem geblümten Sofa in Célestines Wohnung bequem. In der Hand balancierte sie einen Teller mit Macarons, die Célestine in der benachbarten Pâtisserie *Ladurée* gekauft hatte. »Das ist übrigens das erste Mal, dass du einen Mann an deiner Seite hast und ich allein dastehe. Olivier, dieser selbst ernannte Finanzexperte, sprach fortwährend von Bilanzen, Gewinnrechnung, Umsatzerlösen und Rentabilität. Er warf mir vor, ich könne nicht haushalten und würde zu viel Geld für Parfum und Unterwäsche ausgeben.« Sie seufzte, dann griff sie zu einem zartgelben Macaron mit Zitronencremefüllung und knabberte genussvoll daran.

»Marie, früher oder später wirst du dich wieder verlieben.«

»Früher oder später? Es wird Zeit für uns! Bald sind wir alte Jungfern! Und ich bin sogar noch ein Jahr älter als du.«

»Du bist nicht einmal vierundzwanzig.« Célestine lachte leise und schob sich die obere Hälfte eines Erdbeer-Macarons in den Mund. »Ich jedenfalls fühle mich alles andere als alt. Doch ich gebe zu, ich habe Zeit gebraucht, um Abstand zu gewinnen. Zu den Vorstellungen meiner Verwandten in Genêts und besonders zu Albert. Was ich mit ihm erlebt habe, hat mich doch sehr an der Liebe zweifeln lassen. Paris aber hat mir bisher nur Glück gebracht. Ich liebe diese laute, bunte und so lebendige Stadt. Hier habe eine Aufgabe, die mich erfüllt und die überdies gut bezahlt wird. Und ich kann an der Seite eines Mannes arbeiten, der als der kreativste Kopf der französischen Modewelt gilt.«

Wie immer, wenn sie von Monsieur Dior sprach, bekam ihre Stimme einen schwärmerischen Klang. Schließlich richtete sie sich auf und sprach aus, worüber sie schon lange nachdachte. »Ich glaube, die Zeit ist gekommen, dass ich wieder an die Liebe glaube und mich auf sie einlasse.«

Marie klatschte in die Hände. »Bravo, *ma chère*! So gefällst du mir.«

Ihr Blick wanderte hinüber zur Schreibmaschine, in der ein Bogen Papier eingespannt war. »Du hast wieder an deinem Roman gearbeitet?«

»Ja, und stell dir vor, ich bin fast fertig. Nur das letzte Kapitel will ich noch einmal überarbeiten.«

»Und was fängst du mit der fertigen Geschichte an?«

Maries Frage verwunderte Célestine. Lag das nicht auf der Hand? »Ich will das Manuskript einem Verlag anbieten. Und der soll dann ein Buch daraus machen.«

Jean-Luc hatte Célestine zu einem Abendspaziergang durch den Parc Monceau eingeladen, gelegen zwischen der Gare Saint-Lazare und dem Arc de Triomphe. Er wollte ihr endlich das Stadtviertel zeigen, in dem er lebte. Der Park mit einem künstlich angelegten See, mit gewundenen Wegen inmitten von Rosenbeeten, war ganz im englischen Stil gestaltet. Dazwischen erstreckten sich weite Rasenflächen mit Statuen berühmter Dichter und Komponisten, die wie zufällig dort aufgestellt zu sein schienen. Hand in Hand schlenderten die beiden über einen schmalen Pfad, atmeten in der lauen Abendluft den betörenden Duft blühender Rosen ein.

»Siehst du das Haus dort drüben?« Jean-Luc deutete auf einen tristen grauen Steinbau mit verwitterten Schlagläden an Fenstern, die irgendwie zu klein geraten waren. »Dort drüben in der Rue Murillo wohne ich. Ich nähme dich zu gern mit auf mein Zimmer, um dir die Ordner mit allen meinen Artikeln zu zeigen, Mademoiselle *Archiviste*. Und noch einige andere Dinge mehr…« Er beugte sich zu ihr hinunter und flüsterte ihr etwas ins Ohr, das sie erröten ließ. Blitzschnell zog er sie hinter einen Ligusterstrauch, wo sie vor den Blicken neugieriger Spaziergänger geschützt waren. Fest presste er seine Lippen auf ihren Mund, und Célestine fühlte eine brennende Hitze sich in ihrem Innern ausbreiten. Sie hätte nicht sagen können, ob es Sekunden oder Stunden später war, als er die Umarmung lockerte und seufzte.

»Leider darf ich keinen Damenbesuch empfangen, das verstößt gegen die Hausordnung. Und die Concièrge ist das, was man einen wahrhaftigen Drachen nennt. Dieses Haus ist ein Männerwohnheim, wir teilen uns Küche und Bad. Dort wohnen nur Junggesellen – Schauspieler, Studenten, Rechtsreferendare. Ein Schriftsteller ist auch dabei. Es ist billig, dort zu wohnen, und darauf kommt es mir an. Doch ich habe beste Aussichten, bald befördert zu werden. Dann suche ich mir eine Wohnung in bester Lage und kann Tag und Nacht so bezaubernden Besuch wie dich empfangen.« Er umfasste Célestines Hüften, hob sie hoch und drehte sich mehrere Male mit ihr im Kreis.

Kaum verspürte sie wieder festen Boden unter den Füßen, knuffte sie ihm spielerisch auf die Brust. »Hast du mich eigentlich gefragt, ob ich dich überhaupt besuchen will?« Schauer liefen ihr über den Rücken, als seine Lippen ihre Ohrmuschel streiften.

»Ich stelle nicht gern überflüssige Fragen. Wir sind füreinander geschaffen, das habe ich schon im allerersten Augenblick unserer Begegnung bemerkt. Weißt du noch? Im Treppenhaus in der Avenue Montaigne …«

Und ob sie sich erinnerte. Doch bevor sie Erinnerungen nachhing, hakte Célestine sich bei Jean-Luc ein. »Lass uns ein Stückchen gehen, bevor wir hier Wurzeln schlagen. Du sagst, einer deiner Mitbewohner sei Schriftsteller?«

»Das ist er. Im vergangenen Monat hat er seinen ersten Roman veröffentlicht. Seither schwebt er in höheren Sphären.«

Eine Kaninchenschar, die in der Dämmerung aus ihren unterirdischen Höhlen gekommen war, fesselte Célestines Aufmerksamkeit. Manche der Tiere saßen mümmelnd im Gras, andere hoppelten so schnell durch den Park, als würden sie sich ein Wettrennen liefern. Unwillkürlich musste sie schmunzeln, denn in jedem der Bücher von Germaine Mercier kam bei einem Picknick im Park eine launige Szene mit den langohrigen Nagern vor. Sie sah zu Jean-Luc hinüber, der ihr einen belustigten Blick zuwarf, und ohne dass sie weiter nachdachte, sprudelten die Worte nur so aus ihr heraus.

»Was ich dir jetzt erzähle, ist ein Geheimnis. Außer meiner Freundin Marie weiß niemand davon. Schon lange träume ich davon, ein Buch zu schreiben. Mein Vorbild ist Germaine Mercier. Ich habe all ihre Romane gelesen. Und irgendwann habe ich mir eine Geschichte ausgedacht, und nun ist mein Roman nahezu fertig.«

Jean-Luc stieß einen anerkennenden Pfiff aus. »*Chapeau*! Das hätte ich nicht vermutet. Eine Archivarin, die das Schriftgut anderer sammelt und zugleich selbst schreibt…«

Célestines Herz machte vor Freude einen Satz. »Und ich hatte schon befürchtet, du würdest mich auslachen.«

»Aber nein, Schreiben ist doch ein amüsanter Zeitvertreib für eine junge Frau. Man kann ja nicht die ganze Zeit häkeln oder sticken.«

Unvermittelt blieb sie stehen. Hatte Jean-Luc sie nicht verstanden? »Ich schreibe nicht, weil mir langweilig ist. Es ist mir ein Anliegen, mich damit auszudrücken.«

Mit offenem Mund starrte Jean-Luc sie an, als sei sie ein Wesen von einem anderen Stern. »Du meinst, du willst deine Geschichte … veröffentlichen?«

»Natürlich! Du schreibst deine Artikel doch auch für ein Publikum und nicht für die Schublade.« Ihre Antwort kam patziger, als sie beabsichtigt hatte. Und doch wollte sie keines ihrer Worte zurücknehmen.

Auf der Stelle wandelte sich Jean-Lucs Blick von ungläubigem Staunen in mildes Verständnis. »Aber sicher, *chérie*. Ich verstehe.« Er blieb stehen und zog sie eng an sich heran, tippte ihr mit dem Finger auf die Nasenspitze. »Und jetzt verrate ich dir ein Geheimnis. Ich kenne einen Lektor bei Gallimard. Ich kenne ihn sogar gut, er ist der Patenonkel meines jüngeren Bruders. Wenn ich bei ihm ein gutes Wort für dich einlege, wird dein Traum vielleicht schon bald Wirklichkeit werden …«

»Das tust du für mich? Oh, das ist … das ist …«, stammelte Célestine atemlos. Sie schlang ihm die Arme um den Hals und küsste ihn stürmisch. »Demnächst will der Patron für eine Woche verreisen. Dann werde ich von morgens bis abends an meiner Schreibmaschine sitzen und die Geschichte zu Ende bringen.«

»Manchmal entwickeln sich die Dinge besser, als man zunächst vermutet«, murmelte Jean-Luc und wirkte plötzlich sehr zufrieden.

Was für ein wunderbarer Mann!, dachte Célestine und blickte ihn von der Seite an. Wie immer standen ihm die dunklen Locken wirr vom Kopf ab, aber gerade das mochte sie an ihm. Wie sie auch seine kühne, unerschrockene Art mochte.

Am nächsten Nachmittag überreichte der schnauzbärtige Postbote Célestine mit einer höflichen Verbeugung einen Umschlag. Als sie ihre Anschrift las und die Handschrift erkannte, musste sie schmunzeln.

»Darf ich hoffen, dass Ihr Lächeln mir gilt und nicht etwa dem vermutlich völlig langweiligen und uninteressanten Absender dieser Post?«, fragte der Bote mit betont ernster Miene. »Warum gehen Sie nie mit mir aus, Célestine? Ich könnte Ihnen viel über die Menschen in meinem Bezirk erzählen. Postboten sind keine phantasielosen Menschen, wie Sie vielleicht vermuten.«

»So etwas würde ich niemals denken, Dominique! Doch was würde mein Verlobter sagen, wenn ich mit einem so gut aussehenden, interessanten Mann wie Ihnen ausgehe?«

Der junge Bote liebte die harmlose Plänkelei, und Célestine ging bereitwillig darauf ein. Dieses Spiel von Ironie und gegenseitigem Aufziehen betrieben sie nahezu täglich. Zum beiderseitigen Vergnügen.

»Der Ärmste! Er müsste vor Neid und Eifersucht platzen. Doch nicht jede Verlobung führt zu einer Ehe, liebe Mademoiselle Célestine. Sollten Sie es sich anders überlegen – ich bin noch zu haben.«

»Da bin ich beruhigt. In einem solchen Fall würde ich selbstverständlich bei Ihnen Rat und Trost suchen.«

Dominique schien zufrieden mit Célestines Antwort. Grinsend tippte er sich an die Mütze und lief treppab, um seine Zustellung im Nachbarhaus fortzusetzen.

Mit einem Küchenmesser schlitzte Célestine den Umschlag auf und glaubte ihren Augen nicht zu trauen. Jean-Luc hatte ihr eine Seite aus dem *Figaro* vom April 1928 mit einem Interview der damals einundsiebzigjährigen Germaine Mercier geschickt. Die Schriftstellerin hatte einen Reporter zu sich in ihr Haus eingeladen und über ihre Kindheit, ihre drei gescheiterten Ehen, die ersten missglückten Schreibversuche sowie ihre späteren Erfolge gesprochen.

In Gedanken schickte Célestine dem Freund unzählige Küsse. Mit dieser Überraschung hätte er ihr Herz erobert – hätte sie es nicht schon längst an ihn verloren gehabt.

~

Gut gelaunt saß Marie bei Célestine auf dem geblümten Sofa und ließ sich einen Marzipantrüffel schmecken. »Jean-Luc meint es ernst. Mit dem Zeitungsartikel über deine Lieblingsschriftstellerin hat er dir gewissermaßen einen unausgesprochenen Antrag gemacht. Werde ich deine Brautjungfer sein dürfen?«

Lachend warf Célestine den Kopf in den Nacken und prostete der Freundin mit einer Tasse Kaffee zu. »Wer sonst dürfte bei meiner Hochzeit an meiner Seite sein, wenn nicht du? Aber noch ist es nicht so weit. Jean-Luc ist kein Mann, der voreilig handelt. Er wird mit dem Antrag warten, bis er befördert wurde.«

In Maries Augen bemerkte Célestine ein Leuchten, das ihr nur zu vertraut war. »Nun erzähl schon! Ich sehe es dir doch an, dass du etwas auf dem Herzen hast.«

Marie griff nach einem Krokanttrüffel und betrachtete ihn ausgiebig von allen Seiten, bevor sie ihn lächelnd in den Mund schob. Sie kaute, schluckte und spitzte die Lippen zu einem Kuss. »O ja, ich weiß, ich habe endlich den Richtigen getroffen! Er heißt David, wird einmal die Druckerei seines Onkels erben und will mit mir im Herbst nach Saint-Tropez fahren, wo die Reichen und die Schönen Urlaub machen. Ist das nicht phantastisch? Ich schicke dir auch eine Ansichtskarte. Versprochen.«

Am Ende eines Arbeitstages konnte Célestine gar nicht schnell genug von der dritten Etage in ihre Wohnung hinunterlaufen, um das letzte Kapitel ihres Romans zu überarbeiten. Irgendwann war es endlich so weit, und es kam der Moment, den Célestine so sehr herbeigesehnt hatte, und sie schrieb das Wort ENDE unter das Manuskript.

Kapitel 26

Monsieur Dior war in seine Mühle gefahren. Nachdem die Zeichnungen für die Tages- und Nachmittagskleider der neuen Kollektion bereits fertiggestellt waren, wollte er unbehelligt von der Alltagshektik und in ländlicher Umgebung Einfälle für die Cocktail- und Abendkleider sammeln.

Offenbar hatte Jean-Luc bei ihrem gemeinsamen Spaziergang abends im Park genau zugehört und sich daran erinnert, dass der Patron verreisen wollte. Und daraus gefolgert, dass Célestine allein in der Rue Royale verweilen würde. Als sie seine Nachricht in den Händen hielt, jauchzte sie vor Freude auf.

Célestine, chérie!
Ich habe mit dem Patenonkel meines Bruders gesprochen. Er möchte so schnell wie möglich Dein Manuskript lesen. Am Mittwoch bin ich um sechs Uhr bei Dir. Ich bringe etwas zu trinken mit, denn wir sollten auf Deinen künftigen Erfolg anstoßen.

Dein Jean-Luc

Célestine zählte die Stunden, bis sie den Freund zum ersten Mal bei sich zu Hause empfangen würde. Sie hatte den Tisch mit einem Blumengesteck geschmückt und die geschliffenen Weingläser aus dem Bestand der verstorbenen Vormieterin aus dem Schrank geholt.

Pünktlich um sechs Uhr abends pochte es an der Wohnungstür. Jean-Luc stand mit strahlenden Augen vor ihr, in einer Hand hielt er eine Weinflasche. Mit der anderen Hand zog er Célestine an sich.

»Endlich …«, murmelte er zwischen zwei Küssen. Sein Blick wanderte zum gedeckten Tisch, und er schnupperte zum Herd hinüber. »Hm, wenn das so gut schmeckt, wie es duftet … Warum hast du mich nicht schon früher zu dir eingeladen?«

Célestine nahm ihm die Flasche aus der Hand. »Wenn ich daran erinnern darf – du selbst hast dich eingeladen. Außerdem lebe ich hier in einer Wohnung, die Monsieur Dior gehört. Ich bin mir nicht sicher, ob es ihm gefiele, wenn ich Herrenbesuch empfange, während er zwei Stockwerke darüber weilt.«

Jean-Luc zog den Mantel aus und warf ihn nachlässig auf das Sofa. »Oh, Mademoiselle *Archiviste* ist ein Tugendengel … Verrätst du mir, was du da Köstliches zauberst?«

»Ich habe eine Hühnerbouillon mit frischen Kräutern vorbereitet. Als Hauptgang gibt es ein Kalbsragout mit getrockneten Pilzen, nach einem Rezept meiner Großmutter im Ofen geschmort. Und als Nachtisch ein Apfelsorbet.«

Anerkennend schnalzte Jean-Luc mit der Zunge. »Wie hast du meine Lieblingsgerichte erraten? Fleisch in der Suppe und im Hauptgang – du kennst offenbar die richtigen Bezugsquellen für solche erlesenen Zutaten.«

Aus den Augenwinkeln beobachtete Célestine, wie er einen Blick auf das Bett zu erhaschen versuchte. Um den Raum wie ein gemütliches Wohnzimmer und nicht wie eine Schlafkammer aussehen zu lassen, hatte sie einen Paravent davorgestellt.

Jean-Luc ließ sich auf dem Sofa nieder und zog sie zu sich auf den Schoß, glitt mit den Lippen langsam über ihre Halsbeuge und den Haaransatz im Nacken. Unter seinen zärtlichen Berührungen erschauerte sie. Dann nahm er ihre linke Hand und küsste Daumen, Zeigefinger, Mittelfinger, Ringfinger und den kleinen Finger. Danach nahm er die Rechte und küsste auch dort jeden Finger einzeln. Langsam. Genüsslich. Plötzlich hielt er inne und sah ihr tief in die Augen. »Und diese hübschen Hände haben einen Roman geschrieben, den dieser hübsche Kopf …«, sacht tippte er mit der Fingerspitze gegen ihre Stirn, »… sich ausgedacht hat.«

Blitzartig sprang Célestine von Jean-Lucs Knien auf und zog aus der oberen Schublade der Anrichte ihr Manuskript hervor, das sie mit einem resedagrünen Ripsband zusammengeschnürt hatte. »Das ist es. Ich bin so aufgeregt! Ich möchte so schnell wie möglich wissen, ob dem Lektor meine Geschichte gefällt.«

Mit gerunzelter Stirn betrachtete Jean-Luc das Deckblatt. *Célestine Benoît – Die Rosenvilla am Rande der Stadt.* »Wieso Benoît? Warum verwendest du nicht deinen echten Namen?«

»Benoît ist der Mädchenname meiner Mutter. Ich habe mich für ein Pseudonym entschieden, weil die romantische, rührselige Célestine, die diesen Roman geschrieben hat, eine andere ist als die, die vor dir steht. So wie es den weltberühmten Couturier Dior aus der Avenue Montaigne gibt und den Privatmann Christian Dior, der zwei Stockwerke weiter oben wohnt.«

Jean-Luc steckte das Manuskript in die Innentasche seines Mantels. »Ich bin mir ganz sicher, Onkel Albert wird begeistert sein.«

Unwillkürlich zuckte Célestine beim Namen Albert zusammen. Bisher hatte sie Jean-Luc noch nichts von ihrem früheren Verlobten erzählt, und das schien ihr auch jetzt nicht vonnöten. Sie hatte nichts zu verbergen. Albert gehörte der Vergangenheit an.

Jean-Luc umfasste ihre Schultern, zog sie zu sich heran und knabberte an ihrem Ohrläppchen. »Weißt du, dass ich hungrig bin? Sehr hungrig sogar.«

»Dann sollten wir jetzt mit der Suppe beginnen. Das Ragout muss noch ein Weilchen garen.«

Während Célestine die Teller auffüllte, fühlte sie sich plötzlich unsicher. Worauf nur hatte sie sich eingelassen? Zum ersten Mal war sie in ihrer Wohnung allein mit einem jungen Mann, der ihr gefiel. Dem sie gefiel … Er kostete die Suppe und verzog verzückt den Mund. »Fabelhaft. Welche Ehre für ein Huhn, von dir so sachkundig behandelt zu werden. Und solltest du noch etwas Suppe übrig haben, würde ich bei einem zweiten Teller nicht Nein sagen.«

Bei dieser forschen, ein wenig frechen Anfrage konnte sich Célestine ein Schmunzeln nicht verkneifen. Nichts empfand sie als größeres Kompliment, als wenn den Menschen, für die sie kochte, ihr Essen schmeckte. Nach dem letzten Bissen legte Jean-Luc die Serviette zur Seite, griff zur Weinflasche und strich mit bedeutungsvoller Miene über das Etikett.

»Das ist ein Château Lafitte Émilien, Jahrgang zweiundvierzig. Ich finde, ein solch edler Tropfen ist angemessen, um auf den Erfolg der künftigen Schriftstellerin anzustoßen.«

»Du weißt ja, dass ich Alkohol nicht gewöhnt bin. Aber ein halbes Glas Wein darfst du mir einschenken«, ließ sie ihn wissen und schmeckte das Ragout mit einer Prise Nelkenpfeffer ab.

»Wenn du mir sagst, wo ich einen Korkenzieher finde …«

Célestine stutzte und schüttelte den Kopf. »Ich habe keinen … Aber Monsieur Dior hat mehrere. Ich gehe rasch hoch und hole einen.«

Jean-Luc erhob sich, umfasste ihre Taille und gab ihr einen Kuss auf die Nase. »Dem Himmel sei Dank, dass wir den heutigen Abend nicht bei einem Glas Wasser verbringen müssen.«

Mit zwei Topflappen zog Célestine den Schmortopf an den Rand der Herdplatte und legte den Deckel auf. So würde das

Ragout warm bleiben, ohne anzubrennen. Sie nahm das rote Lederetui aus der oberen Schublade der Anrichte, in dem sich die Schlüssel für ihre Wohnung und die von Monsieur Dior befanden. Wie selbstverständlich folgte ihr Jean-Luc, und sie stiegen gemeinsam in den dritten Stock hinauf. Zaghaft schloss Célestine die Tür auf. Monsieur Dior war verreist, und sie hatte keine Befugnis, einen Fremden in seine Wohnung zu lassen. Sollte der Freund nicht lieber im Treppenhaus vor der Tür warten? Doch da hatte der sich schon an ihr vorbei in den Salon geschoben.

Beim Anblick des erlesenen Mobiliars, der edlen Teppiche und der prachtvollen Gemälde blieb Jean-Luc vor Überraschung stehen und pfiff anerkennend durch die Zähne. »Alle Achtung, ich muss sagen, der Mann hat Geschmack! Und den hat er auch bewiesen, als er dich einstellte«, fügte er hinzu und presste sie so fest an sich, dass sie seinen heißen Atem im Nacken spüren konnte.

Rasch holte sie einen Korkenzieher aus der Küchenschublade und eilte zurück zur Wohnungstür. Doch Jean-Luc stellte sich ihr in den Weg.

»Wie wäre es mit einer kleinen Führung? Mich interessiert brennend, wo Mademoiselle *Archiviste* arbeitet.« Er sah sie so bittend an, dass Célestine ihm den Wunsch nicht abschlagen mochte.

Also zeigte sie ihm jeden Raum, wie der Butler es für sie an ihrem ersten Tag getan hatte. Zwei Stunden zuvor noch war Célestine hier oben im dritten Stock gewesen und hatte den

Ordner mit den neuesten amerikanischen Pressemitteilungen vervollständigt. Doch jetzt, in Anwesenheit des Freundes, bekamen diese Räume eine andere Bedeutung, ohne dass sie hätte erklären können, was sich geändert hatte.

»Du bist zu beneiden, dass du in einem Umfeld von so erlesener Eleganz arbeiten kannst«, gab Jean-Luc zu. »Wenn du wüsstest, wie spartanisch unsere Redaktionsräume ausgestattet sind … Und wohin führt diese Tür?« Er deutete auf die Tür neben dem Kaminsims im Salon.

»Dahinter befindet sich das Arbeitszimmer von Monsieur Dior, und von dort geht es zu seinen Privaträumen.«

Erst in letzter Sekunde gelang es Célestine, den Freund daran zu hindern, die Türklinke herunterzudrücken. »Halt! Dieser Teil der Wohnung ist dem Patron heilig, kein Fremder darf ihn betreten.«

Jean-Luc hob die Hände und setzte ein schuldbewusstes Lächeln auf. »Verzeih, *chérie*, das wusste ich nicht! Aber was ist mit dem Arbeitszimmer? Legst du nicht jeden Tag die Post dort ab? Zu gern sähe ich, wo der berühmteste Couturier der Welt seine Einfälle zu Papier bringt.«

Einen Moment lang zögerte Célestine. Jean-Luc hatte recht. Und eigentlich war er auch kein Fremder, er plante bereits ihre Zukunft, und sie waren so gut wie verlobt. Warum sollte er nicht das sehen dürfen, was sie selbst Tag für Tag zu Gesicht bekam? Vorsichtig öffnete sie die Tür und spähte in den Raum, als befürchte sie dennoch, dass jemand ihr Tun beobachtete.

»Ich fasse nichts an«, versprach Jean-Luc und warf ihr einen verschwörerischen Blick zu. Gemessenen Schrittes umrundete er den Schreibtisch. Dann plötzlich blieb sein Blick an einer Teekanne mit chinesischen Schriftzeichen und fliegenden Kranichen hängen. »Erstaunlich, ein Franzose, der keinen Kaffee, sondern Tee trinkt.«

Leise lachte Célestine auf. »Aber nein, Monsieur Dior liebt Kaffee. Schwarz und mit viel Zucker. Die Teekanne ist ein Erbstück seiner Tante. Darin bewahrt er die Atelierschlüssel auf.«

Jean-Luc konnte sich ein Grinsen nicht verkneifen. »Und die Modezeichnungen befinden sich vermutlich unter dem Orientteppich.«

»Wenn du wüsstest, wie viele Skizzen der Patron für jede Kollektion anfertigt«, erklärte sie und überging die Bemerkung des Freundes. »Die Entwürfe lagern im Magazinraum unter dem Dach in der Avenue Montaigne.«

Unvermittelt packte Jean-Luc Célestine am Handgelenk und zog sie entschlossen zur Tür. »Der Besucher dankt für die Führung. Weißt du was? Ich habe Hunger. Mordsmäßigen Hunger sogar.«

Während des Essens schenkte Jean-Luc ihr immer wieder Wein nach. »Wasser zu trinken wäre bei diesem köstlichen Mahl ein Frevel. Auf dein Wohl und das der künftigen Schriftstellerin!«

»Das hört sich so hochtrabend an … Danke, aber ich glaube, ich habe genug. Ich trinke sonst nicht so schweren Wein«, gestand Célestine und meinte, ein pelziges Gefühl am Gaumen zu spüren.

Er erhob das Glas. »*Santé!*«

Beim Nachtisch bemerkte Célestine, dass ihr Gesicht glühte. Gleichzeitig fühlte sie sich leicht und unbeschwert. Alles, was Jean-Luc sagte, reizte sie zum Lachen. Immer näher rückte er mit seinem Stuhl an sie heran und zog sie schließlich zu sich auf den Schoß.

»Ein wunderbarer Abend, dem hoffentlich noch viele folgen werden. Und wenn du eines Tages eine bekannte Schriftstellerin bist, feiern wir das in einer Suite im Hotel Ritz«, murmelte er an ihrer Halsbeuge und biss ihr zärtlich ins Ohrläppchen.

»Soll das ein Heiratsantrag sein?« Mit beiden Händen klammerte sich Célestine an Jean-Lucs Schultern, weil sie sich plötzlich so schwindlig fühlte, als säße sie in einem schaukelnden Kahn. Während er sie erst zart, dann immer fordernder küsste, spürte sie, wie geschickte Finger die oberen Knöpfe ihres Kleids öffneten. Sie wollte protestieren, doch ein leidenschaftlicher Kuss hinderte sie daran, auch nur ein Wort herauszubringen. Plötzlich fühlte sie sich emporgehoben und behutsam auf der Bettkante abgesetzt.

»Was tust du da?«, fragte sie matt und versuchte, den Freund von sich wegzustoßen.

»Was ich schon längst tun wollte«, murmelte Jean-Luc

mit heiserer Stimme, und sein heißer Atem streifte ihre Wange.

»Aber ich kann doch nicht … wir sind doch noch gar nicht… und dann auch noch auf dem Bett.«

Er ließ sich neben ihr nieder und erstickte jeden weiteren Protest mit seinen Küssen. Seine Lippen glitten zärtlich über ihr Haar und ihren Nacken, während seine Hände die restlichen Knöpfe an ihrem Kleid öffneten, sich einen Weg unter ihr Musselinhemdchen bahnten und auf nackte, glühende Haut trafen, dort erst verharrten, dann voller Leidenschaft und doch sanft ihren Körper erkundeten. Sie stöhnte leise auf und wollte ihn erst abwehren – doch dann verstummten ihre Bedenken, ungestüm presste sie sich an seinen muskulösen Körper. Raum und Zeit hatten sich verflüchtigt, es gab nur noch sie beide, ihr Flüstern, ihre Küsse, ihr Verlangen.

Die Morgensonne fiel durch den Spalt zwischen den resedagrünen Vorhängen. Célestine blinzelte und versuchte, sich zu erinnern. Dann lächelte sie, als sie der wohligen Schwere ihres Körpers nachspürte. Nach und nach kehrte ihr Bewusstsein zurück. Hastig richtete sie sich auf, hielt sich mit beiden Händen den Kopf, in dem sich ein sirrendes Karussell zu drehen schien. Wie benommen starrte sie auf die Hälfte des Bettes, in der wenige Stunden zuvor ein schlanker, athletischer Männerkörper gelegen hatte, der dieses ganz und gar neuartige Gefühl in ihr verursacht hatte. Nun war die Bettdecke nachlässig zurückgeschlagen, und auf dem Kopfkissen lag ein Briefumschlag. Mit zitternden Händen zog sie den Brief heraus, und sie las Wort für Wort, ohne jedoch den Sinn zu begreifen.

Célestine, chérie!
Ich danke Dir für die vergangene Nacht. Du hast mich zum glücklichsten Mann in ganz Paris gemacht. Verzeih, dass ich Dir keinen Gutenmorgenkuss geben kann.

Wenn Du aufwachst, bin ich auf dem Weg nach Lyon. Ich soll eine mehrteilige Reportage über einen Strafprozess schreiben. Angeklagt ist ein hochrangiger Lokalpolitiker, der als Nazi-Kollaborateur Hunderte Franzosen an die Deutschen verraten hat. Ich habe Dir absichtlich nichts von meiner Reise erzählt, ich wollte uns den gestrigen Abend nicht verderben. Dieser Auftrag ist entscheidend für meine Karriere, der Posten eines leitenden Redakteurs will hart erarbeitet sein.

Zwei Wochen können wir uns nicht sehen. Dabei fehlst Du mir schon jetzt! Vermutlich werde ich keine Zeit finden, Dich anzurufen. Es gilt, viele Menschen zu befragen. Ich kann es kaum erwarten, Dich wieder in die Arme zu schließen. Ich küsse Dich auf die Stirn, die Nase, den Mund und all die anderen Stellen, die mich in der Nacht so verzückt haben.

Au revoir, Schönste der Nacht!
Dein Jean-Luc

Wenn doch nur dieses Brummen im Kopf aufhören würde! Immer wieder las Célestine die Zeilen, bis sie endlich begriffen hatte. Nach nur wenigen Stunden gemeinsamen Glücks war der Geliebte in der Morgendämmerung gegangen, ohne dass sie etwas bemerkt hatte. Er hatte ihr nichts von seinem Auftrag erzählt, weil er sie nicht traurig machen wollte. Dennoch blutete ihr Herz, und sie konnte die Tränen nicht zurückdrängen. Die Sehnsucht nach den Umarmungen der letzten Stunden war übermächtig.

Da ihre Freundin Marie zurzeit mit ihrem aktuellen Verehrer beschäftigt war, beschloss Célestine, sich durch Arbeit von ihrem Kummer abzulenken und auf die baldige Rückkehr des Patrons zu hoffen, damit wieder die alltägliche Routine in der Rue Royale einkehrte.

Doch zuerst wollte sie sich einen starken Kaffee brühen, um das unangenehme Gefühl in ihrem Kopf zu vertreiben.

Kapitel 27

Am Tag seiner Rückkehr bereitete Célestine für Monsieur Dior Muschelsuppe, Schweinekotelett und Zimtpfannkuchen zu.

»Ich habe Ihre Küche vermisst, Mademoiselle Dufour«, gestand der Patron und genehmigte sich von allem eine zweite Portion. Allerdings schien er während seiner Abwesenheit keineswegs gehungert zu haben, denn sein Jackett spannte deutlich sichtbar über dem Bauch.

»Bestimmt sind Sie mit vielen wunderbaren Entwürfen nach Paris zurückgekommen, Monsieur Dior. Ich weiß, dass in den Ateliers alle schon ungeduldig darauf warten, endlich mit der neuen Kollektion zu beginnen.«

»Ach, wenn Sie wüssten, wie schwer mir das Entwerfen gefallen ist! Von Kollektion zu Kollektion wird es schlimmer. Jede Saison erwarten die Kundinnen etwas Neuartiges, das die vorherige Kollektion in den Schatten stellt.« Ganz in sich zusammengesunken saß der Patron auf seinem Stuhl da und schüttelte traurig den Kopf. Er wirkte bekümmert und müde. Doch dann, wie so häufig, änderte sich von einer Sekunde auf die andere seine Miene. Energisch richtete er sich auf, straffte die Schultern, und in seine Augen trat ein sanfter Glanz.

»Auch wenn meine Zeichnungen nichts als schlichte Bleistiftstriche sind, weiß ich doch um die Fähigkeit meiner Mitarbeiter. Madame Marguerite Carré kreiert aus den Skizzen Schnitte. Gemeinsam suchen wir Stoffe, Knöpfe und Gürtel aus, und meine Näherinnen erschaffen Kleider, Mäntel und Kostüme. Irgendwann werden diese Kleider das Haus Dior verlassen, weil eine Kundin daran Gefallen gefunden hat. Das ist der Augenblick, in dem meine Entwürfe tatsächlich zum Leben erweckt werden. Und dann weiß ich, dass ich mir keinen schöneren Beruf hätte aussuchen können.«

Kaum hatte Célestine die Boutique in der Avenue Montaigne betreten, als ihr auffiel, dass an diesem Morgen etwas anders war. Etwas lag in der Luft, das sie weder sehen noch hören oder riechen konnte und das dennoch die Atmosphäre in Vibrationen versetzte. In der Lohnabteilung reagierten die Angestellten ungewohnt einsilbig. Alle wirkten bedrückt. Sogar Chantal, die schwarzäugige Algerierin, die nie mit Kritik an sich hielt und andere gern ihre Geringschätzung spüren ließ, sagte kein einziges Wort.

Beim Hinuntergehen vernahm Célestine im Treppenhaus aufgeregte Stimmen. Sie kamen aus dem Großen Salon, wo offenbar gerade eine Versammlung der Mitarbeiter stattfand.

Und dann scholl die Stimme des Patrons durch das Haus, so laut, wie sie sie nie zuvor gehört hatte, und sie vernahm darin Zorn und bittere Enttäuschung.

»Ich frage Sie: Wie konnte das geschehen? Bis zum Tag der Premierenschau muss eine neue Kollektion ein Geheimnis bleiben – das ist ein ehernes Gesetz unserer Branche. Jeder von Ihnen hat sich bei seiner Einstellung schriftlich verpflichtet, über Details seiner Tätigkeit Stillschweigen zu wahren. Und jetzt dieser ungeheuerliche Vorgang!«

Durch die offen stehende Tür sah Célestine, wie der Patron aufgebracht vor seinen Mitarbeitern hin und her lief, während er die Hände hinter dem Rücken verschränkt hatte. Sein sonst so blasses Gesicht erinnerte an einen gekochten Hummer. Die Worte, die eine Angestellte entgegnete, konnte Célestine nicht verstehen.

Die Stimme des Patrons überschlug sich. »Dieser Vorfall kann nicht nur den Ruf des Hauses Dior ruinieren. Er kann auch dessen Untergang bedeuten und jeden von Ihnen um seine Existenz bringen!«

Madame Luling und Madame Bricard traten auf den Patron zu und redeten beruhigend auf ihn ein. Entschlossen fassten sie ihn am Arm und führten ihn in sein Büro.

»Gehen Sie alle an die Arbeit!«, befahl Madame Zehnacker. »Und halten Sie sich bereit für die Befragung durch die Polizei. Keiner der Anwesenden verlässt das Haus.«

Schweigend und mit gesenkten Köpfen verließen die Angestellten in ihren weißen Kitteln den Großen Salon. Da entdeckte Célestine ihre Freundin Amélie und zog sie rasch zur Seite.

»Warum ist der Patron so aufgebracht? Was ist geschehen?«

»Es ist so schrecklich.« Amélie war den Tränen nahe. Ihre Worte kamen stockend und im Flüsterton heraus. »Jemand muss in den Magazinraum eingedrungen sein. Heute Morgen stellte ein Lehrling aus dem Atelier Odette fest, dass mehr als die Hälfte der Skizzen für die Tages- und Nachmittagskleider fehlt.«

Célestine schlug sich mit der Hand auf den Mund. »Das bedeutet … Jemand könnte nach den Skizzen des Patrons Kleider anfertigen lassen und diese Entwürfe als seine eigenen ausgeben. Und was jetzt?«

Amélie hob Schultern. »Niemand kann genau sagen, wann die Skizzen verschwunden sind. Der Patron hatte sie schon vor seiner Abreise fertiggestellt und in den Magazinschrank legen lassen. Hoffen wir, dass nichts geschieht, was dem Haus Dior schaden könnte! Und dass keiner von uns seine Arbeit verliert.«

Die Befragung durch die Polizei sollte den ganzen Tag über dauern, da nahezu zweihundert Angestellte ihre Aussagen machen mussten. Schon nach wenigen Minuten konnte Célestine gehen, nachdem sie den Gendarmen erklärt hatte, dass sie Hausdame in der Privatwohnung Monsieur Diors in der Rue Royale sei und zu den Abläufen in den Ateliers nichts sagen könne.

In der Boutique im Erdgeschoss, in der die neuesten Handschuhe, Halstücher, Gürtel und Strumpfbänder in raffiniert ausgeleuchteten Vitrinen präsentiert wurden, traf sie auf Madame Zehnacker. Die sanften meerwasserblauen Augen milderten ihre resolute Erscheinung.

»Mademoiselle Célestine, gut, dass ich Sie treffe. Unser Freund ist außer sich. Verständlicherweise. Er braucht dringend Abwechslung. Kochen Sie heute bitte für zwei! Monsieur Jacques wird zum Abendessen kommen.«

Als Monsieur Dior sie mit dem Gast bekannt machte, stutzte Célestine, glaubte sie doch, Monsieur Jacques schon einmal bewirtet zu haben. Doch dieser Herr gleichen Namens sah völlig anders aus. Er war groß, kräftig und trug einen roten Kinnbart. Das volle Haar endete eine Handbreit unter den Ohren, wie es bei Männern in Künstlerkreisen hundert Jahre zuvor in Mode gewesen war.

Allerdings war Jacques ein häufiger Vorname, versuchte Célestine eine Erklärung und strahlte vor Freude, als ihr der Gast nach dem Essen ein Kompliment über ihre Kochkünste machte.

Noch immer gab es keine Erklärung für den Diebstahl im Magazinraum, auch hatte die Polizei keine Einbruchspuren festgestellt. Auf Anweisung des Patrons wurden sämtliche

Türschlösser in der Avenue Montaigne ausgetauscht, und von Amélie erfuhr Célestine, dass in den Ateliers die Stimmung immer noch äußerst gedrückt war. Man vermutete den Dieb in den eigenen Reihen, jeder verdächtigte jeden. Auch sie selbst hatte sich gegen den Vorwurf wehren müssen, im Magazinraum auffallend oft nach früheren Entwürfen gesucht zu haben.

Bis zur bevorstehenden Präsentation würde der Patron keinesfalls Hunderte von Zeichnungen neu anfertigen können. Glücklicherweise hatte der Dieb etwa ein Viertel der Skizzen zurückgelassen, so dass die Kollektion der Tages- und Nachmittagskleider für die neue Saison dank des Erfindungsreichtums der Näherinnen ungefährdet war. Denn diese Künstlerinnen mit Nadel, Faden und Maßband variierten die noch vorhandenen Entwürfe durch verschiedenartig gestaltete Ausschnitte, durch Änderungen der Nahtführungen oder durch die Wahl unterschiedlicher Materialien bei Knöpfen und Gürteln.

Doch Monsieur Dior blieb in der nächsten Zeit von sichtlicher Rastlosigkeit erfasst. Wenn er nach Hause kam, lief er unentschlossen durch die Wohnung, suchte wahllos Zeitschriften aus dem Archiv heraus oder rauchte eine Zigarette nach der anderen. Lediglich die Anwesenheit von Monsieur Jacques, der mehrere Abende hintereinander sein Gast war und bis zum folgenden Morgen blieb, schien ihn zu besänftigen.

Aber auch Célestine war von einer inneren Unruhe erfüllt. Hätte Jean-Luc nicht längst aus Lyon zurück sein müssen? Warum hatte er ihr keine Nachricht zukommen lassen? Seit ihrer gemeinsamen Liebesnacht vor mehr als zwei Wochen hatte sie kein Lebenszeichen von ihm erhalten. Bedeuteten ihm diese Stunden voller Innigkeit und Leidenschaft denn gar nichts?

Oder war er vielleicht krank geworden? Ob ihm in Lyon womöglich etwas zugestoßen war? Der Strafprozess, über den er berichten sollte, war ein politisch brisantes Thema. Die Bürger, die während der Kriegsjahre im Untergrund Widerstand gegen das Naziregime organisiert hatten, waren erklärte Feinde derer, die die deutschen Besatzer unterstützt hatten. Wie auch umgekehrt. Hass und Verachtung hatten sich tief in die Seelen der Franzosen gegraben, oftmals waren ein Dorf, eine Straße oder sogar eine Familie in unversöhnliche Lager gespalten.

Doch wann und wo auch immer das Gespräch auf die jüngste Vergangenheit kam, entzog sich Célestine jeglicher Diskussion und suchte übereilt die Flucht. Immer, wenn ihr ein Zeitungsbericht über diese unheilvolle Zeit in die Hände fiel, legte sie ihn zitternd beiseite. Der Krieg hatte ihr den geliebten Vater und ihren besten Freund, den Bruder, genommen, sie wollte nichts mehr davon hören. Wollte die Wunden nicht von Neuem aufreißen lassen.

Als Célestine eines Morgens im *Figaro* eine Reportage über eine neue Autofabrik im Norden von Paris entdeckte, die mit dem Kürzel *JLP* abschloss, hielt sie es nicht länger aus. Er war also zurück in der Stadt! Aus dem Telefonbuch suchte sie die Nummer des Verlags heraus und ließ sich von der Zentrale mit der Hauptstadtredaktion verbinden. Der Patron hatte ihr gestattet, jederzeit auch private Telefongespräche von seinem Apparat aus zu führen.

»Monsieur Pellier möchten Sie sprechen?«, vernahm sie eine junge, fröhliche Frauenstimme am Apparat. »Warten Sie einen Augenblick! Ich rufe ihn.«

Célestine fiel ein Stein vom Herzen, als sie die Stimme hörte, nach der sie sich so verzehrt hatte. »*Chérie*, welche Überraschung! Wie geht es dir? Es tut mir leid, ich hatte noch keine Zeit, mich bei dir zu melden. Seit meiner Rückkehr aus Lyon habe ich in der Redaktion viel aufzuarbeiten.«

Täuschte sie sich, oder klang seine Stimme teilnahmslos? »Jean-Luc, Liebster, ich habe mir Sorgen gemacht, weil ich so lange nichts von dir gehört habe. Ich habe dich so vermisst.«

»Ich dich auch.«

Glücklich lächelnd presste sie den Hörer dicht ans Ohr, als könne sie den Freund auf diese Weise ganz nah zu sich heranziehen. Wie konnte sie nur so egoistisch sein? Natürlich stand seine Arbeit an erster Stelle. Schließlich ging es um seine Karriere und um ihre gemeinsame Zukunft.

Und dann strömte aus ihr heraus, was sie seit Tagen bewegte und was ihn, den Journalisten, sicher nicht weniger berühren würde. Zwar hatte Monsieur Dior mit der Polizei vereinbart, dass keinerlei Informationen über den Diebstahl an die Presse gelangen sollten. Er wollte jede negative Schlagzeile über sein Haus vermeiden. Sicherlich durfte sie Jean-Luc davon berichten – ihrem Freund Jean-Luc, nicht dem Journalisten. »Stell dir vor, Liebster, in der Avenue Montaigne sind Skizzen für die neue Kollektion gestohlen worden. Wir alle sind schockiert.«

»Tatsächlich? Ich habe mich oft gefragt, wie jemand mit ein paar Bleistiftstrichen so viel Geld verdienen kann.«

Zunächst glaubte Célestine, sich verhört zu haben. Sie schluckte, aber diese Bemerkung konnte sie nicht unwidersprochen hinnehmen. »Wie kannst du so etwas sagen? Monsieur Dior ist der bedeutendste Couturier Frankreichs. Menschen in der ganzen Welt schätzen seine Arbeit. Er ist ein Genie, ein wunderbarer Mensch …«

»Ich habe doch nur einen Scherz gemacht«, unterbrach Jean-Luc sie.

Erleichtert atmete sie auf. Wieso hatte sie das nicht gleich bemerkt? »Entschuldige, Liebster. Wie dumm von mir … Hast du eigentlich schon einen Termin mit dem Lektor vereinbart? Ich bin so gespannt.«

»Weißt du, Célestine, ich habe mir erlaubt, vorab das Manuskript zu lesen. Lass uns darüber reden! Du musst einiges umschreiben.«

Ihr Blick fiel in den Spiegel über dem Kaminsims. Sie sah eine rothaarige junge Frau mit weit aufgerissenen Augen, als wäre sie soeben einem Gespenst begegnet. »Aber wieso denn?«

»Weil … weil heutzutage keiner mehr von armen Waisenmädchen und reichen Grafen lesen möchte.«

Célestine zog einen Stuhl heran und ließ sich matt darauf niedersinken. In ihrer Geschichte kam weder ein Waisenmädchen noch ein Graf vor. Verwechselte er etwas? Oder … hatte er das Manuskript überhaupt nicht gelesen? Ihr Hals war wie zugeschnürt. »Wann kann ich dich sehen?«, krächzte sie in den Hörer.

»Ich muss jetzt in eine Konferenz. Wir sehen uns Freitag um sechs im *Chevilly*.«

Noch bevor sie sich von ihm verabschieden konnte, hatte er schon aufgelegt.

Reglos blieb Célestine auf dem Stuhl sitzen. Der Mann, mit dem sie gerade gesprochen hatte, hatte so gar nicht wie jener geklungen, der zwei Wochen zuvor ihr Herz und ihren Körper in Aufregung versetzt hatte. Was war geschehen? Bis Freitag waren es noch drei Tage. Wie sollte sie die Ungewissheit, die ihr ganzes Denken und Fühlen lähmte, so lange ertragen?

Kapitel 28

Célestine saß an ihrem Stammplatz im *Chevilly* und schaute nervös auf die Armbanduhr. Nur hin und wieder nippte sie an ihrem Glas Wasser mit Pastis. So elend wie in diesem Augenblick hatte sie sich schon lange nicht mehr gefühlt. Wo blieb Jean-Luc? Irgendetwas stimmte nicht. Um Viertel vor sieben trat der Wirt an ihren Tisch und zuckte bedauernd mit den Achseln.

»Ihr Freund hat soeben angerufen, Mademoiselle Célestine, er lässt sich entschuldigen. Er sagt, er habe noch einen wichtigen Artikel zu schreiben.«

Wortlos erhob sich Célestine und legte eine Münze auf den Tisch. Wie von selbst setzten ihre Füße sich in Bewegung. Als sie hinaus ins Freie trat, liefen ihr Tränen der Verzweiflung über die Wangen.

Warum mied er sie? Was hatte sie getan – außer ihm ihre Liebe zu schenken?

Marie nahm die Freundin in den Arm und strich ihr tröstend über das Haar. »Ganz sicher gibt es eine plausible Erklärung für all diese Merkwürdigkeiten. Ich vermute, Jean-Luc hat plötzlich Angst vor der eigenen Courage bekommen. Er ist noch nicht bereit für eine Heirat. So etwas gibt es bei Männern häufiger als man denkt. Du musst ihm Zeit lassen.«

Bekümmert schüttelte Célestine den Kopf. »Nein, das glaube ich nicht. Irgendetwas ist geschehen. Wenn ich nur wüsste, was es sein könnte.«

»Das sind alles nur Vermutungen. Hab Geduld, in der Tiefe seines Herzens weiß Jean-Luc, was er an dir hat. Und wenn nicht …« Sie hob die Schultern und machte eine wegwerfende Geste. »In Paris gibt es so viele andere gut aussehende und interessante Männer. Auf einen kleinen Schreiberling wie ihn bist du nicht angewiesen.«

»Wie kannst du so etwas sagen?«, empörte sich Célestine. »Ich dachte, wir sind Freundinnen.« Unvermittelt sprang sie von ihrem Stuhl auf und griff nach dem Mantel. Grußlos rauschte sie aus Maries Wohnung.

Bestimmt würde Jean-Luc sich morgen bei ihr melden und um Verzeihung bitten, weil er sie so lange hatte warten lassen, sprach sie sich selbst Mut zu. Sie kannte ihn doch gut genug! Und hatte er sie nicht an ihrem letzten Abend deutlich spüren lassen, wie viel sie ihm bedeutete?

Bleich und mit starrer Miene trat Monsieur Dior nach der Morgenlektüre in den Salon und hielt eine Tageszeitung unter den Arm geklemmt. Er wankte zum Sofa neben dem Kaminsims und ließ sich ächzend darauf nieder.

»Ist Ihnen nicht wohl, Monsieur Dior?«, fragte Célestine besorgt.

Er hielt ihr die Zeitung entgegen. »Lesen Sie selbst.«

Hastig blätterte Célestine durch die Seiten, bis sie zum Feuilleton kam. Und dann wurde auch sie bleich, ihre Unterlippe zitterte. Tonlos las sie die Überschrift. *Wie steht es um die Zukunft der französischen Modeindustrie? – Der amerikanische Modeschöpfer Aram McCormick feiert mit einer Aufsehen erregenden Kollektion Triumphe.*

Beim Weiterlesen merkte Célestine, wie ihr heiß und dann wieder kalt wurde. Aufgeregt deutete sie auf die Fotos. »Monsieur Dior, auf den Bildern kann man es ganz deutlich erkennen. Das sind die Entwürfe, die Sie für Ihre neue Frühjahrskollektion gezeichnet haben. Die *Vertikallinie*.«

Gequält verzog der Patron das Gesicht. »Heute mache ich eine Ausnahme und gewähre dem Couturier Dior Einlass in meine Privatwohnung. Sie haben recht, Mademoiselle Dufour, es ist meine Linie. Die Kleider müssen nach den gestohlenen Skizzen gefertigt worden sein. Ich wage mir nicht auszumalen, welche Folgen das für mein Haus haben wird. In einer Woche findet die Premierenschau statt. Die Kundinnen werden mir davonlaufen. Sie müssen annehmen, dass ich etwas nachahme, was ein anderer vor mir erdacht hat.«

»Das tut mir leid, Monsieur Dior. Doch meinen Sie nicht, dass die Kundinnen weiterhin an die Qualität der Marke Dior glauben? Weil sie wissen, mit welcher Sorgfalt Ihre Kleider gefertigt sind. Bestimmt wird dieser Zeitungsartikel bald vergessen sein. Keine Französin interessiert sich für das, was in Amerika passiert.«

Schwer atmend erhob sich der Patron und griff nach ihrer Hand. »Mademoiselle Dufour, Sie kennen nicht die Launenhaftigkeit der Käuferinnen. Diese Frauen fordern ständig etwas Außergewöhnliches, Einzigartiges. Und sie wollen die Ersten sein, die es besitzen. Nur dann sind sie bereit, die Preise zu zahlen, die ich fordere. Die ich fordern muss, um die Arbeit meiner Näherinnen angemessen zu bezahlen. Und weil auch meine Stoff- und Zubehörlieferanten so viel verdienen müssen, dass sie mir weiterhin nur erstklassige Qualität liefern können.«

Célestine legte alle Überzeugungskraft, deren sie fähig war, in ihre Worte. »Sie sind der berühmteste Modeschöpfer der Welt. Ihr Name steht für weibliche Schönheit, Anmut und Eleganz. Jede Frau träumt davon, ein Kleid von Ihnen zu tragen.«

»Hoffentlich haben Sie recht.« Unerwartet reckte der Patron energisch das Kinn vor. »Und jetzt geht der Couturier Dior in die Avenue Montaigne zu seinen Angestellten, um ihnen Zuversicht zu vermitteln. Auch wenn er sie selbst gar nicht empfindet.«

Kapitel 29

Célestine konnte sich kaum auf ihre Arbeit konzentrieren. Immer wieder ging ihr der Zeitungsartikel durch den Kopf.

Gegen Mittag meldete sich Madame Raymonde Zehnacker am Telefon. »Mademoiselle Célestine, Sie wissen, unser Freund befindet sich in einer Krise. Bitte suchen Sie für heute etwas besonders Schmackhaftes für das Abendessen aus. Die Anwesenheit von Monsieur Jacques wird den Patron hoffentlich auf andere Gedanken bringen. Übrigens, ich würde gern etwas unter vier Augen mit Ihnen besprechen«, fuhr sie nach einer kurzen Pause fort. »Können Sie morgen um elf Uhr in die Avenue Montaigne kommen? Wir treffen uns in der *Kleiderkammer der Zurückgewiesenen und Unvollendeten,* dort sind wir ungestört.«

Beim Zubereiten der Entenpastete mit Trüffeln schwirrte Célestine der Kopf. Was für ein seltsamer Tag! Der Patron fürchtete um den Fortbestand seines Hauses, sie selbst war der Verzweiflung nahe, weil Jean-Luc sich nicht mehr bei ihr gemeldet hatte. Und nun dieser rätselhafte Anruf von

Madame Zehnacker. Die Welt, in der sie es sich so komfortabel eingerichtet hatte, schien plötzlich aus den Fugen zu geraten.

Als der Patron sie bei seiner Heimkehr mit seinem Gast bekannt machte, sah Célestine sich einem schwarzhaarigen, mittelgroßen Mann mit einem schmalen Oberlippenbart gegenüber. Er sprach mit russischem Akzent und begrüßte sie mit einem formvollendeten Handkuss. Und sie fragte sich, ob Monsieur Dior wohl eine Vorliebe für den Vornamen Jacques hatte und ob auch dieser Besucher, wie schon seine gleichnamigen Vorgänger, in den Privatgemächern des Patrons nächtigen würde.

Kaum hatte Célestine die Kleiderkammer betreten, die von Saison zu Saison voller wurde, da kam auch schon Madame Zehnacker zur Tür herein. Zu dem für sie typischen schwarzen Seidenensemble, das ihre ausgesprochen kurvige Figur sehr vorteilhaft in Szene setzte, trug sie eine Kette mit einem Topasanhänger, der die Farbe ihrer leuchtend blauen Augen akzentuierte.

»Danke, dass Sie gekommen sind, Mademoiselle Célestine. Hinsetzen können wir uns leider nirgends, aber dies hier ist der einzige Raum, in dem wir nicht zu befürchten brauchen, von fremden Ohren belauscht zu werden. Sie wissen ja, vor einer Premiere geht es in diesem Haus wie in einem Taubenschlag zu. Obwohl man diesmal wohl von einem Irrenhaus sprechen müsste.« Sie hielt einen Moment inne und strich gedankenverloren über den in Roségold gefassten Edelstein an ihrer Kette. Dann räusperte sie sich. »Wir beide wissen, in welch katastrophaler Gemütsverfassung sich der Patron befindet. Er muss schnellstmöglich seine innere Balance wiederfinden, ohne die kann er nicht arbeiten. Deshalb habe ich gestern Monsieur Jacques in die Rue Royale gebeten.«

Célestine nickte. »Ein sehr zuvorkommender Gast. Allerdings durfte ich bereits zwei weitere Herren gleichen Namens kennenlernen. Dieser Vorname ist recht häufig, nicht wahr?«

»Nun, Monsieur Dior ist ein Mann von äußerster Diskretion, wie Sie wissen. Deswegen gibt er allen seinen Besuchern diesen Allerweltsnamen. Ihr wirklicher Name tut nichts zur Sache. Dann haben Sie also die spezielle Neigung des Patrons längst durchschaut?«

»Ich verstehe nicht recht ...« Célestine fragte sich, was diese nebulösen Bemerkungen zu bedeuten hatten.

»Dann will ich ganz offen reden, Mademoiselle Célestine. Der Patron liebt nun einmal Männer. Und er fühlt sich oftmals unverstanden und einsam.«

Célestine stockte der Atem, dann aber schüttelte sie energisch den Kopf. Nein, das war völlig ausgeschlossen! Allerdings fragte sie sich, welchen Grund Madame Zehnacker haben könnte, ihr ein Ammenmärchen aufzutischen.

Sie schluckte und suchte nach Worten. »Nein, ich wusste nicht… ahnte nicht…«

Madame Zehnacker machte einen Schritt auf sie zu und legte ihr beschwichtigend eine Hand auf den Arm. »Sie sind in der Provinz aufgewachsen, nicht wahr? Nun, man sollte einen Menschen wegen seiner Vorlieben in der Liebe nicht verachten, Mademoiselle Célestine. Die menschliche Natur ist vielfältiger, als sich manche von uns vorstellen. In den Phasen, in denen der Patron glaubt, jegliche Kreativität verloren zu haben, braucht er menschliche Nähe mehr denn je. So wie jetzt, zumal er überzeugt ist, endlich die Liebe seines Lebens gefunden zu haben. Ich möchte Sie bitten, diese Information für sich zu behalten. Indem wir diskret vorgehen, schützen wir nicht nur den Patron, sondern auch seine Angestellten und sein ganzes Modehaus.«

Allmählich begriff Célestine, und in dieses neue Wissen mischte sich große Verständnislosigkeit. Dass Männer sich für ihresgleichen interessierten, davon hatte sie früher einmal gehört, hinter vorgehaltener Hand und im Flüsterton.

Und dann stiegen vage Erinnerungen in ihr hoch. An einen jungen Postzusteller in Genêts, der von allen Mädchen im Dorf angehimmelt wurde und der eines Tages mit eingeschlagenem Schädel am Strand gefunden wurde. Man tuschelte und munkelte, er sei »verkehrt herum« gewesen und eine Gefahr für alle Jungen im Dorf. Glücklicherweise jedoch habe ein Landsmann seine Pflicht als aufrechter Bürger getan und weiteres Unheil verhindert, so hieß es. Kurz darauf wurde der Gemeindepolizist wegen besonderer Verdienste für einen hohen Posten an die Polizeipräfektur in Granville berufen. In diesem Moment begann Célestine zu ahnen, dass damals ein Mörder nicht nur geschützt, sondern sogar befördert worden war – mit dem Wissen eines ganzen Dorfes. Wie konnte man einem Menschen Gewalt antun, nur weil er auf andere Art und Weise liebte? Schockiert schwor sie sich, alles zu tun, was nötig wäre, um Diors Geheimnis zu wahren.

»Wir müssen alles tun, um den Patron bei seinem Schaffensprozess zu unterstützen«, unterbrach Madame Zehnacker ihre Gedanken. »Wenn Sie mich jetzt entschuldigen wollen. Ich muss dringend zur Anprobe der Cocktailkleider.« Und dann war die Directrice auch schon zur Tür hinaus.

Noch aufgewühlt von den Worten Madame Zehnackers machte Célestine sich auf den Heimweg und brühte sich zunächst einmal einen starken Kaffee auf. Erst jetzt wurde sie sich über die Rolle der verschiedenen Besucher namens Jacques klar. Diese Männer waren gekommen, um dem Patron seine innere Ausgewogenheit zurückzugeben. Warum konnte ein Mann wie Monsieur Dior wohl keine Frauen lieben?, fragte sie sich.

Doch stimmte das überhaupt? Betete der Patron die Frauen nicht geradezu an? Würde er sie sonst so anmutig und verführerisch kleiden? Es waren die Frauen, die ihn zu seiner Mode inspirierten. Für sie entwarf er zweimal im Jahr eine neue Kollektion, arbeitete er Tag und Nacht, zweifelte an sich, quälte sich, verwarf und zeichnete neu.

Und – gab es nicht auch Frauen, die Frauen liebten? So jedenfalls hatte sie die Klassenkameradinnen, die begierig die Bücher der Schriftstellerin Colette gelesen und sich über deren unkonventionellen Lebensstil ausgetauscht hatten, flüstern hören. Selbst wenn der Gedanke, dass ein Mann mit Männern zusammen war, fremd für Célestine war, änderte das nichts an ihrer Beziehung zu Dior, an ihrem Respekt vor ihm und seiner einmaligen künstlerischen Begabung.

Ganz gegen ihre Gewohnheit brühte Célestine sich eine zweite Tasse Kaffee auf. Schwarz und stark und mit viel Zucker, wie sie ihn sonst nie trank. Doch sie wollte hellwach sein und in ihrer Gedankenkette, die sich jetzt wieder um Jean-Luc drehte, nichts übersehen. Was war geschehen während ihrer gemeinsamen Nacht?

Am Abend hatte er ihr zum Essen wiederholt Wein nachgeschenkt, und am Morgen war sie mit einem Brummschädel aufgewacht. In der Zwischenzeit hatte sie tief und fest geschlafen und nicht bemerkt, wie der Freund die Wohnung verlassen hatte. Was hatten seine abschätzigen Worte über die Skizzen des Patrons zu bedeuten? Er hatte doch sonst immer mit Respekt von ihrem Dienstherrn gesprochen. Und warum hatte er sie wegen ihres Romanmanuskriptes angelogen? Bedeuteten ihm die zärtlichen Stunden, die sie erlebt hatten, denn gar nichts? War womöglich eine andere Frau im Spiel?

Sie musste endlich Klarheit gewinnen und mit ihm von Angesicht zu Angesicht reden.

Kapitel 30

Nachdem der Patron sich mit dem schwarzhaarigen Monsieur Jacques in seine Privaträume zurückgezogen hatte, hatte Célestine einen Einfall. Sie zog Mantel und Schal an und machte sich auf den Weg in die Rue Cambon. Eine innere Stimme riet ihr, den Freund im *Chevilly*, ihrem Stammbistro, zu suchen. Als sie vor dem Lokal stand und durch die Glasscheibe in der Tür spähte, wusste sie, dass sie mit ihrer Intuition richtig gelegen hatte. Jean-Luc stand an der Theke, umgeben von etwa einem Dutzend männlicher Gäste. Sie lachten und prosteten einander zu. Irritiert stellte Célestine fest, dass er einen neuen anthrazitfarbenen Anzug trug, der – das bemerkte ihr mittlerweile geschultes Auge sofort – maßgeschneidert war. Wie angewurzelt blieb sie stehen, unfähig, sich zu rühren. Ein älterer Mann mit Baskenmütze und kariertem Schal, den sie schon häufiger am Tresen gesehen hatte, trat aus dem Lokal heraus und grinste sie breit an.

»*Bonsoir*, Mademoiselle. Ihr Freund hat wohl eine Erbschaft gemacht, wie? Eine Lokalrunde nach der nächsten gibt er aus. Und sein neuer Anzug …« – mit Daumen und

Zeigefinger formte er einen Kreis und stieß einen anerkennenden Pfiff aus – »… allerfeinster Zwirn. Dann feiern Sie noch recht schön. *À bientôt!*«

Célestine hielt es nicht länger aus. Unverzüglich betrat sie das Lokal, eilte zum Tresen und tippte Jean-Luc von hinten auf die Schulter. Er wandte sich um und setzte ein schiefes Grinsen auf.

»Célestine, *chérie*, was willst du denn hier?«

Grölend erhoben die Männer das Glas und prosteten ihr zu. »Ich glaube, wir haben ein Wörtchen miteinander zu reden.«

»Aber es ist gerade so lustig hier.« Er blickte sie aus glasigen Augen an.

»Du kommst auf der Stelle mit«, sagte sie und zog ihn am Ärmel zur Tür. Jean-Luc stolperte hinter ihr her und schnappte sich Mantel und Hut vom Garderobenständer. Auch diese Kleidungsstücke waren neu und von bester Qualität, wie Célestine feststellte.

»He, Kamerad!«, röhrte einer der Männer hinter ihm her, »Gibst du uns noch eine Runde aus?«

Draußen auf der Straße warf Jean-Luc sich den Mantel über die Schulter und setzte den Hut verkehrt herum auf.

»Du bist eine Spielverderberin«, maulte er mit schwerer Zunge. Doch Célestine war viel zu erbost, um auf diese Bemerkung einzugehen. Noch immer hielt sie ihn am Ärmel fest und zerrte ihn über die Rue du Faubourg Saint-Honoré zur Place Vendôme. Sie ließen sich auf einer Bank zu Füßen der Siegessäule nieder, die an die Schlacht bei Austerlitz im Jahr 1805 erinnerte, in der die Armee Kaiser Napoleons des Ersten die Österreicher und Russen besiegt hatte.

»Kannst du mir erklären, was hier vor sich geht?«, fragte sie lauter, als sie beabsichtigt hatte. »Erst meldest du dich nicht bei mir, dann versetzt du mich im *Chevilly* ... Du trägst einen maßgeschneiderten Anzug, Hut und Mantel sind ebenfalls neu. Wildfremden Menschen gibst du eine Lokalrunde nach der anderen aus ... Sonst warst du immer sparsam. Wenn du mit mir ausgegangen bist, dann nur zu Veranstaltungen, für die du die Karten von deiner Redaktion umsonst erhalten hast. Woher hast du plötzlich das viele Geld?«

Jean-Luc hob mahnend den Finger und setzte eine gewichtige Miene auf. »Du sprichst mit dem künftigen Leiter der Hauptstadtredaktion des *Figaro*. Ich habe mir einen kleinen Vorschuss auf meinen künftigen Verdienst bewilligt.« Er beugte sich vor, und Célestine waberte eine kräftige Schnapsfahne ins Gesicht. Angewidert stieß sie ihn von sich.

»Du hast zu viel getrunken ...«

»Hast du sonst noch was einzuwenden?« Jean-Luc lehnte sich lässig zurück und schlug die Beine übereinander.

»Ich habe eine Frage. Hast du tatsächlich mein Romanmanuskript gelesen?«

»Selbstverständlich habe ich das. Allerdings kam mir der Text reichlich ... dilettantisch vor.«

Sie rang nach Luft und schüttelte verstört den Kopf. Drüben, auf der anderen Straßenseite, erstrahlte in fast taghellem Licht die imposante Fassade des Ritz, das als eines der exklusivsten Hotels der Stadt galt. Fortwährend hielten Taxifahrer vor dem Eingang an, ließen Gäste in mondäner Abendkleidung aus- und andere einsteigen. *Und wenn du eines Tages eine bekannte Schriftstellerin bist, feiern wir das in einer Suite im Hotel Ritz.* Hatte sie diese Worte nicht an ihrem gemeinsamen Abend aus seinem Mund vernommen? Wie war es möglich, dass ein Mensch sich innerhalb weniger Tage in sein völliges Gegenteil verwandelte?

»Du hattest am Telefon von einem Waisenmädchen und einem Grafen gesprochen. Beides kommt in meiner Geschichte überhaupt nicht vor.«

Jean-Luc streckte die Beine lang aus, verschränkte die Hände im Nacken und verzog die Lippen. »Tatsächlich? Das habe ich aber so verstanden. Dann hättest du dich wohl präziser ausdrücken müssen.«

Nun verschlug es Célestine vollends die Sprache. Der Mann neben ihr war nicht der Jean-Luc, der sie mit seinem kühnen, freundlichen Auftreten beeindruckt hatte. Mit dem sie Augenblicke voller Verlangen und Leidenschaft erlebt hatte. Wer war er in Wirklichkeit?

Eine alte Frau mit einem weiß gelockten Zwergpudel an der Leine überquerte hinkend den Platz. Am Denkmal angekommen blieb der Hund stehen, beschnupperte ausgiebig den Sockel und hob sein Bein. Schwanzwedelnd lief er auf Célestine zu, schnüffelte an ihrem Knöchel und leckte ihr mit seiner rosigen Zunge über die Schuhspitze. Doch da wurde er schon von seiner Besitzerin energisch weitergezerrt. »Pfui, Robespierre, so etwas tut man nicht.«

Zum wiederholten Mal ließ Célestine den Ablauf jenes Abends Revue passieren. Und dann plötzlich keimte ein schrecklicher Verdacht in ihr auf. Sie zitterte. Konnte es sein, dass …? Aber nein, sagte sie sich, niemals würde Jean-Luc … Dieser Gedanke war einfach zu absurd … Oder etwa doch nicht?

Sie wollte nicht länger im Ungewissen bleiben und entschloss sich zu einer direkten Konfrontation. »Ich verlange eine ehrliche Antwort. Hast du etwas mit dem Diebstahl in der Avenue Montaigne zu tun?«

»Wie kommst du denn darauf?«, bellte er sie an. Jean-Luc versuchte aufzustehen, torkelte und ließ sich krachend auf die Bank zurückfallen.

Célestine spürte, wie sich in ihrem Innern eine gefährliche Mischung aus Wut und Enttäuschung zusammenbraute. »Allzu viele Merkwürdigkeiten sind seit unserem gemeinsamen Abend geschehen. Im Atelier wurden Zeichnungen für die neue Kollektion gestohlen, du vermeidest den Kontakt mit mir, du lügst mich wegen meines Manuskriptes an …«

»Ach, und das reicht aus, um mich zu verdächtigen? Wie soll ich denn deiner Ansicht nach den Diebstahl begangen haben, Mademoiselle *Archiviste*?« Trotzig verschränkte er die Arme vor der Brust und schob angriffslustig das Kinn vor.

Auf diese Frage wusste Célestine keine Antwort. Doch wenn sie die Wahrheit erfahren wollte, musste sie ihn aus der Reserve locken. »Sag du es mir, Jean-Luc … Der Dieb ist nicht ungeschickt vorgegangen, die Polizei hat keinerlei Einbruchspuren entdeckt.«

Er hickste, sein höhnisches Gelächter schallte über den ganzen Platz. »Natürlich nicht! Oder glaubst du, ich wäre so dumm gewesen, Spuren zu hinterlassen?«

Sie wusste nicht, was sie in diesem Moment mehr wünschte. Dass der Himmel über ihr einstürzte oder dass sie abgrundtief im Boden versank. »Dann gibst du es sogar zu.«

Jean-Luc lachte noch lauter, er konnte gar nicht mehr damit aufhören. »Beweise es mir. Aber das kannst du nicht!«

Wie betäubt erhob sie sich und schickte sich an zu gehen.

»Versuch ja nicht, mich bei deinem Dienstherrn anzuschwärzen! Dann weiß er, dass du eine Mitwisserin bist, und wird dich hinauswerfen. Und es ist aus mit deiner feinen Stelle in dieser feinen Wohnung«, rief er ihr hinterher.

So schnell sie konnte rannte sie über die Place Vendôme auf die gegenüberliegende Straßenseite, achtete nicht auf das warnende Hupen der Autofahrer. Beinahe wäre sie in einen Fahrradfahrer hineingelaufen, der ihr auf dem Trottoir entgegenkam. Gleich zwei Stufen auf einmal nahm sie bis zu ihrer Wohnung, und als sie ihr rotes Schlüsseletui in die obere Schublade der Anrichte legte, ahnte sie jäh, wie es sich zugetragen haben musste.

In jener Nacht, als sie nach dem schweren Wein tief und fest schlief, war Jean-Luc mit ihrem Schlüsselbund in die Wohnung von Monsieur Dior eingedrungen. Dort entwendete er die Atelierschlüssel aus dem Arbeitszimmer und eilte in die Avenue Montaigne. Durch einen Hintereingang gelangte er im Schutz der Dunkelheit in sämtliche Räume, auch in den Magazinraum unter dem Dach. Zurück in der Rue Royale, deponierte er die Atelierschlüssel wie auch ihr Schlüsseletui an ihrem angestammten Platz und verschwand unbemerkt mit den Skizzen.

Die verkaufte er entweder direkt, oder auch über einen Mittelsmann, an den amerikanischen Designer Aram McCormick, der vermutlich eine stattliche Summe zahlte und mit den gestohlenen Ideen wiederum die Modewelt erfolgreich täuschte.

Doch warum Jean-Luc dies getan hatte, darauf hatte sie keine Antwort – wollte auch keine haben, denn das hätte nichts an dem Dilemma geändert. Sie wusste nur, dass für sie ein Traum zu Ende gegangen war. Denn am nächsten Tag würde nichts mehr so sein, wie es war.

Kapitel 31

In der Nacht fand Célestine keine Ruhe. Ihre Gedanken drehten sich immerzu im Kreis. Sie hatte sich einem Mann hingegeben, den sie zu lieben glaubte und von dem sie annahm, dass auch er sie liebte. Wie hatte sie sich derartig täuschen können? Sie war ein Kindskopf und besaß keinerlei Menschenkenntnis. Zuerst hatte sie sich in Albert getäuscht – und jetzt in Jean-Luc!

Doch hatte sie kein Recht, zu jammern und sich dafür auch noch zu bemitleiden. Denn weitaus schwerer wog etwas anderes. Sie allein trug die Schuld daran, dass Monsieur Dior in diese katastrophale Lage geraten war. Dass sein Ruf in Gefahr war und ihm womöglich großer finanzieller Schaden drohte. Sie hatte das Vertrauen des Patrons missbraucht und dem Freund Zugang zu dessen Heim gewährt. Diesen Fehler würde Monsieur Dior ihr nie verzeihen. Und schließlich würde es genau so kommen, wie Jean-Luc vorausgesagt hatte. Sie würde ihre Anstellung verlieren.

Obwohl ihr zum Heulen zumute war, wollte sie dennoch keine einzige Träne des Selbstmitleids vergießen. Sie holte ihr ecrufarbenes Briefpapier hervor, setzte sich an den kleinen Esstisch und begann zu schreiben.

Verehrter Monsieur Dior!
Für das Unglück, das sich über dem Haus Dior zusammenzubrauen droht, trage allein ich die Verantwortung – dass die Zeichnungen gestohlen wurden und nach Amerika gelangen konnten, ist einzig meine Schuld. Denn während Sie auf Ihrem Landsitz weilten, habe ich einem Menschen, dem ich zutiefst vertraut habe, Zutritt zu Ihrem Zuhause gewährt.

Mir ist bewusst, dass ich niemals einen Fremden in Ihre Wohnung hätte einlassen dürfen. Aber weil mir dieser Mensch zum damaligen Zeitpunkt sehr nahestand, habe ich ihn nicht als Fremden empfunden.

Ich schäme mich unendlich und wage nicht, Sie um Verzeihung zu bitten. Doch bitte glauben Sie mir: Das alles habe ich nicht gewollt. Natürlich kann ich nicht mehr für Sie arbeiten.

Ihre Célestine Dufour

In aller Eile zog sie den Koffer unter dem Bett hervor und packte ihre persönliche Kleidung und ihre Bücher hinein. Ein letztes Mal berührte sie mit den Fingerkuppen die Couture-Kleider, die Amélie für sie maßgeschneidert hatte. Zwei Kleider aus der *Glockenblumenlinie* und jeweils eins aus den Linien *Zig-Zag, Ailée, Trompe-l'œil* und *Milieu du siècle*. Diese exklusiven Kleider empfand sie nicht als ihr Eigentum, sie würde sie hierlassen. Sie waren ihr lediglich als Dienstkleidung zur Verfügung gestellt worden. Noch einmal las sie ihre Zeilen, dann faltete sie den Bogen und steckte ihn in einen Umschlag.

Charles verzog keine Miene, als Célestine an der Wohnungstür im dritten Stockwerk läutete. Sie überreichte dem Butler Brief und Schlüsseletui und bat ihn, Monsieur Dior beides bei seiner Rückkehr auszuhändigen.

Als sie auf die Straße trat, ließ ein scharfer Wind sie frösteln. Der Himmel hatte sich verdunkelt, es sah nach Regen aus. In der einen Hand den Koffer, in der anderen die Reiseschreibmaschine, hastete sie die Rue Royale entlang, ohne sich ein einziges Mal umzuwenden.

~

»Célestine, du? Was ist geschehen?«

Verschlafen blinzelte Marie durch den Türspalt. Sie trug einen geblümten Morgenmantel, unter dessen durchscheinendem Stoff ihre zarte, helle Haut hindurchschimmerte. Das dunkle Haar fiel ihr in zerzausten Strähnen bis über die Schulter. »Warum bist du so früh am Morgen mit Gepäck unterwegs? Willst du verreisen?«

Célestine biss sich auf die Unterlippe und schluckte. »Kann ich für eine Weile bei dir wohnen?«

Von einer Sekunde auf die andere war Marie hellwach. »Aber sicher. Komm rein, setz dich. Ich koche uns einen Kaffee, und dann erzählst du mir alles.« Und nun konnte Célestine die Tränen nicht mehr zurückhalten. Sie redete ohne

Pause, und als sie geendet hatte, schlug Marie so heftig mit der Faust auf den Tisch, dass die Tassen klirrten.

»So ein widerwärtiger, gemeiner Kerl! Ich weiß nicht, ob ich diesem Jean-Luc die Pest, die Cholera oder beides zugleich an den Hals wünsche.« Sie dachte kurz nach und zählte etwas an ihren Fingern ab. »Sag einmal, was ist eigentlich, wenn du schwanger bist? Geld für Unterhaltszahlungen dürfte der leitende Redakteur in spe mittlerweile genug besitzen …«

Erschrocken schlug Célestine die Hände vors Gesicht und wäre am liebsten vor Scham im Boden versunken. Wie hatte sie nur so naiv und leichtsinnig sein können? An diese Konsequenz hatte sie überhaupt nicht gedacht, an jenem Abend, als ihr der Kopf vom Wein schwer war und sie sich dennoch so leicht fühlte. Und gerade als sie befürchtete, ohnmächtig vom Stuhl zu fallen, fiel ihr ein, dass sie seit zwei Tagen ihre Monatsblutung hatte. Die Hand, die nach der Kaffeetasse griff, zitterte. Ihre Leichtfertigkeit hätte böse für sie ausgehen können.

Marie zeigte sich von ihrer praktischen Seite. »Du musst unbedingt Monsieur Dior nach einem Zeugnis fragen. Mit einem solch angesehenen Leumund wirst du bei jedem Arbeitgeber mächtig Eindruck schinden.«

Gequält stöhnte Célestine auf, suchte nach ihrem Taschentuch und tupfte sich die neu aufsteigenden Tränen aus dem Augenwinkel. »Was soll denn der Patron in dieses Zeugnis schreiben? Dass ich eine Heuchlerin und Betrügerin bin, die sein Vertrauen missbraucht und ihm und seinem Unternehmen Schaden zugefügt hat? Nie mehr kann ich Monsieur Dior unter die Augen treten. Ich hoffe nur, er vergisst mich so schnell wie möglich.«

Eine Woche Tage später fand die Premierenschau der *Ligne Vertical* statt. Célestine stellte sich vor, wie Nathalie, Tania und Lucky mit unbewegter Miene durch den Großen und Kleinen Salon schwebten, wie sie eine Hand in die Taille legten und für einen Moment in dieser Pose verharrten. Oder wie sie im Dahinschreiten wie nebenbei die Mantelknöpfe öffneten und das darunter befindliche Kleid hervorblitzen ließen. Monsieur Dior würde in der Garderobe bei seinen Mannequins ausharren. Und befürchten, dass die Kundinnen ihm die weitere Gefolgschaft versagen und die Berichterstatter ihn anstelle von Applaus mit Buh-Rufen empfangen würden. Und damit der Untergang seines Modehauses besiegelt wäre.

Am nächsten Morgen konnte Célestine gar nicht früh genug aus dem Bett steigen. Beim Kiosk an der Place de Clichy kaufte sie gleich mehrere Tageszeitungen.

»Nun sag schon, was schreiben sie?«, fragte Marie aufgeregt und beugte sich über die Schulter der Freundin, damit sie gemeinsam lesen konnten.

Die Schlagzeilen ließen Célestines Herzschlag für einen Moment aussetzen.

Mit der Vertikallinie stellt Monsieur Dior ein weiteres Mal sein Können unter Beweis
Monsieur Dior gelingt ein erneuter Geniestreich
Haute Couture in Vollendung – Monsieur Dior ist und bleibt der führende Designer

Erleichterung und Dankbarkeit erfüllten Célestine. Der Ruf des Hauses Dior war nicht mehr in Gefahr. Doch das konnte sie keinesfalls trösten. Sie hatte einen unverzeihlichen Fehler begangen, und sie musste die Konsequenzen tragen.

~

Während Marie in ihrer Brasserie servierte, saß Célestine in der kleinen Dachwohnung der Freundin, wo sie einst ihr zweites Leben begonnen hatte. Sie grübelte und wusste nicht, wie es weitergehen sollte. Zwar besaß sie ein exzellentes Zeugnis, das ihr der Bürgermeister von Genêts ausgestellt hatte, doch was sollte sie einem neuen Arbeitgeber auf die Frage antworten, womit sie sich in der Zwischenzeit beschäftigt hatte?

Gäbe sie preis, dass sie als Hausdame im Privathaushalt von Monsieur Christian Dior gearbeitet hatte, würde jeder nach ihren Papieren fragen und auch, warum sie solch eine Stellung aufgegeben hatte.

»Du kannst doch als Platzanweiserin in einem Kino arbeiten. Oder dir eine Putzstelle in einem Café suchen«, schlug Marie vor. »Da fragt niemand nach einem Zeugnis.«

Doch was Marie als Aufmunterung gedacht hatte, ließ Célestine vollends resignieren. Ihr fielen die Worte ihres Onkels Gustave ein, der ihr prophezeit hatte, dass sie in Paris scheitern oder bestenfalls als Putzfrau enden würde. Es sah ganz danach aus, als würde er doch noch recht behalten.

Ihre Ersparnisse reichten für längere Zeit, sie musste sich vorerst ums Geld keine großen Sorgen machen und konnte in Ruhe über ihre Zukunft nachdenken. Zunächst brauchte sie eine neue Wohnung. Doch die zu suchen, dazu fehlte ihr die Kraft. Alle Energie und aller Mut schienen verloren. An manchen Tagen konnte sie sich nur dazu aufraffen, die wenigen Schritte bis zum Gemüseladen in der Rue Ganneron zu gehen. Der Inhaber erkannte sie sogleich wieder und gab leutselig Empfehlungen für frische Waren, versorgte sie obendrein mit Vorschlägen für die Zubereitung.

Als sie einmal mit einer Tasche voller Zwiebeln, Äpfeln und duftenden Kräutern aus dem Laden auf den Gehsteig trat und überlegte, ob sie einen Apfelkuchen mit Blätterteig backen sollte, wie Monsieur Dior ihn besonders liebte, fühlte sie eine sachte Berührung an ihrem Arm.

»Mademoiselle, möchten Sie Ihre Zukunft kennen?«

Eine Frau mit wirren schwarzen Locken und einem bodenlangen roten Kleid war neben sie getreten. Ihre dunklen Augen funkelten mit unzähligen Goldketten und Armreifen um die Wette, die bei jeder Bewegung klimperten. Ohne eine Antwort abzuwarten, griff die seltsame Fremde nach Célestines Hand und drehte sie mit der Innenfläche nach oben.

Mit ihren Fingerkuppen fuhr sie über die feinen Linien und Furchen.

»Ich sehe Nebel, nichts als Nebel. Und da … Was ist das? Sieht aus wie ein schwarzer Vogel. Er fliegt näher, immer näher … und dann verschluckt der Nebel ihn. Dichter, undurchdringlicher Nebel … So warten Sie doch, Mademoiselle, jetzt sehe ich wieder etwas. Ich glaube, es ist eine Taube, eine weiße Taube. Sie fliegt Richtung Horizont, und Sie folgen ihr. Die Taube kommt zurück und setzt sich auf Ihre Schulter. Gemeinsam gehen Sie weiter. Und dann geht hinter dem Horizont die Sonne auf.«

Hastig griff Célestine in die Jackentasche, zog eine Münze hervor und drückte sie der Wahrsagerin in die Hand. Sie eilte in die Rue Capron und beschloss, den seltsamen Worten dieser seltsamen Frau keinerlei Bedeutung beizumessen.

Auch in den folgenden Tagen fühlte Célestine sich wie gelähmt. Ob mit oder ohne Zeugnis, sie musste ihre Zukunft selbst in die Hand nehmen. Marie führte ihr eigenes Leben, und sie wollte ihre Gastfreundschaft nicht unnötig lang strapazieren. Zumal die Freundin sicher bald wieder Herrenbesuch zu sich einladen wollte. All diese Überlegungen erschöpften Célestine so sehr, dass sie manchmal sogar mitten am Tag todmüde ins Bett fiel, mehrere Stunden schlief, und wenn sie aufwachte, fühlte sie sich müde und leer. Wie sollte sie aus diesem Dilemma je wieder hinausfinden?

Kapitel 32

»Rieche ich da etwa Apfelkuchen? Und der Kaffee ist auch schon fertig. Du bist wirklich ein Schatz, Célestine.«

Achtlos warf Marie Mantel und Halstuch aufs Bett und setzte sich an den gemütlich gedeckten Tisch. Mit geschlossenen Augen kostete sie den ersten Bissen. »Dieser Kuchen ist ein Gedicht. Allein wegen deiner Koch- und Backkünste dürftest du eigentlich nie wieder ausziehen.«

Für sich selbst hatte Célestine nur einen schmalen Streifen Kuchen abgeschnitten, denn sie verspürte kaum Appetit, aß nur, weil die Freundin sie dazu drängte.

»Stell dir vor, heute kam ein Gast in die Brasserie und hat nach dir gefragt.«

»Nach mir?«, wunderte sich Célestine.

»Ja. Von irgendwoher musste er gewusst haben, dass wir miteinander befreundet sind.«

»Merkwürdig, und was wollte er wissen?«

»Er hat um ein Treffen mit dir gebeten. Es sei dringend, sagte er. Du sollst Ort und Uhrzeit nennen.«

Ob Jean-Luc dahintersteckte?, fragte sich Célestine. Wollte

er sie vielleicht erpressen? Sie legte die Gabel auf dem Teller ab und fühlte sich außerstande, auch nur einen einzigen Krümel zu essen. Wie sollte sie sich verhalten, wenn sie dem einstigen Freund künftig irgendwo in der Stadt begegnete? Warum war das Leben plötzlich so kompliziert geworden?

»Kanntest du den Mann? Wie sah er aus?«

In Maries Augen wurde ein Glitzern sichtbar, das Célestine nur zu vertraut war. »Er sah umwerfend aus. Ungefähr Anfang dreißig, groß, schlank, mittelblondes, leicht welliges Haar, blaue Augen, weißes Hemd, blau gepunktete Krawatte und ein Anzug aus einem schlichten Stoff. Was vermutlich darauf schließen lässt, dass es sich um teures maßgeschneidertes Tuch handelt. Wie meistens, wenn Kleidung so vordergründig einfach und selbstverständlich wirkt, wie ich von dir weiß.«

Unwillkürlich musste Célestine schmunzeln. »Du hast ihn dir genau angesehen, nicht wahr?«

»Allerdings. Aber das Allerwichtigste habe ich dir noch gar nicht verraten. Er trug – keinen Ehering!« Marie wandte sich wieder ihrem Kuchenstück zu und biss herzhaft hinein.

»Und wie soll ich zu diesem Fremden Kontakt aufnehmen?«

»Hier ist ein Zettel mit seiner Telefonnummer. Ruf ihn am besten noch heute an.«

Monsieur Robert Gardel sah tatsächlich so aus, wie Marie ihn beschrieben hatte. Als er ihr mit einer leichten Verbeugung die Hand reichte, fiel Célestine sein ebenmäßiges Profil auf, das sie an Statuen antiker Heroen erinnerte. Dank der Lektüre der Kunst- und Einrichtungsbücher in der Bibliothek von Monsieur Dior hatte sie ein gewisses Empfinden für Ästhetik und Ebenmaß entwickelt.

Als Treffpunkt hatte Célestine das Bistro in einem Kino nahe dem Élysée-Palast gewählt. Um diese Uhrzeit am Morgen waren nur wenige Gäste anwesend, weil die erste Vorstellung erst am Mittag begann. Die Wände ringsum waren geschmückt mit Filmplakaten und handsignierten Fotografien großer Schauspieler des letzten Jahrzehnts. Die beiden beliebtesten Schauspieler des Landes, Jean Gabin und Simone Signoret, waren mehrfach zu sehen.

»Darf ich mich vorstellen – Gardel. Ich danke Ihnen, dass Sie meiner Einladung gefolgt sind, Mademoiselle Dufour. Ich bin Anwalt und komme im Auftrag meines Mandanten, Monsieur Dior.«

Célestine zuckte zusammen, als sei sie vom Blitz getroffen worden. »Er … er will mich verklagen, nicht wahr?«, stammelte sie und fühlte, wie ihr der Schweiß auf die Stirn trat.

»Das ist keinesfalls seine Absicht. Monsieur Dior und ich kennen uns seit Jahren. Ich hatte seinerzeit gerade mein Staatsexamen bestanden und durfte ihn als junger Referendar in einer Familienangelegenheit beraten. Offenbar hält er mich für geeignet, in der vorliegenden Angelegenheit zu intervenieren.«

Unsicher blickte Célestine zu ihm hinüber. Sie nahm einen Schluck von der heißen Schokolade, die Gardel bei einer jungen Kellnerin mit schwarz umrandeten Augen bestellt hatte. Ihr aufreizender Hüftschwung galt offensichtlich ihm.

»Lassen Sie mich kurz die Sachlage schildern, Mademoiselle Dufour. Als Monsieur Dior Ihren Brief las, konnte er sich leicht eins und eins zusammenreimen. Bei dem Dieb, der die Skizzen aus dem Magazin gestohlen hat, handelt es sich um Ihren Verlobten, Monsieur Jean-Luc Pellier, nicht wahr?«

Am liebsten hätte Célestine sich augenblicklich in Luft aufgelöst. Sie nickte matt.

»Was ich Ihnen jetzt erzähle, wird Sie vermutlich sehr verletzen. Allerdings bin ich der Wahrheit verpflichtet und berichte nur, was sich zugetragen hat. Monsieur Dior bat mich, besagten Monsieur Pellier aufzusuchen. Zunächst leugnete er vehement, schließlich gab er den Diebstahl jedoch zu.«

Beklommen blickte Célestine auf die Wand hinter Monsieur Gardel, wo sie in einem goldgerahmten Spiegel beobachten konnte, wie ein junges Paar eng umschlungen an einem Tisch saß und sich küsste. Aber was kümmerte sie ein wildfremdes Liebespärchen, wo sie doch soeben die offizielle Bestätigung erhalten hatte, dass ihr einstiger Geliebter ein Krimineller war?

Und dann schilderte der Anwalt, was Célestine bereits vermutet hatte. »Während Sie nach dem gemeinsamen Abendessen tief und fest schliefen, hat Monsieur Pellier Ihren Schlüsselbund entwendet und ist in die Wohnung von Monsieur Dior gelangt. Nachdem er die Atelierschlüssel an sich genommen hatte, konnte er im Schutz der Dunkelheit durch einen Hintereingang ins Magazin der Avenue Montaigne vordringen und die Skizzen entwenden. Diesen Zugang hatte er über Wochen ausgespäht. Er verkaufte die Zeichnungen über einen Mittelsmann an einen amerikanischen Modeschöpfer. Der Gedanke zum Diebstahl kam Monsieur Pellier an dem Tag, als er zum ersten Mal die prachtvollen Räume in der Avenue Montaigne betrat. Damals beschloss er, sich etwas von diesem Reichtum anzueignen.«

Verlegen knetete Célestine die Hände im Schoß, bis die Knöchel weiß hervortraten. Wie hatte sie nur so blind und gutgläubig sein können. Nicht nur Monsieur Dior, auch sein Anwalt musste sie verachten.

Doch zu ihrem Erstaunen lächelte Monsieur Gardel. Es war ein offenes und warmes Lächeln, und es erinnerte sie an das bezwingende Lächeln großer Kinostars. Aber dies hier war kein Film. Sie mochte sich nicht ausmalen, was ihr Onkel Gustave, der sie eindringlich vor den Gefahren der Großstadt gewarnt hatte, zu dieser Szene gesagt hätte.

Monsieur Gardel hob die Hand und gab der Kellnerin ein Zeichen. Augenblicklich kam diese mit einem Glas Wasser herbeigestöckelt, machte einen Schmollmund und beugte sich weit vor, um dem Gast einen Einblick in ihre weit ausgeschnittene Bluse zu gewähren. Als habe er nichts von dem aufreizenden Gebaren der Kellnerin bemerkt, fuhr der Anwalt mit seinen Ausführungen fort.

»Monsieur Pellier ist dem Glücksspiel verfallen und hat Schulden in beachtlicher Höhe angesammelt. Er war in Geldnot. Es tut mir leid, Ihnen das sagen zu müssen, Mademoiselle Dufour, aber Monsieur Pellier hatte nie Interesse an Ihnen selbst. Er sah Sie lediglich als Mittel zum Zweck, um an die Skizzen zu gelangen.«

Verschämt schlug Célestine die Hände vors Gesicht. Doch sie wollte keine Träne mehr vergießen. Für Selbstmitleid war es zu spät. Und plötzlich war ihr klar, was zu tun war. Sie war auf einen Betrüger hereingefallen, gut, aber sie würde sich nicht in die Knie zwingen und davon ihr ganzes Leben bestimmen lassen. »Ich werde Anzeige gegen Monsieur Pellier erstatten, Monsieur Gardel. Er hat es verdient.«

Und während sie einen weiteren Schluck von der heißen Schokolade nahm, spürte sie, wie ihre Lebensgeister, die sie seit der Aussprache mit Jean-Luc auf der Place Vendôme verloren geglaubt hatte, zurückkehrten.

»Das wird nicht nötig sein, Mademoiselle Dufour. Der Patron legt größten Wert auf Diskretion und will jede negative Berichterstattung über sein Haus vermeiden. Er bat mich, Monsieur Pellier folgendes Angebot zu unterbreiten: Er, Monsieur Dior, werde auf eine Anzeige verzichten, sofern Monsieur Pellier die Stadt binnen vierundzwanzig Stunden verlässt. Das Kündigungsschreiben für den *Figaro* hatte ich bereits vorbereitet. Monsieur Pellier unterschrieb und ist tags darauf aus Paris abgereist.«

Vor Erleichterung entfuhr Célestine ein Seufzer. Monsieur Gardel beugte sich zu ihr vor, und seine Stimme klang freundlich und ermutigend.

»Monsieur Dior wünscht, dass Sie in die Rue Royale zurückkehren. Er weiß, dass Sie mit dem Diebstahl nichts zu tun haben, sondern in Ihrer Verliebtheit das Opfer eines gewissenlosen, habgierigen Mannes geworden sind.«

»Das hat er wirklich gesagt?« Célestine hoffte inständig, sich nicht verhört zu haben.

»Das hat er wirklich gesagt.«

Sie sah Gardels feine Fältchen um die Augenwinkel und sein Lächeln, das jeden Rest von Zweifel in ihr erstickte.

»Vielen Dank, Monsieur Gardel. Monsieur Dior ist der großzügigste Mensch, den ich kenne.«

In einem Zug trank sie die Tasse leer und konnte gar nicht schnell genug in die Rue Capron eilen, um Marie die unerwartete Wende mitzuteilen.

Kapitel 33

Mit Herzklopfen wartete Célestine im Großen Salon auf den Patron. Offenbar hatte Monsieur Dior sich bei seinem Schneider neu einkleiden lassen. Er trug einen in Dunkelblautönen changierenden Anzug mit Weste, dazu eine gleichfarbene Krawatte mit zarten silbrigen Streifen. Die Arme ausgestreckt, eilte er auf Célestine zu. Er griff nach ihren Händen und drückte sie vorsichtig und nachdrücklich.

»Ich möchte Ihnen sagen, Monsieur Dior, dass … dass ich …«, stotterte Célestine. Sie fühlte, wie ihr die Kehle eng wurde, und senkte beklommen den Blick. Doch der Patron ließ ihr keine Zeit für eine Entschuldigung.

»Ich habe Sie so vermisst, Mademoiselle Dufour. Während Ihrer Abwesenheit ist mir erst in vollem Umfang bewusst geworden, wie positiv Ihr Einfluss auf meine Inspiration ist. Wenn Sie Blumen auf dem Kaminsims arrangieren oder Ihre köstlichen Gerichte stets mit kleinen Gemüseschnitzen oder Kräutern dekorieren, erzählen Sie immer auch eine Geschichte von der Schönheit der einfachen, natürlichen Dinge.

Mit Ihrer Kochkunst wecken Sie immer wieder aufs Neue meine Erinnerungen an meine Kindheit in der Normandie. Und durch Ihre Achtsamkeit haben Sie Ruhe in mein Leben und Ordnung in mein häusliches Chaos gebracht.«

Vor Erleichterung begann Célestine zu zittern. Sie hatte mit einer Rüge gerechnet, keinesfalls mit Lob. »Ich werde Sie kein zweites Mal enttäuschen, Monsieur Dior, das verspreche ich Ihnen.«

Der Patron machte eine wegwerfende Geste und fuhr fort: »Wir wollen die Vergangenheit ruhen lassen und nur noch in die Zukunft schauen. Es gibt Neuigkeiten. Diese Wohnung hier empfinde ich seit Längerem als zu klein. Ich habe ein Stadthaus am Boulevard Jules Sandeau erworben, nahe dem Bois de Boulogne. Allerdings müssen zunächst Wände und Fußböden renoviert werden. Wenn Sie sich vorstellen könnten, Ihr vertrautes Terrain zu verlassen und zu neuen Ufern aufzubrechen – unter dem Dach befindet sich eine hübsche kleine Zwei-Zimmer-Wohnung. Vom Balkon aus können Sie direkt in den Garten schauen.«

Célestine glaubte zu träumen. Hatte sie vor wenigen Tagen noch befürchtet, ihr Glück habe sie verlassen, war es auf einmal zurückgekehrt. Sie malte sich aus, wie sie nach und nach Möbel kaufen und eine Wohnung ganz nach ihrem Geschmack einrichten würde. Mit hellen Taftvorhängen, einem Nussbaumsekretär und samtbezogenen Sesseln. Ihr Herz pochte vor Aufregung, und sie hoffte, dass der Umzug recht bald stattfinden würde.

Monsieur Dior spreizte die Hände und legte die Fingerspitzen aneinander. Er wirkte äußerst zufrieden. Célestine konnte ihm die Vorfreude ansehen, ein Haus mit mehreren Etagen nach seinen Vorstellungen auszustatten. Die Welt um sich herum zu verschönern, das war seine Leidenschaft.

Obwohl sie todmüde von den Aufregungen des Tages war, blieb Célestine wach, um Marie, die kurz vor Mitternacht von ihrer Spätschicht zurückkam, von den Plänen des Patrons zu erzählen. Marie umarmte die Freundin und drehte sich mit ihr im Walzerschritt auf dem schmalen Stück zwischen Kleiderschrank und Bett.

»Ein Tag der guten Nachrichten. Wir sind zwei Glückspilze. Aber jetzt muss ich dir von Théodor erzählen. Er ist Schauspieler und hat bereits in einem Film unter der Regie von Jean Renoir gespielt. Ist das nicht umwerfend? Renoir hat ihm eine große Karriere vorausgesagt …«

~

Am nächsten Morgen kehrte Célestine in ihre alte Wohnung in der Rue Royale zurück. Beim Abendessen überraschte der Patron sie mit einer weiteren Nachricht. »Gestern habe ich ein Telefonat mit Madame Langlois, der Chefredakteurin der *Elle*, geführt. Sie war der Ansicht, dass ihre Leserinnen unbedingt wissen möchten, wie es hinter den Kulissen eines Modehauses aussieht – und zwar aus der Perspektive des Couturiers selbst. In einem Interview soll ich schildern, wie eine

Kollektion sich entwickelt von der Idee über die Zeichnung zum Schnittmuster bis zum fertigen Kleid. Welche Hindernisse zu überwinden sind, welche Unwägbarkeiten in einen Zeitplan mit einbezogen werden müssen, was ein gutes Mannequin für einen Couturier ausmacht und so weiter. Die Redakteurin denkt sogar an eine mehrteilige Serie.«

Nachdenklich strich sich der Patron über das Kinn. »Es wäre natürlich eine großartige Werbung für unser Modehaus, dennoch werde ich ihr wohl absagen müssen. Zweifellos arbeiten in der Redaktion dieser Zeitschrift Journalisten, die ihr Handwerk verstehen. Aber ich habe nun einmal den Drang, alles zu kontrollieren. Ich will sicherstellen, dass bei diesem sehr persönlichen Blick hinter die Kulissen die heikle Balance zwischen Offenheit und Diskretion gewahrt bleibt. Ein Frage-Antwort-Spiel scheint mir nicht die geeignete Methode zu sein. Leider hat in der Avenue Montaigne niemand Zeit, meine Gedanken zu notieren und in Textform zu fassen. Dann könnte ich Madame Langlois ein druckfertiges Manuskript an die Hand geben. Im Moment dreht sich für mich und meine Mitarbeiter alles nur um die neue Kollektion.«

Célestine stellte eine Kugelvase mit zartgelben Rosen auf den Kaminsims und fühlte Erleichterung. Seit Tagen hoffte sie auf eine Gelegenheit, sich für die Großmut des Patrons erkenntlich zu zeigen. Jetzt war der Zeitpunkt gekommen. »Aber, Monsieur Dior, das kann doch ich übernehmen. Abends erzählen Sie mir, worum es in dem jeweiligen Teil gehen soll, ich verfasse den Text für Sie und tippe ihn, so dass

Sie am nächsten Morgen Ihre Anmerkungen ergänzen können.« Am liebsten hätte sie sofort Papier und Stift geholt, um die ersten Sätze zu notieren.

Verblüfft blickte der Patron zu ihr hinüber, runzelte die Stirn und strich sich abermals über das Kinn. Dann huschte ein breites Lächeln über sein Gesicht. Der Türgong ertönte dreimal hintereinander, was bedeutete, dass der Chauffeur unten auf der Straße wartete. Mit unbewegter Miene reichte Charles seinem Dienstherrn Mantel und Hut. Leise vor sich hin summend schritt Monsieur Dior zur Tür, wandte sich im Gehen noch einmal um und zwinkerte Célestine zu. »Ich lasse Madame Langlois ausrichten, dass sie in der nächsten Woche mit dem ersten Teil rechnen kann.«

Der Butler hüstelte und schnippte sich ein unsichtbares Staubkorn von seinem Ärmel. »Mademoiselle Dufour haben einen belebenden Einfluss auf den Patron. Ich habe ihn schon lange nicht mehr so heiter erlebt.« Überstürzt eilte er in seinen angestammten Bereich, als sei es ihm unangenehm, eine persönliche Beobachtung mit Célestine besprochen zu haben.

Kapitel 34

Célestine war, als würde sie zum zweiten Mal ein neues Leben beginnen. Und wie schon bei ihrem ersten Neuanfang war ihr also auch diesmal ein Mann abhandengekommen. Das Bild Alberts, der sich als ein solcher Egoist erwiesen hatte, war in ihrer Erinnerung inzwischen verblasst. Sie hätte nicht einmal mehr die Farbe seiner Augen nennen können. Da Célestine nun das Gefühl hatte, die bittere Erfahrung mit Jean-Luc habe sie innerlich regelrecht verwandelt, beschloss sie, auch eine äußerliche Verwandlung vorzunehmen.

Ihr fiel ein, dass die Mannequins in der Kabine häufig von einem Friseursalon auf den Champs-Élysées erzählt hatten. Alle schwärmten von Alexandre, dem jungen Maître, der die Gabe hatte, selbst noch so widerspenstiges Haar gefügig zu machen und jeder Frau zur schönsten Version ihrer selbst zu verhelfen.

Monsieur Alexandre, ein schmalhüftiger Marokkaner mit einem bleistiftdünnen Oberlippenbart, trat hinter den Frisierstuhl, fuhr mit den Fingern durch Célestines Haar und lächelte versonnen. »Sie haben wundervoll kräftiges Haar, Mademoiselle. Und den Rotton hätte selbst ich nicht besser kolorieren können.«

»Bitte schneiden Sie es kurz«, sagte Célestine knapp. »Nur wenige Zentimeter länger als bei einem Herrenschnitt.«

Im Spiegel konnte sie erkennen, wie der Coiffeur erst die Stirn runzelte und dann entschieden den Kopf schüttelte.

»Sie scherzen, Mademoiselle. Jede meiner Kundinnen würde Sie um diese Haarpracht beneiden. Ich schlage vor, wir bringen ein wenig Schwung in die Spitzen und probieren es mit einem Pony bis zu den Augenbrauen. Ungefähr so …«

Doch Célestines Entschluss stand fest. Sie zog ein Foto aus der Handtasche und zeigte es Maître Alexandre. »Nein, ich möchte mein Haar genau so.«

»Wer ist die junge Dame?«

»Audrey Hepburn, eine Filmschauspielerin. Sie steht am Anfang einer großen Karriere, heißt es.«

Monsieur Alexandre schluckte mehrmals, dann zog er zögerlich eine Schere aus dem Kittel und begann sein Werk. Eine halbe Stunde später lächelte Célestine ihrem Spiegelbild zu, das ihr fremd und doch überraschend vertraut vorkam. Sie fühlte sich unbeschwert und leicht, weil mit dem Haar auch der letzte Teil ihrer Vergangenheit abgefallen war. Nie wieder würde sie sich in die Rolle der naiven Frau fügen, wie es ihr bei Jean-Luc passiert war.

»Ich gebe zu, ich bin ebenso überrascht wie entzückt.« Mit dem Kamm prüfte Monsieur Alexandre die Kontur der Nackenhaare und setzte noch einmal die Schere an. »Sonst bin ich es, der die Frauen von einer Frisur überzeugen muss. Aber diesmal hat eine Kundin den Coiffeur überzeugt. Respekt, Mademoiselle. Respekt!«

Wie gewohnt händigte Célestine am nächsten Morgen dem Patron die Zeitungen aus. Dieser stutzte und blickte sie an, als sähe er sie zum ersten Mal. Dann aber überzog ein anerkennendes Lächeln sein Gesicht.

»Mademoiselle Dufour, Sie sehen ... wie soll ich sagen ... bezaubernd jung aus und geradezu – jungenhaft. Würden Sie ein wenig umhergehen, damit ich Ihre Frisur von allen Seiten betrachten kann?«

»Sie meinen, ich soll mich wie ein Mannequin bewegen, das kein Kleid, sondern eine Frisur vorführt?«

»Meine Mannequins besitzen zwar die Gabe der vollendeten Präsentation. Aber ihre Posen sind Kalkül, um eine bestimmte Wirkung beim Publikum zu erzielen. An Ihnen bezaubert Ihre natürliche Ausstrahlung und Frische. Gehen Sie einfach von der Wohnungstür zum Bibliothekszimmer, als würden Sie an einem stürmischen Frühlingstag einen Spaziergang am Strand in der Normandie machen.«

Célestine zog ihre Schuhe aus, nahm beide in die linke Hand und schritt durch den Salon. Sie stellte sich vor, dass sich Sand unter ihren Füßen befände. Hin und wieder strich sie sich mit der Rechten das Haar aus der Stirn oder blickte zur Decke, als würde sie einer Möwe hinterherschauen. Aus dem Augenwinkel beobachtete sie, wie Monsieur Dior auf dem Sofa sitzend zu ihr herübersah und etwas in seinem Skizzenheft notierte. Dann spitzte er die Lippen und vermeldete mit amüsiertem Unterton:

»Sie haben mich auf eine Idee gebracht, Mademoiselle Dufour. Bisher habe ich bei meiner Arbeit immer nur die erwachsene, die feminine Frau vor Augen gehabt. In meiner nächsten Kollektion werde ich zum ersten Mal eine Hose zeigen – für die ebenso bezaubernde jugendliche Frau. Für eine Frau wie Sie!«

Die schönsten Stunden des Tages begannen für Célestine abends, wenn Monsieur Dior sie in den Salon bat und sein Leben als Couturier schilderte. Mit Stift und Schreibblock saß sie ihm gegenüber und hielt in stenographischen Kürzeln fest, wie aus dem einstigen Galeristen der Vorkriegsjahre der berühmteste Modeschöpfer Frankreichs wurde.

In jungen Jahren habe ich zusammen mit einem Freund eine Kunstgalerie betrieben. Dann machte mich der Krieg zu einem Landwirt und der Zufall zu einem Modezeichner. Monsieur Boussac, ein Freund von mir, ermutigte mich zu einem Wagnis, und so habe ich mein eigenes kleines Modehaus in der Avenue Montaigne eröffnet.

Der Patron berichtete im Plauderton, und doch war in seinen Ausführungen immer die unbedingte Ernsthaftigkeit zu spüren, mit der er seinen Beruf ausübte. Er würdigte die Leistungen seiner Näherinnen und Näher ebenso wie die der Mannequins und Verkäuferinnen. In nahezu jedem Satz spiegelte sich seine Bescheidenheit wider, ebenso wie die Demut, die er dem Schicksal gegenüber empfand. Seinen Erfolg führte er weniger auf persönliches Können als auf glückliche Umstände zurück.

Manchmal, wenn ein Text nicht rechtzeitig fertig zu werden drohte und der Abgabetermin unmittelbar bevorstand, saß Célestine bis spätabends an der Schreibmaschine und tippte die Seiten. Dann fuhr der Chauffeur noch in der Nacht in die Redaktion der *Elle*, damit diese Folge rechtzeitig in die Druckerei gelangte. Die Auflage der Zeitschrift stieg um ein Vielfaches. Offenbar wollte jede Französin wissen, was sich hinter den Kulissen des berühmtesten Modehauses des Landes abspielte.

Eines Morgens war Monsieur Dior schon vor dem Frühstück in die Avenue Montaigne gefahren. Beim Läuten des Türgongs vermutete Célestine den Briefträger, der nach wie vor zu Scherzen und harmlosem Geplänkel aufgelegt war. Doch zu ihrer Überraschung stand einer der Fahrer von *Lachaume* vor der Tür. Er überreichte ihr einen Strauß cremefarbener Rosen mit violett blühender Minze. Ein Kärtchen war angehängt, und Célestine erkannte sofort die schwungvolle Handschrift ihres Dienstherrn. Auf dem Kärtchen stand:

Für Mademoiselle Célestine, meine Privatsekretärin, mit herzlichem Dank.

Ihr Christian Dior

»Und er hat tatsächlich Mademoiselle Célestine geschrieben und nicht Mademoiselle Dufour?« Marie spitzte die Lippen und stieß einen leisen Pfiff aus.

»So ist es.«

»Ich glaube ja, dass Monsieur Dior mehr für dich empfindet, als du zugeben willst.«

»Nein, meine liebe Marie, es ist ganz sicher nicht so, wie du denkst«, erklärte Célestine mit Nachdruck.

Die beiden Freundinnen saßen bei Kaffee und selbst gebackenem Mandelkuchen in der Rue Royale zusammen. Célestine hatte bei einem Antiquitätenhändler in der Rue de Rivoli einen Ohrensessel mit passendem Fußhocker aus der Zeit der Jahrhundertwende entdeckt und sich spontan zum Kauf entschlossen.

Selbstverständlich hatte Marie die Errungenschaft aus dunkelblauem Samt umgehend in Augenschein nehmen wollen, doch zweimal hatte sie ihr Kommen abgesagt, weil sie mit Théodor, ihrem neuen Bekannten, verabredet war.

Marie griff zu einem zweiten Kuchenstück und biss mit einem tiefen Seufzer die Spitze ab. »Eigentlich sollte ich nicht so viel davon essen. Ich musste mehrere Kleider ändern lassen, weil sie mir zu eng geworden sind. Aber was soll ich machen? Wenn ich unglücklich verliebt bin, sind Süßigkeiten mein einziger Trost.«

»Vielleicht hast du einen Hang dazu, an die falschen Männer zu geraten. Ich sage das aus eigener Erfahrung, weil ich selbst auf einen hereingefallen bin, der es nicht wert war. Jean-Luc hätte mich leicht um meine Existenz bringen können – wäre Monsieur Dior nicht ein solch generöser Mensch.«

Marie schüttelte so heftig den Kopf, dass sich eine Strähne aus ihrem aufgesteckten Haar löste und auf die Schulter fiel. »Alle Männer wünschen sich doch eine Frau, die hübsch aussieht, die nicht allzu schlau ist, die sie umsorgt und ihnen ein gemütliches Heim bereitet. Wieso also bin ich noch immer unverheiratet?«

Nachdenklich betrachtete Célestine den Kuchenteller, aus dessen Rand ein Stückchen Porzellan herausgebrochen war. Sie würde sich eigenes Geschirr für ihre neue Wohnung zulegen. Eines mit Blumenmuster und Goldrand. Und auch eine fein ziselierte Glasvase, weil sie immer frischen Blumenschmuck in ihrem Heim haben wollte. Im Dachgeschoss am Boulevard Jules Sandeau würde sie sich ihr kleines Paradies einrichten und alle Möbel und allen Hausrat mit ihrem selbst verdienten Geld bezahlen.

Fast empfand sie Mitleid mit der Freundin, die sich unbedingt in die Abhängigkeit eines Mannes begeben wollte.

»Marie, du bist eine Träumerin. Du willst einen Mann, der dich auf Händen trägt und dir die Welt zu Füßen legt. Du lernst jemanden kennen, der dir gefällt – und dann entdeckst du einen Makel an ihm. Du kritisierst ihn, er reagiert gekränkt … und noch bevor du ihn mir vorgestellt hast, ist er wieder von der Bildfläche verschwunden. Vermute ich richtig, dass es sich mit dem vielversprechenden Schauspieler Theódor ähnlich verhält?«

Maries Gesichtsausdruck war eine einzige Anklage. »Von wegen Schauspieler! Schmierenkomödiant wäre der treffende Ausdruck. Dieser Angeber hat als Statist bei Jean Renoir mitgewirkt, und dann wurde die Szene auch noch aus der endgültigen Fassung herausgeschnitten, mehr steckte nicht dahinter. Aber ich kann eben nur zu jemandem aufschauen, der erfolgreich ist. Arm und unbedeutend bin ich selber.«

Jetzt war es Célestine, die seufzte. Ging es um Männer, setzte bei der Freundin der Verstand aus. »Marie, wir leben in der Mitte des zwanzigsten Jahrhunderts. Eine Frau muss nicht mehr wie früher auf einen Prinzen warten. Sie kann ebenso gut für sich selbst sorgen. Spätestens seit dem Krieg, als die Männer an die Front mussten, haben wir doch bewiesen, was wir leisten können. Heutzutage arbeiten Frauen als Ingenieurinnen, als Busfahrerinnen, Fremdenführerinnen … und nimm nur die vielen Näherinnen, Stickerinnen und Verkäuferinnen, die Monsieur Dior beschäftigt und die für die Umsetzung seiner Kunst einen erheblichen Beitrag leisten. Du selbst beweist es doch auch jeden Tag, dass du voll und ganz in der Lage bist, für dich und deinen Lebensunterhalt selbst zu sorgen.«

Doch Marie ließ sich nicht überzeugen. »Erinnerst du dich an den Religionsunterricht mit Père Bernard? *Das Weib sei dem Manne untertan*, heißt es in der Bibel. Was bedeutet: Es ist nun einmal der Frau vorbestimmt, zu heiraten und eine Familie zu gründen.«

»Da wäre ich mir nicht so sicher. Es gibt nämlich auch Männer, die genau das nicht wollen. Die sich nicht für Frauen interessieren und die lieber mit ihresgleichen verkehren.«

Marie zuckte zusammen, ein Stückchen Mandelkuchen rutschte ihr von der Gabel. »Du meinst Sodomisten? Ich bin nur froh, dass mir solche Typen noch nicht begegnet sind! Dir hoffentlich auch nicht, oder?«

»Nun, ich habe einige Freunde von Monsieur Dior kennengelernt … Sie sind zum Essen gekommen und haben auch in der Rue Royale übernachtet.«

Marie starrte sie an, als sähe sie einen Geist. »Du meinst, dein Patron ist … ist so einer? Christian Dior, der Mann, der die Frauen anzieht … Aber das ist ja unfassbar! Du musst dir sofort eine andere Anstellung suchen!«

Célestine wunderte sich über die heftige Reaktion der Freundin. Wenn Marie außer sich war, wurden ihre großen runden Augen noch größer und wirkten fast schwarz. Gleichzeitig schalt sie sich eine Törin, weil sie unvorsichtigerweise das Geheimnis Monsieur Diors verraten hatte.

»Was hat das Privatleben meines Dienstherrn mit meiner Arbeit zu tun?«

»Du kannst nicht länger bei ihm bleiben«, stellte Marie fest, und ihre Miene zeigte deutlich, dass sie keinen Widerspruch duldete.

»Aber wieso denn? Glaub mir, Marie, ich kann mir keinen liebenswürdigeren Chef vorstellen«, versuchte Célestine die Freundin zu beruhigen. »Und auch seine Besucher sind ausgesprochen höflich zu mir und zeigen sich respektvoll. Einer brachte mir neulich sogar Blumen mit, als Dank für das Abendessen, das ich ihnen zubereitet hatte. Wären alle Männer so nett wie die Freunde des Patrons, gäbe es deutlich weniger unglückliche Frauen.«

Kapitel 35

Der Umbau des neuen Domizils von Monsieur Dior nahm mehrere Monate in Anspruch. Der Patron hatte drei befreundete Innenarchitekten gebeten, jedes Zimmer ganz auf seinen Geschmack und seine Bedürfnisse abzustimmen. Das Haus sollte moderner und großstädtischer wirken als die bisherige Wohnung in der Rue Royale, die noch vom Geist der Belle Époque zeugte. Das Interieur sollte von den Stationen im Leben des Hausherrn erzählen, angefangen von seiner Kindheit in der Normandie über die frühe Pariser Zeit als junger Galerist, gefolgt von den Kriegsjahren als Obstbauer an der Côte d'Azur bis zur gegenwärtigen Zeit als Couturier.

In der ersten Nacht, die Célestine in ihrer neuen Wohnung verbrachte, konnte sie vor Aufregung kaum schlafen. Auch sie hatte sich ein Zuhause ganz nach ihrem persönlichen Geschmack geschaffen. Mit einem Sofa, dem neuen Sessel mit dem blauen Samtbezug und blütenbedruckten Vorhängen. Durch das Badezimmerfenster konnte sie den Himmel sehen, und in der kleinen Küche, die der Patron eigens für sie hatte ausstatten lassen, standen zwei der modernsten Haushaltsgeräte, von denen jede Hausfrau träumte, die die meisten sich jedoch nicht leisten konnten: ein Kühlschrank und eine Waschmaschine.

Nach und nach wollte sie das Mobiliar ergänzen durch einen Sekretär aus hellem Nussbaumholz und eine Anrichte für ihr Geschirr. Auf dem Balkon wollte sie im Sommer Blumenkübel aufstellen mit Duftrosen, die mehrmals im Jahr blühten. Wie die *Souvenir de la Malmaison*, eine blassrosafarbene Bourbonrose, die ihren Namen zum Andenken an den Garten der Kaiserin Joséphine erhalten hatte, der ersten Ehefrau Kaiser Napoleons I.

Von Amélie erfuhr Célestine, dass es erneut zu einem peinlichen Vorfall in einem der Nachbarateliers gekommen war. Aufgeregt berichtete die zur stellvertretenden Directrice aufgestiegene junge Näherin:

»Stell dir vor, Célestine, der Patron hatte nach einer Skizze für ein Nachmittagskleid aus der *Zickzacklinie* gefragt. Außerdem wollte er wissen, wie oft dieses Kleid an englische Kundinnen verkauft worden war. Monsieur Pascal, der Atelierleiter, und drei Lehrmädchen begannen ganz hektisch zu suchen. Aber die Skizze blieb ebenso unauffindbar wie die Karte aus der Kundendatei. Das Donnerwetter des Patrons hättest du einmal hören sollen. Sogar einige unbeteiligte Näherinnen sind in Tränen ausgebrochen.«

Wahrscheinlich war die neuerliche Panne dadurch entstanden, dachte Célestine, dass in den verschiedenen Ateliers kein einheitliches Ordnungsprinzip herrschte und jeder nach eigenem Ermessen Nachweise erstellte und einsortierte. Das jedenfalls vermutete sie. Sie verspürte ein eigenartiges Kribbeln in der Magengegend. Dank ihrer Erfahrung im Bürgermeisteramt von Genêts traute sie sich zu, eine neue Systematik für die immer umfangreicheren Magazine des Couture-Hauses zu entwickeln. Auch das private Pressearchiv hatte mittlerweile ein Volumen erreicht, das binnen Jahresfrist einen Umzug in einen größeren Raum nötig machen würde.

Sie wollte einen Plan ausarbeiten und diesen Monsieur Dior unterbreiten. Dann würde er sie womöglich mit einer neuen Aufgabe betrauen, und sie würde künftig häufiger in der Avenue Montaigne verweilen können – inmitten der Schnittmuster, Stoffballen, Holzbüsten, Hüte, Halsketten und Seidenblüten. Umgeben von Menschen, die die Leidenschaft des Patrons für Schönheit, Kreativität und Präzision teilten.

Die Aufgaben, die sie für den Privatmann Christian Dior erledigte, waren ihr mittlerweile zur Routine geworden. Das Reinhalten der Zimmer, die Einkäufe für Blumenschmuck und Mahlzeiten, das Abheften der Zeitungsreportagen und das Verfassen persönlicher Briefe. Célestine sehnte sich nach neuen Herausforderungen und hoffte, Monsieur Dior würde ihren Vorschlag wohlwollend aufnehmen.

Nachdenklich strich sich der Patron über das Kinn. Er kniff die Augen zusammen und studierte die Zahlen und Tabellen, die Célestine auf zwei Seiten aufgezeichnet hatte. Ganz sicher wäre ihm das Lesen mit Brille leichter gefallen, doch Célestine wusste, dass seine Eitelkeit ihm eine Sehhilfe verbot.

»Eine überzeugende Ausarbeitung«, murmelte er bedächtig. Dann fuhr er fort, und mit jedem neuen Gedanken wurde seine Stimme lebhafter. »Nach dieser Systematik ließen sich Skizzen, Schnittmuster und Nesselschnitte einer jeweiligen Saison viel schneller einander zuordnen. Und mit der neuen Kartothek hätten wir jederzeit einen Überblick, welcher Arbeitsaufwand für ein einzelnes Kleid nötig war, welche Kundin in welcher Saison was gekauft hat, ob Couture, Pelz oder Hut, welche Verkäuferin welche Kundin bedient hat und welche Kleider in welchen Ländern wie oft verkauft wurden. Wir wüssten, ob die professionellen Käufer ein Modell als Schnittmuster, Nesselschnitt oder als ausgearbeitetes Kleid erworben haben – und könnten den Erfolg jedes Modells sofort einordnen. Was uns wiederum wertvolle Hinweise für die Ausarbeitung der nächsten Kollektion geben würde …«

Célestine verspürte eine Mischung aus Aufregung und Erleichterung. Fast zeitgleich mit dem Erklingen des Türgongs erschien wie gewohnt der Butler mit Mantel und Hut im Salon. Monsieur Dior erhob sich aus dem Sessel und rückte den Krawattenknoten zurecht.

»Geben Sie mir einige Tage Zeit, Mademoiselle Célestine. Ich will darüber nachdenken, wie sich Ihre Vorschläge umsetzen lassen. Wir finden eine Lösung, da bin ich mir sicher.«

~

Bisweilen wanderten Célestines Gedanken noch zu Jean-Luc und der Frage, warum sie sich nur derartig von ihm hatte blenden lassen. Der Betrüger hatte ihr Manuskript mitgenommen – und vermutlich in den Ofen geworfen. Das Original war unwiederbringlich verloren. Aber, auch das hatte sie im Gemeindeamt von Genêts gelernt, sie hatte aus Gewohnheit mit Kohlepapier eine Zweitschrift verfasst. So hatte sie zwar den Glauben an ihre Menschenkenntnis eingebüßt, nicht aber ihren vollständigen Text.

Weil die Kopie an mehreren Stellen blass und einzelne Buchstaben unleserlich waren, setzte Célestine sich nach Feierabend daran, die Seiten neu abzutippen. Dabei stellte sie fest, dass sie manche Formulierung ändern, manches Detail einfügen wollte. Sie ließ ihrer Phantasie freien Lauf und war sicher, dass sie irgendwann für ihre Ausdauer belohnt werden würde.

Mehr als zwei Wochen wartete Célestine indes auf eine Reaktion Diors auf ihren Vorschlag, ohne dass er jedoch darauf zu sprechen kam. Insgeheim machte sie sich darauf gefasst, ihre Ideen könnten für immer Hirngespinste bleiben. Dann aber verkündete Monsieur Dior: Im Couture-Haus sollten sämtliche Vorarbeiten zu den endgültigen Kollektionen und auch die verschiedenen Kartotheken nach einem neuen System erfasst werden. Der Umfang seines bisherigen Schaffens mache diese Maßnahme erforderlich.

Célestine solle die Dokumentation beaufsichtigen und bei Bedarf Unterstützung von Mitarbeitern aus den jeweiligen Ateliers anfordern können. Das Pressearchiv wurde aus dem Privathaus des Patrons in die Avenue Montaigne verlagert. Célestine erhielt im oberen Stockwerk ein zwar kleines, aber eigenes Büro, in das nicht mehr passte als ein Tisch, ein Stuhl und ein Wandregal.

Ihr Arbeitstag folgte nun einem neuen Rhythmus. Sobald der Patron ihr am Morgen seine Wünsche für das Nachtmahl genannt hatte, kaufte sie an der nahe gelegenen Place de Passy oder in der Avenue Henry Martin Fleisch, Gemüse, Eier und Obst ein. Den Blumenschmuck von *Lachaume* bestellte sie meist telefonisch. Zwischen Madame Petit und ihr hatte sich über die Jahre eine Vertrautheit entwickelt, dank derer nur wenige Worte nötig waren, und es wurde ein Bouquet genau nach Célestines Vorgaben geliefert.

»Da Ihre Anwesenheit ab sofort in der Avenue Montaigne erforderlich ist, brauchen Sie fürs Reinemachen Entlastung«, hatte Monsieur Dior beschlossen und Mafalda eingestellt, eine etwa vierzigjährige Italienerin, die während des Putzens schwung- und gefühlvoll die klassischen Opernarien sang.

Gegen elf Uhr vormittags machte Célestine sich auf den Weg in die Avenue Montaigne und ordnete Zeichnungen und Schnittmuster, versah diese mit einer Nummer sowie Namen und Jahr der jeweiligen Kollektion, heftete die entsprechenden Kärtchen an Nesselschnitte und übertrug Zahlen und Modellnamen in die Spalten eines großen dicken Inventarbuches. Sie staunte über die immense Zahl an verkauften Schuhen, Handtaschen und Hüten, die sie in einer der Kartotheken auflistete.

Célestine liebte diese Arbeit, die Konzentration und Präzision erforderte. Ihre Tür stand stets offen, und so hatte sie einerseits ihr eigenes Reich, konnte jedoch stets das Geschehen im Atelier beobachten, wo unter der Leitung von Madame Roxanne die zauberhaftesten Roben entstanden.

Nach und nach erhielt Célestine Einblick auch in die übrigen Ateliers, in denen die Näherinnen und Näher ihr ganz spezielles Aufgabengebiet hatten wie Kostüme, Mäntel, Tages- und Nachmittagskleider, Pelze, Cocktailkleider oder Abend- und Brautkleider. Man erklärte ihr, dass für gute Kundinnen eine Holzbüste nach individuellen Maßen angefertigt wurde. So konnten diese Damen jederzeit Kleidung in Auftrag geben, selbst dann, wenn sie auf Reisen waren oder aus anderen Gründen keine Zeit fanden, persönlich zu einer Anprobe in der Avenue Montaigne zu erscheinen. Célestine sah den Stickerinnen zu, die mit Engelsgeduld Perlen und Pailletten aufreihten und die außergewöhnlichsten Blüten und Phantasieornamente schufen.

Sie erlebte die angespannte Stille auf allen Etagen, wenn der Patron sich in sein Landhaus zurückgezogen hatte und jeder auf die neuen Skizzen wartete, um sich dann mit neuer Freude und Leidenschaft den Herausforderungen der aktuellen Kollektion zu stellen. Und sie sah die Tränen, die flossen, wenn nach tagelanger hingebungsvoller Arbeit ein Kleid vom Patron zurückgewiesen wurde, weil er meinte, es habe nicht genügend Strahlkraft. In den Tagen vor einer Premierenschau glich das Couture-Haus einem Bienenkorb, in dem jeder mit aller Emsigkeit seine spezielle Aufgabe verfolgte.

Célestine war Teil dieses Getriebes geworden. Und doch war sie, neben Diors Jugendfreundin Luling und seinem Kreativtrio, den Damen Brizard, Carré und Zehnacker, die Einzige, die nicht nur den Couturier kannte, sondern auch den privaten Christian Dior, dessen Augen glänzten, wenn sie ihm abends Gänsekeule oder Muschelsuppe servierte. Dessen Blick durch sie hindurchging, wenn er zu seinem Skizzenblock griff und ihre Bewegungen festhielt, während sie eine Blumenvase füllte oder mit einem vollen Einkaufskorb vom Markt kam. Sie war eine Wanderin zwischen den Welten eines einzigartigen Menschen und Künstlers.

Kapitel 36

Seit Wochen machte Marie sich rar. Wieder einmal schwebte sie im siebten Himmel. Diesmal war sie felsenfest überzeugt, mit Eric, einem Marineoffizier, schon bald in den Hafen der Ehe zu segeln. Célestine würde den Freund bei nächster Gelegenheit kennenlernen, das hatte Marie ihr fest versprochen.

Und so schloss sich Célestine einer Gruppe von Näherinnen, Stickerinnen und Buchhalterinnen an, die an jedem ersten Sonntag im Monat gemeinsam ins Kino gingen. Meist setzten die jungen Frauen sich danach noch in eines der Cafés oder Bistros auf den großen Boulevards. Dann wurde über Make-up und Frisur der Hauptdarstellerin diskutiert. Oder sie stellten Mutmaßungen an über eine Affäre zwischen der Presseassistentin mit dem wesentlich jüngeren Atelierleiter für Pelze, Monsieur Gérard, der zuvor bei Jacques Fath gearbeitet hatte. Der charmante, gut aussehende Belgier war der Schwarm nahezu aller weiblichen Angestellten und das Objekt des Neids aller männlicher Angestellten.

»Ich finde es seltsam, wie häufig der Patron in letzter Zeit den Namen unserer ach so vielseitig begabten Célestine erwähnt. Ist euch das nicht auch aufgefallen?«, fragte Chantal unvermittelt, die schwarzäugige Algerierin aus der Buchhaltung. Schon bei ihrer allerersten Begegnung hatte Célestine gespürt, dass diese hochgewachsene Dreißigjährige mit der vollendeten Figur eines Mannequins, deren Gesicht etwas Verhärmtes hatte, ihr nicht wohlgesonnen war. Immerzu fand Chantal etwas an ihr auszusetzen. Mal war ihr Célestine zu freundlich, dann wieder zu unfreundlich gegenüber den Kollegen; mal fand Chantal sie zu ordentlich, mal zu nachlässig gekleidet, um in einem Couture-Haus zu arbeiten.

Célestine hatte keine Ahnung, was diese hübsche und doch so verbittert wirkende Frau zu diesem Verhalten veranlasste, wollte es auch nicht wissen. Diesmal jedoch spürte sie, wie etwas in Chantal gärte, das kurz vor dem Ausbruch stand.

Diese wartete eine etwaige Antwort der Kolleginnen gar nicht erst ab. Mit stechenden Augen blickte sie verächtlich zu Célestine hinüber, ihre Lippen wurden zu zwei schmalen Strichen.

»Du bildest dir wohl ein, was Besonderes zu sein, wie? Ständig spricht der Patron davon, wie vielseitig, umsichtig und fähig du bist. ›Mademoiselle Célestine hat gesagt …‹ – ›Darüber muss ich erst mit Mademoiselle Célestine sprechen …‹ – ›Fragen Sie Mademoiselle Célestine, sie ist die Spezialistin …‹ Mich hat Monsieur Dior noch kein einziges Mal gelobt, dabei bin ich diejenige, die morgens als Erste kommt und abends als Letzte die Abteilung verlässt.«

Während Célestine sprachlos dasaß, blickten die anderen Frauen sich verständnislos an.

Chantal holte tief Luft und ließ ihrem Unmut freien Lauf. Dabei richtete sie den Zeigefinger drohend auf Célestine. »Du scharwenzelst in seinem Zuhause um unseren Patron herum, kochst ihm sein Abendessen. Und jetzt kommst du auch noch zu uns in die Avenue Montaigne und belehrst uns über Systematik, Magazinierung und Inventarkarten. Du bildest dir wohl ein, er sei in dich verliebt, wie? Siehst dich schon als künftige Madame Dior. Eine Landpomeranze wie du sollte nicht zu hoch hinauswollen.«

»Schluss damit, Chantal! Musst du deine schlechte Laune immer an anderen auslassen? Was hat Célestine dir getan?« Empört rückte eine der Stickerinnen mit ihrem Stuhl von Chantal ab. Dabei stieß sie mit dem Knie gegen die Tischkante, so dass die Tassen klirrten.

»Ihr entschuldigt mich, ich brauche dringend frische Luft.« Hastig stand Célestine auf und rannte aus dem Café ins Freie. Draußen auf den Champs-Élysées sog sie die feuchtkalte Herbstluft ein. Menschen hasteten mit hochgeschlagenem Kragen und aufgespanntem Schirm vorüber. Die Lichter der Straßenlaternen und Leuchtreklamen spiegelten sich auf dem regennassen Trottoir. Ein etwa achtjähriges Mädchen nahm Anlauf und sprang in eine Pfütze, unmittelbar vor dem Eingang des Lokals. Wasser spritzte auf, und als Célestine an sich hinuntersah, entdeckte sie dunkle Flecken von den Strümpfen bis zum Mantelsaum. Die Mutter des Mädchens schob eilig einen Kinderwagen. Sie hatte von dem Malheur nichts mitbekommen.

Célestine wusste nicht, worüber sie sich mehr aufregen sollte. Dass sie den Mantel nun in die Reinigung bringen musste oder über die gehässigen Worte Chantals. Auch wenn ihr die Unterstellungen der Buchhalterin geradewegs die Sprache verschlagen hatten, so fühlte sie doch auch Erleichterung. Offenbar ahnte niemand der Angestellten, wie es um das Liebesleben des Patrons tatsächlich bestellt war. Und so sollte es auch bleiben.

~

Am Monatsende, als sie das Gehalt abholen wollte, betrat Célestine mit gemischten Gefühlen die Lohnabteilung. Zu ihrer Verwunderung saß Chantal nicht an ihrem angestammten Platz. War sie möglicherweise erkrankt? Als Célestine nach dem Verbleib der Buchhalterin fragte, erfuhr sie, dass diese überraschend gekündigt hatte. Ihre Kollegen waren erleichtert, denn Chantal hatte durch Neid und Missgunst viele gegen sich aufgebracht. Das Arbeitsklima in der Abteilung hatte gelitten, und nun freuten sich alle auf ein friedliches und harmonisches Miteinander.

Vielleicht hatte ein Schicksalsschlag aus dieser attraktiven Frau eine verhärmte Person gemacht, überlegte Célestine und empfand beinahe Mitleid. Der Krieg hatte tiefe Wunden in die Herzen der Menschen geschlagen, auch in ihres. Der Tod von Vater und Bruder, die irgendwo im Elsass in einem Massengrab ihre letzte Ruhestätte gefunden hatten, schmerzte immer noch. Umso wichtiger erschien es ihr, auf die schönen Dinge des Lebens zu achten und sich ganz bewusst an ihnen zu erfreuen.

Kapitel 37

Célestine war nicht sonderlich erstaunt, als der Patron ihr eines Morgens, während sie einen Korb voll frischem Marktgemüse in der Küche absetzte, mitteilte, dass er ein zweites Landhaus erstanden hatte. *La Colle Noire,* so der Name seines neues Domizils, lag eine Stunde Autofahrt von der Côte d'Azur entfernt. In dieser Region hatte er die Kriegsjahre verbracht und zusammen mit seiner Schwester eine Orangenplantage bewirtschaftet. Die Erinnerung an diese beschwerliche, aber glückliche Zeit hatte ihn zum Kauf bewogen. Und wie schon bei der *Millet* war er mit Feuer und Flamme dabei, das Haus von innen zu gestalten.

Die Herausforderung, sich ein neues Zuhause zu schaffen, beflügelte den Patron bei seinen Entwürfen für die neue Kollektion mit dem Namen *Ligne Sinueuse*. Die Kostümjacken waren gerade und locker zugleich geschnitten, mit tief angesetzten Raglanärmeln. In der Rückenpartie zeigten sie wellenförmige Aufbauschungen. Auch die Tageskleider waren vorn auf Figur geschnitten, hinten indes überraschten sie mit einer pluderigen Stofffülle.

Célestine hatte den Eindruck, der Patron empfinde die doppelte Arbeit nicht als Last, sondern als Vergnügen. Und so fuhr Monsieur Dior auch bald darauf für einige Tage in den Süden, um mit einem Freund Umbaumaßnahmen zu besprechen und einen Hausverwalter für die Zeit seiner Abwesenheit zu suchen. Célestine kam gerade mit einigen Näherinnen aus dem Nachbaratelier vom Mittagessen zurück, als Madame Luling sie auf dem Flur abpasste und ihr einen Zettel in die Hand drückte.

»Vor wenigen Minuten ging in meinem Büro ein Anruf aus dem *Hôpital Curie* ein. Hier ist die Adresse, Mademoiselle Dufour. Sie sollen so schnell wie möglich ins Krankenhaus kommen.«

»Hat man Ihnen einen Grund genannt?«

Die Verkaufsleiterin schüttelte bedauernd den Kopf, dann enteilte sie in den Großen Salon, wo zwei australische Reporter darauf warteten, Details über die nächste Kollektion des Patrons zu erfahren.

Auch wenn Célestine nicht wusste, was geschehen war, stieg eine unheilvolle Ahnung in ihr auf. Rasch holte sie Mantel und Handtasche und hielt eines der Taxis an, die in Minutenabständen die Avenue Montaigne passierten, um dort kaufkräftige Kundinnen abzusetzen oder mit vollen Einkaufstüten abzuholen.

Eine Viertelstunde später erfuhr sie von einer Krankenschwester mit aufgestecktem Grauhaar und offenem, fröhlichem Lächeln, warum man sie hatte rufen lassen.

»Heute Morgen haben zwei Gendarmen zufällig beobachtet, wie eine junge Frau über das Geländer des Pont de l'Alma kletterte und in die Seine sprang. Trotz heftiger Strömung an dieser Stelle gelang es ihnen, die Lebensmüde aus dem Wasser zu ziehen. Die Frau wurde stark unterkühlt hierhergebracht. Sie trug keinen Ausweis bei sich, wollte uns auch nicht ihren Namen nennen. Doch in ihrer Manteltasche fanden wir einen Zettel. Darauf waren eine Pariser Telefonnummer und Ihr Name notiert.«

Célestine spürte ihren Herzschlag bis in die Schläfen. »Ist die Patientin – ansprechbar?«

»Ja, wenngleich sie noch ein wenig verwirrt scheint. Sie liegt im Zimmer einhundertfünf, am Ende des Flurs.« Die Krankenschwester wies Célestine die Richtung, wandte sich dann aber abrupt ab und hastete zu einer Tür, über der ein roter Leuchtknopf blinkte.

Mit leisen Schritten betrat Célestine das Krankenzimmer. Der Geruch von Urin und Kampfer schlug ihr entgegen. Sechs Frauen, die Gesichter so bleich wie die Laken, lagen in dicht nebeneinander stehenden Betten, einige stöhnten, eine alte zahnlose Frau lispelte unverständliche Laute. Vorsichtig trat Célestine an das Bett am Fenster, wo sich lange dunkle Haarsträhnen wellenförmig auf dem Kissen ausbreiteten. Mit dem Zeigefinger tippte sie auf die schweißnasse Stirn. Ihre dumpfe Ahnung hatte sich bestätigt. Die junge Frau, die man aus der Seine gerettet hatte, war Marie.

»Du bist also gekommen, Célestine?« Die Worte drangen nur langsam und kaum hörbar über Maries Lippen.

Célestine half der Freundin, sich aufzurichten, und stopfte ihr ein Kissen in den Rücken. Eine kalte Hand klammerte sich fest an ihren Unterarm.

»Ich war so verzweifelt …«, flüsterte Marie.

»Aber warum?«, fragte Célestine ebenfalls flüsternd. Die Bettnachbarinnen mussten nicht wissen, worüber sie sich unterhielten.

»Eric, er hat … Er ist …« Tränen kullerten über Maries Wangen.

»Was ist mit ihm?«

»Er ist fort. Und er wird nie wiederkommen. Er hat mir einen Abschiedsbrief geschrieben.« Leise schluchzte Marie auf, ihre Schultern zuckten. »Dieser unverschämte Lügner! Er hat eine Frau und zwei kleine Kinder. Sie leben auf Martinique. Ich war für ihn nur eine unbedeutende Affäre. Eine von mehreren vermutlich.«

Tröstend strich Célestine ihr über das wirre Haar, fühlte Mitleid mit der Freundin und Wut auf den Unbekannten. Warum nur war Marie wieder einmal an den falschen Mann geraten? Der ihr zuerst mit blumigen Versprechungen den Kopf verdreht und sich nach kurzer Zeit schnöde davongemacht hatte? So viel Pech hatte die gutmütige, gutgläubige Marie nicht verdient.

»Vergiss Eric ganz schnell. Er ist es nicht wert, dass du noch einen Gedanken an ihn verschwendest. Wenn du wieder zu

Hause bist, lade ich dich zum Essen ins Ritz ein. Dann bestellen wir Champagner und trinken auf unsere Freundschaft.«

Die zahnlose alte Frau im Nachbarbett begann, die *Marseillaise* zu summen, und schaukelte im Takt mit dem Oberkörper vor und zurück. Zwei weitere Frauen stimmten ein und trommelten rhythmisch mit den Fingern auf die Bettdecke.

Zitternd bewegte Marie die Lippen, und Célestine ahnte die Worte mehr, als dass sie sie wirklich verstand.

»Ich bin schwanger.«

Eine Woche später machten sie einen Spaziergang durch den Bois de Boulogne, zu dem Célestine die Freundin überredet hatte. Das einstige Jagdrevier König Louis XVI. gehörte zu den schönsten und größten Parks der Stadt. Sie liebte diese grüne Insel in der Nähe ihres Zuhauses mit den breiten Wegen und verschlungenen Pfaden, den Bächen und den zwei Seen, dem Wasserfall und dem Botanischen Garten. An manchen Wochenenden streifte sie stundenlang durch den Park, erlebte den Wechsel der Jahreszeiten und konnte sich nicht sattsehen an den farbenprächtigen Orchideen und Bromelien in den Gewächshäusern. In Gedanken sah sie diese Blüten als kunstvolle Stickereien auf luxuriösen Abendroben, entworfen von Monsieur Dior.

Ein zarter Fliederduft lag in der Luft, in kunstvoll angelegten Rabatten blühten Azaleen, und die Rosen zeigten erste zarte Knospen. Ein Entenpaar flog über die Köpfe der Spaziergänger hinweg in Richtung des oberen Sees, wo die ersten Ruderboote für die kommende Sommersaison aus den Schuppen geholt wurden. Eine Gruppe halbwüchsiger junger Mädchen in dunkelblauer Schuluniform trottete gelangweilt hinter ihrer Lehrerin her, die mit der Spitze ihres Regenschirms auf unterschiedliche Bäume wies und deren wissenschaftliche Namen nannte.

»Trauerweide – *Salix babylonica*, Magnolie – *Magnolia grandiflora*, Eibe – *Taxus baccata* … Merkt euch die Bezeichnungen.«

Die beiden Freundinnen setzten sich auf eine Parkbank und blickten einer jungen Mutter mit müden Augen und blassem Gesicht hinterher. Sie schob einen Kinderwagen, aus dem ein herzzerreißendes Wimmern ertönte.

»Ich will dieses Kind nicht bekommen, ich lasse es wegmachen«, erklärte Marie unvermittelt.

»Das darfst du nicht«, entgegnete Célestine erschrocken.

Beinahe wütend zerrte Marie an dem rotseidenen Halstuch mit gelber Tulpenstickerei, das Célestine ihr zum Geburtstag geschenkt hatte. »Und warum nicht? Ein Kind passt nicht in mein Leben. Ich bin auf mich allein gestellt und muss Geld verdienen.«

»Denk an die vielen Kriegerwitwen, die ihre Kinder auch ohne Mann durchbringen müssen. Wir suchen jemanden, der auf dein Kind aufpasst, während du bei der Arbeit bist. Vielleicht eine junge Mutter, die sich etwas dazuverdienen möchte. Sicher lässt Madame Renard mit sich reden, dass du keine Spätschicht mehr machen musst. Dann wärst du nachmittags wieder zu Hause und hättest Zeit für dich und das Kind. Dein Kind.«

Maries Miene und Stimme waren ein einziger Vorwurf. »Warum musste das ausgerechnet mir passieren? Warum? Meine Kollegin Isabelle hat sich mit einem Postbeamten verlobt. Die muss sich keine Sorgen um ihre Zukunft machen.«

»Du auch nicht, Marie«, versuchte Célestine einzulenken. »Es findet sich ein Weg. Ganz bestimmt. Ich helfe dir.«

Mit fest aufeinandergepressten Lippen schüttelte Marie den Kopf. »Nein. Je mehr wir über dieses Thema reden, desto klarer wird mir, dass ich kein Kind haben will. Jedenfalls nicht jetzt. Ich will ausgehen, Männer kennenlernen und mich amüsieren.«

Auch wenn Célestine Maries Argumente teilweise nachvollziehen konnte, musste sie dennoch widersprechen. »Kinder sind ein Geschenk des Himmels, sie machen unser Leben zu etwas Besonderem, Einzigartigem.«

»Komm mir nicht mit frommen Redensarten. Es geht um mein Leben, und über das bestimme ich ganz allein.«

Erschrocken über die Heftigkeit dieser Worte rutschte Célestine auf der Parkbank ein Stückchen zur Seite. Doch Marie fuhr aufgebracht fort.

»Was weißt du denn über das normale Leben? Du schwebst doch jeden Tag in einer Maiglöckchenduftwolke über dicke Orientteppiche und hältst mit einem goldenen Füller fest, ob der Scheich von Al Aman für seinen Harem zwei Dutzend

Abendroben in Seidensatin, Crêpe Georgette oder in Bouretteseide bestellt hat.«

Fassungslos starrte Célestine die Freundin an. Das war nicht die Marie, die schon seit der Schule ihre vertraute Freundin war, mit der sie seit so langer Zeit Träume und Hoffnungen teilte. Abrupt erhob sie sich und eilte dem Ausgang an der Place de Colombie zu, hätte beinahe zwei kleine Jungen umgerannt, die ihr fröhlich winkend auf Rollschuhen entgegenkamen. Da spürte sie von hinten eine Hand auf der Schulter. Sie blieb stehen und blickte in Maries tränenüberströmtes Gesicht.

»Es tut mir leid, was ich gerade gesagt habe. Es ist nur … ich bin so mutlos. Ich weiß nicht mehr ein noch aus.«

Von einer Sekunde auf die andere war Célestines Ärger wie verflogen. Versöhnlich reichte sie der Freundin den Arm, und gemeinsam gingen sie vorbei am kleinen See, auf dem Liebespaare in Ruderbooten ihre Runden zogen. »Schon vergessen. Hast du nicht oft gesagt, dass es einer Frau vorherbestimmt ist, Mutter zu werden? Ich bin sicher, du wirst eine gute Mutter sein. Und mach dir wegen des Geldes keine Sorgen. Schließlich sind wir Freundinnen, und ich habe schon einen Plan. Du wirst sehen, alles wird gut.«

Kapitel 38

Die Artikel in der *Elle* wurden mit solcher Begeisterung aufgenommen, dass sogar das Konkurrenzmagazin *Jolie Madame* neidvoll zugeben musste: *Der Chefredaktion ist ein wahrhaft großer Coup gelungen. Christian Dior, der den Leserinnen einen Blick hinter die Kulissen seines Modehauses gewährte, hat die Französinnen elektrisiert.*

Die *Mademoiselle Parisienne* schrieb: *Wenn Mode einen Namen hat, dann lautet er Christian Dior.*

Aufgrund des überwältigenden Erfolgs entschied sich der Patron, sämtliche Folgen, die die Zeitschrift gedruckt hatte, zusammenzufassen und in einem schmalen gebundenen Buch herauszubringen. Der Couturier suchte Célestine in ihrem Büro in der Avenue Montaigne auf und überreichte ihr mit einer formvollendeten Verbeugung ein handsigniertes Exemplar. Es trug den Titel: *Ich mache Mode*. Célestine glaubte auf Wolken zu schweben, als sie die Widmung las:

Für Célestine, mit herzlichem Dank.

Ihr Christian Dior

Ihr Herz pochte laut und schnell. Sie war nicht mehr *Mademoiselle Dufour*, auch nicht mehr *Mademoiselle Célestine.* Sie war *Célestine*. Diese Widmung war für sie wie ein Ritterschlag.

Als hätte er ihre Verwirrung nicht bemerkt, zog Monsieur Dior aus seiner Mappe eine Skizze, die die für ihn typische Handschrift trug. Das Abendkleid war unzweifelhaft eine Reminiszenz an die frühe *Glockenblumenlinie*.

»Ich möchte Sie um Ihre persönliche Meinung bitten, Célestine.« Er tippte mit dem Finger auf die Zeichnung. »Die englische Prinzessin Margaret hat zu ihrem einundzwanzigsten Geburtstag ein Cocktailkleid bestellt. Sie ist eine zauberhafte Person von jugendlicher Frische, und, wenn Sie mir die Bemerkung gestatten, Sie sind ihr nicht unähnlich.« Er räusperte sich mehrere Male und wirkte plötzlich verlegen wie ein Schuljunge. »Ich bin noch unentschlossen, welches Material und welche Farbe ich wählen sollte. Madame Bricard schlug einen schwarzen Moiré-Stoff vor mit einer roséfarbenen Blütenapplikation am Ausschnitt. Madame Carré plädierte für eine ganz andere Deutung des Entwurfs, nämlich eine bordeauxrote Spitzenversion mit einer Samtschleife oberhalb der Taille. In welchem Kleid können Sie sich die Prinzessin vorstellen?«

Mit zwei tiefen Atemzügen gelang es Célestine, ihre Aufregung zu bändigen. Der Patron hatte bereits die Meinung von zwei seiner wichtigsten Beraterinnen eingeholt. Und nun wollte er auch von ihr ein Urteil hören. Für eine Antwort musste sie nicht lange überlegen.

»Prinzessin Margaret ist eine der meistfotografierten Frauen unserer Zeit. Sie ist klein und zierlich und die ideale Repräsentantin für Ihren *New Look*, Monsieur Dior. Zum dunklen Haar der Prinzessin würde ein champagnerfarbener Stoff aus einem leichten, fließenden Material am besten passen. Für das Mitglied eines Königshauses stelle ich mir eine goldene Stickerei mit Blüten und Pailletten als perfekte Ergänzung vor.« Immer deutlicher stieg das Bild dieses Kleides vor Célestines innerem Auge auf. Mit einem Mal sprudelte es aus ihr heraus. »Ich denke an ein Motiv, das sich auf der Vorderseite gleich einem Wasserfall vom Halsausschnitt bis zum Knöchel fortsetzt. Ähnlich wie bei dem Modell *Denise* aus der Herbst-Winter-Kollektion siebenundvierzig/achtundvierzig, wo Sie Maiglöckchen auf einen nachtblauen Untergrund gesetzt haben.«

Ein wenig wunderte sie sich über sich selbst. Dank ihrer intensiven Beschäftigung mit den Entwürfen des Patrons konnte sie nahezu jedes Modell aus der Erinnerung abrufen. Ob ihr das in zwei oder fünf Jahren immer noch gelingen würde? Wenn Hunderte neuer Kleidungsstücke hinzugekommen wären?

Monsieur Dior sagte kein Wort, doch an seinem Stirnrunzeln konnte Célestine erkennen, wie angestrengt er nachdachte. »Vielen Dank, Célestine«, murmelte er und marschierte schnurstracks hinüber ins Atelier von Madame Régine, wo die Première mit ihren Näherinnen und Nähern bereits auf die Anweisungen des Couturiers wartete. Célestine hörte, wie nebenan lebhaft diskutiert wurde. Dann wanderten ihre Gedanken zum Boulevard Jules Sandeau, wo sie am Abend dem Patron und einem unbekannten Gast ein geschmortes Kaninchen vorsetzen wollte.

Zwei Monate später entdeckte sie auf dem Schreibtisch des Patrons ein englisches Modejournal. Beim Betrachten des Titelbildes hielt sie unwillkürlich den Atem an. Es zeigte ihre Hoheit Prinzessin Margaret, die jüngere Schwester der künftigen englischen Königin, an ihrem einundzwanzigsten Geburtstag. Die Prinzessin stand in einem Türrahmen und blickte den Fotografen mit einem übermütigen Lächeln an, als wolle sie ihn auffordern, sie zu einem Ball zu begleiten. Sie trug ein bodenlanges, champagnerfarbenes Kleid mit einer goldfarbenen Stickerei, die wie ein Wasserfall vom Halsausschnitt bis zum Knöchel verlief.

Ein Gefühl von Glück und Stolz durchströmte Célestine. Der Patron war diesmal nicht den Empfehlungen Madame Bricards oder Madame Carrés gefolgt. Er hatte ihren Vorschlag übernommen! Die Idee einer kleinen Schreibkraft aus der Provinz, die nach Paris gekommen war, um ein Leben nach ihren Vorstellungen zu führen. Die als Mädchen für alles bei einem unbekannten Modezeichner angefangen hatte und für ihn seither die Hausmannskost seiner Kindheit kochte. Die zunächst zur Hausdame aufgestiegen war, danach zur Archivarin und nun zur Privatsekretärin. Die mit dem berühmtesten Couturier der Welt über eine Kleiderskizze diskutiert hatte, in deren stoffgewordener Schöpfung sich eine englische Prinzessin der Weltöffentlichkeit präsentierte.

Hätte ihre Mutter das nur erleben können. Vielleicht wäre Laurianne Dufour doch ein wenig stolz auf ihre Tochter gewesen.

Kapitel 39

Das winzige Wesen mit der Stupsnase und dem schwarzen Flaum auf dem Kopf rührte Célestine zu Tränen. Vorsichtig setzte sie sich auf die Bettkante und drückte fest die Hand der Freundin. Voller Erleichterung stellte sie fest, dass Marie und ihre kleine Tochter wohlauf waren. Kurz nach Mitternacht war das Telefonnetz im gesamten Bezirk Montmartre ausgefallen, und so hatte Célestine erst mit mehrstündiger Verspätung von der Geburt ihres Patenkindes Rosalie erfahren.

Marie lächelte erschöpft, konnte gar nicht den Blick von dem Bündel in ihrem Arm abwenden. Célestine stopfte ihr ein Kissen in den Rücken und half ihr, sich aufzurichten. »Meinst du, wir schaffen es – die Kleine und ich? Ich habe noch nicht gewagt, Madame Renard nach den Arbeitszeiten zu fragen.« Ganz vorsichtig strich Marie mit dem Finger über die feinen Pusteln auf der Babywange.

»Aber sicher schafft ihr das. Wir suchen gemeinsam eine Familie, in der Rosalie gut aufgehoben ist, während du arbeitest. Ich übernehme für mein Patenkind die Hälfte der Kosten. Wenn du möchtest, rede ich mit Madame Renard, dass sie dich nur für die Tagschichten einsetzt. Dann kannst du abends bei deinem Kind sein.«

»Du bist die beste Freundin, die man sich vorstellen kann. Die Hebamme will am Nachmittag wiederkommen und nach dem Rechten sehen.« Marie seufzte erleichtert, ließ den Kopf in das Kissen fallen und war Sekunden später eingeschlafen.

Auf Zehenspitzen schlich Célestine aus der Dachkammer, die über Wochen ihr Zuhause gewesen war – als sie sich in einer seelischen Notlage befunden hatte und ihrem Leben eine neue Richtung geben wollte. Dass Marie sie damals so selbstverständlich bei sich aufgenommen hatte, hatte Célestine nie vergessen. Jetzt war die Zeit gekommen, da sie sich revanchieren konnte.

~

Die Nachricht traf Célestine völlig überraschend.

Madeleine gestorben – Beerdigung Freitag, 12 Uhr.

So stand es in dem Telegramm, das sie am Morgen erhalten hatte.

»Sie können so lange in Genêts bleiben, bis Sie Ihre Familienangelegenheiten geregelt haben«, hatte der Patron ihr großzügig vorgeschlagen. »Sprachen Sie nicht davon, dass Ihr Onkel ein schwieriger Charakter ist? Womöglich ist er gerade jetzt auf die Hilfe seiner Nichte angewiesen.«

Célestine hatte nur selten und in knappen Worten von ihrer Familie erzählt. Wieder einmal war sie erstaunt, wie genau Monsieur Dior sich alles gemerkt hatte. Ohnehin war die Kunst des Zuhörens eine seiner herausragenden Eigenschaften. Noch Jahre später konnte er sich an kleinste Details erinnern.

Ein mulmiges Gefühl beschlich Célestine. Zum ersten Mal seit dem Tod der Mutter würde sie in ihr Heimatdorf zurückkehren. Zwar hatte sie in der Vergangenheit einige Male pflichtbewusst vorgeschlagen, ihre Verwandten zu Ostern oder zu Weihnachten zu besuchen. Doch ihre Tante Madeleine hatte jedes Mal abgewiegelt. Ihr Mann Gustave hatte sich nie damit abfinden können, dass die Nichte fortgegangen war, und hatte seither ihren Namen nicht mehr erwähnt. Und so hatte Célestine nicht weiter gedrängt, zumal es ihr in Paris leichter fiel, die Erinnerungen abzustreifen.

Und auch wenn sie in ihrem Innern noch keine Pariserin geworden war, so war sie es doch in ihrem Äußeren. Um kein Aufsehen bei den Dorfbewohnern zu erregen, wollte Célestine in derselben Kleidung in ihr Heimatdorf an der Atlantikküste zurückkehren, wie sie sie seinerzeit getragen hatte, als sie in die große Stadt aufgebrochen war.

Neben der stetig wachsenden Zahl an Couture-Kleidern hing in ihrem Kleiderschrank ganz links das mittlerweile aus der Mode geratene Kostüm, das sie zur Beerdigung ihrer Mutter und auch in den Wochen danach als Zeichen der Trauer getragen hatte. Célestine packte ihren alten braunen

Lederkoffer und nahm sich ein Taxi zum Bahnhof, um ihrer Vergangenheit entgegenzufahren.

~

Sie hörte das Meer rauschen und atmete die salzige, klare Luft ein, die ihr dennoch den Hals eng werden ließ. Und obwohl ihr jedes Haus, jedes Sträßchen vertraut war, fühlte sie sich fremd. Dabei schien sich in Genêts nichts verändert zu haben seit dem Tag, an dem sie es verlassen hatte. Sie war es, die sich verändert hatte. Sie war nicht mehr das unbedarfte Mädchen von einst, sie war eine junge Frau, die sich in einer fremden Stadt behauptet hatte und auf eigenen Füßen stand.

Beklommen schritt Célestine durch schmale Gässchen mit Häusern aus grauem Kalkstein. Dahinter lagen die Gärten, in denen die Bewohner seit jeher Obst und Gemüse anbauten. Wie in allen diesen verschlafenen Nestern an der normannischen Küste, wo man samstags zur Beichte ging und sonntags zur Messe. Wo Ostern, Pfingsten und Weihnachten so sicher aufeinander folgten wie der Wechsel von Ebbe und Flut. Und wo die einzig vorhersehbaren Vorkommnisse Taufen, Beerdigungen und Sturmfluten waren.

An der verwitterten Tür des kleinen Gemischtwarenladens hing ein Zettel mit einer handgeschriebenen Notiz: *Wegen Trauerfall geschlossen.* Als Célestine das Haus betrat, das ihre Großeltern errichtet hatten und in dem sie bis zu ihrem einundzwanzigsten Geburtstag gelebt hatte, umfing sie der vertraute Duft von Crêpes und Speck. Vermutlich hatte Tante Madeleine ihrem Ehemann diese Mahlzeit noch am Tag ihres Todes zubereitet. Woran mochte sie wohl gestorben sein? Soweit Célestine sich erinnern konnte, war Madeleine nie krank gewesen.

Zögerlich setzte sie ihren Fuß auf die unterste Stufe der ausgetretenen Holzstiege, als ihr die Gemeindeschwester aus dem oberen Stockwerk entgegenkam. Dort befanden sich die privaten Wohnräume der Familie. Unvermittelt musste Célestine an den Sohn der Pflegerin denken, mit dem sie und Marie in dieselbe Klasse gegangen waren. Ein Rotzbengel, der keiner Prügelei mit seinen Klassenkameraden aus dem Weg gegangen war und sie und die anderen Mädchen im Vorübergehen immer wieder an den Zöpfen gezogen hatte.

Geneviève Albaret war eine etwa sechzigjährige Frau mit eisengrauem geflochtenem Haarkranz und wachen bernsteinfarbenen Augen. Seit Jahrzehnten kümmerte sie sich um das körperliche Wohlergehen der Bürger von Genêts, freute sich mit den jungen Eltern über die Geburt eines Kindes oder tröstete die Angehörigen, wenn es einen Toten zu betrauern galt.

Nun ergriff sie Célestines Hand, und die vertraute Stimme klang tief und sanft. »Mein aufrichtiges Beileid, Célestine. Ich hätte dich lieber unter erfreulicheren Umständen wiedergesehen.«

»Wie geht es meinem Onkel, Madame Albaret? Glauben Sie, dass er Madeleines Tod verkraften wird?« Célestine sorgte sich um ihren Onkel, selbst wenn vermutlich niemand die beiden als glückliches Ehepaar bezeichnet hätte. Doch zumindest hatten sie nie miteinander gestritten. Was vermutlich daran lag, dass Madeleine ihrem Mann immer das letzte Wort gelassen hatte. Klug, wie sie war.

»Célestine, ich habe eine weitere traurige Nachricht für dich. Dein Onkel ist in der Nacht ebenfalls von uns gegangen…«

»Aber wieso…?« Célestine räusperte sich und versuchte zu begreifen, was sie gerade gehört hatte. »Wie konnte das passieren? Und was war mit meiner Tante…?«

»Madeleine hatte ihrem Mann zu Mittag Crêpes gebacken, wie jeden Dienstag. Seit dem Morgen verspürte sie Kopfschmerzen, und so machte sie nach dem Essen einen Spaziergang am Strand. Gegen drei Uhr fand einer der Fischer sie am Bootssteg liegend. Da atmete sie schon nicht mehr. Ein plötzlicher Tod, wie er manchmal eben kommt.«

Ein Schauer lief Célestine über den Rücken, und sie schüttelte heftig den Kopf, wollte das Bild vertreiben, das mit einem Mal in ihr aufstieg. Das Bild ihrer Mutter Laurianne, wie sie am Tag ihrer geplanten Hochzeit rücklings auf dem Boden lag. Reglos, die Augen starr zur Decke gerichtet. Und nun war auch noch ihre Tante gestorben, gefolgt von ihrem Onkel, dem Bruder ihres Vaters. Der letzte Verwandte, der ihr geblieben war. Bis vor wenigen Stunden.

»Als man Gustave die Nachricht überbrachte, verzog er keine Miene. Völlig ungerührt fuhr er damit fort, Ölflaschen und Käselaibe in die Regale einzuräumen. Madeleine sei oben in der Küche und überdies bei bester Gesundheit, behauptete er. Man solle ihn nicht zum Narren halten. Es schien, als wolle er nicht wahrhaben, was man ihm mitgeteilt hatte«, fuhr Madame Albaret fort.

Eine seltsame Vermutung kam in Célestine auf. »Aber irgendwann musste er die Wahrheit anerkennen und sich der Wirklichkeit stellen … Meinen Sie, Onkel Gustave hat seinem Leben selbst ein Ende bereitet?«

Madame Albaret zögerte mit einer Antwort. »Ich weiß nicht. Mag sein. Der Doktor, den man am Morgen gerufen hat, wollte sich nicht recht über die Todesumstände auslassen. Er sprach von einem alten, schwachen Herzen … Doch müssen wir denn genau wissen, was geschehen ist? Und warum?«

»Sie haben recht, Madame Albaret. Es würde nichts ändern.« Mit einem Mal fühlte Célestine eine bleierne Müdigkeit. Sie sehnte sich danach, sich der Länge nach auszustrecken, die Augen zu schließen und in einen tiefen Schlaf zu fallen.

In diesem Haus war der Tod noch allzu gegenwärtig, deswegen wollte sie nicht in ihrem alten Zimmer nächtigen, sondern sich im Dorfgasthof einquartieren. Morgen früh würde sie mit dem Pfarrer über den gemeinsamen Trauergottesdienst für Madeleine und Gustave sprechen.

Ein frischer Wind blies Richtung Osten. Vom Atlantik her zogen dichte Wolken über die normannische Küste. Auf dem kleinen Friedhof hinter der Kirche hatte sich die Trauergemeinde versammelt. Als der Pfarrer die beiden schmucklosen Holzsärge segnete, fiel Célestines Blick auf die benachbarte Grabstätte, wo auf einem Stein die Namen ihrer Eltern und ihres Bruders eingraviert waren. Sie schickte einen stummen Gruß himmelwärts, und auf einmal wurde ihr klar, dass sie die letzte Überlebende ihrer Familie war.

Beim Leichenschmaus im Dorfgasthaus, zu dem sämtliche gehfähigen Bewohner von Genêts erschienen, fragte Célestine sich, wie und an wen sie das großelterliche Haus mitsamt Ladengeschäft verkaufen sollte, als ihr Madame Albaret einen Vorschlag machte: Ihr Neffe arbeitete in einer Anwaltskanzlei in Grandville. Sicherlich könne er sich um den Verkauf kümmern und die Erbschaftsangelegenheit regeln. Erleichtert stimmte Célestine zu. Somit blieben ihr die Suche nach einem Sachverwalter und auch weitere Fahrten nach Genêts erspart.

Als die Trauergäste sich verabschiedet hatten, eilte Célestine zurück zum Gasthof und packte ihren Koffer mit dem Wenigen, das sie mitgenommen hatte. Ein zweites Mal sagte sie nun ihrem Heimatdorf Adieu. Und dann wollte sie nur noch eines: so schnell wie möglich nach Paris zurückkehren.

Über der Stadt spannte sich ein tiefblauer Sommerhimmel. Sie bat den Taxifahrer, einen Umweg zu nehmen. Von der Gare Saint-Lazare fuhren sie nach Süden, Richtung Seine-Ufer. Als sie vor einer Kreuzung stehen bleiben mussten, kurbelte sie das Fenster herunter. Hörte das Klappern eines defekten Auspuffs, das Aufheulen von Automotoren, die Trillerpfeife des Verkehrspolizisten auf seinem Podest, das durchdringende Hupen eines Busfahrers, die Rufe des Zeitungsjungen an der Straßenecke. Geräusche, die für sie wie Musik klangen und die sie vermisst hatte. Erst jetzt verstand sie, wie sehr.

Bei der Weiterfahrt sah sie, wie eine junge Frau in eleganter Kleidung auf dem Trottoir auf eine Leiter stieg und sich mit einer graziösen Handbewegung an die Hutkrempe griff. Nahezu ein Dutzend Männer mit Kameras und Reflektoren umkreisten sie in geschäftiger Hektik – sie war zurück in der Stadt der Mode, keine Frage. Vor den Bistros saßen unter tief herabgezogenen Markisen Menschen an runden Marmortischchen und unterhielten sich, tranken dabei einen Kaffee oder ein Glas Wein. Hier wurden Beziehungen angebahnt, Vertraulichkeiten ausgeplaudert oder Geschäfte abgeschlossen.

Das Taxi überquerte den Boulevard Haussmann, eine der vornehmsten Einkaufsstraßen von Paris, wo ein Tageskleid den Jahresverdienst eines Lehrers und ein besticktes Taschentuch den Monatslohn einer Modistin kostete. Passanten flanierten an kunstvoll dekorierten Schaufenstern vorüber oder kamen mit voll gepackten Einkaufstüten aus den Weihestätten der Mode und Schönheit. Die Menschen bewegten sich leichtfüßig und in einem Rhythmus, als würden sie einer beschwingten Melodie in ihrem Innern folgen.

Der Wagen passierte die Place de la Madeleine mit der Kirche, deren Fassade an einen antiken Tempel erinnerte, und sie gelangten in die Rue Royale. Ihr Blick fiel auf ein sandsteinfarbenes Gebäude, und sie lächelte bei der Erinnerung an ihre erste Zeit in dieser Stadt, als sie noch längst nicht ahnte, was das Schicksal für sie bereithielte.

An der Place de la Concorde bog der Fahrer rechter Hand in die Cours-la-Reine ab. Unter hohen Lindenbäumen schlenderten Liebespaare Hand in Hand über die Uferpromenade. Ältere Damen führten ihre Hunde aus, in der einen Hand die Leine, in der anderen einen aufgespannten Schirm gegen die gleißende Sonne. Männer mit zerknautschten Stoffhüten hielten ihre Angelruten in die behäbig dahinfließende Seine. In der Ferne ragte das stählerne Skelett des Eiffelturms auf, dessen Anblick ihr wie immer Herzklopfen verursachte.

Hinter den Jardins du Trocadéro verließ der Fahrer das Seine-Ufer und näherte sich der Avenue Henri Martin. Einem plötzlichen Einfall folgend, ließ sie den Mann anhalten, drückte ihm einen Geldschein in die Hand und nahm ihren Koffer. Sie wollte das letzte Stück zu Fuß gehen. Allein. In ihrem Tempo.

Langsam schritt sie unter mächtigen Kastanienbäumen dahin, vorbei an mehrstöckigen Wohnhäusern mit sanft geschwungenen Erkern und filigranen Balkongittern, an denen Kletterrosen emporrankten. Auf einem Fenstersims lag eine Katze und blinzelte träge in die Sonne.

Als sie den Boulevard Jules Sandeau erreichte, beschleunigte sie ihren Schritt. So schnell sie konnte lief sie nun die Straße entlang, spürte weder das Gewicht des Koffers in ihrer Hand noch das unebene Trottoir unter ihren Sohlen. Außer Atem blieb sie vor dem Haus Nummer sieben stehen und suchte nach ihrem Schlüssel.

Schon beim Öffnen der Haustür umfing sie der vertraute Duft von Bergamotte, Jasmin und Sandelholz. Sie schloss die Augen, atmete tief ein und wusste – sie war zu Hause angekommen.

Teil Drei

Erfüllung

Kapitel 40

Wie an jedem 14. September, ihrem Geburtstag, zog Célestine Bilanz. Acht Jahre zuvor hätte dieser Tag ihr Hochzeitstag sein sollen, stattdessen wurde er zum Todestag ihrer Mutter und zum Schicksalstag, der ihr Leben veränderte. Dieser Tag hatte sie aus ihrem verschlafenen normannischen Heimatdorf in das schillernde Paris aufbrechen lassen und zu einer Frau gemacht, die Eigenständigkeit und Unabhängigkeit erlangt hatte. Die dennoch in manchen Stunden darüber nachdachte, ob sie wohl auch die Rolle einer Ehefrau und Mutter spielen könne – und sich fragte, ob sie einen Baustein zu ihrem Lebensglück verpasste, wenn sie ohne eigene Familie bliebe. Denn andernfalls hätte sie einen geeigneten Weggefährten finden müssen. Doch ihre leidvollen Erfahrungen mit Männern hatten sie misstrauisch gemacht. Also fasste sie den Beschluss, glücklich zu sein mit ihrem Leben bei dem berühmtesten Modeschöpfer der Welt in der Stadt, die als Brennpunkt der Mode galt.

Zehn Jahre nach dem Kriegsende in Europa hatte Paris sich zum begehrten Ziel für wohlhabende Touristen aus aller Welt entwickelt. Mit Kameras bewaffnet besichtigten die Fremden den Eiffelturm, die Ausflugsschiffe auf der Seine, die Museen, Theater und die weitläufigen Parks. Die französische Bevölkerung wagte wieder einen Blick in die Zukunft und versuchte sich in vorsichtigem Optimismus.

In der Avenue Montaigne war die Zeit geradezu verflogen, geprägt durch den phänomenalen Aufstieg des Couture-Hauses Dior. Die Zahl der Ateliers und der Mitarbeiter hatte sich vervielfacht, mehrere Häuser an der angrenzenden Rue François 1er waren dazugekauft und umgebaut worden. Glanzvolle Höhepunkte im Jahresablauf waren die Premierenschauen im Februar und im August, zu denen Prominenz aus der ganzen Welt anreiste. Die Schar ausländischer Korrespondenten, die die eigens für die Presse veranstalteten Schauen besuchten, machte aus dem Großen und Kleinen Salon einen Bienenkorb. Mit der Zahl der Kollektionen, je eine für Frühjahr/Sommer sowie für Herbst/Winter, wuchsen auch das Archiv und die Kundenkartei. Darin tauchten so berühmte Namen wie Ava Gardner, Marlene Dietrich, Ingrid Bergman und Lauren Bacall auf. Auch Damen aus den alten vermögenden Familien Frankreichs und europäischen Königshäusern zählten inzwischen zu den regelmäßigen Kundinnen Diors. Zwei Mitarbeiterinnen waren Célestine zur Unterstützung an die Seite gestellt worden.

Die Energie und der Einfallsreichtum des Patrons schienen unerschöpflich. Seit der Gründung hatte sich sein Modehaus zu einem weltweit gespannten Imperium mit einem

Netz aus Dependancen entwickelt, in denen neben Kleidern auch Hüte, Strümpfe, Bademoden, Schuhe und Parfum verkauft wurden. Sämtliche Produkte mussten akribisch dokumentiert werden. Amélie war zur jüngsten Première aufgestiegen. Und so durften sich wechselnde Lehrmädchen an Célestines Dienstkleidung versuchen, wie der Patron die Ausstattung immer noch mit leisem Schmunzeln bezeichnete.

Die Freundschaft zu Marie war seit der Geburt von Rosalie noch enger geworden. Die Kleine hatte die dunklen Haare und Augen der Mutter und bezauberte alle Erwachsenen durch ihren Charme und ihre Zutraulichkeit. Das Muttersein hatte Marie verändert. Sie suchte nicht mehr nach einem Mann, der sie auf Händen trug, ihre Aufmerksamkeit galt der Tochter, die sie vermisste, wenn sie nur eine Stunde von ihr getrennt war.

Während Marie in der Brasserie den Gästen Omelett, Bier und Wein servierte, war Rosalie bei einer Nachbarin untergebracht. Joséphine Blondel, eine resolute Mittdreißigerin, hatte ihren Mann bei einem Arbeitsunfall verloren. Ihre Zwillingssöhne Maurice und Pascal waren ein halbes Jahr älter als Rosalie, und Joséphine war froh, sich zu ihrer knappen Witwenrente etwas dazuverdienen zu können. Vom ersten Tag an hatte Célestine wie angekündigt die Hälfte der Kosten für die Betreuung übernommen. So konnte sie sich gegenüber der Freundin und dem Patenkind großzügig zeigen, ohne Marie in Verlegenheit zu bringen.

»Cétine ist lieb«, pflegte Rosalie zur Begrüßung zu sagen, seit sie drei Jahre alt war. Wenn Célestine sie in den Arm nahm und den zarten Mädchenkörper an sich drückte, verspürte sie ein Gefühl von Fröhlichkeit und Leichtigkeit, wie sie es bisher noch nicht gekannt hatte. Zu Rosalies viertem Geburtstag hatte Célestine sich etwas Besonderes überlegt. Sie wollte der Kleinen ein selbst gemachtes Buch schenken.

Ihren Roman *Die Rosenvilla am Rande der Stadt* hatte sie schon lange nicht mehr angerührt. Das überarbeitete Manuskript lag in der obersten Schublade ihrer Wäschekommode bei den Unterröcken. Irgendetwas hatte sie davon abgehalten, sich mit Elan und Konsequenz auf die Suche nach einem Verleger zu begeben. Vielleicht, weil die Erinnerung an die abschätzigen Worte Jean-Lucs sie doch noch gelegentlich einholte.

Mit weitaus größerer Begeisterung stürzte sie sich jetzt auf ihr neues Projekt. In der Papeterie an der Place Victor Hugo hatte sie hellgrünen Karton gekauft, damit das Büchlein auch zupackende Kinderhände überlebte. Célestine erinnerte sich daran, wie sie als Schülerin in den Sommerferien jeden Tag mindestens ein Bild gezeichnet hatte, und sie verspürte wieder Lust, sich mit bunten Kreidestiften eine Phantasiewelt zu erschaffen. *Die kleine Prinzessin feiert Geburtstag* nannte sie ihre Geschichte, und diese Prinzessin sollte ganz unverkennbar Rosalies Gesichtszüge tragen.

In großen schwarzen Druckbuchstaben schrieb sie die Abenteuer einer jungen Königstochter nieder, die zu ihrem Geburtstag von einer Fee einen magischen Koffer geschenkt bekam, in dem allerlei Zauberwesen wohnten. Sobald Rosalie in die Schule käme, würde sie den Text selber lesen können. Vielleicht würde sie dabei genau so viel Freude empfinden wie Célestine in dem Moment, als sie ein Prinzessinnenzimmer mit einem Himmelbett und Rosentapeten zeichnete und die Handlung ersann.

~

Zu dritt saßen sie bei Nusskuchen und Kaffee in der Brasserie Choupette und wurden von Madame Renard persönlich bedient. Aufgeregt riss Rosalie das Geschenkpapier auf und stieß einen kleinen Juchzer aus, als sie das Büchlein in den Händen hielt. Célestine hatte die Seiten aus festem Karton gelocht und mit einem rosafarbenen Seidenband miteinander verbunden. Dann widmete sich Rosalie mit leuchtenden Kinderaugen einem Kuchenstückchen und schob es sich mit beiden Händen in den Mund.

Nachdem die Kleine auch die letzten Krümel vertilgt hatte, kletterte sie vom Stuhl und hüpfte von Tisch zu Tisch, um den Gästen voller Stolz ihr Geschenk zu zeigen.

»Rosalie ist das Beste, was mir im Leben passiert ist.« Lächelnd blickte Marie zu ihrer Tochter hinüber, die sich vorsichtig und auf Zehenspitzen einem zotteligen schwarzbraunen Hund näherte. Als der Hund den Kopf reckte und an ihrer Hand leckte, sprang Rosalie erschrocken zur Seite und lief eilends zurück. Sie kletterte zu Célestine auf den Schoß und hielt ihr das Büchlein unter die Nase.

»Du musst vorlesen, Cétine. Musst bitte.« Dabei rollte sie mit den Augen und verzog die Lippen zu einem Kussmund, so dass Célestine schmunzeln musste. Die Kleine verstand es vorzüglich, die Großen für sich einzunehmen und ihren Willen durchzusetzen.

»Hier im Café ist es ein wenig laut. Wie wäre es, wenn ich mit zu euch nach Hause komme und dir die Geschichte beim Zubettgehen vorlese?« Einen kurzen Moment dachte Rosalie nach, dann nickte sie.

»Gut, aber erst müssen wir Kuchen essen.« Blitzschnell schnappte sie sich das letzte Stückchen Nusskuchen von Célestines Teller und stopfte es glucksend in sich hinein.

~

Rosalies anhaltende Freude über das selbst gemachte Büchlein ermutigte Célestine dazu, endlich ihren Roman an einen Verlag zu senden. Drei Monate später erhielt sie das Manuskript zurück mit einer knappen und wohlformulierten Antwort: *Leider passt Ihr Roman nicht in das Programm unseres Verlags. Wir wünsche Ihnen alles Gute und viel Erfolg für die Zukunft.*

Zuerst war Célestine wütend, dann enttäuscht, dann schickte sie das Manuskript an einen anderen Verlag. Schließlich gab es in der Hauptstadt genügend Verlagshäuser, und ganz sicher würde sich irgendein Lektor für das Schicksal ihrer Hauptfigur begeistern lassen.

Die Absage erfolgte diesmal schon nach sechs Wochen. Nach fünf vergeblichen Versuchen mit ähnlich klingenden ablehnenden Antworten fragte sich Célestine, woran es tatsächlich liegen könnte, dass sie niemanden von ihrer Geschichte überzeugen konnte. Doch sie hatte keine Eile. Sie hatte einen Beruf, der sie erfüllte, und eine Anstellung, um die so manche junge Frau sie beneidete. Also beschloss sie, die Suche nach einem Verlag für eine Weile zu unterbrechen.

Kapitel 41

Im Laufe der Jahre hatte Célestine diverse Herren mit dem fiktiven Namen Jacques kennengelernt, die bei Monsieur Dior zu Gast waren. Manchmal nur für einen Abend, manchmal auch für mehrere Tage. Sie alle waren groß und schlank und jung und von ausgesuchter Höflichkeit ihr gegenüber. Und wieder einmal kam ein neuer Monsieur Jacques ins Haus. Er war kaum älter als Célestine, hatte einen kinnlangen schwarzen Lockenkopf und sprach mit einem starken spanischen Akzent. Seine Bewegungen waren geschmeidig und zugleich immer etwas theatralisch. Célestine hätte sich nicht gewundert, wenn es sich bei ihm um einen Balletttänzer handelte.

Der Patron hatte sich nach einer Kastaniensuppe ein Kalbsragout mit geschmorten Zwiebeln und Béchamelkartoffeln gewünscht und zum Nachtisch Apfeltarte. Die Männer sprachen dem Rotwein gut zu, und als Célestine zum Schlafen hinauf in ihre Wohnung ging, hörte sie die beiden lautstark miteinander diskutieren.

In der Nacht wachte sie durch ein ungewohntes Geräusch auf. Es kam von unten, aus der Wohnung von Monsieur Dior.

Zuerst hörte sie ein Poltern, dann Türenschlagen, und dann hörte sie Männerstimmen. Wütende, aufgebrachte Männerstimmen. Es folgte ein Klirren, als ob Porzellan zerbarst.

Ohne zu zögern, sprang sie aus dem Bett und lief barfuß die Stufen hinunter. War etwa ein Einbrecher im Haus, und der Patron brauchte Hilfe? Sie wollte gerade die Tür zum Salon öffnen, als ihr Monsieur Jacques entgegentorkelte. Mit wirrem Haar, das Oberhemd vom Hals bis zur Taille offen. In der einen Hand hielt er die Schuhe, in der anderen das Jackett.

»Verräter! *¡Te odio!* Ich hasse dich!«, presste er wütend zwischen den Lippen hervor, dann wankte er an Célestine vorbei und hastete die Treppe hinunter. Krachend fiel die Haustür ins Schloss.

Wie erstarrt blieb Célestine im Türrahmen stehen und sah sich dem Patron gegenüber. In einem grauseidenen Hausmantel und mit hochrotem Kopf stand er da, die Schulter gegen den Kaminsims gelehnt. Ein Gesteck aus cremefarbenen Lilien, bordeauxfarbenen Rosen und herabfallenden Efeuranken bildete einen seltsam anmutigen Kontrast zu der verzweifelten Gestalt am Kamin.

Einen winzigen Augenblick überlegte Célestine, ob sie womöglich halluzinierte. Denn die Szenerie erschien ihr allzu bizarr. Sie biss sich auf die Zunge, und als sie die Schneidezähne im weichen Gewebe spürte, wusste sie, dass sie sich nicht irrte. Der Schmerz auf der Zunge löste sie aus ihrer Starre. Sie wandte sich zur Seite und ging hinauf ins Dachgeschoss, wo sie fröstelnd unter die Bettdecke kroch. Ganz unbeabsichtigt war sie Zeugin einer Szene geworden, die nicht für ihre Augen und Ohren bestimmt war. Worüber auch immer die beiden miteinander gestritten hatten, es ging sie nichts an. Und auch nicht, dass Monsieur Dior Beziehungen zu Männern unterhielt. Was jedoch vor dem Gesetz als Rechtsbruch galt und mit Geldstrafe und Gefängnis geahndet wurde, weswegen sie umso diskreter damit umgehen musste.

Irgendwann schlief Célestine ein und träumte einen wirren, verstörenden Traum.

Als sie am nächsten Morgen in den Spiegel blickte, erschrak sie. Sie fühlte sich übernächtigt, und so sah sie auch aus. Ganz gegen ihre Gewohnheit nahm sie ein wenig Rouge und tupfte sich zusätzlich auch einen Hauch Lippenstift auf. Mit weichen Knien betrat sie die Wohnung ihres Dienstherrn. Wie sollte sie Monsieur Dior gegenübertreten nach der nächtlichen Szene, in der sie ungewollt miterlebt hatte, dass der Patron sich mit seinem Liebhaber gestritten hatte?, fragte sie sich bang.

»Guten Morgen, Célestine, Sie sehen heute ganz besonders zauberhaft aus«, begrüßte der Patron sie bestens gestimmt. »Haben Sie gut geschlafen?«

»Wie ein Stein«, kam es Célestine wie selbstverständlich über die Lippen. Monsieur Dior lächelte ihr zu, und sie meinte, so etwas wie Erleichterung in seinen Augen aufblitzen zu sehen.

»Mir ging es ebenso. Man hätte mich wegtragen können, ich hätte nichts bemerkt.« Der Patron blickte sie eindringlich an, und Célestine hielt seinem Blick stand. Dann sah sie, wie seine Erleichterung sich in Dankbarkeit wandelte. Kaum merklich nickte sie ihm zu, und ein tiefes Einverständnis breitete sich zwischen ihnen aus wie ein unsichtbares, starkes Band. Monsieur Dior wusste, dass er sich auf Célestine verlassen konnte, dass sie nie ein Wort über das nächtliche Geschehen verlauten lassen würde. Durch ihr Schweigen würde sie ihn vor einer Gefängnisstrafe bewahren, vor der gesellschaftlichen Ächtung, vor dem Verlust seines Modehauses. Und das würde Célestine mit allen Mitteln zu verhindern wissen.

Kapitel 42

Maries Worte ließen Célestines Herz höherschlagen.

»Stell dir vor, *ma chère*, Rosalie mag dein kleines Buch gar nicht mehr aus der Hand legen. Immerzu blättert sie durch die Seiten. Jeden Abend muss ich ihr daraus vorlesen. Mittlerweile kann sie den Text fast auswendig.«

Mit einem Seufzer dachte Célestine daran, dass ihr Roman für Erwachsene seine Leserschaft bisher nicht annähernd so hatte fesseln können, wie ihre kleine Kindergeschichte Rosalie begeisterte. Doch einen allerletzten Versuch wollte sie wagen, um einen Verlag zu finden. Sollte sie erneut scheitern, dann würde sie ihren Wunsch, die Leserinnen zum Träumen zu bringen, für immer aufgeben.

Monsieur Dior rieb sich die Nase und räusperte sich. Für Célestine ein Zeichen dafür, dass ihm etwas auf dem Herzen lag. »Ich habe eine private Bitte, Célestine.«

Die Jahre des unermüdlichen Arbeitens wie auch die Verantwortung für Hunderte von Mitarbeitern hatten ihren Tribut gefordert. Célestine war nicht das schütter werdende Haar des Patrons entgangen. Auch nicht die Tränensäcke unter den Augen. Ebenso wenig wie die Tatsache, dass sein Leibesumfang von Jahr zu Jahr größer geworden war. Doch dank der Geschicklichkeit seines Schneiders konnte man ihm immer noch als stattlich und nicht als korpulent bezeichnen. Monsieur Dior faltete die Hände über seinem Bauch und reckte das Kinn vor.

»Es handelt sich um einen langjährigen Freund. Ich mache mir Sorgen um ihn. Er war einmal ein geselliger Mensch und durchaus den schönen Dingen im Leben zugeneigt. Aber in letzter Zeit kennt er nur noch seine Arbeit. Ja, mir scheint, er nimmt seine Tätigkeit zum Vorwand, um nur noch selten aus dem Haus zu gehen. Dabei ist er viel zu jung, um das Leben eines Einsiedlers zu führen.«

Es musste um irgendeinen neuen Monsieur Jacques gehen, vermutete Célestine, und dass sie etwas Ausgefallenes kochen sollte, um ihn aufzuheitern. »Meinen Sie, Monsieur Dior, ein gebackenes Hühnchen und eine Himbeertarte mit Vanilleschaumsauce würden seine Stimmung heben? Für welchen Abend möchten Sie Ihren Freund einladen?«

»Da läuft mir sofort das Wasser im Mund zusammen.« Dann aber schüttelte der Patron belustigt den Kopf. »Robert liebt, ebenso wie ich, die Oper. Ich würde ihn gern mit Premierenkarten für *Carmen* überraschen. Sie würden mir einen großen Gefallen tun, wenn Sie meinen Freund ins Theater begleiteten, Célestine. Mit einer so zauberhaften Gefährtin wie Ihnen fällt ihm sicher leichter, sich von seinem Schreibtisch zu lösen.«

Hatte Célestine bisher angenommen, ihren Dienstherrn gut zu kennen, so musste sie doch feststellen, dass es ihm gelungen war, sie zu überraschen. Ihr Herz klopfte vor Aufregung, denn sein Angebot war ebenso großzügig wie großartig. »Sehr gern, Monsieur Dior. Nun lebe ich schon so lange in Paris, und trotzdem war ich noch nie in der Oper.«

»Dann ist es an der Zeit, dies nachzuholen«, beschied er mit einer gewissen Genugtuung.

Die Herzlichkeit des Patrons umhüllte Célestine wie ein wärmender Mantel. Vielleicht war jetzt der richtige Zeitpunkt, ihm etwas zu sagen, was sie schon lange bewegte. Dabei musste sie diplomatisch vorgehen. Monsieur Dior war äußerst empfindsam, wenn jemand auch nur andeutete, seine Schaffenskraft sei womöglich nicht grenzenlos. Er war viel zu stolz und zu diszipliniert, um sich eine Schwäche einzugestehen.

»Aber was ist mit Ihnen, Monsieur Dior? Sie arbeiten ebenfalls viel zu viel und denken gar nicht an Ihre Gesundheit. Was wäre, wenn Sie krank werden? Niemand kann Sie ersetzen. So wie die Premièren in den verschiedenen Ateliers immer mehr Mitarbeiter bekommen, um die vielen Aufträge zu bewältigen, brauchen auch Sie jemanden, der Sie beim Entwerfen unterstützt.«

»Ihre Fürsorge rührt mich, Célestine. Sie sprechen fast schon wie mein Kreativtrio oder Madame Luling. Mir fällt es nun einmal schwer, Verantwortung abzugeben. Deswegen meine ich, immer alles allein machen zu müssen. Seien Sie unbesorgt, ich bin robust wie eine normannische Eiche. Doch lassen Sie uns nicht länger über die Befindlichkeiten eines eigensinnigen, alten Modezeichners reden … Ihr Begleiter ist übrigens kein Unbekannter. Sie erinnern sich bestimmt an Monsieur Robert Gardel, meinen Anwaltsfreund.«

Und ob Célestine sich erinnerte. Nämlich an ein Kapitel in ihrem Leben, das sie am liebsten für immer vergessen hätte. Dieser Anwalt war es gewesen, der sie darüber aufgeklärt hatte, was bis dahin nur eine Ahnung gewesen war: dass Jean-Luc sie nur benutzt hatte, um an die Skizzen des Patrons zu gelangen – und durch den Verkauf seine Spielschulden zu bezahlen.

~

Monsieur Dior hatte darauf bestanden, dass Célestine in einem Abendkleid aus seiner letzten Kollektion, der *H-Linie*, in die Opéra Garnier ging. Ausgewählt hatte er ein schmal fallendes Kleid aus grün changierender Seide, das in der Taille mit einer gleichfarbenen Samtschärpe betont wurde. Auf der linken Schulter befand sich eine Applikation aus gestickten Pomponrosen. Damit sie sich in der Abendkühle nicht erkältete, hatte er ihr, als sie soeben das Haus verlassen wollte, eine weiße Nerzstola umgelegt.

»Sie sehen umwerfend aus, Célestine, und ich weiß, Sie werden heute jedem Mann den Kopf verdrehen.«

Monsieur Gardel erwies sich als ein aufmerksamer und zugleich zurückhaltender Begleiter. Mit keinem Wort erwähnte er, unter welchen Umständen sie sich seinerzeit kennengelernt hatten, wofür Célestine ihm dankbar war. Sie ließ sich ganz von der Pracht des Opernhauses gefangen nehmen und bewunderte das großzügige Treppenhaus, die Säulen, vergoldeten Spiegel und funkelnden Leuchter. Das Publikum hatte sich, dem Anlass gemäß, festlich herausgeputzt. Die Herren im dunklen Anzug oder Smoking, die Damen in waden- oder knöchellangen Kreationen aus Seide, Chiffon und Tüll. Wobei ihr aufmerksamer Blick sogleich registrierte, wer ein Kleid aus dem Haus Dior trug. Die Luft war erfüllt vom Duft schwerer Parfums.

Galant reichte Monsieur Gardel ihr den Arm und führte sie zu ihrem Logenplatz, der, so vermutete Célestine, ein halbes Vermögen gekostet haben musste. Ihr entgingen nicht die Blicke, die man ihnen von allen Seiten zuwarf. Dem Paar, das keines war. Dem schlanken, hochgewachsenen, blonden Mann im perfekt sitzenden Smoking und mit einem Profil, das an die Statuen antiker Heroen erinnerte, und ihr, der zierlichen, rothaarigen jungen Frau, die eine geliehene Couture-Robe trug.

»*Carmen* ist meine Lieblingsoper«, sagte Gardel und legte sein Opernglas auf der Balustrade ab. »Während eines gemeinsamen Abendessens hatte ich dies einmal beiläufig erwähnt. Christian ist ein aufmerksamer Zuhörer, und er versteht es, seine Freunde mit Geschenken zu überraschen.«

Und obwohl Robert Gardel ein Lächeln aufsetzte, hatte Célestine das Gefühl, dass er durch sie hindurchblickte, als sei sie Luft. Doch sie wollte diesen irritierenden Gedanken nicht weiter verfolgen, sondern sich ganz auf das Bühnengeschehen konzentrieren. Und so fieberte sie mit der Zigeunerin Carmen mit, die um ihre Unabhängigkeit kämpft und sich von keinem Mann beherrschen lassen will. Als Carmen von ihrem abgewiesenen Liebhaber getötet wird, standen Célestine Tränen in den Augen. Nachdem der donnernde Schlussapplaus verklungen war, kehrte sie nur langsam in die Wirklichkeit zurück.

»Wir sollten diesen besonderen Abend bei einem guten Tropfen ausklingen lassen. Darf ich Sie noch auf ein Gläschen einladen? Ich kenne ein hübsches Lokal ganz in der Nähe«, schlug Gardel vor. »Der Inhaber hat ein eigenes Weingut im Süden des Landes. Sein Weißburgunder ist spritzig und leicht, und Sie werden morgen ganz bestimmt keinen schweren Kopf haben.«

Célestine willigte ein und freute sich, dass der Abend noch nicht zu Ende war. Sie empfand die Gegenwart dieses unaufdringlichen Mannes durchaus als angenehm. Während sie Richtung Ausgang schlenderten, stellte sie belustigt fest, dass manche der Damen ihren Begleiter mit flirrenden Blicken bedachten, in denen eine unausgesprochene Sehnsucht lag. Und nahezu jeder Mann verlangsamte seine Schritte oder verstummte im Gespräch, um sie in ihrer exquisiten Robe von der Seite unauffällig zu betrachten. Wie hatte der

Patron gesagt? »... *ich weiß, Sie werden heute jedem Mann den Kopf verdrehen.*«

Das Lokal lag nur wenige Minuten Fußweg vom Opernhaus entfernt. An den holzvertäfelten Wänden hingen Gemälde mit Szenen von Dionysos, dem griechischen Gott des Weines, wie er mit seinem Gefolge fröhliche Feste feiert. Als Monsieur Gardel sich erkundigte, wo Célestine aufgewachsen war, stellte sich heraus, dass die Gegend an der normannischen Küste ihm vertraut war. Jeden Sommer hatte seine Familie in der Nähe von Carolles ein Ferienhaus gemietet, wo er und seine Brüder am Strand selbst gebastelte Drachen steigen ließen und Muscheln sammelten. Schnell tauschten sie Kindheitserinnerungen aus und unterhielten sich engagiert.

»Offenbar hat Christian eine Begabung, seine engsten Vertrauten unter normannischen Landsleuten zu finden. Denken Sie nur an Madame Luling oder seinen Innenarchitekten. Und an Sie natürlich.« Der Anwalt sah sie an, und dennoch hatte Célestine das Gefühl, dass er immer auch etwas zu suchen schien, das irgendwo in der Ferne weit hinter ihr zu liegen schien.

Später dann setzte Robert Gardel sie mit dem Taxi am Boulevard Jules Sandeau ab. Sie spürte seinen warmen, kräftigen Händedruck – und erschauerte.

»Dieser Abend wird mir in angenehmer Erinnerung bleiben. Mein Freund hat recht, ich habe das kulturelle Leben viel zu sehr vernachlässigt. Vielen Dank, Mademoiselle Dufour, und schlafen Sie gut.«

»Ich habe zu danken«, brachte Célestine hervor und biss sich auf die Zunge. Hoffentlich hatten ihre Worte nicht zu überschwänglich geklungen. Schließlich war sie nur deswegen mitgegangen, um ihrem Dienstherrn einen Gefallen zu tun und nicht zu ihrem persönlichen Vergnügen. Während sie auf ihrem Bett saß und die hochhackigen, unbequemen Wildlederpumps abstreifte, musste sie an die Blicke der Theaterbesucherinnen im Foyer denken. Sie selbst jedoch sah Monsieur Robert Gardel mit anderen Augen, denn sie wusste, dass ihr attraktiver Begleiter ein guter Freund des Patrons war.

Und somit unerreichbar für jede Frau.

Kapitel 43

Noch immer stand die Antwort eines Verlags aus, an den Célestine zwei Monate zuvor ihr Manuskript gesandt hatte. Diesen allerletzten Versuch hatte sie noch wagen wollen. Man hatte ihr nicht einmal eine Bestätigung geschickt, dass ihr Manuskript beim Verlag eingegangen war. Und es gab Autoren, die von ihren Büchern leben mussten und die nicht wie sie in der komfortablen Lage waren, eine feste Anstellung zu haben. Also rief sie beim Verlag *Édition Hernani* an und bat die Rezeptionistin, mit dem Verleger persönlich verbunden zu werden. Es handle sich um eine private Angelegenheit, flunkerte sie.

»Melville«, meldete sich nach einer schier endlos langen Wartezeit eine sonore Männerstimme. »Sie möchten mich sprechen?«

»Sehr wohl, Monsieur Melville. Mein Name ist Célestine Dufour. Vor einigen Wochen habe ich unter meinem Pseudonym Célestine Benoît ein Manuskript an Ihren Verlag gesandt: *Die Rosenvilla am Rande der Stadt*. Allerdings habe ich bis heute noch keine Antwort erhalten.«

Am anderen Ende der Leitung war ein unverständliches Grummeln zu vernehmen. »Nun, Mademoiselle Dufour, wie der Zufall es will, habe ich Ihr Manuskript gelesen und war im Begriff, meiner Sekretärin ein Antwortschreiben zu diktieren.«

Vermutlich eine Absage, verbunden mit den besten Wünschen für meine weitere Zukunft, dachte Célestine und wollte schon auflegen. Aber dann glaubte sie ihren Ohren nicht zu trauen.

»Ich würde Sie gern kennenlernen und mit Ihnen über Ihre literarischen Ambitionen sprechen. Wann können Sie in den Verlag kommen?«

~

»Aber das ist doch sonnenklar! Monsieur Melville ist von deinem Manuskript überzeugt und möchte dir einen grandiosen Vertrag unterbreiten«, erkannte Marie, die mit ihrer Tochter zum Sonntagskaffee zu Célestine zum Boulevard Jules Sandeau gekommen war. Rosalie hüpfte auf dem Balkon zwischen den Blumenkübeln umher und warf den Wolken Kusshände zu.

Schmunzelnd beobachtete Célestine, wie Rosalie sich zu einer dicht gewachsenen dunkelvioletten Rosenblüte hinunterbeugte, einer *Cardinal de Richelieu,* und daran schnupperte.

»Du darfst dich nicht unter Wert verkaufen, Célestine. Du musst mindestens zwanzig Prozent mehr fordern, als man dir anbietet«, entschied Marie und zerteilte mit der Gabel ein Stückchen Schokoladenkuchen mit kandierten Orangen. Célestine hatte es sich nicht nehmen lassen, für ihre beiden Gäste eine süße Überraschung zu backen.

»Rosalie und ich bekommen ein handsigniertes Exemplar, versprochen?«

Unbemerkt hatte sich Rosalie an den niedrigen Beistelltisch herangeschlichen. Blitzschnell griff sie nach einem Kuchenstück und biss hinein. Im Nu war das Stückchen vertilgt. Mit leuchtenden Augen stand Rosalie da, Hände und Mund schokoladenverschmiert. »Lecker! Kann ich noch ein Stück haben?«

Die *Édition Hernani* hatte ihren Sitz in der Rue Balzac, in Sichtweite des Arc de Triomphe. Dieses Bauwerk hatte der damalige Kaiser Napoleon I. nach der Schlacht bei Austerlitz im Jahr 1806 zur Feier seiner militärischen Siege errichten lassen. Unterhalb des Bogens befand sich das Grab des Unbekannten Soldaten aus dem Ersten Weltkrieg mit der Ewigen Flamme, die an die namenlosen Toten erinnern sollte. So jedenfalls hatte Célestine es gelesen.

Scharen von Touristen schritten Tag für Tag unter diesem Wahrzeichen hindurch oder fotografierten sich dort gegenseitig. Seitdem sie in Paris lebte, hatte Célestine den Triumphbogen gemieden, weil er sie an ihren Vater und ihren Bruder erinnerte, die ihr Leben hergegeben hatten in einem anderen sinnlosen Krieg. Kein Krieg hatte jemals Frieden gebracht, und kein zukünftiger Krieg wäre jemals imstande, Frieden herbeizuführen.

Nie hatte Célestine verstanden, wie man Vernichtung, Gemetzel und Blutvergießen befehlen, geschweige denn feiern konnte. Krieg, das bedeutete den Verlust Tausender und Abertausender geliebter Menschen, die ihren Familien entrissen wurden, während sie sich doch nur eins gewünscht hätten: zu leben.

Vermutlich war das der Grund, warum Célestine sich seit ihren Jugendtagen nach Schönheit, Erhabenheit und Harmonie sehnte, so wie Monsieur Dior sie auf vollendete Art in seinen Kleidern zum Ausdruck brachte. Werte, die sie selbst, natürlich in bescheidenem Maße, in ihrem Roman einfangen wollte.

Monsieur Melville hieß sie in seinem Büro im fünften Stockwerk willkommen. Ein großer, schlanker Mittfünfziger mit grau melierten Schläfen und einem sorgsam gebürsteten Schnauzbart. Allerdings stellte Célestine an seinem Anzug eine gewisse Nachlässigkeit fest. Die Hosenbeine waren zu kurz, die Jackettärmel an den Ellbogen blank gescheuert, und sein zerknittertes Hemd hatte möglicherweise nie ein Bügeleisen gesehen.

Dann aber wurde ihr Augenmerk von zwei Gemälden gefesselt, die ganz anders waren, als die, die sie aus dem Haus des Patrons kannte. Rahmenlose Bilder, auf denen kein einziger Gegenstand zu sehen war, sondern ausschließlich Farbe.

Das eine war in einem Blau, wie sie es nie zuvor gesehen hatte und das so sehr strahlte und leuchtete, dass sie sich geradezu in das Gemälde hineingesogen fühlte. Daneben hing ein weiteres gegenstandsloses Bild in einem klaren Weiß, das horizontale und vertikale Schnitte aufwies, als sei die Leinwand mit einem spitzen, scharfen Messer aufgeschlitzt worden. Ganz offenbar war ihr Gesprächspartner ein Freund moderner Malerei.

»Das blaue Gemälde stammt von Yves Klein und das weiße von Lucio Fontana. Meine Nichte ist Galeristin und mit beiden Künstlern befreundet«, erklärte Monsieur Melville, dem Célestines aufmerksamer Blick nicht entgangen war.

Der Verleger ließ sie in einem wuchtigen Ledersessel Platz nehmen. Sogleich schwebte lautlos eine dunkelhäutige junge Frau herein und servierte den Kaffee in goldgeränderten Tassen. Ihre Bewegungen waren voller Anmut und Grazie, und Célestine stellte sich vor, wie diese Schönheit in dem Abendkleid aus fließendem rotem Seidentaft aus der letzten Kollektion des Patrons aussehen würde, das von der Presse als weiterer Höhepunkt seines Schaffens gefeiert worden war.

Monsieur Melville griff zur Kaffeetasse und spreizte leicht den kleinen Finger ab, an dem ein Siegelring blinkte. »Wie kommt eine charmante junge Dame wie Sie dazu, ihrem Publikum eine Geschichte aus der Vergangenheit erzählen zu wollen?«

Célestine hatte sich auf eine derartige Frage vorbereitet. »Das ist leicht zu erklären, Monsieur Melville. Der Krieg hat

Leid und Verzweiflung über unser Land gebracht. Und die Trauer ist weiterhin in den Köpfen und Herzen vieler Menschen gegenwärtig. Ich wünsche mir, dass meine Leserinnen sich in eine unbeschwerte, bessere Zeit entführen lassen und darüber ihre eigenen Kümmernisse vergessen.«

Überrascht zog Monsieur Melville die Brauen in die Höhe, dann nickte er, um aber gleich darauf die Stirn zu runzeln. »Ich verstehe durchaus die gute Absicht, Mademoiselle Dufour. Und Sie haben zweifellos Talent. Die Sätze sind wunderbar formuliert, die Figuren schlüssig und überzeugend gezeichnet, geradezu dreidimensional. Aber – gestatten Sie mir diese Bemerkung, denn ich sehe mich in erster Linie als Kaufmann, und als solcher will ich mit meinen Produkten Geld verdienen – die Handlung ist viel zu romantisch. Etwas derart Gefühlsseliges will heutzutage niemand mehr lesen.«

In Célestine regte sich Widerspruch. Monsieur Melville war ein Mann, noch dazu ein deutlich älterer Mann. Was wusste er von der Gefühlslage einer Frau? Vermutlich hatte er keine zu Hause, denn sonst wäre er nicht so nachlässig gekleidet zur Arbeit erschienen. Keinesfalls wollte sie kampflos aufgeben.

»Monsieur Melville, mein Roman richtet sich an die Leserin, die träumen möchte. Und die Träume einer Frau sind seit Jahrhunderten dieselben. Allerdings unterscheiden sie sich von denen eines Mannes.«

Der Verleger füllte frischen Kaffee in ihre Tasse. »Wären Sie fünfzig Jahre früher zu mir gekommen, Mademoiselle

Dufour, hätte ich Ihnen sofort einen Vertrag vorgelegt. Aber die Welt hat sich verändert, ebenso die Menschen und ihre Moral … Wenn Sie wissen wollen, was das Publikum unserer Tage bevorzugt, dann lesen Sie *Bonjour Tristesse* von Françoise Sagan. Die Autorin ist blutjung, und ich bedaure sehr, dass ich dieses große Talent nicht für meinen Verlag gewinnen konnte. Schriftsteller müssen provozieren, wollen sie Erfolg haben. Eine Frau von heute soll nicht nur Männer, sondern auch Frauen lieben dürfen. Es ist an der Zeit, Tabus zu brechen.«

»Das möchte ich lieber anderen überlassen. Ich kann nur schreiben, was ich auch selber lesen möchte.« Hastig erhob sich Célestine aus ihrem Sessel und verabschiedete sich kühl. Während sie vor dem Verlagshaus stand und in die gleißende Nachmittagssonne blinzelte, fröstelte sie. Soeben hatte sich ein Jugendtraum in Nichts aufgelöst. Das, was sie fühlte, was sie für gut, schön und richtig erachtete, galt diesem Verleger nichts.

Dann aber dachte sie nach, und allmählich wurde sie ruhiger. Schließlich sagte das Urteil dieses Mannes nichts über ihr Wesen und ihren Charakter aus, sondern spiegelte lediglich die Vorlieben seines Lesepublikums wider. Eigentlich sollte sie Monsieur Melville dankbar sein, dass er so offen mit ihr gesprochen hatte. Zumindest erfuhr sie zum ersten Mal einen Grund, warum ihre Geschichte keine Zustimmung fand, und wurde nicht mit allgemeinen Floskeln abgewimmelt. Nur gut, dass ihr nie der Gedanke gekommen war, mit dem Schreiben ihren Lebensunterhalt zu bestreiten. Dann hätte diese Kritik sie tief getroffen.

Offenbar war sie eine Frau, die das Gestern und Heute in sich vereinte. Für ihren Roman hatte sie Figuren erfunden, die der Vergangenheit angehörten. Mit denen sie sich als junges Mädchen hatte identifizieren können. Aber die Célestine der Gegenwart dachte und empfand anders als ihre Romanfiguren, denn sie führte das Leben einer modernen Frau. Sie verdiente ihr eigenes Geld und war nicht auf einen Mann angewiesen, der ihr ein sorgloses Leben finanzierte.

Aber knüpfte nicht auch Monsieur Dior mit seiner Erfindung des *New Look* an die Welt der Belle Époque an? Dennoch sahen viele, Käuferinnen wie Kritiker, in seiner Mode etwas Neues, Revolutionäres. Für Célestine stellten seine Kleider den Gipfel des guten Geschmacks und der Eleganz dar. Auch wenn sich nur wenige Reiche ein Originalkleid aus dem Haus Dior leisten konnten, so konnten sich doch auch die weniger betuchten Frauen von seinem Stil inspirieren lassen und ein Kleid oder ein Kostüm in schlichterer Ausführung selber nähen. Oder eins bei einer Schneiderin in ihrem Quartier zu einem maßvollen Preis nähen lassen.

Vielleicht würde eines Tages der Blick zurück auch in der Literatur als innovativ angesehen werden. Dann bekäme womöglich ihr Roman eine neue Chance. Vorerst aber wollte sie ihren Wunsch, ein Buch mit ihrem Namen auf dem Titel in den Händen zu halten, aufgeben.

Kapitel 44

Der Anruf von Monsieur Gardel überraschte sie.

»Würden Sie mich am kommenden Samstag ins Theater begleiten, Mademoiselle Dufour? Ich möchte mehr am kulturellen Leben dieser Stadt teilnehmen.«

Merkwürdig, dachte Célestine, hat dieser gut aussehende Anwalt denn keine gleichgesinnten Freunde, die ihn begleiten würden? Oder war ihm wichtig, in Gesellschaft einer Frau in der Öffentlichkeit gesehen zu werden, um etwaige Mutmaßungen über seine Neigungen in Liebesdingen zu zerstreuen?

»Ich hoffe, Sie mögen Shakespeare. Auf dem Spielplan steht an diesem Abend *Hamlet*. Mein verstorbener Großvater wusste sehr anschaulich von einer Inszenierung zu erzählen, in der Sarah Bernhardt in dieser Rolle zu sehen war.«

»Sehr gern«, hörte Célestine sich plötzlich sagen. Denn natürlich erinnerte sie sich, dass Germaine Mercier in ihrem letzten Roman eine Szene geschildert hatte, in der die große Schauspielerin diese anspruchsvolle Hosenrolle verkörperte. Doch sie wollte keine wehmutsvollen Gedanken aufkommen lassen. Vermutlich war es tatsächlich so, dass die Frauen sich lieber ein romantisches Kleid nach einem Schnitt von Monsieur Dior nähten, als sich bei romantischer Lektüre zu zerstreuen.

Dann aber verspürte sie ein leises Kribbeln in der Magengegend. Sie würde mit einem gut aussehenden, kultivierten Mann ins Theater gehen und mit ihm zusammen den Abend verbringen. Und sie würde die Gewissheit haben, dass ihr Begleiter ihr niemals unaufrichtige Avancen machen würde. Wenngleich sie ein leises Bedauern verspürte, dass ein solcher Mann für die Frauenwelt verloren war. Sie wollte für diesen Anlass das zartblaue Seidenensemble mit den Posamentenknöpfen aus der aktuellen Kollektion anziehen. Ein neues Lehrmädchen aus dem Atelier Régine hatte es für sie genäht.

War sie nicht um ihr Leben und ihre Freiheiten zu beneiden? Dafür schuldete sie sowohl dem Schicksal als auch Monsieur Dior Dank. Sie hatte allen Grund, glücklich zu sein.

~

Bei einem Sonntagsausflug in den Bois de Boulogne fiel Célestine sofort das Collier am Hals von Marie auf, das ebenso funkelte wie die dunklen Augen der Freundin.

»Du glaubst nicht, wie glücklich ich bin, Célestine. Seit Rosalies Geburt habe ich ausschließlich das Leben einer Mutter geführt. Jetzt ist die Zeit gekommen, dass ich mich wieder als Frau fühlen darf … Rosalie wird demnächst einen Vater bekommen.«

Sie standen auf der Brücke über dem Ruisseau de Longchamp, und Rosalie warf juchzend Brotstückchen in den künstlich angelegten Fluss unter ihnen, der den Bois de Boulogne durchzog. Sofort kamen mehrere Enten angeflattert und stritten sich um die besten Brocken.

Unwillkürlich zuckte Célestine bei den Worten der Freundin zusammen. Seit die kleine Tochter auf der Welt war, hatte Marie keine Männerbekanntschaften mehr gehabt. Zumindest hatte sie nie erwähnt, dass sie auf der Suche nach einem Ehemann war. Célestine seufzte lautlos. Marie hatte bisher nicht das geringste Geschick in der Wahl ihrer Freunde gezeigt. Ob sie nun, da sie Mutter geworden war und erfahren hatte, was es bedeutet, Verantwortung zu tragen, klüger und kritischer über potenzielle Heiratskandidaten urteilen würde?

»Was für eine wunderbare Nachricht, Marie. Wer ist der Glückliche?«, wollte Célestine wissen und hoffte, die Freundin würde die Skepsis in ihrer Stimme überhören.

»Alphonse de Bacher. Ach, wenn du wüsstest, wie charmant er ist. Außerdem ist er ganz vernarrt in die Kleine. Für den Sommer hat er uns auf sein Landhaus in die Dordogne eingeladen.« Maries Überschwang erklang aus jeder Silbe.

»Wie lange kennst du ihn schon?«

»Ungefähr seit einem halben Jahr. Einmal im Monat hat er geschäftlich in Paris zu tun. Wir haben uns in einem Hotel auf den Champs-Élysées getroffen. Und noch etwas … Alphonse ist, neben vielen anderen Vorzügen, auch ein sehr phantasievoller Liebhaber. Diese Qualität sollte eine Frau nicht geringschätzen. Ich sage dir dies, *ma chère*, weil ich meine, du solltest dir ernsthafte Gedanken über deine Zukunft machen. Wenn du schon nicht heiraten willst, was ich nach den Enttäuschungen, die du erlebt hast, zumindest zum Teil nachvollziehen kann, solltest du dir hin und wieder ein Amusement dieser Art gönnen und nicht wie eine Nonne leben.«

»Marie, was redest du? Mir fehlt nichts zu meinem Glück. Außerdem ist das kein Thema, über das ich jetzt reden möchte«, erklärte Célestine brüsk und verdrängte rasch das Bild, das in ihr aufstieg. Das Bild eines hochgewachsenen Mannes im eleganten Abendanzug, dessen Profil an das einer antiken Statue erinnerte.

Maries Vorschlag war gut gemeint, aber sie war eben von einem anderen Schlag als die Freundin. Sie wollte Marie nicht verurteilen, doch sie selbst hätte deren freizügiges Leben niemals führen können. Eine Beziehung zu einem Mann, die auf Zuneigung und gegenseitigem Respekt beruhte, konnte Célestine sich durchaus vorstellen. Aber eine solche Bindung müsste ihr auch weiterhin ihre Unabhängigkeit lassen. Außerdem beschlich sie das unbestimmte Gefühl, dass Maries Verliebtheit ein böses Ende nehmen könnte.

»Wiwiwiwi«, rief Rosalie und warf weitere Brotstückchen ins Wasser. Eilig kam eine Familie von Blesshühnern herangeschwommen, die ebenfalls die neue Futterquelle entdeckt hatte.

»Madame Renard muss mir sechs Wochen Urlaub bewilligen. Wenn sie nicht einverstanden ist, dann kündige ich. Alphonse hat gesagt, dass er im Herbst ein Haus im neunten Arrondissement kaufen will. Sobald es eingerichtet ist, wollen wir heiraten.« Übermütig winkte Marie einem Haubentaucher zu, der mit seinen zwei Küken auf dem Rücken unter der Brücke hindurchgeschwommen kam.

Irgendetwas störte Célestine an dieser Geschichte. Sie meinte sich vage zu erinnern, den Namen Alphonse de Bacher schon einmal gelesen zu haben. Sie wusste nur nicht mehr, wo und in welchem Zusammenhang. Das wollte sie unbedingt herausfinden.

»Ich freue mich für dich und Rosalie. Wenn ich euch demnächst besuchen komme, werde ich wohl bei einem Hausdiener meine Visitenkarte abgeben müssen. Du solltest aber nicht voreilig bei Madame Renard kündigen. Nicht bevor feststeht, dass ihr tatsächlich den Sommer im Süden verbringt. Wie oft gibt es an diesen alten Herrenhäusern etwas zu reparieren. Wenn das Dach undicht geworden ist oder die Fenster erneuert werden müssen – dann ist so ein Haus für Wochen unbewohnbar.«

»Du musst auch Enten füttern, Cétine«, forderte Rosalie sie auf und drückte ihr einige Brotstückchen in die Hand.

Schwungvoll holte Célestine aus und warf die Stücke in hohem Bogen ins Wasser. Sofort stürzten sich die verschiedenen Wasservögel mit lautem Geschnatter auf die Leckerbissen. Rosalie hüpfte vor Freude von einem Bein auf das andere, klatschte in die Hände und jubelte vor Freude.

Kapitel 45

Der Patron hatte sämtliche Mitarbeiter in der Kantine zusammengerufen. Nirgendwo sonst im Couture-Haus wäre Platz für mehrere Hundert Angestellte gewesen. Neben ihm war ein blasser, dürrer junger Mann mit einer eckigen, schwarz umrandeten Brille und dunklem Haar zu sehen. Schüchtern stand er neben dem Patron und blickte verlegen in die Runde, die Hände hinter dem Rücken verschränkt. Er hätte ein Oberschüler sein können, der all seinen Mut zusammengenommen hat, um sich in diesem Haus für ein Praktikum zu bewerben. Doch für einen Praktikanten hätte Monsieur Dior sicher nicht die gesamte Belegschaft zusammengerufen, vermutete Célestine.

Der Couturier hatte sich an diesem Tag zu ungewöhnlich farbenfrohen Accessoires hinreißen lassen. Zu seinem hellgrauen Anzug mit weißen Nadelstreifen trug er eine kirschrote Seidenkrawatte und ein Einstecktuch aus demselben Stoff. Seine fülligen Wangen waren gerötet, er wirkte leutselig und war bester Stimmung. Dann faltete er die Hände vor der Brust, seine Stimme vibrierte.

»*Mes chers amis*, ich möchte Ihnen heute etwas mitteilen, das für uns alle von Bedeutung ist. Wie Sie wissen, ist unser Modehaus über die Jahre stetig gewachsen. Zu diesem Erfolg hat jeder von Ihnen seinen ganz persönlichen Beitrag geleistet. Die Beliebtheit der Marke Dior und die daraus resultierende größere Verantwortung machen es nun erforderlich, dass ich einen Assistenten an meine Seite hole. Ich freue mich sehr, Ihnen heute Monsieur Yves Saint Laurent vorstellen zu können. Er wird mich bei den Entwurfszeichnungen unterstützen, und ich bin sicher, es wird für uns alle eine fruchtbare Zusammenarbeit.«

Der neue Assistent verzog die Lippen zu etwas, das einem Lächeln nur nahekam, dann senkte er rasch den Blick. Das Kreativtrio und Madame Luling nickten einander wissend zu. In den Gesichtern der Angestellten konnte Célestine Überraschung, bei manchen auch Erleichterung erkennen. Insgeheim sorgten sich die Mitarbeiter um die Gesundheit des Patrons, der zu viel rauchte, zu viel Kaffee trank, zu viel aß, zu wenig schlief und mit jeder Kollektion eine neue Bestleistung abliefern wollte.

»Ich möchte Ihnen allen meinen besonderen Dank aussprechen«, fuhr Monsieur Dior fort. »Mit unserer letzten Kollektion, der *Ligne A*, haben wir das beste Geschäftsergebnis seit Gründung der Maison Dior erzielen können. Sie alle werden in diesem Monat eine Sondergratifikation erhalten. Und nun wollen wir Monsieur Saint Laurent herzlich willkommen heißen.«

Die Mitarbeiter applaudierten, und der neue Assistent verneigte sich linkisch und steif. Deutlich war ihm anzumerken, wie unangenehm ihm die Aufmerksamkeit war. Beruhigend legte Monsieur Dior ihm die Hand auf den Unterarm. Und da fiel Célestine etwas in den Augen des Patrons auf, das sie sehr wohl zu deuten wusste. Ein Glanz und eine Sehnsucht, die sie von den Abenden kannte, an denen sie ihm und seinen Gästen ihre Küchenkreationen auftischte. Ihm und den zahlreichen sich abwechselnden, gutaussehenden, immer jünger werdenden Besuchern mit dem Tarnnamen Jacques.

Und dann fiel es ihr wieder ein. Der Name Yves Saint Laurent war ihr nicht unbekannt. Wenige Tage zuvor hatte sie eine Reportage über die diesjährigen Absolventen der Pariser Modeakademie gelesen. Monsieur Dior war als Jurymitglied berufen worden. Der künftige Assistent des Hauses Dior, Monsieur Saint Laurent, hatte den ersten Preis für das beste Cocktailkleid erhalten. Den ersten Preis für den besten Mantel hatte ein aus Hamburg stammender Student gewonnen, an dessen Namen Célestine sich ebenfalls erinnern konnte: Karl Lagerfeld.

~

Über einen anderen Namen grübelte sie indes mehrere Tage lang. Woher nur kam ihr der Name Alphonse de Bacher so bekannt vor? Marie war fest überzeugt, dass dieser Mann sie heiraten und glücklich machen würde. Célestine saß in ihrem kleinen Büro in der Avenue Montaigne, nummerierte

Papierschnitte für die Nachmittagskleider der vergangenen beiden Kollektionen und trug die Ziffern in das Inventarbuch ein.

Plötzlich eilte sie in den Archivraum und zog einen Ordner mit der Aufschrift *Presse Frankreich I – 7/1955* aus dem Regal. Voller Ungeduld blätterte sie durch die Seiten, und dann entdeckte sie, wonach sie gesucht hatte: Einen Bericht in der *Paris Match*, in der prominente Frauen erzählten, welche Garderobe von welchem Couturier sie in den Urlaubskoffer packten. Auf einem Foto war ein Paar mit seinen beiden halbwüchsigen Söhnen bei einem Spaziergang am Meer zu sehen. Die Frau in einem gepunkteten Sommerkleid winkte lachend in die Kamera. Unter dem Foto war zu lesen:

Der Großindustrielle Alphonse de Bacher mit seiner Gattin Monique (Seidenkleid: Hubert de Givenchy, Strohhut: Coco Chanel, Handtasche und Schuhe: Pierre Balmain) und den beiden Söhnen Bernard und Tristan am Strand von Saint-Tropez.

Célestines Empörung war groß. Erstens, weil sie den Beweis dafür gefunden hatte, dass der Abgebildete ein Lügner und Feigling war. Und zweitens, weil seine Gattin Kleidungsstücke durchaus honoriger französischer Couturiers trug, jedoch kein einziges aus dem Haus Dior. Besonders aber empfand sie Mitleid mit Marie. So gern sie ihr die Enttäuschung erspart hätte, musste sie die Freundin umgehend warnen. Warum nur verliebte sie sich fortwährend in Männer, die unlautere Absichten hatten? Oder war Marie mit ihrer Sehnsucht nach Geld, Glück und Geborgenheit einfach eine allzu leichte Beute, deren Naivität diese Männer erkannten und schamlos ausnutzten?

Célestine hatte die Erfahrung gemacht, dass die interessantesten Männer entweder vergeben waren – oder aber unerreichbar, weil sie zum Beispiel Männer liebten. So wie Monsieur Dior und seine wechselnden Freunde. Bisher hatte sie noch keine einzige Sekunde daran gezweifelt, dass ihr Weg – der Weg einer freien und unabhängigen Frau – der beste war. Was das Thema Lebensglück anging, hätten Marie und sie nicht unterschiedlicherer Ansicht sein können. Und daran würde sich vermutlich nie etwas ändern.

Als Marie den Zeitungsartikel gelesen hatte, fing sie bitterlich an zu weinen. »Womit habe ich das verdient? Wie kann er mir so etwas antun, dieser verdammte, feige Betrüger?«, schluchzte sie. Tränen tropften auf das Zeitungspapier.

Tröstend legte Célestine der Freundin den Arm um die Schulter. »Marie, ich hätte dich gern vor dieser Niederlage bewahrt. Es ist gut, dass du jetzt Bescheid weißt und dieser Schwindler nicht länger ein falsches Spiel mit dir spielen kann. Du hast einen ehrlichen, aufrichtigen Mann verdient, und ich bin sicher, eines Tages wirst du einem solchen begegnen. Wollen wir am Sonntag in die neue Chocolaterie an der Place de l'Opéra gehen? Du weißt doch, Schokolade ist Glück, das man essen kann.«

Kapitel 46

»Stellen Sie sich vor, Célestine, man will einen schrulligen Modezeichner wie mich dazu nötigen, einen Vortrag vor Studenten zu halten. Noch dazu an der ehrwürdigen Sorbonne.« Der Patron verzog die Lippen, ein deutliches Zeichen dafür, wie sehr ihm dieser Gedanke missfiel.

Mit Absicht überging Célestine den offensichtlichen Unmut ihres Dienstherrn. »Meinen Glückwunsch, Monsieur Dior, ich hole rasch meinen Stenoblock.«

»Aber ich habe ja noch gar nicht gesagt, dass ich zustimmen werde.« Ein Stoßseufzer und das gequälte Lächeln des Patrons zeigten ihr nur allzu deutlich, dass Monsieur Dior, der berühmteste und angesehenste Couturier der Welt, immer noch der scheue, bescheidene Mann aus den Anfangstagen ihrer Bekanntschaft geblieben war.

»Diese Einladung bedeutet eine große Ehre. Noch nie hat ein Couturier an einer Universität eine Vorlesung gehalten. Sie werden großartig sein, und keiner der Zuhörer wird diesen Tag jemals vergessen. Davon bin ich überzeugt.« Da sie wusste, dass der Patron selten eine wichtige Entscheidung spontan traf, sondern lieber das Für und Wider über mehrere Tage abwägte, manchmal sogar seine Wahrsagerin zurate zog, verschwand Célestine in die Küche, um den Küchenplan für die Woche zu notieren.

Dann kam es, wie sie insgeheim gehofft hatte. Monsieur Dior diktierte ihr seinen Vortrag, und sie tippte die Rede.

Für den Abend des großen Tages hatte Célestine Schweinemedaillons in Calvados-Rahmsauce und ein Möhrengratin zubereitet. Und als Nachtisch Karamellflan mit frischen Heidelbeeren nach einem Rezept ihrer Tante. Monsieur Diors Augen leuchteten auf, als er die Küche betrat und die Topfdeckel anhob.

»Sie glauben nicht, Célestine, wie hungrig so ein Vortrag machen kann. Viertausend Studenten sind gekommen. So viele Zuhörer hat nicht einmal der Papst bei der Sonntagsmesse. Trotzdem möchte ich die Rolle des Professors kein zweites Mal spielen. Ich habe zu großes Lampenfieber.«

Vor dem Einschlafen las Célestine noch ein wenig in den Lebenserinnerungen der berühmten Schauspielerin Sarah Bernhardt. Dieses Buch hatte sie in ihrer frühen Pariser Zeit bei den Bouquinisten am Seine-Ufer gekauft. Monsieur Robert Gardel fiel ihr ein, ihr kulturliebender Gelegenheitsbegleiter, über dessen Privatleben sie auch nach drei Theaterabenden kaum etwas wusste. Außer dass er Anwalt war und in einer sehr angesehenen Sozietät arbeitete, die auch eine Dependance in London unterhielt.

Und doch hätte sie gern mehr über ihn erfahren. Bei jeder ihrer Fragen, die seine Vergangenheit berührten, wurde er einsilbig, schwenkte schnell auf ein anderes Thema um. Er schien ausschließlich in der Gegenwart zu leben, und auch die ließ ihn manches Mal schwermütig und geistesabwesend erscheinen.

Hätte sie nur verstanden, was in ihm vorging. Welches Geheimnis wollte er verbergen? Dass er Männern zugetan war? Robert Gardel war ein guter Freund des Patrons, aber kein Monsieur Jacques, wie die anderen, die mit ihm zuerst ein Gericht aus der normannischen Küche und dann die Nacht teilten. Oder war er ein ehemaliger Monsieur Jacques, der nach dem Ende ihrer Beziehung dem Couturier als ein freundschaftlich verbundener Berater geblieben war?

Célestine stellte sich vor, ihre Wange an seine Schulter zu lehnen und den Duft seines Rasierwassers einzuatmen, seine Umarmung zu spüren und sein Lächeln zu sehen, das nur ihr galt und das aufrichtig und wahrhaftig war. Wie würde es sein, mit den Lippen seine glatt rasierten Wangen zu erkunden, dann den Haaransatz, die Stirn, den Mund … Ein Gefühl von Wärme durchströmte sie. Sie geriet ins Träumen, dachte an geflüsterte Worte, Seufzer und Herzen, die im gleichen Takt schlugen. Sehnte sich nach Berührungen, erst zärtlich, dann fordernder, leidenschaftlicher, rauschhafter … Über diesen zutiefst verstörenden Sehnsüchten schlief sie ein.

Als sie am nächsten Morgen aufwachte, streckte sie sich wohlig in Erinnerung an die Träume der Nacht. Dann fiel ihr etwas ein, was sie sogleich mit Monsieur Dior besprechen wollte. Allerdings nicht, ohne sich vorher davon überzeugt zu haben, dass der Couturier in aufgeräumter Stimmung und für Vorschläge empfänglich war. Sie kannte ihn gut genug, um zu wissen, wie sie taktisch vorgehen musste, um ihr Ziel zu erreichen.

»Monsieur Dior, ich vermute, dass nicht nur viertausend Studenten, sondern viele Tausend Leserinnen und Leser mehr über Ihr Leben und Ihre Karriere erfahren möchten. Vor allem, wie Sie zu dem *créateur* geworden sind, den heute die ganze Welt kennt.«

Doch der Patron wiegelte ab. »Nein, Célestine, wen interessiert schon das Leben eines pummeligen normannischen Jungen, der Diplomat hätte werden sollen, sich aber mehr für die schönen Künste interessierte? Der aus finanzieller Not während der Kriegsjahre zum Obstbauern wurde. Was für ein unbedeutendes Leben!«

Eine ähnliche Antwort hatte Célestine erwartet – und blieb hartnäckig. »Sie waren der Erste, Monsieur Dior, der den

Frauen nach dem Krieg ihre Schönheit zurückgegeben hat. Kein Couturier hat jemals seine Memoiren verfasst. Sie wären auch darin der Erste.«

»Sie sind sehr liebenswürdig, Célestine. Aber auf diesem Gebiet lasse ich einem anderen gern den Vortritt.«

Von unerklärlicher Eile getrieben, ließ er sich von seinem Butler Mantel und Hut reichen und eilte hinunter auf den Boulevard, obwohl der Chauffeur noch gar nicht geläutet hatte. Charles zog die Brauen in die Höhe und blickte verwundert zu Célestine herüber. Schulterzuckend zog er sich in die Privaträume des Patrons zurück.

~

Zwei Wochen später sah Célestine Monsieur Dior in der Tür ihres kleinen Büros in der Avenue Montaigne stehen. Er legte ihr mehrere Stenoblöcke und eine silberne Schatulle mit Bleistiften der deutschen Firma Faber-Castell auf den Schreibtisch. Etliche weibliche Mitglieder dieser weitverzweigten Familie waren gute Kundinnen des Hauses Dior, wie Célestine aus den Bestellbüchern und auch aus den Zeitungen wusste. Der Patron lächelte schief und hob resigniert die Hände.

»Was soll ich machen? Sie haben mich überzeugt, Célestine. Wollen wir heute damit beginnen, meine Lebensbeichte aufzuschreiben?«

~

Am Abend konnte Célestine es kaum erwarten, im Arbeitszimmer des Patrons dessen Erinnerungen, Lebensansichten und Bonmots auf den neuen Stenoblöcken zu notieren. Monsieur Dior saß in seinem bequemen Ledersessel, die Beine übereinandergeschlagen, in der einen Hand ein Glas Rotwein, in der anderen eine Zigarre. Eine Standuhr aus dem Besitz seiner Großeltern kündigte jede halbe Stunde mit einem melodischen Geläut die Uhrzeit an. Wieder einmal mehr erwies sich Monsieur Dior als ein charmanter Plauderer, der Witz, Bescheidenheit und Ernsthaftigkeit miteinander zu verbinden wusste.

»Sie sind jung, hübsch, patent ... Haben Sie nie daran gedacht zu heiraten, Célestine?«, fragte er auf einmal wie beiläufig, und sie erschrak, weil sie mit dieser Frage nicht gerechnet hatte.

»Doch, ich habe durchaus daran gedacht, Monsieur Dior. Das heißt, es war vielmehr meine Mutter, die der Ansicht war, ich solle heiraten. Sie wünschte sich so sehr einen männlichen Beschützer für mich – nach dem Tod meines Vaters und meines Bruders.«

»Ein verständlicher Wunsch, durchaus. Aber Sie hatten andere Pläne.« Monsieur Dior zog an der Zigarre und blies den Rauch Richtung Decke, wo er kreiselnd in sanften Serpentinen aufstieg. »Sie würden eine hinreißende Braut abgeben, Célestine. Wenngleich ich hoffe, dass Sie mir als meine Mitarbeiterin noch möglichst lange erhalten bleiben.«

Und dann erzählte Célestine von dem Brautkleid, das sie sich selbst aus einem alten Gardinenstoff genäht hatte, der die Kriegsjahre in einer Truhe auf dem Speicher des großelterlichen Hauses überdauert hatte. Mutter und Tante hatten ihr beim Zuschneiden geholfen.

Während sie redete, hatte sie gar nicht darauf geachtet, wie Monsieur Dior zu Stift und Skizzenblock gegriffen hatte. Als sie geendet hatte, reichte der Patron ihr ein Blatt Papier, auf dem sie sich selbst erkannte mit ihrer zierlichen Figur, der schmalen Nase und dem kurzen Haar. Sie sah ein knöchellanges Kleid mit einem herzförmigen Ausschnitt, schmaler Taille und einer Schärpe, die von der linken Hüfte bis zum Rocksaum herabfiel. Ein zarter Schleier umwehte das Kleid und schien irgendwo außerhalb des Bildes zu enden. Sie konnte das fertig genähte Kleid bereits vor sich sehen, glaubte, die zarte Stickerei mit den winzigen Perlen am Halsausschnitt zu erkennen und den glatten Seidenstoff unter den Fingerkuppen zu spüren. Monsieur Dior war in der Tat ein Genie, aber das wusste sie nicht erst seit diesem Moment. Er schmunzelte und faltete die Hände über der Brust.

»Das Kleid gefällt Ihnen hoffentlich. Behalten Sie die Skizze, Célestine. Wer weiß, was das Schicksal mit Ihnen noch vorhat.«

Vor dem Zubettgehen legte Célestine die Zeichnung zu den Manuskriptseiten ihres – bisher – erfolglosen Romans. Ein zweites Mal ein Brautkleid zu tragen konnte sie sich nicht vorstellen. Das Leben, das sie führte, machte sie glücklich, und ihre Freiheit und Unabhängigkeit waren ihr zu wichtig, als dass sie sie für einen beliebigen Ehemann hätte aufgeben wollen. Und dennoch schloss sie es grundsätzlich nicht aus, eines Tages doch noch zu heiraten. Nicht so für Monsieur Dior, der auf die Frage der Journalisten, warum er nicht verheiratet sei, zu antworten pflegte, er sei fortwährend von einer Vielzahl schöner Frauen umgeben. Außerdem habe er gar keine Zeit für eine Ehefrau.

Am Tag zuvor hatte Célestine auf dem Kaminsims mehrere Skizzen für die neue Kollektion liegen sehen. Nach der *H-* und der *A-Linie* hatte der Patron seine Buchstabenlinie fortgesetzt. Auf den Zeichnungen fielen ihr die stark betonten Schultern auf, voluminöse Kragen und üppige Stoffdrapierungen. Eine Schnittführung, die vom Hals abwärts v-förmig Richtung Taille zulief und dort ihre schmalste Zone fand, um sich bleistiftförmig Richtung Wade zu bewegen. Sogleich erkannte Célestine, welchen Buchstaben der Couturier diesmal im Sinn gehabt hatte: das Y. Und sie ahnte, an wen er gedacht haben musste, als er diese Linie entwarf, um sie zu einer getarnten, unausgesprochenen und dennoch beredten Liebeserklärung zu machen. An seinen Assistenten Yves Saint Laurent.

Kapitel 47

»Wollen wir uns eine Oper oder Operette anschauen?«, hatte Monsieur Gardel sie am Telefon gefragt. »Vielleicht möchten Sie aber auch einen ganz anderen Vorschlag machen?«

»Ich habe mehrere hervorragende Kritiken zu einer neuen Ballettaufführung gelesen. Die Primaballerina ist eine Russin, und sie gilt mit ihren fünfundzwanzig Jahren bereits als Jahrhunderttänzerin«, hörte Célestine sich sagen. Dann aber musste sie an den Spanisch sprechenden Gast des Patrons denken, den sie für einen Tänzer gehalten hatte und der in der Nacht mit ihm in Streit geraten war. Würde Monsieur Robert Gardel den Anblick von Männern in fleischfarbenen Strumpfhosen möglicherweise als peinlich empfinden? Oder annehmen, Célestine hätte sein wahres Wesen erkannt? Seine Antwort überraschte sie.

»Eine hervorragende Idee, Mademoiselle Dufour. Sie haben nach der Vorstellung hoffentlich noch Zeit für ein Glas Wein. Ich bin der Ansicht, Theaterkunst und ein guter Tropfen gehören unbedingt zusammen.«

Robert Gardel hatte sie mit dem Taxi abgeholt. Sein kräftiger Händedruck, der maßgeschneiderte nachtblaue Abendanzug mit dem Seidenrevers, die Haarsträhne, die ihm in die Stirn fiel und seinem überaus korrekten Erscheinungsbild etwas Liebenswürdiges gab, sein Lächeln, das jedoch nie die Augen erreichte – all das brachte auf unerklärliche Weise Célestines Inneres in Aufruhr.

»Zwar habe ich bisher noch keine Ballettaufführung gesehen, aber ich denke, man sollte viel häufiger Neues ausprobieren. Ich habe mich auf diesen Abend gefreut«, bekannte Robert Gardel, als sie in der Loge Platz nahmen und er sein Opernglas aus dem Jackett zog.

Eine Freude, auf die sie sich nichts einzubilden brauchte, schärfte Célestine sich ein. Bedauerlicherweise. Also konzentrierte sie sich ganz auf die Geschichte des Winzermädchens Giselle und genoss die Aufführung in vollen Zügen. Sie bewunderte den graziösen Spitzentanz der Ballerinen, die kraftvollen, unermesslich hohen Sprünge der Tänzer, litt mit Giselle, die um ihre Liebe kämpfte und schließlich an gebrochenem Herzen starb.

Als nach dem letzten Akt das Licht wieder anging und das Publikum den Tänzern frenetisch applaudierte, fiel Célestine auf, dass mehrere Operngläser sich nicht nur auf die Bühne, sondern auch auf ihre Loge richteten. Es war ein eigenartiges Gefühl, so ungeniert beobachtet zu werden. Dann jedoch beschloss sie, die Rolle der lächelnden Begleiterin an der Seite eines attraktiven Mannes zu spielen, der ganz offensichtlich

Frauenherzen höherschlagen ließ. So wie auch Monsieur Dior immer wieder in Rollen schlüpfte, wenn ihm eine unangenehme Situation bevorstand.

»Wollen wir der Tradition folgen und das Weinlokal von unserem ersten gemeinsamen Abend aufsuchen?«, fragte Monsieur Gardel, als sie vor dem Operngebäude standen und die Theaterbesucher zu den Taxiständen strömten. Célestines Herz hüpfte vor Freude, doch sie ermahnte sich zur Beherrschung. Schließlich war sie kein verliebtes junges Mädchen, und ihr Begleiter wandelte nicht auf Freiersfüßen.

Unversehens kam das Gespräch wieder auf die Sommerferien, die der Anwalt als Jugendlicher so oft mit der Familie an der Atlantikküste verbracht hatte. Er erinnerte sich lebhaft an die Fischer in ihren roten Hemden, an die Stürme, die hohe, schaumkronenbesetzte Wellen an die steile Küste branden ließen, an die duftenden Crêpes, die er und seine Brüder dutzendweise vertilgten. Mal mit herzhaftem, mal mit süßem Belag.

»Sind Sie noch häufig in Ihrer alten Heimat zu Besuch?«, wollte Robert Gardel wissen und ließ sich die Weinkarte bringen.

»Nein, ich … weil …«, stotterte Célestine. Was sollte sie diesem Mann erzählen, der ihr ebenso verbindlich wie unnahbar erschien, auf dessen Gesichtszüge sich von einer Sekunde auf die nächste ein Schleier aus Schwermut legen konnte und der irgendein Geheimnis in sich trug, über das er nicht sprach? Weswegen er ihr ein Rätsel blieb, das zu lösen für sie als Frau nicht lohnte. Aber konnte sie nicht gerade deshalb eine ehrliche Antwort wagen? Eben weil er nichts, das sie von sich preisgab, zu seinen Gunsten ausnutzen würde.

Mit einem Mal fielen ihr die Worte leicht. Und so berichtete sie von ihren Eltern und ihrem Bruder, dass sie als Einzige ihrer Familie übrig geblieben war und aus diesem Grund in Paris einen Neuanfang gesucht hatte – um zu vergessen. »Ich bin mehrere Jahre nicht mehr in Genêts gewesen, Monsieur Gardel. Weil ich nicht an etwas erinnert werden möchte, das mit Tod und Trauer verbunden ist. Mir ist sehr wohl bewusst, dass ich vor meiner eigenen Vergangenheit davonlaufe. Aber noch habe ich nicht den Mut gefunden, mich ihr zu stellen, geschweige denn, sie anzunehmen.«

Ein so erstaunter wie eindringlicher Blick aus tiefblauen Augen traf Célestine. Sie erschrak. Denn Robert Gardel sah plötzlich nicht mehr durch sie hindurch, ihr war, als blicke er geradewegs bis in ihr Inneres. Verwirrt schob sie die Hände unter die Tischplatte, um zu verbergen, dass sie zitterten.

Wie aus weiter Ferne drangen seine Worte an ihr Ohr. »Ich verstehe Sie, Mademoiselle Dufour. Ich verstehe Sie sehr gut.«

Kapitel 48

»Bitte notieren Sie, Célestine. *Mein Vorname ist auf allen Lippen. Ich möchte allen gleichzeitig danken, meiner Freude Ausdruck geben, dass es mir gelungen ist zu gefallen. Betäubt vom Lärm und von einem großen Glücksgefühl, finde ich kaum Zeit, den Journalisten zu antworten, die mich fragen, welches mein liebstes Kleid ist. Alle. Es sind ja meine Kinder, und ich liebe sie, wie man seine Kinder liebt.*«

Célestine ließ den Stift über das Papier fliegen. Monsieur Dior hatte eine Gabe, die Anspannung bei der Premierenschau eines Couture-Hauses zu schildern, als sei diese Arbeit das Normalste der Welt.

Als sie von ihrem Stenoblock aufblickte, bemerkte sie bestürzt, wie ihr Dienstherr mit schmerzverzerrtem Gesicht beide Hände gegen die Brust presste. Schweiß stand ihm auf der Stirn, er rang nach Luft. Sofort sprang sie von ihrem Sessel auf und trat neben ihn. Ohne nachzudenken lockerte sie seine Krawatte. »Ist Ihnen nicht wohl, Monsieur Dior? Sie sind ganz blass … Ich rufe einen Arzt.«

»Aber nein, es ist nichts. Ich brauche keinen Arzt, ich …«

Doch da hatte Célestine schon die Nummer von Docteur Pierre Rostand gewählt, dem langjährigen Hausarzt des Patrons, der seine Praxis am nahe gelegenen Trocadéro unterhielt. »Schnell, der Doktor muss sofort an den Boulevard Jules Sandeau kommen. Monsieur Dior – ein Notfall«, rief sie aufgeregt in den Hörer.

Dann eilte sie in die Küche, füllte ein Glas Wasser ab und hielt es dem Patron unter die Nase. Der aber schüttelte nur den Kopf und ballte die Hände zu Fäusten, drückte sie fest gegen den Brustkorb.

Nach wenigen Minuten, die ihr wie Stunden vorkamen, erschien Docteur Rostand mit seinem Arztkoffer. »Christian, was haben Sie angestellt?«

Auf Zehenspitzen zog Célestine sich in die Küche zurück. Sie wollte bei der Untersuchung des Patienten nicht zugegen sein und trotzdem in Rufweite bleiben, sollte der Arzt etwas benötigen. Durch die offen stehende Tür konnte Célestine hören, wie der Arzt dem Patron ins Gewissen redete.

»Sie übernehmen sich, Christian. Die Arbeit der letzten Jahre hat ihre Spuren hinterlassen. Ich rate Ihnen dringend, kürzerzutreten. Übertragen Sie Ihrem Assistenten mehr Aufgaben und fahren Sie zur Kur in den Süden.«

»Aber Pierre, Sie wissen doch, dass so etwas völlig ausgeschlossen ist«, widersprach Monsieur Dior. »Ich habe meinen Angestellten gegenüber eine Verpflichtung. Ich bin der Motor der Firma Dior, und dieser Motor muss zuverlässig laufen.«

»Ihr Motor ist Ihr Herz, mein lieber Christian, und dieses Herz schlägt nicht mehr zuverlässig im Takt. Das ist Ihr dritter Anfall, wie wir beide wissen. Ich bezweifle, dass Sie den nächsten überleben, sollten Sie Ihren Lebensstil nicht ändern. Weniger Kaffee, weniger Zigaretten und weniger Rotwein. Außerdem sollten Sie mehr auf Ihr Gewicht achten und weniger deftige Kost zu sich nehmen.«

Célestine erschrak. Der Patron hatte bereits zwei Herzattacken erlitten? Wann mochte das gewesen sein? Er hatte sich nichts anmerken lassen, hatte nie etwas davon erzählt. Auch das Kreativtrio in der Avenue Montaigne hatte geschwiegen. Sicher wussten die Damen davon, und sicher hatte Monsieur Dior ihnen eingeschärft, kein Sterbenswörtchen über seine angegriffene Gesundheit zu verlieren.

Nun hatte sie ungewollt ein Geheimnis erfahren. Künftig würde sie sich selbst mit keiner Frage, keinem Stirnrunzeln verraten dürfen. Denn das würde der Patron nicht wollen. So wie er die Rolle des weltgewandten Couturiers spielte, musste sie die Rolle der unverzagten Hausdame und Privatsekretärin spielen, die keine einzige Sekunde an der ausdauernden Gesundheit ihres Arbeitgebers zweifelte.

»Für die nächsten zwei Wochen verordne ich Ihnen Hausarrest. Sie sind weder für Ihre Geschäftspartner noch für Ihre Mitarbeiter zu sprechen. Ich werde jeden Tag nach der Sprechstunde kommen und nach Ihnen schauen. Von den Tabletten, die ich mitgebracht habe, nehmen Sie dreimal täglich zwei nach den Mahlzeiten. Und von den Tropfen jeden

Morgen zwanzig auf nüchternen Magen. Ich möchte Ihnen keine Angst machen, Christian, aber wenn Sie sich nicht an meine Anweisungen halten, werde ich nicht umhinkommen, Sie in ein Hospital einzuweisen.«

Nachdem der Arzt gegangen war, erschien Monsieur Dior bleich und leicht schwankend in der Küchentür.

»Es ist alles nicht so schlimm, Célestine. Der Doktor hat mir eine Vitaminspritze verabreicht und ins Gewissen geredet. Sie wissen, wie sehr ich die normannische Küche und ganz besonders Ihre Kochkünste schätze. Doch manchmal habe ich nach den Mahlzeiten Probleme mit dem Einschlafen. Das Alter fordert eben seinen Tribut. Deswegen soll ich vor dem Zubettgehen nur noch leicht verdauliche Speisen zu mir nehmen.«

Erleichtert nickte Célestine. Der Patron hatte eine wunderbar unverfängliche Erklärung für sein Unwohlsein abgegeben, und sie musste nur noch mit harmloser Miene darauf eingehen.

»Das ist leicht einzurichten, Monsieur Dior. Was halten Sie davon, wenn ich abends für Sie gedünsteten Fisch, pochierte Hähnchenbrust oder auch eine Gemüsesuppe zubereite?«

»Was würde ich nur ohne Sie machen, Célestine?« Seine Hand zitterte, als er nach der ihren griff und sie behutsam drückte. Der Couturier und sie spielten ein Spiel, und jeder von ihnen wusste, dass der andere es wusste. Sie beide verknüpfte ein geheimes Band, das auf gegenseitigem Respekt und Vertrauen beruhte. Und für dieses besondere Geschenk war Célestine dankbar.

Langsam ließ Monsieur Dior ihre Hand los. Seine Stimme klang leise und bestimmt zugleich. »Schluss für heute. Ich will mich ausruhen. Lassen Sie uns morgen nach dem Frühstück mit dem Diktat fortfahren. Ach ja, rufen Sie bitte im Atelier an und sagen Sie Madame Luling, dass der Arzt mir eine Vitaminkur verordnet hat, während derer ich das Haus nicht verlassen darf. Sie möge für die nächsten Tage alle meine Termine absagen. Monsieur Saint Laurent soll mich in allen Angelegenheiten vertreten. Ich wünsche keinerlei Besuche. Besser, Sie telefonieren mit Madame Luling, bevor ich mich doch wieder verleiten lasse, in die Avenue Montaigne zu fahren, und den Doktor erzürne.«

Vor jedem neuen Diktat las Célestine dem Patron die fertig geschriebenen Seiten des Vortages vor. Manchmal stutzte er und ließ sie einen Satz mehrmals vorlesen.

»Gefällt Ihnen diese Formulierung, Célestine? Müsste sie nicht präziser oder lebhafter sein?«

Da Monsieur Dior sie so direkt befragte, scheute Célestine sich nicht, einige Änderungsvorschläge vorzubringen. »In diesem Satz kommt zweimal das Wort *außerordentlich* vor. Vielleicht sollte man einmal den Begriff austauschen und durch einen anderen ersetzen. Etwa durch *ungewöhnlich* oder *brillant*.«

»Sehr gut, diese Wiederholung habe ich gar nicht bemerkt.«

Ein anderes Mal schlug sie vor, den Satzbau zu verändern. Oder aus einem lang geratenen Schachtelsatz zwei kürzere Sätze zu machen. Der Patron ermutigte sie, alles, was ihrer Ansicht nach den Sprachfluss hemmte, rückhaltlos zu benennen. Manchmal veränderte sie einen Satz, den der Patron diktiert hatte, während sie ihn auf der Maschine schrieb.

»Bravo, Célestine, Sie haben ein Gespür für Sprache. Oftmals sind es nur Nuancen, die aus einer schwerfälligen Formulierung ein Bonmot machen«, lobte der Couturier.

Dabei war Célestine überzeugt, dass Monsieur Dior gerade im Formulieren von geistreichen, hintergründigen Bemerkungen ein Meister war. Wie etwa, wenn er über die Namensfindung seiner Kleider plauderte.

Die Abendkleider, denen ich zwei Saisons zuvor die Namen von Musikern gegeben hatte, trugen diesmal fast alle die Namen lebender Bühnenautoren. Ich hatte die Verwechslungen und Missverständnisse nicht vorhergesehen, die diese Patenschaft in den Salons und Ateliers hervorrufen sollte. Am Morgen erklärte etwa eine Kundin, in André Roussin vernarrt zu sein, teilte aber noch am gleichen Abend telefonisch mit, dass sie es ganz entschieden vorzöge, eine Tollheit mit Jean-Paul Sartre zu begehen, nachdem sie Roussin probiert hatte. Paul Claudel bekam eine Schärpe um sein Abendkleid, während François Mauriac einen Bolero vorzog.

Ganz besonders gefiel Célestine aber ein Satz, mit dem er die Vorzüge des Landlebens in seinem Haus in der Provence beschrieb und der sehr deutlich den inneren Zwiespalt zwischen dem Couturier und dem Privatmann erkennen ließ. *Hier vergaß ich Dior, um wieder Christian zu sein.*

Mit jedem Tag seines Ausgehverbotes besserte sich der Zustand des Patrons, und auch Docteur Rostand war mit seinem Patienten zufrieden. Célestine kochte Hühnerbrühe oder bereitete grünen Salat mit einer leichten Vinaigrette zu. Sie besorgte Schallplatten mit Opernarien seiner Lieblingssängerin Maria Callas. Las Genesungswünsche von Mitarbeitern und Freunden vor, stenographierte und schrieb anschließend das Diktierte auf der Maschine.

»Wir sind gut mit dem Manuskript vorangekommen, Célestine«, stellte der Patron eines Abends zufrieden fest. »So hat meine unfreiwillige Ruhepause vielleicht doch auch ihr Gutes gehabt. Allerdings habe ich noch keinen überzeugenden Titel für mein kleines Werk gefunden. Am liebsten würde ich es *Aus dem Leben eines Taugenichts* nennen, aber so heißt bereits eine Novelle eines deutschen Dichters. Ich glaube, sein Name ist Joseph von Eichendorff. Gefallen würde mir auch *Träumereien eines einsamen Spaziergängers*. Leider ist mir unser großer Dichter und Philosoph Jean-Jacques Rousseau zuvorgekommen. Lassen Sie uns gemeinsam über einen Buchtitel nachdenken.«

In den folgenden Tagen kam Célestine immer wieder der Satz *Hier vergaß ich Dior, um wieder Christian zu sein* in den

Sinn. Als sie eines Mittags eine Fischsuppe mit Lavendel und Muskatnuss abschmeckte, hielt sie plötzlich inne. Denn nun wusste sie, wonach sie gesucht hatte.

Kaum hatte sie dem Patron ihren Vorschlag genannt, als ein warmer Glanz in seine Augen trat. Mehrmals hintereinander sprach er ihre Worte nach, klopfte im Rhythmus der Silben leicht mit den Fingerspitzen auf den Tisch.

»Sie sind nicht zu überbieten, Célestine! So und nicht anders wird mein Buch heißen: *Dior und ich.*«

Einige Monate später hielt Célestine das gedruckte Buch in der Hand und schlug erwartungsvoll die erste Seite auf. Als sie die Widmung las, glühten ihr vor Aufregung und Stolz die Wangen.

Für Célestine, meine wunderbare Lektorin. Mit allerherzlichstem Dank.

Ihr Christian Dior

Auch wenn sie, wie ihr misslungener Versuch gezeigt hatte, nicht das Talent zur Schriftstellerin besaß, so hatte sie wohl doch die Gabe, einen Text durch kleine Veränderungen zu vervollkommnen. Darauf war sie stolz.

Und damit wollte sie sich zufriedengeben.

Vorläufig…

Kapitel 49

»Stell dir vor, Célestine, ein Gast, der Rosalies Büchlein gesehen hat, möchte dich unbedingt kennenlernen.«

Aufgeregt schilderte Marie, wie der Fremde ihr eine Visitenkarte übergeben hatte mit der dringenden Bitte, diese an die Autorin und Illustratorin »... dieser entzückenden Kindergeschichte ...« weiterzuleiten.

Drei Tage später saß Célestine im Verlagshaus *Couchard et Taupin* an der Avenue Gabriel in einem Louis-Seize-Sessel. Auf dem Nussbaumtischchen vor ihr eine Schale mit Nougat- und Champagnertrüffeln, daneben eine Tasse kräftigen, aromatischen Kaffees. Ihr gegenüber saß Fabius Merlot, ein Mittdreißiger mit kinnlangem schwarzem Lockenhaar und dunklem Teint. Ohne Umschweife kam der Lektor auf sein Anliegen zu sprechen.

»Sie sehen mich außerordentlich begeistert, Mademoiselle Dufour. Deswegen wollte ich Sie unbedingt kennenlernen. Ihr Büchlein ist eine Preziose, wie man sie nicht alle Tage findet. Mit einem kindgerechten Text, dessen Sätze aneinandergereihten Perlen gleichen. Ganz reizend übrigens auch die Zeichnungen. Zart, poetisch, schwerelos … Nun, der Verlag möchte diese zauberhafte kleine Geschichte publizieren. Möchten Sie unter Ihrem Namen veröffentlichen oder lieber unter einem Pseudonym?«

Eine knappe halbe Stunde später hielt Célestine auf der Straße vor dem Verlagshaus ein Taxi an und glaubte zu träumen. Was war geschehen? Sie, die so gern die Nachfolge von Germaine Mercier angetreten hätte, sollte plötzlich Kinderbuchautorin sein? Am liebsten hätte sie laut aufgelacht.

Welche Überraschungen mochte das Schicksal für sie noch bereithalten?

»Ich bin ja so stolz auf dich«, jubelte Marie. »Du musst Monsieur Dior unbedingt erzählen, dass sich unter seinen Mitarbeitern von nun an eine echte Schriftstellerin befindet.«

»Nicht doch, Marie.« Célestine zog Rosalie zu sich auf den Schoß. Sie hatte ihrer Patentochter einen Schreibblock und eine Schachtel Buntstifte mitgebracht. Und nun wollte Rosalie unbedingt mit ihr einen Löwen malen. »Ich bin längst noch keine echte Schriftstellerin. Trotzdem freue ich mich natürlich über die Veröffentlichung. Aber ich möchte den Mädchennamen meiner Mutter als Pseudonym verwenden. Denn dass ich dieses Büchlein geschrieben habe, geschah aus ganz privaten, persönlichen Gründen, mehr erst einmal nicht.«

»Ich will einen Löwen malen«, forderte Rosalie und breitete die Buntstifte vor sich auf dem Tisch aus. »Er soll ein blaues Fell haben. Oder nein, lieber ein gelbes.«

Kapitel 50

»Würde Ihnen auch ein Besuch in einem Variété-Theater gefallen? Mit Akrobatik, Tanz und Zauberei?«, hatte Robert Gardel gefragt. »Ich bin der Ansicht, die sogenannte leichte Muse muss viel mehr gewürdigt werden.«

Sein Vorschlag hatte Célestine überrascht. Der sonst so sachliche, ernste Anwalt sollte ein Freund der leichten Unterhaltung sein? Dieser Mann war ihr ein Rätsel. Warum nur bekam sie Herzklopfen schon bei dem Gedanken an die Art, wie er ihr den Arm reichte oder aus dem Mantel half? Er war ein Mann, der die Männer liebte. Das sollte sie endlich akzeptieren, anstatt sich in schwärmerischen Anwandlungen zu ergehen.

Nun kamen sie am *Bataclan* an, einem Vergnügungsetablissement in chinesischem Stil, mit orientalisierender Fassadenmalerei und einem geschwungenen Pagodendach. Im Erdgeschoss befanden sich ein Café und ein Theater, im Obergeschoss gab es einen Tanz- und Konzertsaal.

Beim Betreten des Foyers staunte Célestine über die vielen

vergoldeten Laternen und das überbordende Dekor an den Wänden. Geflügelte Drachen, Affen, Einhörner und neunschwänzige Füchse erstrahlten in leuchtender Farbenpracht. Die Menschen drängten sich ins Auditorium, im Stimmengewirr waren von allen Seiten fremde Sprachen zu hören. Eine Mischung aus Tabak und Sandelholz lag in der Luft, die von den Rasierwässern der Männer rührte und dem erfrischenden Duft von Bergamotte, Rosmarin, Lilie, Flieder, Jasmin und Maiglöckchen. Viele der Frauen trugen *Diorissimo,* den neuen Duft des Patrons, wie Célestine mit Genugtuung feststellte.

Und noch etwas stellte sie fest. Ihr Begleiter schien verändert. Sein Blick war klar und fest, als sei der Schleier der Melancholie, der oftmals auf seinem Gesicht gelegen hatte, beiseitegezogen worden. Seine ganze Erscheinung strahlte etwas Heiteres und Unbeschwertes aus. Sicher hat er eine neue Liebe gefunden, mutmaßte Célestine und versuchte, sich ganz auf das Geschehen um sie herum zu konzentrieren.

Das Auditorium füllte sich, Kellner und Kellnerinnen in bodenlangen chinesischen Gewändern bedienten die Gäste. Man plauderte und aß, lachte und kokettierte. Ein Orchester hatte unterhalb der Bühne Platz genommen und intonierte einen Tusch. Dann öffnete sich der Vorhang, der wie ein überdimensionaler Fächer gestaltet war. Ein Conférencier in silberfarbenem Frack und Zylinder betrat die Bühne, Augen und Mund überdeutlich geschminkt. Mit schnarrender, hoher Fistelstimme begrüßte er das Publikum.

»*Mesdames et Messieurs, Ladies and Gentlemen*, meine Damen und Herren. Willkommen in unserem Variété-Theater am Boulevard Voltaire. Ich möchte Sie heute entführen in die Welt der Phantasie und der Magie. Erleben Sie Akrobatik, Gesang und Tanz, dargeboten von den besten Künstlern und Künstlerinnen Frankreichs – was sage ich, Europas, wenn nicht sogar der ganzen Welt.«

In rascher Abfolge zogen verschiedenste Künstler, Artisten und Sänger das Publikum in ihren Bann. Drei orientalisch gekleidete Jongleure ließen Porzellanteller auf langen dünnen Stäben rotieren. Eine Seiltänzerin vollführte waghalsige Salti und sprang sogar durch einen Reifen. Zwei Sängerinnen in hautengen schwarzen Trikots trugen ein Duett vor. Der Text bestand aus dem einzigen Wort »Miau« und wurde beständig in den verschiedensten Tonlagen wiederholt. Danach ließ ein Bauchredner seine Puppe einer hell gepuderten, schwarzhaarigen Walküre im Publikum zweideutige Komplimente machen, was die Dame sichtlich amüsierte, ihren Ehemann hingegen peinlich berührte. Man konnte den Eindruck haben, er wäre am liebsten unter den Tisch gekrochen.

Wie im Fluge waren zwei Stunden vergangen, und als der Schlussapplaus erklang, fiel Célestines Blick auf die Hände ihres Begleiters. Schmale, feingliedrige Hände. Klavierspielerhände. Sie ertappte sich dabei, wie sie sich vorstellte, diese Hände auf ihrer Wange zu spüren, am Hals, am Rücken, in der Taille …

Bevor sie sich weiteren Phantasien hingeben konnte, reichte Robert Gardel ihr den Arm, und sie schritten zur Garderobe. Mit gewohnter Höflichkeit half er ihr in den Mantel.

»Sie haben eine neue Frisur, Mademoiselle Dufour. Das kurze Haar steht Ihnen gut«, hörte sie ihn plötzlich sagen.

»Ich trage meine Haare seit Jahren kurz«, stellte Célestine richtig und wünschte sich in diesem Moment, die Gedanken ihres Gegenübers lesen zu können. Wie konnte es sein, dass ihm das bislang entgangen war?

Ungläubig schüttelte Robert Gardel den Kopf. »Tatsächlich?«

Und als sie sich zum Gehen umwandte, hörte Célestine ihn leise sagen:

»Wo habe ich nur meine Augen gehabt?«

»Darf ich auspacken, Cétine?« Ungeduldig schnitt Rosalie die Kordel auf und hob vorsichtig den Deckel des Päckchens an. Dann juchzte sie. »Das sind ja ganz viele Bücher. Eins, zwei, drei … vier, fünf, sechs! Wissen jetzt alle Kinder, dass die Geschichte von der Prinzessin meine Geschichte ist?«

Lächelnd strich Célestine der Patentochter über das lange schwarze Haar, das sie ihrer Mutter so ähneln ließ. »Niemand außer uns dreien weiß, dass ich die Geschichte eigentlich nur für dich geschrieben habe. Aber ganz viele Kinder können sie jetzt lesen. Oder sich von den Eltern vorlesen lassen.«

»Dann musst du mir aber jedes Buch vorlesen. Ich will wissen, ob in allen dieselbe Geschichte steht.«

Marie stellte Zuckerbrioches und eine Kanne Kakao auf den Tisch. »Greift zu, *mes chères*. Célestines Erfolg muss gefeiert werden.«

»Ich habe Hunger.« Mit beiden Händen griff Rosalie nach einer Brioche und biss ein großes Stück ab. »Lecker. Machst du mir noch ein Prinzessinnenbuch, Cétine? Mit einer neuen Geschichte? Und die dürfen dann auch ganz viele Kinder lesen.«

Die beiden Freundinnen blickten sich an und fingen gleichzeitig an zu lachen. »Deine Patentochter will aus dir unbedingt eine erfolgreiche Schriftstellerin machen.« Marie zwinkerte der Freundin zu und griff hastig nach Rosalies Kakaobecher, der von der Tischkante zu kippen drohte.

»Warum nicht. Ich hätte auch schon eine Idee ...«, sagte Célestine mehr zu sich selbst. Sie konnte sich sogar eine ganze Buchreihe vorstellen. Wie die kleine Prinzessin Weihnachten feiert, wie sie mit ihren Cousinen in der Schlossküche einen Kuchen backt oder wie sie im Winter auf dem Teich im Schlosspark Schlittschuhlaufen lernt – immer neue Einfälle kamen ihr, und sie beschloss, für Rosalie zu Weihnachten und zum Geburtstag jeweils eine neue Geschichte zu verfassen und zu illustrieren. Und wer weiß? Vielleicht würde Monsieur Fabius Merlot ja auch die künftigen Erzählungen veröffentlichen wollen.

Was wohl ihre Mutter zu dieser Entwicklung gesagt hätte?,

fragte sich Célestine. Wäre sie stolz gewesen? Nein, höchstwahrscheinlich wäre Laurianne Dufour beunruhigt, weil die Tochter noch immer nicht verheiratet war und ihr folglich auch noch keinen Enkel geschenkt hatte.

Seufzend wandte sich Célestine dem letzten Bissen Brioche zu und spülte ihn mit einem großen Schluck Kakao hinunter. Vielleicht war es gut so, wie es war. Dass die Mutter nicht sehen musste, wie die Tochter zwar ein bürgerliches Leben führte, jedoch eines, das so ganz anders verlief, als sie es sich für ihre Tochter gewünscht hatte.

Kapitel 51

Célestine fragte sich, ob die Veränderung, die sie an Monsieur Robert Gardel festgestellt hatte, wohl anhielte. Und zu ihrer Überraschung wirkte er bei ihrem nächsten Treffen noch ungezwungener als beim letzten Mal.

»Was machen Sie in Ihrer Freizeit, wenn Sie nicht mit mir ins Theater oder ins Museum gehen, Mademoiselle Dufour?«, fragte er, und Célestine meinte, ein Leuchten in seinen Augen zu sehen. Doch vermutlich war dieser Eindruck nur dem grellen Tageslicht zuzuschreiben.

Sie befanden sich vor dem Eingang des Musée des Arts Décoratifs, wo sie sich eine Ausstellung mit Werken des berühmten Schmuck- und Glaskünstlers René Lalique angeschaut hatten. Célestine war irritiert, wie offen und interessiert Robert Gardel sie ansah, und wurde verlegen. Dann antwortete sie einfach schlicht und aufrichtig.

»Ich lese gern. Am liebsten Bücher, die von vergangenen Zeiten erzählen. Manchmal gehe ich auch ins Kino, oder ich verbringe das Wochenende mit meiner Freundin Marie und deren kleiner Tochter. Rosalie ist mein Patenkind.«

»Haben Sie für heute Nachmittag schon eine Verabredung? Ich würde Sie gern zu einem Kaffee einladen. Bei mir zu Hause.«

»Nein … ja … ich …«, stotterte Célestine und glaubte fast, sich kneifen zu müssen, um sicherzugehen, dass sie nicht träumte. Was mochte hinter dieser Einladung stecken? Sie wusste es nicht. Und doch war es genau das, was sie sich schon so lange gewünscht hatte – zu erfahren, wie und wo dieser undurchschaubare, anziehende Mann lebte. Nie hatte sie geglaubt, dass er ihr einen Einblick in sein Privatleben gewähren würde.

Noch bevor sie weitersprechen konnte, hatte Robert Gardel bereits ein Taxi angehalten. »Wie schön, dass Sie Zeit haben, Mademoiselle Dufour.«

Seine Wohnung im zweiten Arrondissement lag in der ersten Etage eines der typischen sandfarbenen Pariser Stadtpalais. Mit hohen Räumen, großen Fenstern zur Straßen- und zur Gartenseite und großzügig bemessenen Zimmern. Dennoch war Célestine überrascht. Denn das Mobiliar war anders als alles, was sie bisher gesehen hatte. Nirgendwo waren Schnitzereien oder sonstige Verzierungen zu entdecken, hier herrschten klare Linien und rechte Winkel. Sessel, Schränke, Lampen, die gesamte Einrichtung gehorchte der Funktion, ohne jede Verspieltheit. Doch das honigfarbene Holz der Möbel strahlte in Verbindung mit Leder und Chrom etwas sehr Edles, Einnehmendes aus.

»Ihre Wohnung ist ungewöhnlich und so – modern, Monsieur Gardel«, sagte Célestine, als er ihr den Mantel abnahm und in einen Flurschrank mit Eisenbeschlägen hängte.

»Ungewöhnlich – da stimme ich Ihnen zu. Aber die Einrichtung ist keinesfalls modern. Die Möbel sind Erbstücke. Mein Patenonkel war Architekt und hat in den Zwanzigern mehrere Jahre beim Bauhaus in Dessau gearbeitet. Ich will Sie nicht mit Architekturhistorie langweilen, doch ich könnte Ihnen zu jedem Möbelstück eine Geschichte erzählen. Wollen Sie auf dem Sofa Platz nehmen? Ich will rasch in der Küche nachsehen, ob meine Haushälterin Kaffee für uns zubereitet hat.«

Célestine ließ sich auf dem schwarzen Ledersofa nieder und wunderte sich. Woher konnte die Haushälterin wissen, wann der Hausherr zurück sein würde? Womöglich sogar mit einem Gast. Hatte Robert Gardel im Stillen vorausgesetzt, dass sie mitkommen würde?

Ihre Verwirrung wuchs. Als ihr Blick Richtung Fenster wanderte, traf er auf ein Gemälde, das eine junge Frau mit lose aufgestecktem, rotblondem Haar und bezwingendem Lächeln im Dreiviertelporträt zeigte. Sie trug eine kragenlose weiße Spitzenbluse und einen resedagrünen Rock. Im Hintergrund war eine parkähnliche Landschaft zu erkennen. Mit seinen duftigen, wie zufällig hingetupften Pinselstrichen erinnerte dieses Bild an die Meister des Impressionismus, wie sie im Musée du Louvre zu sehen waren. Und es bildete einen überraschenden Kontrast zu der sachlichen, geradlinigen Möblierung.

Célestine fühlte sich von den dunklen Augen der Frau wie magisch angezogen. Sie erhob sich aus dem Sofa und machte einige Schritte auf das Gemälde zu, wobei sie unentwegt das Gefühl hatte, dass der Blick der jungen Frau ihr folgte.

Robert Gardel war unbemerkt neben sie getreten. »Tief in seinem Innern ist Christian noch immer der Galerist seiner frühen Jahre. Er hat mir den Maler empfohlen. Die beiden sind zusammen in Granville zur Schule gegangen. Wollen wir uns an das Tischchen dort drüben setzen? Ich hoffe, Sie mögen Macarons.«

»Sehr sogar.« Ein intensiver Geruch stieg Célestine in die Nase. Sie schnupperte an der Tasse und nahm einen Schluck. »Vorzüglich, dieser Kaffee, kräftig und aromatisch ... Das Gemälde ist wirklich faszinierend. Kleidung und Frisur der Dargestellten entsprechen zwar der Mode unserer Zeit, dennoch erinnert etwas an dem Bild an die Meister des Impressionismus. Es hat etwas Flirrendes und Schwereloses, wie man es von den wunderschönen Frauenporträts eines Jean Renoir oder Edouard Manet kennt. Wen stellt es dar?«

»Meine Frau.«

»Ihre ...?« Fast hätte Célestine sich an dem Macaron verschluckt. Sie konnte sich nur verhört haben. Musste sich verhört haben. Das Blut pochte in ihren Schläfen. »Sie sind – verheiratet?«

»Ich war es. Violette war meine große Liebe, wir haben vor drei Jahren geheiratet. Zu Beginn des vergangenen Jahres ist sie an einer Lungenentzündung gestorben. Sie war schwanger. Mit ihr ist auch ein Teil von mir gestorben. Ich habe mich in die Arbeit geflüchtet, um nicht ständig daran denken zu müssen. In meiner Trauer habe ich mich, ohne es zu bemerken, von der Welt entfernt. Offenbar hat Christian das gespürt, weswegen er diese kleine List ersonnen hat … Ich war wohl auf dem besten Weg, ein sonderlicher Einzelgänger zu werden. Bis ich durch eine Bemerkung von Ihnen in die Wirklichkeit zurückgerufen wurde.«

»Eine Bemerkung?«, wiederholte Célestine und presste die Hände fest zusammen, als suche sie einen unsichtbaren Halt.

Robert Gardel beugte sich vor und blickte sie sanft und dennoch eindringlich an. Was ihre Verwirrung nur noch größer werden ließ.

»Sie sprachen von Ihrer Kindheit in Genêts, Mademoiselle Dufour, und warum Sie seit einiger Zeit nicht mehr dort gewesen sind. Aus Trauer über den Verlust Ihrer Familie. Ihre Offenheit hat mich sehr beeindruckt und berührt. Und dann sagten Sie, dass Sie vor Ihrer eigenen Vergangenheit davonlaufen und noch nicht den Mut gefunden haben, sich ihr zu stellen.«

Wie aus weiter Ferne drangen seine Worte an ihr Ohr. »Es mag sein, dass ich etwas in der Art gesagt habe«, murmelte Célestine und wusste nicht, warum sie sich plötzlich schwindlig fühlte.

»Mir kam es vor, als schilderten Sie nicht Ihre, sondern meine Situation. Denn ich bin es, der vor der Vergangenheit davongelaufen ist und der es nicht geschafft hat, über seinen Schmerz zu reden. Ihre Worte haben etwas in mir aufgeweckt. Niemand kann meine Familie ins Leben zurückholen. Aber ich kann mich entscheiden, mich wieder dem Leben zuzuwenden. Indem ich die Vergangenheit abschließe und mein Schicksal akzeptiere. Das ist mir jetzt bewusst geworden.«

Célestines Kehle war wie ausgetrocknet. Was sollte sie Monsieur Gardel antworten? Alles, was sie über ihn gedacht hatte, war binnen weniger Sätze ausgelöscht.

Robert Gardel liebte offensichtlich keine Männer. Er hatte seine Frau geliebt und unter ihrem Tod und dem des ungeborenen Kindes so sehr gelitten, dass er völlig in seiner Trauer gefangen war. Wie gut konnte sie ihn verstehen. Und wie gern hätte sie ihm jetzt die Strähne aus der Stirn gestrichen.

Aber sein Bekenntnis kam zu plötzlich. Sie musste sich sammeln und nachdenken. In Ruhe nachdenken.

»Es tut mir leid für Sie, Monsieur Gardel… Wenn Sie mich entschuldigen würden. Mir ist nicht ganz wohl. Ich glaube, ich sollte nach Hause fahren und mich hinlegen… Danke für den Kaffee.«

Übereilt verabschiedete sie sich von ihm, und als das Taxi sie am Boulevard Jules Sandeau abgesetzt hatte, hastete sie hinauf in ihre Wohnung und ließ sich ein Bad ein. Sie schüttete eine Handvoll getrockneter Rosenblätter in die Wanne, ließ sich in das warme Wasser gleiten und schloss die Augen.

Diesmal ließ sie die berauschenden, verwirrenden Bilder zu, die in ihr aufstiegen. Die sie bisher durch Anstrengung und Willenskraft zu unterdrücken versucht hatte. Doch das war von nun an nicht mehr nötig.

Kapitel 52

Am nächsten Morgen wachte sie voller Gewissensbisse auf. Es war nicht gerade feinfühlig von ihr gewesen, den Besuch so abrupt zu beenden, nachdem er sich ihr offenbart hatte. Was mochte Robert Gardel nur von ihr denken? Nach zwei Tagen hielt Célestine es nicht mehr aus. Sie wählte die Nummer des Anwalts und kam geradewegs auf das zu sprechen, was ihr auf der Seele lastete.

»Es tut mir leid, dass ich vorgestern einfach so davongelaufen bin, Monsieur Gardel. Ich war verwirrt und wohl auch … unfreundlich.«

»Und ich hatte schon befürchtet, Sie mit etwas verärgert zu haben. Geht es Ihnen besser?«, kam vom anderen Ende der Leitung die Frage, und seine Stimme klang besorgt.

»Ja, mir geht es gut. Es ging mir nicht wirklich schlecht. Weil … ich …« Nun geriet sie doch ins Stocken, obwohl sie sich ihre Worte sorgsam zurechtgelegt hatte.

»Vielleicht sollten wir unser Gespräch in anderer Umgebung fortsetzen. Ich denke an das *Café Perroquet* nahe der Opéra. Mein Bruder empfahl mir diesen Teesalon. Er soll der beste und zugleich ungewöhnlichste in der Stadt sein. Was halten Sie von Samstag um fünf? Ich reserviere einen Tisch für uns.«

»Eine wunderbare Idee«, antwortete Célestine, und diesmal meinte sie es genau so, wie sie es sagte.

Bereits eine Viertelstunde vor der vereinbarten Zeit kam Célestine beim Treffpunkt an. Beim Betreten des Palmengartens, der sich im hinteren Teil des Cafés befand, wähnte sie sich in einer fernen, exotischen Welt. Palmen, Farne, Kriechgewächse, Bromelien, Orchideen – die tropische Flora verzauberte sie. Ein Wasserfall rauschte eine Felswand hinab in einen Teich, in dem silbrig glänzende Fische unter Seerosen hinwegtauchten. In einer Volière hockten farbenprächtige Papageien, die Namensgeber dieses Cafés, auf Ficussen, knabberten an Erdnussschalen und Apfelschnitzen oder putzten sich das Gefieder. Aus einem ausgehöhlten Baumstamm lugte der Kopf eines Chamäleons hervor.

Ein Kellner geleitete sie zu ihrem Platz. Dann plötzlich machte Célestines Herz einen Satz. Zu ihrer Überraschung war Robert Gardel schon da. Er war in eine Zeitung vertieft und bemerkte sie erst, als sie an seinen Tisch trat. Unverzüglich faltete er die Zeitung zusammen und erhob sich.

»Mademoiselle Dufour, Sie sehen hinreißend aus. Es war eine gute Entscheidung, dass Sie sich für diese Frisur entschieden haben – auch wenn es schon Jahre her ist.« Er zwinkerte ihr zu, in seiner Stimme lag leise Ironie.

Ihr gefiel sein Tonfall, und sie nahm die neue Leichtigkeit sogleich auf. »Komplimente dieser Art nehme ich jederzeit gern entgegen.«

Robert Gardel reichte ihr die Karte. »Bitte nehmen Sie mir die Entscheidung ab und suchen Sie etwas aus, wonach Ihnen ist.«

Bei Petits Fours und einem fruchtig blumigen Darjeeling entwickelte sich eine vertrauliche und unbefangene Unterhaltung, ganz so, als würden sie sich seit ewigen Zeiten kennen.

»Ich möchte Ihnen danken, Mademoiselle Dufour. Sie haben mich dazu gebracht, über mein Schicksal nachzudenken und vor allem: zu reden. Wodurch ich mich wie befreit fühle. Selbst wenn ich das Gefühl habe, dass irgendeine meiner Äußerungen Sie verwirrt haben muss.«

Célestine sprach sich selbst Mut zu. Sie musste sich erklären und hoffen, Monsieur Gardel würde sie verstehen. »Ich habe Sie für einen anderen gehalten, als Sie es sind«, begann sie vorsichtig.

»Soll das heißen, Sie haben mich für charmant, unterhaltsam und gut aussehend gehalten?«

Seine Worte ließen Célestine schmunzeln. Dann aber wurde sie wieder ernst. »Sie sind ein Freund von Monsieur Dior.«

»Ja, seit vielen Jahren.«

»Und deswegen dachte ich, Sie seien ein Freund von der Art wie die Männer, die abends zum Essen kommen und dann – über Nacht bleiben.«

Robert Gardel schien nicht im Geringsten schockiert oder überrascht. »Sie haben mich für einen von Christians Liebhabern gehalten«, stellte er ganz selbstverständlich fest.

Célestine nickte wortlos.

»Ein Missverständnis, zweifellos, aber eines, das ich mir selbst zuzuschreiben habe. Hätte ich eher über meinen Verlust und meine Trauer reden können, hätten Sie auch eher Bescheid gewusst, wie ich wirklich bin ... Christian ist ein wunderbarer Mensch. Ehrlich, zuverlässig und großzügig. Ich wünschte, er könnte so leben, wie er am liebsten leben würde. Diese Zeit wird hoffentlich eines Tages kommen. Für ihn und all die anderen, die ihre Neigung nicht länger vor der Öffentlichkeit verbergen wollen. Das sage ich nicht nur als sein Freund, sondern auch als Jurist, der die Kriminalisierung gleichgeschlechtlicher Liebe in unserem Land für einen Verstoß gegen die Menschlichkeit hält.«

Über die Schulter ihres Gegenübers konnte Célestine beobachten, wie zwei der Papageien umeinander tänzelten und ihre Schnäbel aneinanderrieben. Dann wandte sie ihre Aufmerksamkeit wieder Robert Gardel zu und blickte ihn geradewegs und offen an. »Ich bin sehr froh, dass Sie so sind, wie Sie sind.«

»Die Freude ist ganz meinerseits.« Mit einem Mal legte sich eine warme Hand auf Célestines Hand. Sie spürte, wie die Wärme durch Arm und Schulter wanderte, bis in ihr Inneres strömte und dort ein Feuer entfachte. So hätte sie ewig ausharren können.

Irgendwann später, als sie für den Heimweg in ein Taxi steigen wollte, hielt Gardel sie am Ärmel fest. Er beugte sich zu ihr hinunter und küsste sie behutsam auf die Wange.

»Darf ich Sie heute vor dem Zubettgehen anrufen, Célestine? Um Ihnen eine gute Nacht zu wünschen?«

»Ich habe kein Telefon in meiner Wohnung, Robert. Aber vielleicht sollte ich das ändern.« Sie reckte sich hoch und erwiderte den Kuss, roch sein Rasierwasser, das nach Zeder und Zitrus duftete, spürte seine Bartstoppeln an ihrem Kinn. Für einen Moment schloss sie die Augen. Und sie wusste, dass etwas geschehen war, das sie nie geplant hatte.

Sie hatte sich verliebt.

Kapitel 53

Nie zuvor waren Célestine drei Tage so lang erschienen. Drei Tage, in denen sie fortwährend an den Nachmittag im *Café Perroquet* denken musste, an Roberts Lächeln, das warme Timbre seiner Stimme, den sanften Druck seiner Hand. Jedes seiner Worte versuchte sie sich ins Gedächtnis zurückzurufen, jede Geste und jedes Augenzwinkern.

Sie hatten sich in seiner Anwaltskanzlei gegenüber dem Élysée-Palast verabredet. Kaum hatte Célestine das mit hellem Nussbaum vertäfelte Büro betreten, als Robert Gardel von seinem Schreibtisch auf sie zueilte und die Zimmertür hinter ihrem Rücken schloss. Wortlos nahm er sie in den Arm und küsste sie sanft und wie selbstverständlich. Sie schlang die Arme um seinen Hals und küsste seine Stirn, seine Schläfe, seine Wange.

»Du hast mir gefehlt«, flüsterte sie und presste ihre Lippen fest auf seinen Mund.

»Wir haben uns zu lange nicht gesehen. Genau achtundsechzig Stunden und dreißig Minuten. Eine Ewigkeit.« Er zog Célestine an sich, und sie fühlte leisen Schwindel.

Ohne die Lippen von den ihren zu lösen, zog er sie zu einem gelben Samtsofa und setzte sich neben sie. Als er den Kuss beendete, seufzte er leise. »Ich muss dir etwas sagen, was mir nicht leichtfällt, Célestine. Erfahren habe ich es erst vorhin. Wir werden uns für eine weitere Ewigkeit nicht sehen können.«

Es dauerte eine Weile, bis Célestine begriff. Sie hatte die Wiedersehensfreude noch gar nicht richtig auskosten können, da prasselte diese Mitteilung wie ein kalter Schauer auf sie nieder.

»Aber warum nur?« Sie schob ihre Hände unter den Rand seiner Jackettärmel, um seine Haut zu spüren.

»Ein Kollege unserer britischen Dependance ist ganz überraschend im Alter von nur neununddreißig Jahren gestorben. Nun soll ich für drei oder vier Wochen nach London reisen und seine Mandanten betreuen, bis ein Nachfolger gefunden ist.«

»Drei oder vier Wochen …«, murmelte Célestine bekümmert. Sie lehnte den Kopf an seine Schulter und zwinkerte eine Träne weg. Behutsam strich er ihr über das Haar.

»Glaub mir, ich würde liebend gern hierbleiben und alles über dich erfahren, was ich noch nicht weiß. Doch das werden wir nachholen. Sobald ich zurück in Paris bin.«

»Und wann fährst du nach London?«, fragte sie vorsichtig und hoffte, dass ihnen zumindest noch etwas gemeinsame Zeit bleiben würde.

»Morgen früh mit der ersten Maschine. Vorher muss ich

noch meine Koffer packen.« Mit dem Finger zeichnete er die Kontur ihrer Lippen nach und küsste sie auf die Nasenspitze.

»Ich mag keine Abschiede, Robert. Sie machen mich traurig«, gab Célestine zu und schluckte. »Lieber möchte ich an die Zeit nach deiner Rückkehr denken. Dann lade ich dich zu mir nach Hause ein und koche etwas für uns zwei.«

»Wenn das kein Grund ist, den Auftrag möglichst schnell zu beenden. Und danach müssen wir uns kennenlernen, von Grund auf. Aber eigentlich sind wir ja bereits dabei ...«, sagte Robert und vergrub sein Gesicht in ihrem Haar. Célestine spürte einen Schauer über den Rücken laufen. Und sie wünschte sich, dass dieses berauschende Gefühl niemals aufhören würde.

Jeden Morgen und jeden Abend erhielt Célestine ein Telegramm aus London. Und jeden Mittag gab sie ihrerseits eine Antwort am Postamt in der Avenue Henri Martin auf. Da der Schalterbeamte ihr keine Hoffnung auf einen Telefonanschluss vor dem Jahreswechsel machen konnte, hatten sie sich auf diese Art der Verständigung geeinigt.

Wie sollte sie nur die Zeit bis zu Roberts Rückkehr überstehen? Nahezu jede Sekunde des Tages dachte sie an ihn, und in der Nacht träumte sie, was sie tagsüber nicht zu denken gewagt hatte. So, wie sie an jedem Geburtstag Bilanz zog, wollte sie sich auch jetzt, wo ihr Leben eine unerwartete Wendung nahm, Rechenschaft ablegen. Sie war nicht nur vor ihrer Vergangenheit davongelaufen, sie hatte sich selbst betrogen. Aus Angst vor einer weiteren Enttäuschung hatte sie sich eingeredet, auch ohne Mann glücklich zu sein, hatte ihre Freiheit und Unabhängigkeit über alles andere gestellt. Und nun dachte sie plötzlich an eine Zukunft an der Seite eines einfühlsamen Mannes und an eine eigene Familie.

Um sich abzulenken, ging sie an den Wochenenden ins Kino und sah sich mehrere Filme hintereinander an. Oder sie machte mit Marie und Rosalie einen Ausflug in den Zoo, wo die Patentochter zum ersten Mal einen lebenden Löwen sah. Die Begeisterung der Kleinen und ihr andächtiges Staunen über das mächtige Tier ließ in Célestine die Idee reifen, ihre nächste Geschichte in Afrika spielen zu lassen. Eine Fee sollte die Prinzessin und ihre Spielkameraden auf einem Zauberteppich begleiten.

Ich sehne mich nach Dir und kann es nicht erwarten, Dich in meine Arme zu schließen, hatte Robert in einem Telegramm geschrieben. Und im nächsten: *Ich wünschte, Du wärest bei mir in einem dieser Kleider, die Dich so hinreißend und einzigartig aussehen lassen. Wir könnten uns ein Theaterstück ansehen, das in London seit 1952 ununterbrochen auf dem Spielplan steht: »Die Mausefalle« von Agatha Christie. Und danach würden wir … Aber das möchte ich Dir lieber persönlich mitteilen.*

Die Telegramme bewahrte Célestine in einer Holzschachtel mit handgemalten Rosen auf. Und jeden Abend las sie vor dem Einschlafen von zärtlichen Verheißungen, die sie danach in ihren Träumen wahr werden ließ.

»Du siehst so strahlend und glücklich aus. Man sieht dir auf hundert Meter Entfernung an, dass du verliebt bist«, stellte Marie fest. »Noch vor wenigen Wochen hätte ich das kaum für möglich gehalten. Das gibt mir Hoffnung, dass auch ich eines Tages auf den richtigen Mann treffe.« Genussvoll ließ die Freundin einen Schokoladentrüffel auf der Zunge zergehen und zwinkerte Célestine zu.

Kapitel 54

Nach langem Zögern hatte Monsieur Dior sich den Rat seines Arztes zu Herzen genommen und sich zu einer Kur in Montecatini in Oberitalien entschlossen. Seit Tagen schon war er bester Stimmung, trug farbenfrohe Krawatten und Einstecktücher und ließ seinen Butler Charles ein Dutzend Koffer mit leichter Spätsommergarderobe packen. Célestine wusste, was der Grund für seine gute Laune war: ein aus Marokko stammender junger Sänger, der den Patron begleiten wollte. Und dessen Vorname tatsächlich Jacques lautete.

»Sie werden mich nicht wiedererkennen, Célestine, ich werde schlank und voller Energie zurückkehren«, scherzte der Patron beim Abschied. »Im Anschluss an die Kur will ich in mein Sommerhaus fahren und die neue Kollektion zeichnen. Monsieur Saint Laurent wird mich derweil im Atelier vertreten. Zum ersten Mal überlasse ich die Geschicke der Firma einem anderen Menschen.« Dann aber hielt er inne, und in seinen Augen flackerte Verunsicherung auf. »Vielleicht sollte ich die Kur lieber verschieben. Madame

Delahaye, meine Wahrsagerin, sah etwas, das sie nicht recht zu deuten wusste …«

In allen wichtigen Fragen seines Lebens holte der Patron den Rat Madame Delahayes ein. Célestine musste an die Begegnung mit der seltsamen Frau im roten Kleid denken, die ihr damals auf der Straße die Zukunft vorhergesagt hatte. Die Fremde hatte von einem schwarzen Vogel gesprochen, der aus dem Nebel auftauchte und wieder verschwand. Und von einer weißen Taube, die weit davonflog. Die Wahrsagerin hatte auch gesehen, wie Célestine der Taube bis zum Horizont folgte. Der dunkle Vogel war zweifellos Jean-Luc gewesen, der sie so bitter enttäuscht hatte. Und bei der Taube konnte es sich nur um Robert Gardel handeln. Aber vielleicht passte diese Aussage nur zufällig und hatte überhaupt nichts mit einem echten Einblick in ihr Leben zu tun, überlegte Célestine.

Doch zunächst einmal musste sie die Zweifel des Couturiers zerstreuen. »Fahren Sie, Monsieur Dior. Sie könnten keine zuverlässigere Vertretung finden. Außerdem gibt es Telefon und Telegramme. Sie können ganz unbesorgt einige Tage ausspannen und einen Teil Ihrer Verantwortung abgeben.«

Nachdenklich rieb der Patron sich das Kinn. »Sie haben recht, Célestine. Ich muss lernen loszulassen. Niemand ist unsterblich. Seit geraumer Zeit spüre ich deutlich, dass das Alter seinen Tribut fordert. Irgendwann wird ein anderer in meinem Büro in der Avenue Montaigne sitzen, und die

Mannequins werden Kleider präsentieren, die nicht ich entworfen habe.«

»Sagen Sie so etwas nicht, Monsieur Dior.« Energisch verdrängte Célestine diese gespenstische Vorstellung.

»Ach, ich werde nicht nur alt, sondern auch sentimental… Warum fahren Sie nicht für einige Tage fort, Célestine? Wenn Sie möchten, können Sie jederzeit Urlaub nehmen.«

»Aber Sie wissen doch, wie wohl ich mich hier fühle und dass ich Paris am liebsten niemals verlassen möchte«, widersprach Célestine und beneidete Monsieur Dior nicht eine Sekunde lang um die bevorstehende Reise.

»Wie dem auch sei, fühlen Sie sich frei zu entscheiden, was für Sie das Beste ist.« Der Couturier wischte sich mit dem Handrücken über die Augen. Hatte Célestine da eine Träne gesehen? Eine eigenartige Unruhe befiel sie, als der Patron mit belegter Stimme fortfuhr: »Danke, dass Sie es schon so lange mit einem kauzigen alten Mann wie mir aushalten, Célestine. Ohne Sie hätte ich zwar ein Modeatelier – aber kein Zuhause.«

Etwas ließ Célestine nach Luft ringen, und ein kalter Schauer lief ihr über den Rücken. »Für mich gibt es nichts Schöneres und Aufregenderes, als bei Ihnen zu arbeiten«, sagte sie in dem Gefühl, sich ihm gegenüber erklären zu müssen. »Merci, Monsieur Dior – für alles, was Sie für mich getan haben. Passen Sie gut auf sich auf.«

Das Schreiben kam am Tag nach der Abreise des Patrons, und Célestine hätte am liebsten gelacht und gleichzeitig gejubelt. Monsieur Fabius Merlot vom Verlag *Couchard et Taupin* fragte nach, ob sie Lust habe, drei weitere Geschichten mit der kleinen Prinzessin zu entwickeln. Sie habe sich in die Herzen kleiner Mädchen und offenbar auch deren vorlesender Mütter geschrieben. Célestine möge baldmöglichst ins Verlagshaus kommen, um weitere Details zu besprechen.

»Wenn wir jedes Mal mit Kuchen und Kakao feiern, sobald eine Erzählung von dir erscheint, muss ich mir ernsthaft Sorgen um meine Figur machen. Dann muss ich mir neue Kleider kaufen«, erklärte Marie scherzhaft.

»Ich nicht«, quietschte Rosalie und sprang an ihrer Patentante hoch, um ihr einen Kuss auf die Wange zu geben. »Schreibst du mir auch ein Buch, wie die Prinzessin ins Schlaraffenland kommt? Da gibt es jeden Tag Kuchen und Kakao und ganz viel Schokolade. Bitte, Cétine! Du musst es schreiben. Und wenn ich in die Schule komme, will ich dir die Geschichte vorlesen. Versprochen.«

Kapitel 55

Rückflug am 18. Oktober. Umarme und küsse dich. Dein Robert, hatte er ihr telegraphiert.

Schon am Morgen begann Célestine mit den Vorbereitungen. Sie deckte den Tisch mit einem Porzellanservice, das Christian Dior entworfen hatte und das nicht weniger erfolgreich verkauft wurde als seine Mode und seine Parfums. Sie faltete Stoffservietten, arrangierte mehrmals die Blumen neu, besorgte noch rasch Kerzen in der Farbe der Rosen, legte Champagner und Weißwein kalt und bereitete das Menü vor. Eine leichte Gemüsesuppe mit frischen Kräutern, Salat mit gerösteten Walnusskernen, Kalbsragout mit Steinpilzen und Pommes de terre Macaire und zum Nachtisch eine Vanillecreme mit gedünsteten Apfelspalten.

Am Nachmittag machte sie sich dann auf den Weg zum Flughafen. Roberts Maschine würde gegen vier Uhr landen, wie sie in Erfahrung gebracht hatte.

Der Taxifahrer fluchte laut und unflätig, weil eine Baustelle kurz vor dem Flughafen Orly ihn dazu zwang, seinen Wagen zuerst zu wenden und dann einen Umweg zu fahren. Célestine ihrerseits fluchte lautlos, weil sie nunmehr zu spät zu kommen drohte. Doch kaum hatte sie die Eingangshalle betreten, als eine Durchsage über den Lautsprecher kam, dass die Maschine aus London soeben gelandet war.

Was würde Robert wohl dazu sagen, dass sie unangekündigt erschienen war, um ihn abzuholen? Nachdem sie sich vier unendlich lange Wochen nicht gesehen hatten. An diesem besonderen Tag wollte Célestine so elegant und schön wie möglich aussehen. Sie hatte sich für einen lindgrünen Mantel aus der aktuellen Herbst-Winter-Kollektion des Patrons entschieden, dazu trug sie einen lachsfarbenen Seidenschal und Pumps in derselben Farbe. *Ligne Aimant* hatte der Couturier seine Kollektion genannt, wohl in Gedanken an all jene, die liebten und geliebt wurden.

Eine Gruppe von Menschen, die offensichtlich Familienmitglieder oder Freunde abholen wollte, wartete ungeduldig vor einem Absperrband. Eine Tür öffnete sich, und dann kamen die ersten Passagiere mit ihren Koffern, wurden freudig oder auch tränenreich von ihren Liebsten in Empfang genommen. Célestine stellte sich auf die Zehenspitzen, um über die Köpfe der Wartenden vor ihr hinwegsehen zu können.

Endlich, nachdem schon mehrere Dutzend Reisende die Tür passiert hatten, entdeckte sie ihn. Groß, mit einem strahlenden Lächeln, eine Haarsträhne hing ihm in die Stirn. Schon hob sie die Hand und wollte ihm zuwinken. Dann aber stockte ihr der Atem. Sie schloss die Augen und hoffte, dass sie einem Trugbild aufgesessen war.

Ganz langsam zählte sie bis drei und hielt dabei den Atem an. Vorsichtig öffnete sie die Augen und erkannte klar und deutlich, was ihr Verstand längst schon begriffen hatte, ihr Herz jedoch nicht wahrhaben wollte.

An Roberts Seite ging eine junge, auffallend hübsche Frau mit schwarzgelocktem schulterlangem Haar. Sie hatte sich bei ihm untergehakt, blickte zu ihm auf und sagte etwas, das ihn zum Lächeln brachte.

Blitzschnell wandte Célestine sich um, suchte Schutz hinter einem Reklameschild. Betete, dass er sie noch nicht bemerkt hatte. Sie wusste nicht, wie lange sie so dastand, unfähig, sich zu bewegen. Wer war diese Frau? Seine Verlobte? Seine zweite Ehefrau? Seine Schwester ganz sicher nicht, denn Robert hatte immer nur von zwei Brüdern gesprochen.

»Fühlen Sie sich nicht wohl, Mademoiselle?«, hörte sie plötzlich eine fremde Stimme. Sie blickte in die bebrillten Augen eines älteren Herrn, der sie mit besorgter Miene musterte.

»Es ist alles in Ordnung … in bester Ordnung«, stammelte sie.

Abrupt wandte sie sich um, taumelte zum Ausgang und winkte ein Taxi heran. Sie nannte dem Fahrer ihre Adresse, doch als dieser nach einer gefühlten Ewigkeit in den Boulevard Jules Sandeau einbog, befiel sie eine eigenartige Beklommenheit. Die Vorstellung, dass sie allein in ihre Wohnung zurückkehren würde, den festlich gedeckten Tisch mit dem Rosenstrauß sehen würde, ließ sie kurz aufschluchzen.

»Ich habe es mir anders überlegt, Monsieur. Bitte fahren Sie mich in die Rue Capron Nummer vier.«

Der Taxifahrer bremste ab, wendete mitten auf der Fahrbahn und schlug die Richtung Montmartre ein. Was, wenn sie Marie weder in ihrer Wohnung noch bei der Arbeit antreffen würde?, fragte Célestine sich bang. Womöglich war die Freundin mit Rosalie beim Einkaufen oder zu Besuch bei einer Spielkameradin.

Célestine hetzte die Treppe hinauf, nahm zwei Stufen auf einmal. Außer Atem drückte sie auf den Klingelknopf. Wartete. Drückte ein zweites Mal. Ein drittes Mal. Als sich endlich die Tür öffnete und Marie mit einem Kochlöffel in der Hand vor ihr stand, fiel sie der Freundin wortlos um den Hals.

»Männer – man kann ihnen einfach nicht trauen!«, schimpfte Marie, nachdem Célestine ihr das Erlebnis am Flughafen geschildert und die Tränen getrocknet hatte. »Gut, dass Rosalie bei einer Freundin zum Spielen eingeladen ist, so können wir offen miteinander reden.«

»Aber bei Robert war ich mir ganz sicher, dass er anders ist. Er kam mir so einfühlsam vor, so sensibel und verletzlich.«

»Du nimmst ihn also auch noch in Schutz, diesen … diesen Widerling.« Missbilligend schüttelte Marie den Kopf und füllte zwei Becher randvoll mit heißer Schokolade. »Hier, trink, *ma chère*. Schokolade ist Balsam für die Seele«, erklärte sie und rührte in ihren Becher noch zwei Löffel Zucker unter.

»Das ist das dritte Mal, dass ich mich in einem Mann täusche. Erst Albert, dann Jean-Luc und jetzt auch noch dieser feine Herr Anwalt. In ihm habe ich mich sogar doppelt geirrt. Erst habe ich ihn für männerliebend, dann für aufrichtig gehalten. Ich habe keine Menschenkenntnis, bin nur eine naive, dumme Pute«, klagte Célestine und verspürte zugleich eine unbändige Wut. Wut auf die drei Männer, aber vor allem auf sich selbst. »Das wird mir nicht noch einmal passieren! Das Thema Männer ist für mich ein für alle Mal erledigt!« Sie machte eine so ungestüme Handbewegung, dass sie gegen den Becher stieß und ein wenig von der heißen brauen Flüssigkeit überschwappte. Marie griff nach einem Lappen und trocknete die Tischplatte.

»Ich glaube, ein Tapetenwechsel täte dir gut, Célestine. Hat Monsieur Dior dir nicht gesagt, dass du jederzeit Urlaub nehmen kannst?«

»Ich mag aber nicht verreisen. Am liebsten würde ich heute gar nicht mehr an den Boulevard Jules Sandeau fahren, sondern mich irgendwo verstecken, wo mich niemand findet, und mir eine Decke über den Kopf ziehen.«

Marie sprang vom Stuhl auf und umarmte die verblüffte Freundin. »Ich weiß ein wunderbares Versteck für dich. Du bleibst für einige Tage bei uns, und während ich arbeite, unternimmst du etwas mit Rosalie. Die Kleine wird sich riesig freuen, und du hast deine Ablenkung.«

Célestine stieß einen Seufzer der Erleichterung aus. »Daran habe ich gar nicht gedacht. Weißt du, dass das jetzt das dritte Mal ist, dass du mir Unterschlupf gewährst?«

»Falls nötig, muss es nicht das letzte Mal sein.« Lachend strich sich Marie über die rundlichen Hüften, die sie in ihrem eng anliegenden blauen Kleid sehr anziehend aussehen ließen. »Leider tragen wir beide nicht dieselbe Größe. Deswegen kann ich dir nichts von mir ausleihen. Wenn du möchtest, hole ich nachher einige Kleidungsstücke aus deiner Wohnung. Und das Essen, das du vorbereitet hast, bringe ich ebenfalls mit. Wäre doch schade, wenn diese Köstlichkeiten verderben. Du hast Champagner im Kühlschrank? Wunderbar! Den trinken wir heute Abend. Und stoßen auf unser ganz persönliches Wohl an.«

Kapitel 56

Célestine hatte Madame Luling angerufen und ihr mitgeteilt, dass sie für einige Tage verreisen wolle. Monsieur Dior habe ihr den Urlaub bewilligt. Und so unternahm sie jeden Tag mit Rosalie einen Ausflug, ließ sich durch die kindliche Unbekümmertheit der Patentochter auf andere Gedanken bringen. Einmal sahen sie sich ein Puppenspiel in einer stillgelegten Mühle am Montmartre an, dann kauften sie auf dem Markt Käse, Gemüse und Blumen ein. Ein anderes Mal fuhren sie mit einem Ausflugsboot die Seine entlang und ließen sich auf dem Pont de l'Alma von einem Scherenschnittkünstler porträtieren.

Nur sehr langsam gewann Célestine Abstand zu ihrem zerplatzten Traum von einem gemeinsamen Glück mit Robert. Sie hatte sich geirrt, doch sie wollte sich deswegen nicht länger Vorwürfe machen. Robert würde bald Vergangenheit für sie sein. Nun wollte sie sich auf die Gegenwart konzentrieren. Rosalie war eine selbstbewusste kleine Person und Célestine verspürte Stolz, ihre Patentante zu sein.

Mit vor Aufregung geröteten Wangen kam Marie zur Wohnungstür herein, und noch bevor sie den Mantel abgelegt hatte, sprudelte es aus ihr heraus. »Stell dir vor, was mir heute passiert ist. Eine unbekannte Frau rief bei Madame Renard in der Brasserie an und verlangte, mich zu sprechen. Sie fragte, ob ich die Freundin von Mademoiselle Célestine Dufour sei und wisse, wo du dich derzeitig aufhältst. Im Couture-Haus habe man ihr lediglich mitgeteilt, du seist verreist. Ich behauptete, ich hätte längere Zeit nichts von dir gehört. Und dann sagte die Unbekannte, ich solle dir unbedingt etwas ausrichten, wenn ich dich das nächste Mal sehen würde …« Marie schnaufte hörbar und setzte eine verächtliche Miene auf.

»Nun erzähl schon, was sollst du mir sagen?«, wollte Célestine wissen. Denn plötzlich erinnerte sie sich, eine ähnliche Situation schon einmal erlebt zu haben. Vor Jahren. Als jemand versucht hatte, über Marie Kontakt zu ihr aufzunehmen …

»Pah, nichts von Bedeutung. Angeblich habe ein gewisser Monsieur Robert Gardel einen Unfall gehabt und liege im Krankenhaus …«

»Im Krankenhaus? In welchem?«, wollte Célestine aufgeregt wissen.

»Das … das weiß ich nicht mehr.«

»Marie, du musst dich erinnern. Bitte!«, flehte Célestine.

Marie legte den Finger an die Nase und dachte angestrengt nach. »Ich glaube, es war das Hôpital … Jetzt fällt mir der

Name nicht ein, aber ich meine, es war im sechzehnten Arrondissement, in der Rue Chardon-Lagache. Warum interessiert dich das noch?«

In Sekundenschnelle hatte Célestine Mantel und Handtasche aus dem Schrank geholt.

»Du wirst doch nicht etwa dorthin fahren …«, rief Marie. Doch da war Célestine bereits zur Tür hinaus und lief die Treppe hinunter.

»Monsieur Gardel liegt auf der chirurgischen Abteilung, dritter Stock«, hatte der freundliche Pförtner ihr mitgeteilt. Während Célestine auf den Aufzug wartete, fragte sie sich, was sie eigentlich hierhergetrieben hatte. Robert Gardel hatte sie belogen und betrogen. Warum hoffte sie trotzdem, dass er keine schweren Verletzungen davongetragen hatte? Der Anblick von Patienten, die in Rollstühlen oder Krankenbetten von Pflegern durch die Gänge geschoben wurden, bedrückte sie. Eine Schwangere saß keuchend auf einer Bank und presste beide Hände gegen ihren prallen Leib. Eine alte Frau im Bademantel grinste Célestine zahnlos an, schwenkte die geballte Faust über dem Kopf und stammelte unverständliche Worte. Hoffentlich stellten diese Begegnungen kein schlechtes Vorzeichen dar.

Die Stationsschwester war eine füllige Matrone mit breitem Lächeln und einer sanften Schmeichelstimme, die auf die Patienten zweifellos beruhigend wirken musste. »Sind

Sie eine Verwandte von Monsieur Gardel? Der Patient befindet sich auf der Intensivstation.«

Célestine erschrak. Also musste Robert schwer verletzt sein. »Kann ich ihn sehen?«, wollte sie wissen und spürte, wie eine bleierne Last sich auf ihre Schultern legte.

»Leider nein. Intensivpatienten dürfen keinen Besuch empfangen.«

»Aber eine Nachricht kann ich ihm doch hinterlassen, oder nicht?« Schwankte der Boden, oder war ihr schwindlig?

»Das dürfen Sie gern, Mademoiselle. Allerdings müssen die Ärzte entscheiden, wann der Patient diese Nachricht zu lesen bekommt.«

Aufgeregt suchte Célestine in ihrer Handtasche nach einem Bleistift und einem Stück Papier, fand aber nur eine Visitenkarte des Patrons.

Wie geht es Dir? Wann kann ich Dich sehen? Célestine, notierte sie. Auf die unbedruckte Rückseite der Karte schrieb sie den Namen des Freundes.

Die Stationsschwester nahm die Karte entgegen und runzelte die Stirn. »Robert Gardel? Warten Sie einen Moment, ich muss etwas prüfen …« Sie verschwand im gegenüberliegenden Schwesternzimmer und kam mit einer Krankenakte heraus.

»Auf der Intensivstation befindet sich zwar ein Monsieur Gardel, aber der trägt einen anderen Vornamen. Monsieur Robert Gardel wurde gestern entlassen.«

Es hätte nicht viel gefehlt, und Célestine wäre der Schwester um den Hals gefallen. Robert war also doch nicht so schwer verletzt, wie sie zunächst befürchtet hatte. »Danke vielmals«, rief sie, während sie sich umwandte und zum Aufzug lief. Plötzlich hatte sie es eilig. Sie musste ihn sehen.

Außer Atem vom Treppensteigen drückte Célestine auf den Klingelknopf. Als habe man sie bereits erwartet, wurde die Tür geöffnet. Eine Hand streckte sich ihr entgegen. Eine schmalgliedrige, perfekt manikürte Frauenhand. Sie gehörte zu einer jungen, auffallend hübschen Frau mit schwarzgelocktem schulterlangem Haar. Im Türrahmen stand Roberts Begleiterin vom Flughafen! Célestine wusste nicht, ob sie ohnmächtig werden oder lieber auf dem Absatz umdrehen und davonlaufen sollte.

»Sie müssen Mademoiselle Célestine Dufour sein.« Die Frau sprach mit einem englischen Akzent, und Célestine überlegte, ob sie nicht besser zuerst davonlaufen und später, wenn sie Maries Wohnung als sicheren Zufluchtsort erreicht hätte, ohnmächtig werden sollte.

»Ich bin Pamela Gardel. Bitte treten Sie ein. Robert hat mir viel von Ihnen erzählt. Mein Schwager wird sich freuen, solch bezaubernden Besuch zu bekommen.«

Célestine griff nach der dargebotenen Hand und ließ sich wie betäubt in den Salon führen.

»Nehmen Sie doch für einen Moment Platz. Ich will nachschauen, ob der Patient gerade schläft.«

Schwerfällig sank Célestine auf das Ledersofa und versuchte, Klarheit in den Wirrwarr ihrer Gedanken und Gefühle zu bringen. Die Frau vom Flughafen hatte von Robert als ihrem Schwager gesprochen, somit war sie weder seine Verlobte noch seine zweite Ehefrau, sondern …

Die Stimme mit dem englischen Akzent ließ Célestine aufblicken. »Robert möchte Sie unbedingt sehen. Den Weg zum Schlafzimmer kennen Sie?« Sie deutete auf eine offen stehende Tür am Ende des Flurs. »Da ich meinen Schwager nun in Obhut weiß, will ich mich für heute zurückziehen. Ich hoffe, dass wir uns bald wiedersehen.«

»Das hoffe ich auch, Madame Gardel.«

Auf Zehenspitzen schlich Célestine bis ans Ende des Flurs. Sah Robert blass in einem blauen Seidenpyjama und mit einem Pflaster auf der Stirn im Bett sitzen. Unter einem Auge zog sich ein Bluterguss fast bis zum Kinn, der rechte Unterarm war eingegipst.

»Célestine, endlich …« Mit der linken Hand winkte er sie zu sich heran. Vorsichtig setzte Célestine sich neben ihn und berührte mit ihren Lippen zart die unverletzte Wange. »Was ist geschehen, Robert?«

Er wandte den Kopf zur Seite und küsste sie mehrere Male lange und innig. »Ich würde gern damit weitermachen, aber um deine Frage zu beantworten: Ein Taxifahrer hatte es sehr eilig, und ich stand ihm im Weg.« Er zog die Decke zur Seite, und da erst bemerkte Célestine, dass auch sein Bein eingegipst war. Erschrocken rückte sie bis an die Bettkante.

»Hast du große Schmerzen?«

»Jetzt, wo du da bist, nicht mehr.« Er grinste sie an und pochte mit dem Fingerknöchel auf den Gipsverband. »Die Ärzte sind guter Hoffnung, dass ich in zwei Monaten auf der Eisbahn im Bois de Boulogne Schlittschuh laufen werde. Dabei kann ich überhaupt nicht Schlittschuh laufen …«

In diesem Augenblick spürte Célestine, wie die Anspannung in ihr nachließ, und sie begann hemmungslos zu weinen. Vor Scham, weil sie ihn verdächtigt hatte, sie hintergangen zu haben, und vor Erleichterung, weil er bald wieder genesen sein würde.

»Ich bin so froh … Ich dachte schon, dass du … dass du … Marie hat mir von dem Anruf einer unbekannten Frau erzählt … und dass sie mir sagen sollte, dass du einen Unfall hattest.«

Mit den Fingerkuppen strich er kreisend über ihren Handrücken. »Das war Pamelas Idee. Ich hatte ihr erzählt, dass ich mir Sorgen machte, weil ich dich nirgends erreichen konnte. Wo hast du gesteckt? In der Avenue Montaigne sagte man mir, du seist verreist, aber niemand wusste, wohin. Ich hatte dir doch geschrieben, dass ich am achtzehnten Oktober zurückkomme. Oder hast du mein Telegramm nicht erhalten?«

Sie schluckte schwer, vermied, ihn direkt anzusehen. »Doch, ich habe es bekommen. Ich bin zum Flughafen gefahren, um dich zu überraschen. Und dann sah ich dich zusammen mit dieser Frau …«

»Pamela ist meine Schwägerin, sie unterrichtet an der Kunstakademie und entwirft Tapeten. Wir sind zusammen aus London gekommen, weil sie dort ihre Schwester besucht hat. Mein Bruder und sie leben seit ihrer Heirat vor zwei Jahren in Fontainebleau.«

Célestine schlug die Hände vor die Augen und stammelte: »Es tut mir leid, Robert. Das habe ich nicht geahnt. Ich dachte …«

»Ich beginne zu ahnen, was du dachtest – dass Pamela und ich ein Paar sind. Dann bist du also vor mir davongelaufen. Weil du eifersüchtig warst?«

Sie ließ die Hände herabsinken und nickte stumm.

»Großartig.« Ganz dicht zog Robert sie zu sich heran und legte ihr den unverletzten Arm um die Schulter. Sie roch sein Rasierwasser, merkte plötzlich, dass sie diesen Duft vermisst hatte.

»Ich fühle mich geschmeichelt, Célestine. Deine Eifersucht beweist mir, dass ich dir etwas bedeute. Wollen wir, solange ich mich nicht dem Anlass entsprechend kleiden kann, das gemeinsame Souper einfach hier nachholen? Wenn du mir alles kleinschneidest, kann ich sogar allein essen. Wie ich überhaupt trotz meiner Gipsverbände noch so einiges kann …« Er küsste den flaumigen Haaransatz an ihrer Schläfe und wanderte weiter zum Ohrläppchen, danach Zentimeter für Zentimeter weiter hinunter zur Halsbeuge. »Du ahnst nicht, wie sehr ich diesen Moment herbeigesehnt habe.«

Kapitel 57

Rosalie schmollte und klammerte sich an Célestines Hand. »Kannst du nicht länger bleiben, Cétine?«

Célestine beugte sich hinunter und nahm die Patentochter in den Arm. »Meine liebe Rosalie. Eine ganze, wunderbare Woche durfte ich bei euch wohnen. Aber jetzt muss ich wieder nach Hause. Wenn du möchtest und deine Mutter einverstanden ist, kommst du mich demnächst am Boulevard Jules Sandeau besuchen und übernachtest bei mir.«

»Au ja!« Sofort hellte sich die Miene des Mädchens auf. Sie stürzte zu ihrer Mutter und schmiegte sich an sie. »Erlaubst du es, Maman? Du musst es erlauben. Bitte!«

Marie zuckte mit den Schultern und nickte ergeben. »Wenn du es so gern möchtest, bin ich einverstanden.« Und zu Célestine gewandt flüsterte sie schmunzelnd: »Die Kleine schafft es sowieso immer, mich um den Finger zu wickeln – Widerstand ist zwecklos.«

Dem Taxifahrer nannte sie die Adresse des Couture-Hauses. Sie wollte es nicht bei einem Telefonanruf belassen, sondern sich persönlich bei Madame Luling aus dem Urlaub zurückmelden. Ein Schauer überlief sie, als sie sich die Einzelheiten des vergangenen Abends in Erinnerung rief. Die sehnsuchtsvollen Worte, die zärtlichen Berührungen, das Verlangen und die ungestüme Hingabe, deren Intensität ihr immer noch Schauer über den Rücken jagte.

Das Taxi bog in die Avenue Montaigne ein. Lächelnd blickte Célestine aus dem Fenster, als sie plötzlich etwas sah, das sie zuerst irritierte und dann beunruhigte. Auf der Straße vor dem sandsteinfarbenen Stadtpalais mit der Hausnummer dreißig standen Hunderte von Angestellten des Hauses Dior. Einige wirkten wie versteinert, andere steckten die Köpfe zusammen, viele weinten.

Célestine riss die Wagentür auf und rannte über die Straße. Sie wünschte, dies wäre nur ein schlimmer Traum und sie würde jeden Augenblick in ihrem Bett aufwachen. Doch in einem hinteren Winkel ihres Herzens wusste sie, dass sie nicht träumte.

»Irgendwann wird ein anderer in meinem Büro in der Avenue Montaigne sitzen, und die Mannequins werden Kleider präsentieren, die nicht ich entworfen habe …«, das waren seine Worte gewesen.

»Passen Sie gut auf sich auf«, hörte sie sich noch selbst sagen.

Wie in Trance schritt sie auf die in Holz und Glas gefasste

Eingangstür zu. Madame Luling stand dort mit gefalteten Händen, die schwarze Wimperntusche auf den Wangen zerlaufen. Als die Verkaufsleiterin zu ihr herüberblickte, las Célestine in den geröteten, verquollenen Augen die Antwort auf eine Frage, die sie nicht ausgesprochen hatte.

Es war nicht nötig.

Die Modewelt weint wie nie zuvor

Am gestrigen Dienstag fand die Trauerfeier für den am 24. Oktober 1957 im Alter von zweiundfünfzig Jahren im toskanischen Kurort Montecatini verstorbenen Modeschöpfer Christian Dior statt. Zweitausend Prominente waren in die Pariser Kirche Saint-Honoré-d'Eylau gekommen, darunter der Schriftsteller und Maler Jean Cocteau sowie die Herzogin von Windsor.

Mehrere Tausend Menschen säumten die Straßen, um eines der größten Genies Frankreichs zu verabschieden – den Mann, der die Frauen liebte und alles dafür gab, ihre Schönheit ins rechte Licht zu setzen. Am Abend versank die Place de l'Étoile in einem Meer ihm zu Ehren abgelegter Blumen.

Die Nachfolge Diors als künstlerischer Direktor übernimmt sein bisheriger Assistent, der einundzwanzigjährige Yves Saint Laurent, der auch unter den Sargträgern war.

Epilog

Eine strahlende Wintersonne breitete sich über der Stadt aus und ließ die Kirchenfenster der Église La Madeleine in all ihrer Farbenpracht erstrahlen. Nur wenige Schritte von hier entfernt, in der Rue Royale, hatte Célestine ihre ersten Jahre in Paris verbracht. Und nun stand sie in der weit geöffneten Bronzetür des tempelähnlichen Gotteshauses. Sie richtete den Blick nach oben, wo drei hintereinander angeordnete Kuppeln das Kirchenschiff überwölbten, und hoffte im Stillen, sie könne dort ein Zeichen des Mannes erkennen, der an diesem Januartag seinen dreiundfünfzigsten Geburtstag begangen hätte. Sie trug ein knöchellanges weißes Kleid mit einem herzförmigen, perlenbesetzten Ausschnitt, schmaler Taille und einer Schärpe, die von der linken Hüfte bis zum Rocksaum herabfiel.

Mit den Fingerspitzen strich sie sacht über das dunkle Haar ihrer Patentochter Rosalie, die mit leuchtenden Augen zu ihr aufsah und einen Korb, gefüllt mit Rosenblüten, erwartungsvoll in der Hand schwenkte.

»Sie sehen atemberaubend aus, Madame Gardel. Wenn

Sie erlauben, dass ich Sie schon so nenne …« Ihr Brautführer wirkte nervös, er lächelte zurückhaltend und zupfte den meterlangen Schleier zurecht, der ihr Kleid wie eine duftige Wolke umwehte.

»Ich danke Ihnen. Auch, weil Sie es möglich gemacht haben, dass aus wenigen Bleistiftstrichen auf einem Blatt Papier ein Traum aus Seide und Stickerei entstanden ist.«

»Es war mir ein Bedürfnis und auch eine Ehre, einen Entwurf, den Monsieur Dior Ihnen persönlich gewidmet hat, Wirklichkeit werden zu lassen.«

Feierliche Musik setzte ein und erfüllte das Kircheninnere, der Organist intonierte das Präludium C-Dur von Johann Sebastian Bach. Célestine spürte, wie sich eine tiefe Ruhe und Zuversicht in ihrem Innern ausbreiteten. Der Brautführer reichte ihr den Arm.

»Sind Sie bereit, Madame Gardel?«

»Ja, Monsieur Saint Laurent. Das bin ich.«

Nachwort

Angefangen hatte alles mit einem Tag, an dem ich als junge Studentin durch Paris bummelte. Plötzlich befand ich mich vor einem Schaufenster, in dem ein Kostüm gezeigt wurde, von dem etwas Magisches ausging. Mit einer cremefarbenen, auf Taille geschnittenen Jacke mit Schößchen über einem weit schwingenden, wadenlangen schwarzen Rock. Die Proportionen erschienen mir so harmonisch und ausgewogen, dass ich an den goldenen Schnitt denken musste, wie er bei antiken Bauten oder Skulpturen und ebenso in Gemälden der Renaissance zu finden ist. Bei Kunstwerken, die seit jeher eine besondere Anziehungskraft auf den Betrachter ausüben.

Ich befand mich in der Avenue Montaigne vor dem Haus Nummer 30, und das Kostüm entstammte der ersten Kollektion eines Couturiers, dessen Name bis heute, mehr als sechs Jahrzehnte nach seinem Tod, Frauenherzen höher schlagen lässt: Christian Dior. Auf einer Texttafel las ich, dass man das Tailleur *Bar* aus Anlass des Geburtstags des Maître hervorgeholt hatte. Mit dieser Geste wollte man sowohl den

Couturier ehren als auch an etwas erinnern, was die Mode der 1950er Jahre maßgeblich geprägt hatte und wofür dieses Ensemble wie ein Sinnbild stand: den *New Look*.

Jahre später begegnete mir bei einer weiteren Reise nach Paris erneut der Name Dior. Diesmal in Form eines Parfums, das mir eine Verkäuferin in den *Galeries Lafayette* auf das Handgelenk träufelte: *Miss Dior*. Ich roch daran und erinnerte mich an das Kostüm im Schaufenster. Und mit einem Mal wollte ich mehr über den Schöpfer von Kleid und Duft erfahren.

Ich suchte nach Berichten von Zeitgenossen und Literaturquellen, besuchte Ausstellungen, in denen seine Entwürfe gezeigt wurden, und hielt eines Tages seine Autobiographie in den Händen. Und was dieser energiegeladene, feinsinnige, zugleich menschenscheue, bescheidene und dabei weltweit bewunderte Künstler Christian Dior zu berichten hatte, faszinierte mich. Sein Privatleben blieb vage und unbestimmt. Das irritierte mich. Gleichzeitig ahnte ich, dass er aus Gründen der Diskretion manches hatte verschweigen wollen. Etwas, das zwischen den Zeilen verborgen lag.

Ich fragte mich, wie wohl jemand, der sich nie zuvor mit Mode befasst hatte, Christian Dior entgegengetreten wäre, einem Mann, dessen Name in den 1950er Jahren im Ausland bekannter war als der des französischen Präsidenten. Der wie ein Besessener arbeitete, ohne Rücksicht auf seine Gesundheit. Ein Perfektionist, der die Rolle des großen Couturiers Dior für die Öffentlichkeit nur spielte und der doch viel lieber Christian geblieben wäre. So jedenfalls bekennt er in seinen Memoiren.

Plötzlich entstand die Figur Célestines vor meinem geistigen Auge, einer jungen Frau, die mit offenem, unverstelltem Blick aus ihrem Heimatdorf in der Provinz nach Paris kommt, um ihrer Vergangenheit zu entfliehen.

Ich verfolgte, wie sie sich durch ihr Leben in der Metropole äußerlich wandelte, zur modebewussten Pariserin wurde – und in ihrem Innern doch immer eine Fragende und Suchende blieb. Weil sie ihre Rolle noch nicht gefunden hatte. Die Rolle einer französischen Frau in den Nachkriegsjahren, die die Möglichkeit hatte, zwischen einem traditionellen Familienleben und einem selbstbestimmten Leben zu wählen.

Mir gefielen Célestines Ringen um Aufrichtigkeit, ihre Empfindsamkeit und ihre Loyalität Dior gegenüber. Und ich wollte ihr auch das persönliche Glück nicht versagen, nach dem sie sich insgeheim sehnte.

Dieses Buch hätte ich ohne die Unterstützung meiner Tochter Pauline nicht zu Ende schreiben können. Sie hat mich gestärkt, wenn ich glaubte, nicht genügend Kraft zu haben. Nie hat sie daran gezweifelt, dass ich es schaffen würde.

Meine wunderbare Agentin Franka Zastrow hat sich von Célestines Schicksal berühren lassen und sich für die junge Frau aus der normannischen Provinz eingesetzt. Ihr verdanke ich, dass diese Geschichte den richtigen Verlag gefunden hat.

Stefanie Werk, meine Lektorin vom Aufbau Verlag, hat mich mehrfach durch ihre kritischen Fragen zuerst zum Nachdenken und dann zum erneuten Recherchieren gebracht. Manche Nachlässigkeit von meiner Seite konnte durch ihre Präzision aufgedeckt werden. Ich danke ihr und allen Mitarbeiterinnen und Mitarbeitern des Verlags, die dazu beigetragen haben, dass aus einer Idee zuerst ein Manuskript und dann ein Buch wurde.

Meine langjährige Freundin Urte Schink hat auch diesmal die Entwicklung meiner Figuren von Anfang bis Ende mit ebenso viel Herz wie Fachwissen begleitet. Ihre scharfsinnigen Anmerkungen habe ich gern in die Erzählung eingebunden.

Meine großartige Testleserin Marlies Umlauft hat ein untrügliches Gespür für Stimmungen. Oftmals wusste sie besser als ich, was meine Protagonistin fühlte und wie sie sich in einer Situation behaupten musste.

Was wäre ich ohne meine befreundeten Kolleginnen, von denen ich nicht nur Fach-, sondern auch Lebenshilfe annehmen durfte? Ich nenne euch von Nord nach Süd: Stefanie Lettau, die mir wertvolle Hinweise zum Entstehen und zur Auflösung von Konflikten gab. Ute Baur-Timmerbrink, die Spezialistin für die Zeit der Nachkriegsjahre und den Alltag der Menschen von damals. An manchen Vormittagen hatten wir eine telefonische Standleitung zwischen Berlin und Hamburg. Heidi Rehn, die mich mit Literaturhinweisen, Fotos, Kinotipps und Zeitungsartikeln versorgte. Und Friedel Wahren, deren Gespür für Schauplätze, Sprache und Charaktere ich bei fünf vorangegangenen Buchtiteln erleben durfte.

Ihr alle wart meine Mutmacherinnen, und dafür danke ich euch.

Ihnen, liebe Leserinnen und Leser, danke ich für Ihr Interesse und Ihre Aufmerksamkeit. Selbstverständlich empfehle ich, sollten Sie nach Paris fahren, einen Besuch in der Avenue Montaigne Nummer 30, wo sich auch heute noch das Couture-Haus Dior befindet. Oder fahren Sie in die Normandie nach Granville und sehen Sie sich das Museum in der Villa *Les Rhumbs* an. Schlendern Sie durch den herrlichen Rosengarten und bewundern Sie den atemberaubenden Ausblick auf das Meer. In diesem Haus verbrachte Christian Dior seine Kindheit. Es ist ein Kleinod, und es ist das einzige Haus in Frankreich, das einem Modeschöpfer gewidmet ist.

Agnès Gabriel, Hamburg, im November 2019

Zum Weiterlesen:

Barde, François: Wie Gott in Frankreich? Alltagssorgen der Franzosen, in: Die Zeit Nr. 42/1947.

Cullen, Oriole: Dior, Ausstellungskatalog Victoria & Albert Museum. London 2019.

Dior, Christian: Das kleine Buch der Mode. Hamburg 2014.

Dior, Christian: Dior und ich. Die Autobiographie. München 2016.

Dior, Christian: Ich mache Mode. Wiesbaden 1952.

Giroud, Françoise: Dior. Christian Dior 1905–1957. Paris 2006.

Goetzinger, Annie: Ein Kleid von Dior. Leipzig 2017.

Grenard, Fabrice: La France du marché noir (1940–1949). Paris 2008.

Nagels Reiseführer Paris und Umgebung. Paris 1952.

Palmer, Alexandra: Dior, Ausstellungskatalog Victoria & Albert Museum. London 2009.

Picaper, Jean-Paul, und Ludwig Norz: Die Kinder der Schande. Das tragische Schicksal deutscher Besatzungskinder in Frankreich. München 2005.

Pochna, Marie-France: Christian Dior. The Biography. London 2008.

Rasche, Adelheid, und Christina Thomson (Hrsg.): Christian Dior und Deutschland 1947 bis 1957. Stuttgart 2007.

Sinclair, Charlotte: Vogue on Christian Dior. London 2012.